# 사계의 전설

# 사계의 전설

우한용·박인기·정병헌·최병우

국학자료원

# 머리말: 형과 아우의 변증법

　우리 네 사람이 절묘한 구조로 모였다는 이야기는 이미 했다. 이는 거년에 우공의 회갑을 기념해서 만든 <우정의 길, 예지의 창>에서였다. 생각해 보면 대학 동문이라는 학연이 바탕이고 다른 여건은 부수적이다. 그런데 형제 이상의 우의를 유지해 오고 있다. 그래서 '전답 팔아 친구 산다'는 속언이 진리치를 담고 있다는 생각을 하게 된다. 우리 넷 가운데 昔影(朴寅基)과 南溪(鄭炳憲) 둘은, 형제간으로 친다면, 바튼 연년생이다. 석영이 1950년 늦은 범띠이고, 남계가 1951년 이른 토끼띠이다. 그렇다 보니 석영은 2010년 초겨울에 회갑이 되고, 남계는 2011년 봄에 갑년을 맞는다. 경사가 겹으로 난 셈이다. 한 사람만 경사가 났대도 의당 축하를 할 일인데 우리 멤버의 절반이 비슷한 시기에 회갑이라니 어찌 큰 잔치를 그만둘 것인가. 경사가 겹친 김에 둘의 회갑을 축하하는 문집을 만들기로 했다. 네 사람이 각기 자기 글을 내놓고 이를 편집해서 체계를 세워 책을 내자는 의론이 되었다. 이러한 작정은 당사자 편에서 제안을 했다. 번거로움을 피하자는 뜻이었다. 우리는 그게 좋겠다고 하고 일을 추진했다. 그간 살아온 과정을 진술하게 밝히고, 이게 우리들 삶의 모습이라고 내놓기로 했다. 이만큼 살았으면 터놓을 것 터놓는 것도 미덕이 될 듯해서였다.

　글을 모으면서 생각해 보매 이번에 회갑을 맞는 두 사람은, 자연 나이로 보면 于空(禹漢鎔)에게는 아우뻘이고, 石宇(崔炳宇)에게는 형뻘이 된다. 형이니 아우니 하지만, 우리들의 관계는 좀 밋밋하다. 도원결의를 해서 나라를 위해 몸을 던지자는 의리를 강조하는 편도 아니고, 그렇다고 자기 몫의 부담금을 내고 계산속 바른 배당금을 노리는 것도 아니다. 음식을 통일해 먹자는 법도 없고, 어떤 특정 오락에 몰두하는 것도 아니다. 헌데 우리를 결속하게 만드는 것은 이번에 회갑을 맞는 두 사람의 역할이 아닌가 싶다.

석영과 남계 두 사람은 아우면서 형이고, 아우로되 형보다 윗길이다. 석영의 형다움은 언어가 깍듯하고 처세에 의연한 데서 드러난다. 언어에 대한 이론적 이해는 물론 수행에도 높은 경지에 이르렀다. 처세에서 나아감과 물러섬을 조정할 줄 안다. 뜻만 비치면 총장은 따 놓은 당상인데, 물러서서 학술정보원장으로 봉사한 바 있다. 석영은 예술가적 자질이 뛰어나고 심성이 섬세하다. 다정함이 병을 이끄는지 근년에 여러 가지로 몸을 돌보아야 하는 일들이 생기는 모양이다. 육군 장교로 근무한 경력이 있어서겠지만 행동이 반듯하고 규율이 서 있다. 문무를 겸비한 교육자다. 그런데 벽에 못 하나 박을 줄 모른다는 평은 고정선 여사에게만 실감이 가는 것인지도 모른다.

남계는 찾는 사람이 많아서 바쁘다. 생기는 것이 어떤지는 몰라도 오라는 데가 많아 분주하다. 형의 몫이라는 게 어려움이 있을 때 찾아가 상의하는 데서 드러나는 법이다. 남계의 형다움 가운데 하나는 용인술이 뛰어나다는 점이다. 본인이 직접 나서지 않고도 인사의 가닥을 무리 없이 잘 처결하기 때문에 그에게 일을 묻는 경우가 잦다. 남계는 씀씀이가 너그럽다. 자린고비는 형 노릇 하기 어렵다. 또 어른들을 잘 모시는 효성이 남다르다. 그 효도 덕으로 자당어른한테 받아오는 가양주며 된장을 참 많이도 얻어먹었다. 그는 자기관리를 잘 한다. 그래서 박미리 여사는 남편을 독한 사람으로 평한다는데, 먹던 떡 같은 순덩이는 형의 덕을 유지하기 어렵다는 점에서, 독한 남편이라야 일을 해낸다는 말을 전하고 싶다.

두 사람이 형으로서의 몫을 잘 한다 해도 우리 넷 중에서 가장 연장은 우공이다. 우리의 관계가 절묘해서 형과 아우 가릴 것이 없다고는 하지만, 시간의 흐름은 거스를 수 없는 법이어서 우리는 농으로 우공을 짱이라 부르곤 한다. 그도 그런 농을 싫어하지 않음은 물론 장형으로서의 역할을 성실히, 그리고 때로는 주밀(綢密)하게 일을 갈라놓는다. 또 우리들이 해야 할 일과 할 수 있는 일을 찾아 일을 벌이기를 좋아하고 또 추진력 있게 일을 처리한다. 그래서 우리는 '형 만한 아우 없다'는 것을 내세워 귀찮은 일, 어려운 일을 우공에게 미뤄 놓기도 한다.

넷 가운데 셋이 형이면 석우는 꼼짝없는 아우다. 석우는 우공에 이어 아들을 성가시킴으로서 곧 할아버지 소리 들을 순번을 타 놓고 있다. 그리고 우리 모임의 기획이며 실행 과정을 챙기는 데는 석우가 단연 형이다. 속 좁은 형들에게 전화하기 어려운 일들은 대개 석우에게 연락이 되고 그러면 일은 말끔하게 처리된다. '늦게 난 뿔이 우뚝하다'는 것은, 우리의 경우, 석우를 두고 하는 말 같다. 석우는 적응력이 뛰어나서 배우고 익히기를 잘 한다. 아울러 국제적 활동에도 남다른 열정을 보인다. 밖에 나가면 어엿한 형인데, 우리들 내부에서는 여전히 막내아우다. 서러워 마시라. 무녀리가 있으면 막내는 필지 아닌가.

형이라고 다 형인 것은 아니라서, 못되고 덜 떨어진 형은 '동생이 먼저 장가들면 굴뚝에다가 불 땐다'고 한다는데, 순서만 알았지 경우를 모르는 형의 몽니다. 또 '동생 줄 것은 없어도 도둑 줄 것은 있다'는 말도 있다. 형의 자린고비 같은 속성을 암시하는 속담으로 생각된다. 형된 자들은 내면에 이런 아둔한 속성을 공유하지만 문화적으로 세련된 얼굴에 그런 성격을 나타내지 않으려고 애를 쓸 뿐 아닌가 싶다.

형 가운데 가관인 것은 단연 놀부다. 소설로 보자면 놀부는 매우 재미있는 인물형이다. 흥부는 사실 무기력하고 개성도 없다. 그러나 흥부 없이 놀부만 제시한다면 억지라서 흥미는 격감된다. 그렇다고 흥부를 위해서 놀부가 존재하는 것은 아니고, 놀부를 위해서 흥부가 가난을 견디는 것도 아니다. 소설을 위해서는 둘 다 필수적인 인물이다. 비유컨대 우리 네 사람이 사는 게 소설판의 흥부와 놀부의 관계와 같은 것이 아닌가 싶다.

판소리를 전공한 남계가 가끔 놀부의 어투를 흉내내기도 하고, 우공은 소설적 발상이라면서 놀부 닮은 소리를 하기도 한다. 그러면 석영과 석우는 늘 맘 좋은 형처럼 껄껄 웃는다. 이 장면에 오면 형과 아우가 따로 없다. 형이니 아우니 하는 시간적 선후나 공간적 위아래는 우정을 위해 지양된다. 이 책이 그런 지양을, 우정의 고양을 드러내기를 바라는 게 우리들의 소망이다.

# *차례

머리말: 형과 아우의 변증법

## 말의 나라, 말의 영토 13

## 비우면서 채우면서 69

## 세상 속으로 걸어가는 길 141

# 말의 나라, 말의 영토

# 유머와 삶의 여유

한 토론회에서의 일이다. 앞서 이루어진 논의에 대하여 한 토론자는 "그렇게 말씀하시는 것은 마치 장님이 코끼리를 만지는 것과 같습니다."라고 하였다. 그러자 앞에 말했던 사람은 화를 벌컥 내며, "아니, 그럼 내가 장님이란 말이요?"라고 말했고, 그 토론회는 더 이상 생산적인 결과를 얻을 수 없었다. '장님과 코끼리의 우화'를 말한 사람은 억울했을 것이다. 그런 비유를 통하여 대상을 전체적으로 보아야 한다는 점을 말하고 싶었는데, 엉뚱하게 '장님'으로 논의가 변질되었기 때문이다. 또 나중에 화를 낸 사람도 속이 상했을 것이다. 그 우화의 속뜻을 몰라서가 아니라, 자신의 처방이 단편적이라는 상대방의 단정이 못마땅했기 때문이다. 그러나 먼저 '장님과 코끼리의 우화'를 거론한 사람은 다음의 세 가지 면에서 적절한 언어를 선택한 것이 아니다. 첫째는 이 우화가 단순히 대상을 전체로 보아야 한다는 것을 알려주는 것으로 이해한 것은 그야말로 이 우화를 자기 시각으로만 바라본 것이다. 이 우화의 진정한 속뜻은 우리 모두가 바로 일부만을 바라보면서 전체를 본 것으로 착각하는 장님이라는 점에 있다. 그래서 항상 자신을 돌아보고 반성하기를 이 우화는 가르치고 있다. 둘째로 이 우화는 그 우화가 만들어졌던 시대의 가치관을 담고 있다는 점을 간과하였다는 점이다. 우리도 신체의 불구를 즐겨 웃음거리로 사용했던 때가 있었다. 그러나 지금은 그런 시대의 농담을 함부로 하지 않는다. 그 말을 듣는 장애인을 생각해서 스스로 조심해야 하기 때문이다. 농담의 상당 부분을 차지하였던 성적인 것이 사석에서까지 용인되지 않는 것도 같은 이유에서이다. 세 번째로는 상대방은 이 언어를 통하여 자신의 의사를 분명하게 전달할 수 있는 대상이 아니라는 점을 몰각했다는 점이다. 농담이나 비유는 상대적으로 높은 위치에 있는 사람이 사용하는 것이 일반적이다. 그래서 '어른 앞에서 농담하는' 것은 부정적인 의미로 사용된다.

국회의 답변에서 한 의원이 "우리 당이 집권하면 역사는 퇴보한다는 말을 했는데, 이처럼 오만하고 독선적인 말이 어디에 있는가?"라고 하자, 총리는 "그 당은 지하실에서 차떼기를 했다. 그런 정당을 좋은 당이라고 하나? 그럼 차떼기 안 했나?"라고 말하였다. 더 이상 국회의 논의는 지속되지 못하였다. 총리의 말을 들으면서 '십 년 묵은 체증이 내려가는 느낌'을 받았다는 사람들이 있었다. 총리는 백 보나 도망간 사람이 오십 보 도망간 사람을 비웃는 것과 같다고 생각했을 것이다. 그래서 통렬하게 자신의 억울한 생각을 직설적으로 토해냈다. 그러나 상대방은 국민이 그런 말 물어보라고 뽑아준 의원이다. 건전한 대화를 통하여 같이 국정을 논해야 할 동반자를 그렇게 직설적으로 몰아붙이는 것은 답변의 위치에 있는 사람의 취할 태도가 아니다. 더구나 그런 발언으로 국회의 파행이 계속되었는데, 의도적으로 파행을 노려 발언했다면, 이는 언어의 소통을 뛰어넘는 술수일 것이다. 어떻게 했어야 할까? 이런 정도의 농담을 했으면 어떨까? "미래의 세계가 도덕성을 강조한다는 점에서 저는 그래도 겨 묻은 정도의 우리가 더 낫지 않나 생각했습니다." 그런데 상대방이 "아니, 그럼 우리가 X이란 말이요?"라고 반응했다면, 그 파행의 책임은 총리가 아니라 상대방이 져야 했을 것이다.

한 신문에서는 문화비평가의 '가상 인터뷰'가 연재되고 있다. 말을 아끼고 말의 여파까지를 대단히 고려하는 래리 킹의 성격을 잘 보여주는 기사가 있었다. "한국이 영어 때문에 고통 받을 바엔 미국의 51번 째 주가 되는 것이 어떨까?" 상당히 민감한 질문인데, 아마 실제의 래리 킹도 그렇게 대답했을 것이다. "그 계획대로라면 버시바우(주한 미국대사)는 결국 직장을 잃게 되겠네요." 국가의 자존심까지 거론될 엄청난 문제를 그는 버시바우 개인의 직장 문제로 축소시켰다. 이것은 그렇게 웃고 넘어가야 할 상황이었고, 그래서 웃고 넘어갈 수 있었다. 만약 정색을 하고 그 당위성을 따졌다면, 생각만 해도 끔찍한 일이다.

임진왜란이 일어났다. 임금은 서울을 버리고 북쪽으로 몽진을 가야 했다. 어둠은 내리고 비까지 오고 있었다. 얼마나 황망했겠는가? 비를 피하느라 궁녀들은 정신없이 달려가고, 임금이 탄 수레는 지체될 수밖에 없었다. 이항복은 한 궁녀를 불러 "그렇게 뛰어가면 앞에 내리는 비까지 맞지 않겠느냐?"라고 말하였다. 어디 그렇겠는가! 그러나 잠시 자신을 되돌아볼 여유가 생겼고, 궁녀들은 비를 맞으며 임금의 행차를 뒤따랐다.

농담은 우리 언어사회에서 반드시 존재해야 하는 윤활유(潤滑油)와 같은 존재이다. 농담을 통하여 대상을 바라보는 여유를 갖게 되고, 또 자신을 성찰할 수 있는 계기를 갖게 되기 때문이다. 더구나 이 농담을 통하여 우리의 정신적 건강에 가장 좋은 웃음이 유발된다는 점을 생각하면, 농담이야말로 언어의 꽃이라 부를 수 있다. 그래서 과거와 현재는 물론이고 미래까지도 말을 통해 웃음을 전파하는 만담가(漫談家)는 영원히 계속될 것이다. 아까운 나이에 죽었던 한 방송인의 말처럼 웃음 속에 잠이 들 수 있다는 것은 참 행복한 일이다. 그러나 자신의 웃음을 위하여 다른 사람이나 집단을 피곤하게 하는 일이 우리 주위에는 너무 많다. 그 웃음이 자신만이 아니라 그것을 듣는 사람까지 웃음을 짓게 해야 진정한 웃음이다. 그런 웃음을 위해 우리는 그 농담이 초래하는 파장까지도 면밀하게 고려해야 한다. 그리고 그 농담이 이루어지는 현재의 상황만이 아니라, 시간과 공간을 달리 하여 그대로 전달될 수 있다는 것까지도 고려해야 한다. 농담이 이루어지고 있는 현장에 없다고 하여 이슬람이나 여성에 대한 비하의 농담을 하는 것은 독(毒)이 되어 다시 돌아온다. 그래서 대상과의 거리를 유지할 필요가 있다. 그런 거리와 여유를 위하여 우리가 해야 할 일은 무엇일까? 우리의 야구를 세계에 널리 알린 김인식 감독은 선수들이 야구만이 아니라 공부를 병행(竝行)해야 한다고 했다. 이치로가 우리에게 비판 받는 것도 그 때문이라고 하였다. 그 공부가 반드시 학교의 졸업장만을 의미하는 것은 아니다. 풍부한 독서와 성찰을 통하여 다른 사람들과 더불어 살아갈 수 있는 교양인의 필요성을 그는 간파하고 있는 것 같다. (南溪)

# 말의 씨앗, 꿈의 씨앗

### 1.

어렸을 때 어른들로부터 듣던 말들이 그때는 그저 평범하고 무덤덤했는데, 나이가 들고 인생을 살아볼수록, '참으로 신통방통 맞는 말씀이다' 하는 생각이 드는 것이 한두 가지가 아니다. 내가 예닐곱 살 되던 무렵, 할머니께서는 무언가 칭얼대는 나를 달래시며, "어른 말을 들으면 자다가도 떡이 생긴다."라는 말로 철부지 나를 달래셨다. 나는 할머니에게 "할머니, 나 그럼 이제 자면 떡 줘야 돼." 이렇게 억지를 부렸던 생각이 난다.

'어른 말을 들으면 자다가도 떡이 생긴다.' 물론 이제 이 나이가 되어서는 이 말의 뜻을 어렴풋 알 것 같다. 어린 사람들은 인생의 경륜이 풍부한 어른의 말을 경청하면 삶의 지혜와 이로움을 배울 수 있다는 것이 이 말의 참뜻일 것이다. 자식을 길러보면서 새삼 이 말의 뜻을 절감할 때가 있다. 길이 아닌 길을 막무가내로 가려는 아이들을 간곡히 계도해야 하는, 선생의 자리에 선 사람들에게도 이 말은 일종의 묵시록처럼 마음에 자리 잡는다.

그런데 이 말보다도 훨씬 더 울림이 크게, 훨씬 더 강하게, 훨씬 더 깊이 각인되어 온 말이 있다. 그것은 '말이 씨 된다.'라는 말이다. 우리 선조들은 이 말을 자주 사용하였다. 분별없이 촐싹거리면서 덕스럽지 못한 말을 하면, 어른들은 점잖게 나무라는 어조로 "말이 씨 된다."라고 말씀하시며 주의를 주셨다.

함부로 방정맞은 말을 하다가 '말이 씨가 되느니라.' 하고 주의를 받으면 왠지 무서움 같은 것이 스스로 들었다. "네가 말한 대로 되리라" 하는 소리가 하늘 저 높은 곳 어디에서 들려 올 것 같았다. '말이 씨 된다.'는 말을 듣는 순간 어떤 주술적인 힘이 작동하는 듯한 느낌을 가지게 되는 것이다. 말이 씨 된다는 것은, 말 그대로 말도 씨앗과 같다는 것이다. 한번 뱉어 놓은 말은, 마치 밭에 떨어진 한 알의 씨앗처럼, 싹이 트고 자라서 줄기가 벋고 잎이 달리고 꽃이 핀다는 것이다. 말이란 원래 그렇다는 것이다.

그리고 보면 기원을 비는 주문(呪文)이나 진언(眞言)은 한결같이 같은 말을 계속 반복하는 모습으로 이루어지고 있다. 이야말로 말이 씨가 된다는 것을 확실히 느끼게 해 준다. 그리고 그 말의 씨앗을 심는다는 느낌을 가지게 한다. 굿판이나 의식에서 무당이나 제관이 무어라 주문을 외는 것을 본다. 나는 그 주문의 말이 그냥 흩어지는 것이 아니라, 말의 씨앗을 촘촘히 그리고 아주 꼭꼭 심는다는 생각을 떨치지 못한다. 그리고 그 말대로 된다는 믿음을 확인하고 또 확인하는 것이 주문이나 진언의 내적 구조가 아닐까 생각한다.

2.

씨앗이란 무엇인가. 식물을 그 종자의 특성대로 그대로 싹 틔워 자라게 하는 원천이지 않은가. 사과나무의 씨앗은 사과나무를 싹 틔워서 자라게 하고, 배추 씨앗은 배추를 자라게 한다. 말의 씨앗 또한 마찬가지이다. 좋은 말은 좋은 일을 생기게 하고, 나쁜 말은 나쁜 일을 생기게 한다. 생각 없이 불쑥 부덕(不德)한 나쁜 말을 뱉어 놓고는 "아이고! 요놈의 입이 방정이다" 하고 제가 제 입을 쥐어박는 장면이 영화나 드라마에 흔히 등장하지 않던가.

그래서 말은 그냥 단순한 의사소통의 수단으로만 머물지 않는다. 말하는 사람의 인간적 면모를 여실히 반영한다. 말을 꺼내는 순간 그가 지닌 도덕과 세계관과 윤리가 싹을 틔운다. 말을 하는 동안 그의 존재론적 가치와 정체성은 누군가를 향하여 벋어 나간다. 기능(skill)만을 강조하는 국어교육에 '말은 씨앗이다.'는 인식론이 더 보강되어야 한다.

말이 씨가 된다는 언어관 속에는 참으로 훌륭한 삶의 지혜가 들어 있다. 그런데 우리는 이 말을 다분히 금기의 영역에서 강조하여 왔던 것 같다. 경솔하게 말하지 말라. 너무 앞서서 예단하지 말라. 함부로 남을 험담하지 말라. 부정한 생각을 드러내지 말라. 이처럼 금기의 항목들이 많은 것이다. 그러니까 말이 씨가 된다고 하면서, 무엇 무엇을 하지 말라는 쪽으로 언어문화를 이끌어 온 면이 강했다. 나쁜 말에서 나쁜 일이 생기는 것을 경계하고 두려워하는 쪽으로 작용해 온 것이다.

그러나 달리 생각해 보면 말이 씨가 된다는 것을 긍정적으로 강화해 볼 필요가 있다. 좋은 말은 좋은 일을 이루어지게 하는 씨앗이 될 수 있다는 것을 왜 모른단 말인가. 부정적 강화와 자기 절제의 미덕을 모르는 바는 아니지만, 긍정적으로 발산하여 어떤 강화를 하게 되는 것은 말과 삶을 더욱 역동적으로 만들어 주는 것이다. 좋은 말로 씨를 뿌리

자. 모든 이루어지는 꿈에는 그 꿈을 말소리로 내어 본 최초의 말이 있었음으로 그 꿈이 이루어진 것이다. 말의 씨가 먼저 뿌려졌으므로 마침내 꿈의 꽃이 피게 되는 것이다.


3.

꿈이 소중하다고 말들을 하지만, 그것이 소중하기 위해서는 강한 현실의 뿌리와 연결되어야 한다. 그런데 대부분의 경우 꿈은 그냥 꿈으로 끝나기 십상이다. 꿈꾸기 위해서 꿈꾸는 것은 일종의 자기 속임수인지도 모른다. 꽃으로 치면 조화(造花)이다.

이루어진다는 것을 굳게 믿고 현실을 꿈 쪽으로 추동해 나가는 것이 생화(生花)와 같은 꿈이다. 혹자는 꿈이란 가지는 것 자체로 의미가 있다고 말하지만, 이루어지지 않을 것을 너무도 번연히 알고 있는 꿈은 그야말로 하룻밤 꿈처럼 허망하다. 이런 꿈은 현실의 어려움을 피해가려는 사람이 그저 나약하게 도피하는 관념의 동굴일 뿐이다. 일종의 진통제에 불과한 것이다. 꿈이란 이루어진다는 역동적 기대와 현실적 의지를 바탕으로 할 때 삶에서 중요한 의미를 가진다.

꿈을 이루기 위해서 그 꿈을 끊임없이 추동하는 가장 현실적인 힘은 무엇일까. 사람들은 그것을 '실천'이라고 한다. 맞는 말이다. 그런데 그 '실천'을 지속하게 하는 힘은 무엇일까. 그것은 '말'이다. 더 정확하게 말하면 '말의 씨앗', 즉 '씨가 되는 말'이다. 그러므로 꿈이 이루어지는 것은 말이 이루어지는 것이라 할 수 있다. 내가 나를 향하여 부단히 던지고 있는 말이 꿈을 이루게 한다. 스스로의 다짐을 불변의 실천으로 굳히기 위하여, 그것을 다시 남에게 약속으로 묶어 두게 하는 말이 꿈을 이루게 한다.

말 가운데는 글로 쓰는 말이 때로는 큰 힘을 발휘한다. 존 맥스웰은 이렇게 말한다.

"우리 중 약 95%의 사람은 자신의 인생 목표를 글로 기록한 적이 없습니다. 그러나 글로 기록한 적이 있는 5%의 사람들 중 95%가 자신의 목표를 성취했습니다."

맥스웰의 말에 사족(蛇足)을 덧붙여 본다.

"나의 꿈이 멀어질 때, 내가 나를 돕는 구체적인 방법이 무엇인지 아십니까? 그것은 글을 쓰는 것입니다. 꿈이 흐려질 때일수록 글을 써 보십시오. 그렇게 쓴 글은 서랍 속에 감추어 두지 마십시오. 어디엔가 내어 놓고 발표하여 소통시켜 보십시오, 그러면 이상한 마력이 생겨납니다. 마치 그 어떤 신령한 존재가 나에게 영험 있는 마술을 걸듯이, 내가 나에게 마술을 걸게 되는 효과가 생기는 법이지요. 그것이 말의 힘, 글쓰기의 힘이라고 나는 생각합니다. 물론 이런 힘이 모여서 꿈을 이루게 합니다." (昔影)

# 듣기 싫어요

기억날지 모르겠지만 모 방송사의 인기 프로그램 중에 <전파견문록>이란 프로그램이 있었다. 유치원 어린이들이 등장하는 프로그램인데, 막상 이 프로그램은 유치원 어린이 프로그램이 아니라, 일반 어른들이 즐겨 보는 프로그램이었다. 이를테면 유치원 어린이들을 끌어들인 일종의 오락 프로그램인 셈이다. 두 팀의 연예인들이 유치원 어린이들을 상대로 그들의 숨어 있는 마음과 언어를 누가 더 잘 알아맞히는지를 경쟁하는 프로그램이었다.

유치원 어린이를 두고 양 팀의 대결이 게임하듯이 전개되기 때문에, 오락적 흥미가 높았다. 동시에 유치원 어린이의 순수하고 꾸밈없는 마음과 언어를 감동적으로 발견하게 되는 과정을 보여주었던 프로그램이다. 꼬마들의 말과 생각을 통해서 어른들의 때 묻은 속기(俗氣)를 매우 산뜻하게 반성해 볼 수 있었다는 점에서, '교양성'이 강한 프로그램이기도 했다. 이 방송 프로그램이 크게 인기를 얻게 된 데에는, 제작진이 전문성을 가지고 유치원 어린이들을 상대로 다양하고도 현실감 있는 조사를 계속하여, 그것을 프로그램 제작에 유효적절하게 반영시켰던 데에 있었다.

그 조사 중에 두고두고 흥미와 관심을 끌게 하는 것이 있었다. 그것은 '유치원 어린이 여러분! 선생님 말씀 중에 제일 듣기 싫은 것은 무엇인지 말 좀 해 보세요' 하는 물음에 대해서 아이들이 반응한 내용이었다. 천 여 명의 유치원 아이들이 보여 준 반응 중에 1위에서 4위까지를 선정하여 발표하였다.

먼저 4위부터 보자. 듣기 싫은 선생님의 말씀, 제4위에 올라 와 있는 유치원 아이들의 반응은 이거다.

"선생님이 예뻐? 옆 반 선생님이 예뻐?"

유치원 꼬마들이 지적한 것이지만, 무릎을 칠 정도로 공감이 가는 말이다. 생각해 보면 어른 중심[가부장중심]의 전근대적 가치관 하에서는 아이들의 인격은 쉽게 무시되었다. 겨우 말을 시작할 무렵부터 가장 자주 들었던 물음이, "엄마가 좋아, 아빠가 좋아?"라는 물음 아니었던가. '아빠가 좋아'라고 하면 짐짓 엄마가 찡그리는 척하고, '엄마가 좋아'라고 하면 짐짓 아빠가 찡그리는 척하는 모습으로 가족의 단란함을 과시하였다. 아이가 곤혹스러워 하면, 어른들은 곧잘 "그 놈 참 영리하다"고 하며 머리를 쓰다듬어 주었다. 그러나 이것은 그냥 어른들만의 유쾌한 놀이일 뿐이다. 아이에게는 그저 고통의 시간일 뿐이다.

그러나 이것이 어찌 유치원 꼬마들만의 괴로움이고 고민이겠는가. 어른들의 세계인들 다를 리가 없다. 줄서기를 강요하는 사회, 어떤 권력의 줄을 따라야할지 고민하게 하는 사회, 아차, 한번 줄을 잘못 서면,

아득하게 나락으로 떨어지게 되는 불안은 정치판에도 장사판에도, 심지어 교육판에도 없다 하지 못할 것이다. 힘없고 불안정한 직장인들에게는 줄서기처럼 곤혹스러운 것이 없다. 힘을 가진 쪽에서는 심심풀이로 묻는 말일 수도 있지만, 당하는 쪽에서는 더없는 마음의 갈등과 눈치 보기의 곡예를 해야 한다. 그래서 억압이다.

줄 서기를 강요하는 사회는 '편 가르기'가 극성을 피우는 사회이다. 그리고 보면 사람의 심리 내면에 '편 가르기'에 대한 악마적 유혹이 본래부터 도사리고 있는 것이라는 생각도 든다. '편 가르기'란 권력을 공학적으로 주무를 수 있는 자들이 내 권력 만들기를 위해 가동하는 풀무질과도 같은 것이다. 생각해 보라. 내 마음 어딘가에 편 가르기를 하고 싶은 유혹이 생기면, 아 내가 권력 지향의 유혹에 이끌려가고 있구나 하고 생각하면 된다.

"선생님이 예뻐? 옆 반 선생님이 예뻐?" 억압의 말이라 아니할 수 없다. 어른이나 아이나 이 대목에서 고통스럽기는 마찬가지이다.

선생님 말씀 중 가장 듣기 싫은 말, 제 3위에 올라 있는 말은 짧고도 명료하다.


"너 말고!"


"저요, 저요"하고 손을 드는 아이들의 모습 속에서, 무슨 사유인지는 모르지만 선생님께서 어떤 아이를 제쳐놓음을 선언할 때 하는 말이, 바로 '너 말고!' 아니겠는가. 선생님도 사정은 있을 것이다. 그 아이가 아마 여러 번 발표를 독점했기 때문일 수도 있다. 그러나 표출된 말의 모습이 너무도 단호한 차단이다. 설령 그 아이의 참여를 억제시킬 필요가 있다 하더라도, 좀더 부드러운 제어의 말은 없을까. 아무런 어루만짐의 배려도 없이 냉정히 선고하듯 투사하는 '너 말고!'라는 말은 너무 직선적이고 강렬해서, 그 말을 받는 아이에게는 '너 싫어!'라는 말로 전해오기 십상이다. 그만큼 마음에 입게 되는 상처도 쓰리고 아프다.

어른들도 사회생활에서, 여러 수십 번 '너 말고!'를 경험한다. 그러면서 그 자신도 또 다른 그 누구를 향하여 '너 말고!'를 외친다. 그러고 싶지 않아도 그렇게 만드는 것이 현대 사회라고 한다. 오늘날 가장 큰 병리 현상이 '소외의 현상'이라고 하지 않는가. 소외가 뼈저리게 느껴지는 것은, 자기네들끼리 무어라고 신나게 떠들다가 내가 들어갔더니 약속이라도 한 듯 입을 다물게 되는 상황을 경험할 때이다. 이런 상황이 '존재의 감옥'이라 할 수 있다.

직장이나 공동체에서 나만 따돌림을 받는다는 느낌을 가지는 순간, 사람들과 아득하게 격리되는 자아를 가지게 된다. 그 순간이 바로 '존재의 감옥'으로 가게 되는 순간인 것이다. 스스로 자신을 감옥에 가두어 버리는 것, 아니 그렇게 되도록 만들어 버리는 환경이 바로 소외의 본질이다. 소외는 아무런 소리도 아무런 냄새도 아무런 색깔도 없는 새로운 종류의 억압이다. 소리 소문도 없이 나를 낙오시키는 것이다. 저항할 기력 자체를 빼앗아 가버리는, 그런 억압이다. 어른이나 아이나 이런 소외의 언어에 억압되고 있다.

유치원 꼬마들이 선생님에게서 듣기 싫어하는 랭킹 2위의 말은, 사실 우리들 모두가 어떤 식으로이든 자라면서 경험했던 말이다.

"너 이렇게 말 안 듣는 것, 원장 선생님께 모두 일러바쳐야겠다."

어떤가. 이 억울하기도 하고, 대책 없기도 한 막막함의 상황을 누가 알겠는가. 진정 나는 그런 '나'가 아닌데, 원장 선생님께서는 순전히 나쁜 아이로만 나를 인식할 것 아니겠는가. 나는 어떻게 변명조차 해 볼 수도 없고, 나란 존재는 속절없이 왜곡되고 만다. 이렇게 무기력하고, 이렇게 부자유한 것이 또 있을까. 아, 나도 일러바칠 수 있는 자리에 있을 수 있으면 얼마나 좋을까. 그러고 보면 일러바칠 수 있는 자리에 있는 것 자체가 권력인지도 모르겠다. 그것은 때로 최고 권력보다도 더 권력스럽다는 것을 유감없이 보여준다. 물론 그런 권력은 부당한 권력이다. 부당한 권력은 언제나 권력을 남용한다.

권력자에게 누군가의 잘못을 일러바치는 심리에는 미움과 견제의 감정이 개입한다. 아니, 모든 일러바침의 속에는 확장된 미움의 감정이 스며있다. 일러바치는 본인은 그것을 '정의감'이라고 생각하고 자기최면을 걸지만, 자신의 무의식 속에 있는 미움의 감정을 알아차리지 못할 때가 많다. 잘못된 것을 교정해 주는 방법 중에 가장 야비한 것이 누군가에게 일러바치겠다고 위협하는 것이다. 그렇게 일러바치겠다고 은연중에 위협하는 것은 막상 일러바침 그 자체보다 더 고약한 것인지도 모른다. 더구나 별다른 대응능력을 갖추지 못한 사람에게 휘둘러지는 일러바침의 집중은 '희생양'을 만들어 내는 과정에서 흔히 드러난다.

"너 이렇게 말 안 듣는 것, 원장 선생님께 모두 일러바쳐야겠다." 엄청난 억압임에 틀림없다. 이런 식으로 억압을 받는 아이는 자율을 버린다. 내 나름대로 잘 해보았자 일러바친 대로 이미 나는 찍힌 몸이 되는 걸 알면서 절망한다. 그러므로 그는 자율을 버린다. 타율적 인간이 된다. 아이들만 그런가? 어른도 꼭 마찬가지이다.

그러면 대망의 1위, 유치원 아이들이 가장 듣기 싫어하는 선생님의 말은 무엇인가. 그것은 현재의 위치에서 내쫓길지도 모른다는 두려움을 담고 있는, 다음과 같은 말이다.

"안 되겠다. 다시 여섯 살 반으로 내려가야 하겠다."

유치원은 두 개의 학년으로 되어 있다. 여섯 살 반과 일곱 살 반으로 되어 있는 것이다. 물론 위의 반응은 일곱 살 반 어린이들에게서 나온 것이다. 예닐곱 살 무렵의 여섯 살과 일곱 살은 엄청난 발달상의 차이를 가지는 때이다.

여섯 살 반으로 내려 보내겠다는 선생님 말씀을 듣는 순간 형용 못할 당혹감과 불안감이 엄습한다. 아무리 못하기로서니 도무지 상대가 되지 않는 저 코흘리개 동생들 반으로 가서 배우라니, 동네에서 내 자존심은 어떻게 되는 거냐 말이다. 그건 그렇다 치고, 지금 이 반에서 나만 쫓겨나는 것은 너무 억울하고 분하다. 나보다 더 못한 영철이도 있고 예림이도 있는데, 왜 날더러 나가라고 한단 말인가. 또 그건 그렇다 치고, 그간 친구들 열심히 사귀어 정도 들고 분위기도 익숙해져서, 어른들 말로 정체감과 안정감을 가지고 공부해 왔었는데 갑자기 나가라니. 해도 너무 하시는 것 아닙니까. 분노와 불안이 뒤섞이니 세상이 우울하고 밥맛도 없어진다.

유치원 꼬마들의 마음을 여기까지 따라오다 보니, 매우 유사한 것 하나를 발견한다. 구조조정과 퇴출의 위협에 끊임없이 시달리고 우울해하는 어른들의 마음이 이것과 꼭 닮았다. 근원도 알 수 없고 출구는 더욱 알 수 없는 퇴출과 구조조정의 메커니즘, 이보다 더 우울한 억압이 어디에 있겠는가. 인생고해(人生苦海)는 아이나 어른이나 모두 고단하게 건너야 하는 바다인가. (昔影)

# 돌에는 결이 있고, 말에는 맥(脈)이 있다.

### 1.

말이란 그것이 생겨난 맥락(脈絡)이란 것이 한없이 풍부하여 그 맥락의 맛을 온전히 다 살려 쓴다는 것이 여간 오묘한 것이 아니다. 말이 생겨난 맥락도 풍부하지만, 말이 사용되는 구체적인 상황 맥락은 또한 얼마나 다양하고 섬세한가. 맥락이란 소통 이론에서 학문적인 의미로도 사용하지만, 굳이 학문적 검토를 빌리지 않더라도, 말에 감돌고 있는 맥박과 생기를 말의 맥(脈)이라 불러도 무방할 것이다. 돌에는 결이 있고 말에는 맥이 있다.

한 젊은이가 어떤 중요한 과업에 매진하여 천신만고 노력을 하였다. 밤잠을 자지 않고 온갖 애를 써 가며 노력하였다. 무수히 많은 난관을 헤쳐 나가며 혼자서 노심초사하는 날의 연속이었다. 그러나 유감스럽게도 그 일이 성공하지 못하게 되었다. 젊은이는 너무도 허탈하였다. 자기의 노력을 하늘이 몰라주는 것 같았다. 최선을 다했다고 생각했는데, 내가 어디서부터 잘못된 것인가. 괴로워하다가 옛 스승에게 찾아갔다.

"선생님, 저는 이 일을 위해서 저의 최선을 다 했습니다. 제 스스로 할 수 있는 일이라면 어느 것 하나 빠뜨리지 않고 다 했습니다. 정말 하늘도 무심하십니다."

그러자 스승이 말하였다.

"자네는 최선을 다하지는 않았네. 자네 혼자서 수많은 고민을 하고, 자네가 할 수 있는 일은 다 해 보았겠지. 하지만 다른 사람에게 도움을 구하려는 노력을 해 보지 않았네."

이 에피소드가 의도하는 주제를 우리는 쉽사리 눈치 챌 수 있다. 어려운 일일수록 독불장군으로 해결하기는 어렵다. 다른 사람의 생각을 빌리고, 남과 도움을 주고받는 과정에서 문제를 해결하는 지혜를 배워라. 뭐 이런 뜻의 교훈이 들어 있는 이야기라 하겠다.

나는 이 이야기를 들으면서 이 이야기의 주제와는 상관없이, 엉뚱하게도 '말의 맥(脈)'이라는 것을 생각하여 보았다. 궁극적으로 젊은이는 '최선을 다한다'는 말을 맥을 살려 쓰지 못 했다는 생각이 들었다. 말의 맥이란 그 말의 효과를 진실하고 역동적으로 살아나게 하는, 숨어 있는 의미의 효소들이라고나 할까. 사람이 맥이 없으면 허깨비 같은 존재가 되고, 말이 맥을 풍성하게 살려내지 못하면 하나마나 들으나마나 한 말, 즉 죽은 말이 된다.

그렇다면, '최선을 다한다'는 말, 이 말의 맥은 무엇일까. '최선을 다한다'고 말하는 사람 쪽에서 보면, 이 말을 쓰는 순간 그는 무한의 책무감을 심리적 맥으로 감당해야 한다. 따라서 이 말은 그냥 체면치레용으로는 쓸 수 없는 말이다. 그러기에는 심오한 맥을 지니고 있는 말이라는 생각이 들었다. '최선을 다하라'는 말을 처음 들었을 때, 나는 이 말에서 풍기는 어떤 비장함의 분위기 같은 것이 강하게 와 닿았다. 물론 이런 생각은 어디까지나 내 주관적인 느낌이다. 최선을 다한다는 말을 하면서 무한 책임의 비장함을 거느릴 때 최선을 다한다는 말은 비로소 맥이 살아나는 것 아니겠는가.

2.

　말이 나온 김에 이 말에 스며있는 여러 의미의 맥락을 챙겨 본다. '최선을 다하라'는 말은 간결함으로써 장중함을 불러일으킨다. 이 말이 토종의 우리식 발상을 표상하는 말은 아니라, 영어의 'Do your best'를 그대로 직역한 말이라는 것을 알면서, 영어식 발상에 대한 이해를 확장해 준다면, 이 말의 매력은 더 크게 다가올지도 모르겠다. 절체절명의 상황에서도 좌절하지 않고 자신의 노력을 끝까지 쏟아 부어, 마침내는 오연하고도 굳센 자아를 곧추세우기를 요구하거나 다짐할 때 쓰일 법한 말이기 때문이다. 마치 운명과도 맞서겠다는 주체의 강력한 의지를 담고 있다.

　그런 점에서 이 말은 확실히 서양적 헬레니즘의 인본주의 분위기를 느끼게도 해 준다. 이런 경우 동양식으로는 오히려 '진인사대천명(盡人事待天命)'이라는 표현이 어울릴 것이라는 생각도 해 본다. '최선을 다하다(Do one's best)'에는 기필코 내가 다 감당하여 마주하겠다는 자아 중심의 성실이 극에 달하는 분위기가 있다면, '진인사대천명(盡人事待天命)'에는 사람의 몫과 하늘의 몫을 구분하여 사람이 하늘 앞에 겸허하게 수그리는 성실의 분위기를 느끼게 한다.

　'최선을 다하라'는 말은 어떤 비장함의 분위기가 동반될 때, 이 말의 진정한 맛이 우러나온다. 순정한 애국심과도 같은 어떤 고매한 다짐이 정신적 품위를 가지고 피어오르는 듯하는 것이다. 그것은 아마도 이 말에 연관된 역사적 에피소드의 맥락이 그런 의식을 가지도록 해 주었지 않나 하는 생각이 든다. 나폴레옹 함대와 맞서서 운명의 결전을 벌리기로 되어 있는 트라팔가 해전 전투에 임하여 명장 넬슨 제독이 휘하의 전 함대원들에게 했다는 비장의 한 마디가 바로 이 말, '최선을 다하라!(Do Your Best!)'이었다고 하지 않는가. 그리고 이 전투에서 나폴레

웅함대를 격파했었다. 그러했기에 이 말이 가지는 맥락의 깊이는 한층 더 숭고해지는 데에 이르는 것 같다.


3.

그런데 우리가 일상에서 상투적으로 쓰는 '최선을 다하라' 또는 '최선을 다 하겠습니다' 하는 말들이 맥이 빠진 말처럼 들릴 때가 많다. 비장감이나 소명감 같은 의미의 맥은 빠진 채, 그냥 말하기 위한 말로 자동화 되는 말이 아닌가 하는 느낌을 받는다. 왠지 패배가 예상되는 경기에 임한 선수가 억지로 인터뷰 할 때 마지못하여 하는 말로 흔히 '최선을 다 하겠다'는 말을 쓴다는 느낌을 준다. 내게는 그렇게 들리는 경우가 더러 있다.

실제로 성공하지 못한 일의 결과를 두고, 변명 아닌 변명을 할 때 자주 등장하는 말이 '저로서는 최선을 다 했습니다' 하는 말이 아닌가 하는 생각도 든다. 그러고 보니 나도 이런 투의 표현에 익숙해 있는 것 같다. 결전을 앞둔 트라팔가 해전에서 넬슨 제독이 병사들에게 비장하게 던졌다는 '최선을 다하라'의 맥이 재현되지 않는 것이다. 이렇게 되면 이 말 자체가 '최선(最善)'과는 상관이 없는 말로 변해 가는 것 같다. 그러니 '최선을 다한다'는 말도 별 매력 없는 말로 변질되고 있는 것인지도 모른다. 물론 나만의 착각이었으면 좋겠다.

맥없는 말 중에 대표적인 것으로 "언제 밥이나 한 끼 합시다." 같은 것이 있다. 식사를 같이 하자는 말인데, 지금 당장은 아니고 언젠가 하자는 것이다. 이런 제의야말로 참으로 기약할 수 없는 제의이다. 그래서 센스가 있는 사람들은 알아차린다. 그냥 인사치레로 하는 말이라는 것을 아는 것이다. '밥이나 한 끼 하자'는 제의에는 장소와 시간이 드러나지 않는다. 이것은 무엇을 말하는가. 장소와 시간은 내가 정한다는 심리적 맥락이 있는 것인데, 이는 한없이 일방적인 호의의 표출이며 동시에 내가 네게 혜택을 베푼다는 시혜적(施惠的) 의식이 들어 있다.

만약 넘치게 진지한 사람이 있어서 "아! 그래요? 그러면 다음 주 목요일에 XX식당에서 밥 한 끼 하도록 할까요?" 이렇게 못을 박으려 든다면 상대는 오히려 '뭐 이런 사람이 다 있나' 하는 시선으로 쳐다볼지도 모른다. 그리고 당혹해 할 것이다. 아니, 자기를 놀리려고 한다는 생각을 할지도 모른다. 맥이 생동하는 말이 아니므로 마음과 마음을 전하여 움직이게 하는 말이 되기 어렵다. 이런 말은 상대가 나에게 일정한 관심을 주고 있다는 것을 나타내기는 하겠지만, 소통의 맥이 잘 살아나지는 않는 말이다.

더욱 딱한 것은 '언제 밥이나 한 끼 합시다.'하는 제의가 그야말로 말로써만 던져 보았을 뿐, 실제로는 이루어지지 않는 경우이다. 한국 사회 성인의 사교적 대화에서 '언제 밥이나 한 끼 합시다.'라는 말을 내 쪽에서 하고 실천 못한 경우, 남으로부터 듣고서 실천되지 못한 경우를 예거해 보라면 수도 없이 많은 사례들이 있을 것이다. 이렇게 되면, '언제 밥이나 한 끼 합시다'는 말은 맥없는 말을 넘어서서 실없는 말이 되고, 안 하기보다 훨씬 못한 말이 된다. 말에 따라 붙는 살아 있는 맥을 진중하게 거느리지 못하고, 말 자체에만 매달렸기 때문이다. 말은 플러스의 힘과 마이너스의 힘을 각각 극한으로 가지는 것이다. 말로써 인심을 얻어 흥하기로 한다면 끝이 없고, 말로써 인심을 잃어 패가망신하기로 한다면 그 또한 끝이 없을 것이다.

4.

돌에는 돌의 결이 있고, 말에는 말의 맥이 있다. 돌의 결을 아는 사람이 돌을 제대로 다룰 수 있듯이, 말의 맥을 아는 사람이야말로 말의 진정한 깊이를 깨우쳐 쓸 수 있는 사람이다. 사람들이 바쁘게 쫓겨 살면서, 생각을 대충대충 하면서 산다. 이렇듯 사람들이 깊게 생각하지 않고 살게 되면서, 말의 맥을 곱씹어 생각하여 소중히 챙기어 쓰는 사람들도 없어져 간다.

말의 맥을 진중하게 사려한다는 것은 우리들 관계와 우리들 사는 생태를 각성한다는 것과 같다. 말의 황폐는 관계의 황폐를 만들어낸다. 배려가 없는 건성의 말들이 생긴다. 더러는 자신의 말이 남에게 얼마나 상처의 창이 되는지를 모르고 무심코 휘두른다. 그래서 말과 마음이 겉도는 언어 생태를 우리는 살고 있다. 맥으로 연결 소통되지 않기 때문이다.

말의 맥을 의미 있게 짚어 본다는 것은 그 자체가 인문정신의 정수라고 할 수 있다. 말의 맥이 곧 인간의 심리에 대한 이해이거나, 인간이 모여 사는 사회에 대한 이해이기 때문이다. 말의 맥은 곧장 인간이 지어 놓은 문화에 관통해 있고, 인간의 역사가 던지는 의미의 그물에 연결되어 있기에 더욱 그러하다. 언어능력의 진수는 그냥 말을 유창하게 잘 하는 데에 머물지 않고, 말의 심리적 사회적 문화적 역사적 맥을 깊이 이해하는 데에 가 닿은 것임을 알아야 할 것이다. (昔影)

# 소가 있던 풍경

1.

봄날 저녁, 문경 점촌 근처 어디쯤에서 내 어린 시절 친구들이 몇이 모였다. 우리는 어쩌다가 소 이야기를 했다. 1950년대 산골 농촌에서 초등학교를 다녔던 우리들에게 소는 일상의 친숙한 풍경이었다. 소는 서로 숨결이 들릴 정도로 호흡의 공간을 같이 하는 가족이었다. 그런가 하면 농사일의 현장에서는 노동의 동역자이기도 했다. 소 없는 집은 소 있는 집을 얼마나 부러워했던가. 말할 것도 없이 소는 재산목록 1호이었다. 동시에 가족 식구 명단의 마지막 넘버로 기록되기에 족했다.

송아지가 어른 소로 자라는 동안에는 소를 먹이는 일은 남자아이들의 책무이었다. 마치 여러 남매를 낳아 기르는 농가에서 부모가 농사일에 바쁘면, 나이 터울에 따라 열 살 맏이가 서너 살 셋째 동생 챙겨서 기르는 것을 책임지고, 둘째는 다시 그 아래 넷째를 챙겨 기르는 일이 책무로 주어지듯, 송아지 먹여서 기르는 일도 그런 식으로 농촌 아이들의 과업이었다. 학교에 다녀오면 으레 소를 몰고 꼴(소가 먹는 풀)을 먹이러 간다. 대개는 대여섯 명 아이들이 떼를 지어서 한꺼번에 소를 몰고 마을 가까운 곳의 산둥성이로 간다. 달리 사료가 없었으므로, 풀이 자라는 철에는 풀 있는 산으로 소를 데려가 꼴을 먹여서 길렀다.

그뿐이 아니라 소가 꼴을 먹는 동안 가지고 간 꼴망태에 소가 먹을 꼴을 한 짐 가득 베어 가지고 와야 했다. 이를테면 비축용 사료를 장만해 가야 하는 것이었다. 그런데 이게 적지 아니한 분량의 노동이었다. 노는 데 빠져 빈 꼴망태로 돌아가 아버지에게 야단을 듣는 것도 흔한 일이었다.

마을 전체가 소동을 피우게 되는 것은 꼴 먹이러 데려간 소를 잃어버리고 울면서 돌아오는 경우이다. 어스름이 끼는 저녁 무렵을 온 동네 어른 아이 할 것 없이 아무개 집 잃어버린 소를 찾는다고 마을 뒷산으로 산 너머 이웃 마을로 늦도록 찾아다니며 법석을 피운다. 그러는 동안 소 잃은 아이는 두려움과 구박으로 마음이 이래저래 녹초가 되기도 했다.

인심 착하던 때이라 이웃 마을에서 소를 발견하면 먼저 기별을 해 오곤 했다. 그런 날은 마을 전체가 캄캄하게 늦은 저녁 식사를 하게 되어도 소를 찾은 안도감에 행복해지고, 그때까지 울지도 못하고 가슴을 조이던 아이는 엄마가 따뜻하게 달래는 한 마디에 마침내 '으앙' 하고 편안한 울음을 터트리었다.

소에 관한 우리들의 추억은 이렇듯 정서로는 더욱 아련해지고, 기억으로는 더욱 또렷해져 갔다. 참으로 가난했던 시절인데, 소와 맺었던 추억들이 우리 친구들 관계만큼이나 돈독하다. 우리들의 소 이야기는 오래도록 이어진다.

2.

　산골 학교인 문경군 산북초등학교에 있는 내 친구 전제훈 교장의 이 야기이다. 어렸을 때, 마을에 고모부 되는 어른과 함께 살았는데, 여름 밤에 모기가 극성이면 이 어른께서 사람 자는 방에는 모기장을 안 쳐 도, 소가 자는 데는 모기장을 쳤다. 영화 '워낭소리'에서, 소에게 해가 갈까 논에 농약을 치지 않는 최 노인의 캐릭터가 옛날에는 다반사로 흔 했었나 보다. 요즘 들으면 이상하게 들릴지 모르겠지만, 소의 존재를 사람의 존재와 다르게 취급하지 않으려는 심리를 여실히 읽을 수 있는 대목이다.

　농가에서 소가 재산 목록 일호일 정도로 재화 가치가 높았기 때문에 재산 보호 차원에서 그러했을 것이라고 추리할 수 있을 지도 모르겠다. 틀린 추리라고는 할 수 없겠지만, 온전한 설명이랄 수도 없을 것 같다. 사람과 소가 농사 노동을 함께 몸으로 해 가면서 배어 든 특유의 정 같 은 것을 빼놓고서는 이런 현상을 온전하게 설명할 수 없다. 또 농사 노 동을 하는 동안 사람과 소는 농사 작업의 언어를 공유하여 소통한다. 어떤 방식으로이든 노동과 언어를 공유한다는 것은 사람과 소 사이의 그 나름의 감정과 정서를 나누게 된다는 것을 의미한다. 그러고 보면 옛날 농가 구조에서 소가 사는 공간은 돼지를 기르는 공간과는 여러 가 지로 차별화 되었다. 소 키우는 자리는 사람 사는 집채 안에 같이 있거 나 가까이 있고, 돼지 키우는 돼지우리는 마당 텃밭 가장자리에 멀리 떨어져 있다.

　전교장에 따르면 1960년대 초반, 농촌에서 농사일을 하기 위해 남의 집 소를 빌려서 부리게 되면, 그것을 돈으로 따져서 거래하지 않았단 다. 정녕 미안하면 사람의 노동력으로 채워서 갚는 것이 관례이었다고 한다. 그 무렵 전교장 조부께서 남의 집 소를 하루 빌려 쓰셨는데, 뒷날

소를 빌려 준 사람의 집에 농사일이 있을 때 사흘을 가서 일을 해 주었다고 한다. 일가끼리 모여 살며 농사를 짓는 집성촌에서 상부상조하는 농사 관습 중의 하나로 볼 수 있을 것이다. 어찌 보면 인력과 우력(牛力)이 상통하는 장면 같기도 하다. 또 좀 비약해서 보면 인격과 우격(牛格)이 웬만큼 상호성을 가지는 장면으로 읽히기도 한다. 그러나 이런 장면은 이제는 더 이상 보려고 해도 볼 수 없다.


3.

　지난 해 이후 큰 관심을 끌었던 독립영화 '워낭소리' 이야기를 되짚어 본다. 평생 땅을 지키며 살아온 농부 최 노인에게는 30년을 부려온 소 한 마리가 있다. 소의 수명은 보통 15년, 그런데 이 소의 나이는 무려 마흔 살이다. 그런데 이 소에게 죽음이 다가온다. 친구처럼 살아가는 최 노인과 소는 삶의 기반을 공유하는 셈이다. 이 영화의 묘미는, 사람과 소가 소통하며 살아가는 삶의 기반이란 것을 '자연'으로 설명해 주는 데에 있다. 물론 이 때의 자연이란 산과 들과 강으로 나타나는 눈에 보이는 자연을 넘어서서, 인간 심성 그 안에 있는 어떤 자연성까지도 포함한다. 나는 그것을 굳이 맹자의 성선설(性善說)에 기대지 않더라도, 사람 마음 안에 있는 착함의 본성이라고 생각한다.

　바로 그 '인간 심성 안에 있는 자연성'에 따라 노인과 소 사이에 소통은 아름답고 감동적으로 이루어진다. 왜냐하면 그 소통이 진정성의 경지를 보여주기 때문이다. 가축과 사람의 사이를 성큼 넘어서서, 마치 사람과 사람의 사이인 듯 '인격적' 분위기를 보여주기도 한다. 게다가 이 영화는 굳이 무언가를 잘 꾸며서 보여주겠다는 상업 영화 스타일의 연출을 철저히 배제하였다. 있는 그대로를 있는 그대로의 방식으로 던져 주고 있을 뿐이다. 시선을 붙잡아 매려고 안간힘을 쓰는, 온갖 달콤한 장치들은 없다.

영화 '워낭소리'는 우리들에게 감동을 주었다. 자연 속에서 자연의 방식으로 사람과 소가 교감하는 모습을 보여주기 때문이다. 그 교감의 진정성이 현대 문명사회의 도시인들의 마음에 순수의 안개를 피워 올렸다. 이 영화를 보는 동안 인간의 마음이 지닐 수 있는 고결함과, 그것으로부터 너무도 멀리 전전하며 이악스럽게 살아가는 오늘날 우리들 대부분의 삶은 문명적이 된 만큼 이기적인 삶으로 변전하였다. 바로 그러한 우리들 자신의 삶에 대한 아득한 연민 같은 것을 번져나게 한다. 감동의 요체는 아마도 이런 것일 게다.

더러는 이 영화가 지루했다는 사람도 있다. 아마도 게임을 즐기는 세대들은 그런 느낌을 가질 수밖에 없으리라 하는 생각도 든다. 우리가 얼마나 속도의 감옥에 갇혀서 사는지를 생각해 보게 하는 대목이다. 또 온갖 자극적 엔터테인먼트의 환경 속에서 철저히 수동적 존재로 변하게 되었는지를 되돌아보게 한다. 소파에 비스듬히 누워서 한가하게 리모컨 단추를 눌러, 무수히 많은 텔레비전 채널을 바꾸어 가면서 '나를 당장 즐겁게 하지 못하면 꺼져!' 하는 방식으로 우리는 살고 있다. 교육인들 크게 다르지 않다. '즐겁고 변화감 있고 재미있는' 방식이 한 축이라면, 다른 한 축은 '스스로 대상을 통찰하며 오래 시선을 떼지 않는' 방식이 되어야 할 것이다.


4.

소에 대한 옛날이야기들을 반추해 보면서, 영화 '워낭소리'가 빚어내는 감동의 파장을 들여다본다. 새삼 말은 무엇이고 소통은 무엇인지를 되묻게 된다. 그러면서 그 무렵 우리 농촌에서 농사짓던 어른들, 그분들이 사실은 '워낭소리'의 주인공 최 노인이었음을 느끼게 된다. '워낭소리'에 나오는 말들 중에는 미처 말이라고 볼 수 없는 소리에 가까운 것들이 있다. 귀가 잘 안 들리는 최 노인이지만 희미한 소의 워낭 소리는 귀신같이 알아듣는다. 소 역시 제대로 서지도 못 하면서 최 노인이 고삐를 잡으면 산 같은 나뭇짐도 마다 않고 나른다. 이들의 소통은 참 대단하다.

또 최 노인이 소에게 하는 말이나, 소를 중간에 두고 사람들에게 하는 말이란 것도, 단순하고 꾸밈없기 그지없다. 노인의 말에는 어떤 비유도 없다 어떤 상징도 없다. 어떤 추상도 없다 더더구나 어떤 수사학도 없다. 내포도 외연도 없는, 극히 무미건조한 말들로 일관한다. 말의 원초적 순수성이 그대로 유지되는 것을 볼 수 있다.

그 말들이 모두 직접적이고 일차적인 의미를, 아무런 수식이나 가공 없이 그대로 전한다. 모든 잔머리 잔꾀는 이런 언어 소통 구조에서는 발붙일 곳이 없다. 나는 이런 언어를 '자연 언어'라 분류해도 좋겠다고 생각해 본다. 이런 일차 언어의 덕분으로 이 영화가 "초록 논에 물이 돌 듯 온기를 전하는 이야기"라는 찬상을 얻는 것 아닌지 모르겠다.

우리가 이렇듯 멋있고 세련되고 정교한 언어의 법칙과 기술들을 가지고 있으면서도 소통은 왜 이렇듯 허탈한 왜곡을 일삼는지 모를 일이다. 문명과 언어는 그 번다함을 함께 누리기는 한다지만, '문명의 언어'는 소통의 병을 앓고 있다. 그래서 '문명의 언어'에는 고민이 많다. '문명의 언어'를 진화시켜 온 유전자 중에 혹시 인간의 성선(性善)은 쇠퇴시키고 성악(性惡)으로 강화된 유전자가 계속 우성을 확보해 가는 것은 아닌지 모르겠다. 문명화 되지 않은 것을 야만이라 한다면, 언어 안에 가공되지 않은 건강한 야만성이 좀 있어도 좋겠다. 말이 너무 약아지고 매끄러워지니까 마음 푸근히 내려두고 소통이 머물 곳이 없다. 현대인들 모두의 피곤함이 여기에도 있다. (昔影)

# 대독(代讀)과 이하동문(以下同文)

좀 바쁜 날이었다. 토요일인데 다른 일정 때문에, 아침 9시에 논문 심사를 받는 학생을 만나기로 약속이 되어 있었다. 약속 시간을 대기 위해 급히 차를 몰고 가는 길인데, 논문을 낸 학생이 전화를 해서 좀 늦는다고 한다. 저래서 논문이 잘 될까, 서두를 일이 아닌데 하는 생각이 들었다. 금방 문자가 날아왔다. 10시부터 <외국인을 위한 한국어교육 지도자과정> 수료식이 있는데 꼭 참석해 달라는 내용이다. 바쁜 하루를 예고하는 메시지 같다.

잡다한 일들이 이상하리만치 몰리는 날이 있기는 하지만, 좀 유다른 날이다. 난방이 안 들어오는 연구실은 썰렁하다. 낡은 책들이 풍기는 매캐한 냄새가 미처 정리하지 못한 감정의 찌꺼기처럼 연구실 공간을 가득 채우고 있다. 일상 버릇대로 컴퓨터를 킨다. 몇 가지 답을 해야 하는 메일들이 와 있다. 대개는 독촉성이 짙은 메시지들이다. 거기 답을 하느라고 앉아 있는데, 9시 반이나 되어 심사받는 학생이 찾아왔다. 나이 사십이 넘은 초등학교 남자 교사다. 공손한 대답의 구절마다 어설프게 전개했던 논리와 부실한 자료가 상기된다. 나도 모르게 목청이 자꾸 높아진다. 심사위원의 월권이거나 노파심인지도 모를 일이다.

수료식 시작 5분을 남겨놓고, 이야기를 급히 마무리하고는 자리에서 일어났다. 측문이 닫혀 있기 때문에 건물을 돌아 시간을 맞춘다고 헐레헐레 식장에 도착했을 때는 시계 시침이 10시 정각을 가리키고 있었다. 강의 시간에 익힌 얼굴들이 환하게 웃고 있다. 나는 손을 흔들어 반가운 인사를 했다. 10분이 넘게 지나서 축사를 할 인사들이 들어오고, 식이 시작되었을 때는 몸이 물젖은 솜처럼 가라앉기 시작했다. 그리고 피곤을 더분 졸음이 몰려왔다. 아침 식곤증인 양 잠시 졸았다.

총장 이름으로 발행되는 수료증을 학장이 들고 있고, 사회자가 그 문안을 읽고는 끝에 가서 '대독'이라고 하는 장면에서 눈을 떴다. 그 대독이라는 말이 내 성미를 건드린 것이다. 나는 격식을 갖춘 행사를 잘 못 견디는 성미이다. 입학식, 졸업식, 그리고 모모하는 시상식장에서 상장을 읽어 주는 모습이 별로 달갑지 않다. 상을 주는 교장, 학장, 총장 그런 분들이 상장을 들고 굳은 얼굴로 서 있고, 사회자가 문안을 대신 읽는 방식이 꼴사납게 보이는 것이다. 글을 못 읽는 문맹도 아닐 터이고, 발음기관이 고장나서 말을 못 하는 것도 아닐 터인데, 왜 그 짧은 문안을 다른 사람이 읽어야 하는지, 그 권위주의 시대의 유물이 가소로운 것이다. 더구나 상을 줄 사람이나 축사를 할 사람은 안 오고 행정 직원이 썼을 게 뻔한 글을 읽는 이른바 대독(代讀)은 남 대신 모욕을 당하는 대독(代瀆)을 떠올리게까지 한다.

'지도자과정'에는 자발적으로 공부하겠다는 의지를 가진 분들이 모이기 때문에 향학열이 대단히 높다. 가정을 가지고 있고 직장에 나가는 이들이 한 주에 이틀, 그렇게 일 년을 한 번도 빠지지 않고 강의에 참여하는 것은 놀라운 정성이다. 그런 분들에게 개근상을 주는데 대표로 한 사람에게 상을 주고는 다른 사람에게는 상장을 주면서, 사회자가 이름을 부르고는 내용은 '이하동문'이라고 한다. 저런, 혀를 차다가 볼펜을 꺼내서는 식순을 적은 종이 여백에다가 '대독과 이하동문'이라는 글을 쓰기 시작했다.

내가 진절머리를 내는 것 가운데 하나가 엔분의 일(1/n) 취급을 당하는 것이다. 같은 내용의 문건이라도 서두와 결말은 좀 달리해서 상을 받는 사람이 알뜰한 대접을 해 준다는 생각을 할 수 있도록 할 만한데 무감각하게 '이하동문' 그렇게, 그렇고 그렇고, 그렇고 그런 인간으로 분류를 해 버리는 것이다. 나아가 경칭을 생략하고 이름을 줄줄이 부르는 경우는, 내가 그들 이름 가운데 끼어 있다는 것이 별로 달갑지 않음은 물론 무시를 당했다는 느낌마저 생긴다. 한 무리 가운데 하나라는 것은 현실이지만 그렇게 닮을 턱이 없다. 나다움이 없기 때문이다.

세상에 똑같은 사람은 없다. 똑같은 사람이 있다고 해도 서로 다름을 전제한 같음이다. 대개 같은데 약간의 차이를 두고 다르다고 하는 것이지, 둘이 전혀 다른 존재라면 소통조차 불가능해진다. 그 약간의 차이를 인정받고 싶어 하는 심리는 단작스러운 느낌마저 든다. 헌데 그 단작스런 차이를 인정받아야 유다른 존재, 유니크한 존재가 되는 것이 아니겠나. 그 다른 면을 모두 제거하고 똑같은 바코드로 분류되는 존재가 된다는 것은 인간으로서 존재감을 상실하게 하기도 한다. 김춘수의 시구절 그대로다. "내가 너의 이름을 불러 주었을 때, 너는 내게 와서 하나의 의미가 된다." 내가 너를 인정해 주었을 때, 너다움을, 너의 유니크함을 인정할 때라야 너는 내게 하나의 의미로 태어나는 것이다. 그런 의미가 되는 존재, 꽃과 같이 빛나는 존재로 칭송을 받는 자리에서 '이하동문'이라는 획일주의적 수사는 달가운 것이 될 수 없다.

대독이니 이하동문이니 하는 말을 가지고 내가 참여한 의식에서 그

의식을 흉잡는 글을 쓰고 있는데, 어디서 내 이름을 거명하는 소리가 들린다. 본래 참여만 하고, 아무 역할이 없다는 이야기를 들었기 때문에 가벼운 마음으로 와 앉아 있던 터인데, 옆에 앉아 있던 주임교수가 나한테 한 마디 하라는 제안을 하라고, 사회자에게 일렀던 모양이다. 우리 과정의 운영위원이시며 우리 학과 원로교수이신 우한용 교수님께서 인사의 말씀을 하시겠습니다, 하는 사회자의 말에 따라, 잠시 멈칫거리다가 단으로 올라갔다.

대개 이런 이야기를 했다. 제가 뭘 하고 있었는지 들키고 말았습니다. 대독이니 이하동문이니 하는 말들을 흉잡는 글을 쓰고 있었는데 용코없이 발각을 당하고 말았습니다. 외국인들에게 한국어를 가르치는 여러분들은 한국어를 모범적으로 구사해야 함은 물론, 우리 언어가 행정 규제적인 방식으로 빠져들지 않도록 새롭게 다듬을 필요가 있습니다. 그 가운데 대독이니 이하동문이니 하는 것들도 새롭게 다듬어야 하는 대상입니다. 한국어를 그렇게 다듬어 나가야 여러분 자신이 자신의 정체성을 지킬 수 있으며, 그렇고 그런 엔 분의 일로 분류되지 않을 것입니다. 여러분의 한국어에 대한 청신한 감각이 세계로 널리 퍼져 나가기를 바랍니다. 거듭 축하의 말씀을 드립니다. 청중들이 박수를 보내주었다. 내 이야기에 공감을 하는 것이리라 위안을 삼으면서 연단을 내려왔다.

과정 동문회장이 인사를 하러 올라가서는 "축사는 대독하면 안 되겠지요?"라는 유머로 축사를 시작했다. 저이가 내 말을 건성 듣지는 않았구나 하는 생각을 하면서 오늘의 일정을 헤아려 보았다. 우선 송금할 일이 있어 은행에 들러야 하고, 병원에 가서 약 처방을 받아야 하고, 점심식사에 참여해야 하고, 이어서 회의를 주재하면서 글을 쓰기도 해야 한다. 하고, 하고, 하고 그렇게 이어지는 일과는, 바쁜 사람의 대표 밑에

불리는 이하동문을 벗어날 수 없는 신세라는 생각을 하고, 하고, 하게
했다. 이하동문인데 대독이 무슨 대수랴. (于空)

# 사전에 없는 말

1.

논문 심사를 하다보면 뜻이 모호한 용어 때문에 이야기가 길어지는 경우가 있다. 그러면 심사위원 가운데 누군가는 묻곤 한다.

"그 말이 사전에 나옵니까?"

심사를 받는 사람은 큰 잘못을 저지른 사람처럼 긴장해서 답을 못하거나 답을 해도 얼버무리기가 일쑤다. 달리 생각해 보면 그렇게 물을 일인가, 고개를 갸웃거리게 된다. 일급의 문필가라는 사람들은 말을 만들어 쓰기도 하고, 기왕에 쓰던 말을 새로 개념규정을 하기도 하지 않던가. 라틴어나 希臘語를 가져다가 새로운 의미를 부여해서 쓰기도 한다. 신비평가들의 텐션(tension)이 시적 긴장을 뜻하게 된 것도 비평용어로 정착했기 때문이다. 발터 벤야민이 유행시킨 아우라(aura)는 라틴어의 분위기라는 평범한 말이다. 프로이트의 이드(id) 또한 라틴어의 삼인칭 대명사이다. 영어로 하면 그 간단한 it. 미셸 푸코가 널리 퍼트린 에피스테메(épistémé)는 그리스어에서 앎과 과학 등을 뜻하는 에피

스티미(επιστίμη)를 붙어 철자법으로 적은 것이다. 교육학을 하는 사람들이 만든 말 가운데 하나가 '~에 터하여'라는 것이다. 영어의 based on을 번역한 것인데 자주 쓰는 말이 되었다. 사전에 안 나와도 그 말이 공인이 되면 자연스럽게 사전에 등재되기 마련이다.


2.

어린 시절, 충천남도 비산비야, 한촌에서 살았다. 외할아버지 외할머니를 모시고 살아서 그분들의 이야기를 자주 들을 기회가 있었다. 외할아버지는 말씀이 별로 없는 분이었고, 외할머니는 잔주를 하지는 않지만 이야기를 잘 하는 편이었다. 외할아버지는 고구마를 '무감자'라고 했는데 그게 그렇게 촌스럽게 들렸다. 무를 떼어 버리고 그냥 감자라고 하기도 했다. 그래서 감자와 고구마가 동음이의어처럼 쓰였다. 맥락에 따라 구분해 들을 수밖에 없었다. 그래서 김동인의 <감자>가 감자인지 고구마인지 결론이 안 난다. 김동인의 고향 평양에 문의할 방법을 찾아 보아야 하겠다. 감자를 그 어려운 말 마령서(馬鈴薯)라고도 했는데, 그 마를 뜻하는 서자가 감자서처럼 기억되는 바람에, 서동이 마를 캐는 총각보다는 감자를 캐는 총각 아닌가 하는 생각이 들기도 한다.

(외할머니는 '신지미'라는 말을 잘 썼는데, 믿거라 하고 그대로 방치해 두는 경우에, 채근을 하는 뜻으로 썼다. 그게 신지무의(信之無疑)라는 말이 구어로 변한 것을 아는 데는 많은 시간이 걸렸다. 이 이야기는 이전에 어딘가 썼던 기억이 있다.)

나는 충남 아산군 도고면 향산리에서 태어났다. 그 동네를 '피미'라고 했다. 동네 앞에 신작로(한길을 그 동네에서는 행길이라고 했다.)가 질러 나가고, 그 건너동네가 '나무골'이라는 동네였다. 신작로를 따라오른편으로 내려가면 용원이라는 길가 마을이 있었다. 신작로 왼편으로 가면 숫돌고개라는 작은 고개를 넘어 오른편에 '안피미'라는 마을이 있었다. 안피미 건너 골짜기에 '지새울'이라는 동네가 있었다. 지새울은 와산리라고도 했는데, 그게 '기왓골'이라고 국어학사 공부를 하면서 알게 되었다. 피미는 유추가 잘 안 되었다. 그런데 뫼가 단음화되어 미가 된다는 것을 알게 되었고, 피는 사직(社稷)이라는 말에 나오는 기장 또는 피를 뜻하는 직(稷)으로 읽어 보았다. **피뫼 = 직산** 직산이라는 지명은 천안에서 남쪽으로 조금 내려가면 거기에도 있다는 것을 알게 되었고, 피미가 피뫼라는 것도 알게 되었다. 근거는 유추가 되는데 안쓰기 때문에 사전에 오르지 않는 말도 있게 마련이다.


### 3.

나는 호기심이 많아 아무한테나 이것저것 물어보길 잘 했다. 사실은 그랬다고 어머니한테 들었다. 지금 생각해 보면, 그 때 어른들한테 들은 풀이름이며 나무 이름 같은 것을 지금까지 기억하고 있는 게 상당히 많다는 것이 놀랍기도 하다.

그 유명한 소월의 시 '엄마야 누나야 강변 살자'에 나오는 "뒷문 밖에는 갈잎의 노래" 그 구절의 갈잎이 갈대 잎으로 읽히는 것이 아니라 떡갈나무 잎으로 들리는 것도 당시의 언어체험이 그렇게 유도하기 때문인 듯하다. 당시 어른들을 따라 산에 가면 갈나무니 갈참나무니 하는 나무들을 많이도 보았다. 그리고 그런 나무들의 잎을 뭉뚱그려 갈잎이라고 했던 기억이 난다. 그리고 논에 물을 대고, 거기다가 산에서 풀이며 잡목 줄기를 잘라다가 넣고 앙구어서 거름을 하곤 했다. 산에 가서 풀과 잔 나무를 베는 일을 '갈을 꺾는다'고 했다. 널찍널찍한 떡갈나무

잎이라야 바람이 불면 서걱거리는 소리가 난다. 갈대 잎은 소리가 나도 그렇게 잘 들리지 않는다. 그리고 뒷문 밖에 갈대가 무성하면 집터로서는 그렇게 쾌적하지 못하기도 하다. 그래서 '갈잎의 노래'를 떡갈나무 잎이 노래하듯 서걱거리는 소리로 읽게 된다. (시를 공부하는 이들에게 이런 이야기를 했더니 '갈나무'에 대한 이미지가 없어서 그런지 시큰 둥하니 별 반응이 없었다.)

4.

어렸을 때는 장난감이라는 게 별로 없었다. 팽이도 나무를 베어다가 깎았고, 빨랫줄을 몰래 끊어다가 썰매를 만들어 타기도 했다. 좀 나이가 든 총각들은 나무로 틀을 짜고 나무 바퀴를 달아 끌고 다니는 장난감 수레 '구루마'를 만들어 동생들을 태워주기도 했다. 그 가운데 소나무 껍질은 배를 만들어 띄우는 좋은 재료였다.

늙은 소나무는 껍질이 거북등처럼 갈라진 게 마치 악어 같은 파충류의 등판을 닮았다. 칼로 잘 다듬으면 배 모양이 되기도 하고, 솜씨 있는 애들은 토끼니 강아지니 그런 동물을 새기기도 하였다. 외할아버지를 졸라 소나무 껍질을 따다 달라고 했다. 하도 성화를 부리니 어쩔 수 없다는 듯 나를 데리고 산으로 가면서 할아버지는 설명을 했다. 소나무 '껍질'은 봄에 송기를 해 먹을 정도로 가느다란 가지를 싸고 있는 얇은 부분을 말하고, 장난감을 만들 수 있는 늙은 소나무의 껍질은 '버걱'이라고 한다는 말씀을 했던 기억이 난다. 그 기억은 오래 잊혀지지 않는데 사전에 올라 있지는 않다.

전에 이응백 선생께서는, 어떤 장면이었는지 기억은 없지만, 늙은 소나무의 껍질을 '보굿'이라 한다는 이야기를 했다. 그래서 '버걱'이 충청도 사투리일 거라고 짐작만 하고 있었다. 학생들에게 아무거나 묻기를 잘하는 버릇대로, 늙은 소나무 껍질을 무어라 하는지 아느냐 묻고는, 그것을 보곳이라 한다고 설명을 해 주기도 했는데, 막상 이 단어가 사전에 안 나온다.

낱말사 김기형 사장이 <넓은 풀이 한국어 유의어 사전>을 발간했다고, 자축연이 있다면서 심재기 교수님을 모시고 학교에 들렀다. 김사장은 고 김광해 교수의 계씨이고, 형을 나무 닮아 생전의 김교수를 떠올리게 한다. 형이 공부하던 어휘론 영역의 실용화를 위해 발분하는 우의가 가상하다. 혹, 그 사전에 그런 말이 있는지 찾아보았는데 거기도 없다. 심재기 교수도 모르는 말이라고 한다. 유의어가 없으니 안 실은 것인지도 모른다는 이야기를 하면서.


5.

사전에 모든 말이 빠짐없이 다 실릴 수는 없다. 자료 수집에 한계가 있고, 말은 시대를 따라 만들어지기도 하고, 안 써서 그야말로 '사전에 잠자고 있는' 말이 되기도 한다. 잠자던 말은 어느 땐가는 '고어사전'으로 침소를 옮길 것이다.

사전에 없는 말을 쓴다고 젊은 학자를 무작정 꾸중할 일도 아니고, 만들어 쓴 말이라도 사회적 공인을 받아 널리 쓰이게 된다면 어휘 양을 늘리는 데 기여하는 게 아닌가. 개인적으로는, 성장 과정에 풍부한 어휘를 축적할 수 있도록 말에 대한 이야기를 자주 해 주어야 할 것 같다. 이는 어른들의 의무이기도 한 게 아닌가 싶다. 나는 그런 의무를 충실히 이행하며 살았는지, 모를 일이다. (于空)

# 주례꾼을 위한 교본

사십부터 시작해서 이십년이 넘게, 남들보다 주례를 많이 본 셈이다. 인륜지대사라고 하는 혼사에서 주례를 보아 주는 일이 그리 편하지만은 않다. 주례를 어렵게 하는 일 가운데 하나는, 신랑과 신부가 누군가 하는 데 따라 내용을 달리해야 한다는 일종의 강박관념을 지니고 있기 때문이다. 언어감각이 타성에 빠지는 날, 교수로서, 작가로서 자기 몫을 상실한다는 속다짐 때문에 주례사도 매번 달라야 한다는 원칙을 가지게 되었다. 내가 그런 원칙을 지켜야 하는 데는 선한 감시꾼들이 늘 나를 지켜보고 있다는 다른 이유가 있기도 하다. 대개 신랑과 신부의 제자들이 하객 가운데 같이 참여를 하기 때문이다. 우리 선생님이 전번하고 똑같은 이야기를 하시네, 하면 주례의 품위는 물론이고 약속을 이행하지 못하는 꼴이 된다.

외우 박종회 선생이 아들 주례를 부탁해 왔을 때 준비한 주례사를 공개함으로써, 내 다짐을 다시 확인하는 계기로 삼고자 한다. 주례를 서는 일이 자신을 돌아보는 계기가 되어야 할 것이 아닌가 싶어서이다.

제목과 부제는 이렇다. "우공 선생의 주례사 – 박윤철과 조혜림의 혼인에"

　오늘 이 자리, 주례를 보러 오기 전에, 청첩장을 꺼내서 다시 들여다보았습니다. 주례가, 최소한, 오늘의 신랑과 신부 두 사람을 낳아 준 어른들 이름은 알아야 하지 않나 하는 생각 때문이었습니다. 청첩장에는 이렇게 되어 있었습니다.

　박종휘. 임금옥의 차남 박윤철 군

　조지석. 염춘자의 장녀 조혜림 양

　(두 집안 양주분을 하객들에게 인사를 하도록 한다. 그리고 혼인서약서는 신랑과 신부가 작성해 와서 각각 읽도록 한 다음 주례가 이를 승인하고, 성혼선언문을 낭독한 다음 글로 쓴 주례사를 말로 퍼포먼스를 함으로써 진행한다.)

　신랑은 박씨 집안과 임씨 집안의 피를 물려받았고, 신부는 조씨 집안과 염씨 집안의 혈통을 이어받은 것을 확인할 수 있었습니다. 우리 성 제도로는 부계를 이어가게 되어 있으니까 아버지 성을 따르는 걸로 되기 마련입니다만, 위로 외가쪽으로 올라가면서 어떤 집안의 혈통이 어떻게 섞인 것인지 까마득하고, 생각해 보면 참으로 아득한 역사가 과거로 거슬러 펼쳐집니다. 오늘의 신랑신부는 어쩌면 신라시조 박혁거세 할아버지, 그 위로 단군 할아버지까지 혈통이 이어지는 것인지도 모릅니다. 서양의 어떤 학자가 말했듯이 '존재의 대연쇄' 한 끝에 내 존재가 이어져 있다는 것을 생각하면, 내 존재의 소중함을 다시금 절감하지 않을 수 없을 것입니다. 그만큼 지중한 인연으로 우리는 이 세상을 살아가는 것입니다. 오늘 이 자리에 서 있는 그대들 위에, 얼마나 많은 생명의 역사가 쌓여 있는가를 잠시 되새겨 보기 바랍니다.

주례를 보는 사람의 임무는 아마 신랑과 신부가 앞으로 세상을 살아가는 데 지침이 될 만한 이야기를 하라는 것이겠지요. 그런데, 이 젊은이들이 주례를 부탁한다고, 아버지가 꼭 전해드리라고 가져왔다는 그 맛있고 귀한 진도 홍주를 한 병 들고 찾아왔을 때, 이야기를 하는 것을 들어 보니까, 아 이 사람들 어른들보다 이미 한결 윗길을 가고 있구나 하는 생각이 들 정도로 소견이 트이고, 사리가 멀끔해서 할 이야기가 아무것도 없을 것 같아, 그렇게 물었습니다. 주례에게 듣고 싶은 이야기가 무엇인가? 말해 보라 하니까, 이미 그런 소리 할 줄로 짐작을 하고 있기라도 한 것처럼, 좋은 말씀 해 주시면 저희들은 잘 듣고 그렇게 살겠습니다. 그렇게 대답을 하는 바람에 정말 할 이야기가 궁해지고 말았습니다. 그렇습니다. 이 젊은이들은 자기 세대에서 자신의 몫을 이미 깨닫고 잘 수행하고 있는 것입니다. 그래서 두터운 믿음이 갑니다. 좋다, 내 하고 싶은 이야기를 하마, 하고 주례를 서 주겠노라 했습니다.

저는 신랑 박윤철 군의 어르신네 박종휘 선생과 대학 동기동창이고, 대학 다니는 동안 박선생 집에 드나들며 먹고자고 하는 사이에 유다른 교분을 쌓았습니다. 그래서 신랑의 어르신을 잘 알고, 이후, 자주는 못 만났지만 가끔 두 집 내외가 만날 기회가 있어서 신랑의 어머니 임금옥 여사의 성품도 어느 정도 아는 편입니다. 한마디로, 두 양반은 책임감이 강하고 과묵한 성격들로, 현대를 살아가는 데는 좀 굼뜨다 할까 그런 성격이라서, 새며느리가 어려워할까 하는 생각이 들어, 어른들께 연락은 자주 하는가 물었더니, 신부가 전하는 얘기가 이러했습니다.

"네가 그렇게 자주 전화도 주고 하니까 내가 잊고 살던 핸드폰이 바빠졌다, 이제 핸드폰 잘 챙겨야 하겠다."하시더란 이야기를 했습니다. 그럼 됐다, 앞으로도 계속 그렇게 해라 부탁을 했습니다. 그랬더니 신랑이,

"저는 장인어른과 장모님께 그렇게 하려고 하는데 성격이 살갑지 못해, 생각대로 잘 안 되어 걱정입니다."하며, 술을 몇 잔 한 얼굴이 달아오르는 것을 보고는, 그래 그것도 아버지를 닮았구나 하면서, 앞으로도 그렇게, 그런 마음으로 살아라, 소통의 시대니 소통을 위해 노력하면, 시간이 좀 걸려도 진정을 가지면, 그리고 자세가 건실하면 통하게 마련이다, 그런 이야기를 했습니다. 앞으로도 그렇게 잘 살 줄로 믿고, 몇 가지 이야기를 덧붙이기로 하겠습니다.

첫째, 자기 자신을 잘 보살피라는 것. 젊었을 때 몸을 아끼라는 것인데 일에 대한 열정에 사로잡혀 물불 안 가리고 일을 하다가 건강의 기본을 상실하는 경우를 보게 되는데, 신랑과 신부는 잘 먹고, 잘 자고, 잘 쉬는 생활을 해 나아가기 바랍니다. 잘 먹으라는 이야기는 아침 거르지 말고 점심 제대로 먹고 저녁에 과식하지 말라는 뜻입니다. 잘 자라는 이야기는, 일 때문에 밤샘하지 말 것은 물론, 일찍 자라는 것입니다. 그래야 천지의 기운이 몸에 가득 들어오고 그 기운으로 생애를 잘 경영할 수 있는 것입니다. 그래야 애도 잘 낳는다던데, 그건 나중에 확인해 보세요. 잘 쉬라는 것은 젊은이들에게 어울리지 않는 말 같습니다만, 스트레스 해소 방법을 나름대로 마련해서 마음에 평안을 찾으라는 뜻입니다. 이는 신랑과 신부가 각자 해야 하는 부분도 있고 같이 협조해야 하는 점도 있으니 잘 갈라서 실행하기 바랍니다.

둘째, 내외가 같이 할 수 있는 일, 평생을 같이 할 수 있는 취미, 취향을 길러 두라는 점. 둘이, 내외가, 같이 영화를 보러 가는 날을 정해 두세요. 그림을 보러 가기도 하세요. 음악회에 가기도 하면서 여유가 되면 외식도 겸하세요. 회사 일 때문에 시간을 못 내면 조퇴를 하세요. 골프를 배워도 내외가 같이 배우세요. 요리를 같이 하는 것도 좋겠지요. 한데 남편한테 설거지시키면서 우리 남편 우리집 하우스보이야, 그런 식으로 말하면 안 됩니다. 그래서 둘이 퇴직 없는 평생직장, 또는 자신의 사업을 도모하기 바랍니다. 신랑은 공학을 전공했고 신부는 경영학을 공부했으니 둘이 회사 하나 꾸리는 것 문제될 게 없지 않나 싶은데, 이는 주례 서 달라고 왔을 때 이미 한 이야기이지만, 이 자리에서 다시 당부를 하는 까닭을 잘 새겨두기 바랍니다. 그러면 역설적으로, 취직하자마자 퇴직을 생각할 필요도 있다는 점을 심중하게 생각하기 바랍니다.

셋째, 아이는 셋 이상 낳으라는 것. 이는 부모가, 동료가, 친구가 대신해 줄 수 없는 일, 오로지 신랑과 신부 두 사람만 할 수 있는 신성한 아우라가 깃든 일입니다. 개체로서의 인간이 다른 생명을 탄생하게 한다는 것은 인간사 가장 고귀한 일입니다. 이는 생명의 소중함을 깨닫는 과정임은 물론 내가 아이를 낳아 길렀다는, 그래서 인류사 진전에 기여했다는 보람을 느낄 수 있는 일이기 때문입니다. 아이 낳아 기르느라고 하고 싶은 일 아무것도 못 했다는 어리석은 이야기를 하는 이들이 있습니다. 그러면, 정작 당신이 하고 싶은 일이 무엇이고 그게 그렇게 가치 있는, 목숨 걸어야 하는 것이었던가 묻고들면, 대개는 대답이 애매하게 되고 그저 그런 게 있다고 얼버무립니다. 생명의 가치를 능가하는 그저 그런 것은 세상에 존재하지 않습니다. 모름지기 아이를 낳아 가문을, 역사를 계승하고, 생의 환희를 그 안에서 확인하기 바랍니다. 방정환 선생의 말대로 아이들은 하느님과 부처님의 다른 이름인지도 모릅니다.

넷째, 어른들과 더불어 사는 방법. 내가 지내면서 경험한 바로는, 부모자식의 관계는 나이에 따라 달리 조정되는 것 같습니다. 아이들이 어렸을 때는 부모로서 자식에 대한 책임과 의무가 우선하게 됩니다. 그리고 보호자로서 역할을 얼마나 잘 했는지 늘 생각하지 않을 수 없습니다. 그런데 아이들이 크고 세상살이를 하기 시작하면 의무보다는 세상을 살아가는 데 같은 길을 가는 일종의 동료나 동반자라는 느낌이 커집니다. 옷도 같이 입고, 일도 같이 하고, 그리고 같은 오락을 할 수도 있습니다. 해결하기 어려운 문제가 생겼을 때는 서로 상의하고 싶어지기도 합니다. 신랑신부는 양가 부모들과 그런 관계에 진입된 게 아닌가 싶습니다. 중요한 것은 그런 생각이 아니라, 실천입니다. 이렇게 하세요. 어른들과 대중사우나에 가서 등도 밀어 드리고, 해장국도 같이 먹고, 소주도 한잔씩 나누세요. 그리고 어른들 그냥 빈손으로 돌려보내지 말고 차비 드리세요. 차비를 내밀었는데 됐다, 너희들도 돈쓸 일 많을텐데, 그렇게 말하는 어른들 앞에서, 말씀대로 하겠습니다 하면서, 꺼냈던 돈 도로 집어넣어 보세요. 행복전도사 최효종 말뿐으로, 어른들 표정이 왜 그래요? 그렇게 되지 않겠어요. 그게 불효라는 겁니다. 효도? 오고가는 현금 속에 자라나는 겁니다. 잠시 웃자는 얘기고요.

내가 천생 선생이라서, 앞에서 한 이야기를 요약하는 버릇이 있습니다. 신랑 신부는 첫째, 자신을 잘 돌보아라, 둘째, 내외가 평생 같이할 수 있는 일을 만들어라, 셋째, 아이를 낳아 기르는 가운데 생의 즐거움과 가치를 맛보아라, 끝으로 효도하자면 부모에게 어떻게 하라? 현금이 오고가야 한다, 그런 이야기를 했습니다.

오늘 내 이야기를 잘 들었는지, 그리고 실천을 잘 하는지, 자주 오지말고, 나도 바쁘니까, 한 삼년에 한번 찾아와 보고하기 바랍니다. 그렇게 하겠다고요? 좋습니다. 신랑 신부 두 사람의 행복한 앞날을 기원합니다.

2010.11.27. 주례 禹漢鎔 (于空)

# 장군님과 하느님과 임금님

이번 8월 15일에 남북 이산가족 교환 방문이 있었다. 누가 연출하여 그런 감동을 만들 수 있겠는가. 북에서 남을 찾는 이산가족을 태운 고려항공기가 김포공항에 내리는 순간부터 남에서 북을 찾은 이산가족을 태운 대한항공기가 김포공항에 내리기까지 삼박사일 동안 텔레비전 앞에 앉아 눈물 꽤나 흘렸다. 텔레비전이 바보상자만은 아니라는 것을 확인한 순간이기도 하였다.

텔레비전을 보면서 북쪽 사람들이 사용하는 말 중에서 '장군님'이라는 단어가 무척이나 많이 쓰이고 있음을 알았다. '장군님께서 보살펴 주신다', '장군님의 덕분으로' 등 자신들의 삶의 거의 대부분을 장군님에게 그 은혜를 돌리는 것이었다. 이러한 표현은 비교적 북에서 출세한 사람들에 속하는 북에서 남으로 온 이산가족이나 상대적으로 그들보다는 못한 남에서 온 이산가족을 만나는 북쪽 사람들이나 마찬가지였다.

십오년 전의 이산가족 상봉에서는 그들이 '수령님'이라는 단어를 많이 써서 분위기가 경색되기도 했는데 이번에는 남쪽의 사람들이 그들의 그러한 말에 의연히 대처하고 웃음으로 답하는 바람에 별 무리없이 지나갔다. 그만큼 남과 북의 관계가 호전된 것이라는 생각과 남쪽의 자신감을 드러낸 것이라는 생각이 들기도 하였다.

북쪽 사람들이 모든 공을 '장군님'에게 돌리는 것을 보면서 그들의 이념의 강도를 보는 것같아 씁쓸하였다. 오십년 세월이 우리의 언어 습관을 바꾸어 놓았다는 생각에 정치적인 통일이 되더라도 언어의 통일에는 더 많은 시간이 걸릴 것이고 언어의 통일이 늦어지는 만큼 문화와 사고방식의 통일이 늦어진다는 생각에 진정한 남과 북의 통일에는 얼마나 오랜 시간이 걸려야 할 것인가를 생각지 않을 수 없었다.

이런 생각을 하다가 북한 사람들이 '장군님'이라는 말을 사용하는 것이 기독교 신자들이 '하느님'이라는 단어를 사용하는 것과 참 비슷하다는 생각을 하게 되었다. 기독교를 독실하게 믿는 신자들을 보면 그들은 늘 '하느님'께 영광을 돌린다. 기독교 신자들은 '하느님의 은총으로', '하느님께서 우리를 인도하셨다' 등의 표현을 수시로 사용한다. 이러한 '하느님'의 사용과 북한 사람들의 '장군님'이라는 말의 사용 방식이 참으로 닮았다는 생각을 하게 된 것이다.

기독교를 믿지 않는 사람들에게 기독교 신자들의 이러한 표현은 매우 낯설게 들리고 인간이 한 모든 일들을 신에게 돌린다는 것이 이상스럽게 생각되기도 한다. 그러나 기독교 신자들에게 있어 이러한 표현은 관습적인 것이며 인간의 모든 일을 신의 영광으로 돌린다는 것은 절대적인 신에 대한 당연한 도리이다. 이런 점에서 기독교 신자과 비기독교인 사이에는 넘지 못할 간극이 느껴지기도 한다.

'장군님'이라는 표현도 마찬가지이리라. 북한 사람들에게 있어서 '장군님'은 그들의 삶을 가능하게 해주는 그들의 삶을 영광스럽게 해주는 존재라는 인식이 깔려 있는 것이리라. 기독교 신자들에게 있어 '하느님'이 그러하듯이. 두 단어가 거의 동일한 상황에서 동일하게 사용된다면 북쪽 사람들에게 '장군님'은 기독교 신자들에게 있어 '하느님'과 대등한 위치에 놓인다는 뜻이 된다.

기독교 신자들은 '하느님'에 대한 모독을 참지 못한다. '하느님'을 인간과 동격화시키거나 신을 모욕하는 발언을 들을 때 기독교 신자들은 노발대발한다. 마찬가지로 북한 사람들은 '장군님'에 대한 모독을 참지 못한다. 그들은 다른 어떤 것에 비해 '장군님'을 모독하는 처사에 격렬한 분노를 터뜨린다. 북쪽 사람들에게 있어 '장군님'은 기독교 신자들의 '하느님'과 마찬가지로 신앙의 대상이 되어 있는 것이다.

누구에겐가 모든 영광을 돌리는 이러한 절대적 존경 양상은 조선조 사회에서도 존재하고 있었다. '임금님'에 대한 절대적 존경, '임금님'을 보통 인간과 다른 위대한 존재로 파악하여 백성들의 모든 삶을 지배하여 '성은이 망극'하고 '성총을 입고 살아간다'고 믿던 것과 마찬가지가 된다. 조선조 선비들은 '임금님'에 대한 충성만으로 자신의 목숨을 끊을 수 있었고, 성은에 보답하기 위해 목숨을 초개같이 버리고 전장에 나설 수 있었다. 그들에게 있어 '임금님'은 신성한 존재였기 때문이다. 그렇다면 북한 사람들에게 '장군님'은 조선조의 '임금님'과 같이 인간을 넘어서 있는 신성한 존재가 되어 있는 것이 아니겠는가.

자유민주주의 체제에서 그나마 존경할 만한 지도자를 가져보지 못하고 50년 이상을 살아온 남한 사람들로서는 정치 지도자에 대한 이러한 무한한 존경, 절대적인 흠모를 이해할 수가 없음은 당연하다. 그러나 북한 사람들에게 있어 '장군님'은 기독교 신자들의 '하느님' 조선조 양반들에게 있어 '임금님'과 마찬가지의 존재이다. 따라서 그들이 '장군님께서 모든 것을 다 해주셨다'고 말하는 것은 언어 사용의 관습이며, 동시에 그들의 정치지도자를 절대적인 존재로 인식한다는 신앙에 가까운 이념의 한 면을 드러내 보이는 것이기도 하다.

신앙은 이성이나 논리로 설명되기 어렵다. 신앙은 그것을 지키기 위해 자신의 목숨과도 바꿀 만한 의미가 있는 그 무엇이 된다. 기독교가 우리나라에 전래되던 조선조 후기에 신앙을 지키기 위해 숨겨간 그 수많은 성인들이 그것을 웅변적으로 말해주고, 또한 '임금님'에 대한 충성심만으로 엉성한 무기를 들고 전장에 나선 조선조 선비들의 기개가 또한 이를 잘 드러내 준다. 말할 때마다 끊임없이 숭배하고 자신의 삶의 전부라고 되뇌었던 그 대상에 대해 절대적인 경외심을 갖고 그것을 위해 목숨을 바치는 것이 아깝지 않다고 믿게 되는 것이 말의 힘이리라. 경제적인 어려움 속에서도 북한 사회가 굳건한 체제를 유지할 수 있은 것은, 조선조가 많은 모순 속에서도 오백년을 버틴 것과 같은, 그들이 지닌 강한 신념의 힘이라 해도 과언이 아닐 것이다.

실로 정치적이고 경제적인 남북 통합보다 언어의 통합 의식의 통합 정서의 통합 문화의 통합이 더 힘들 것이라는 생각이 든다. '장군님'이라는 표현에서 느끼는 남북 사람들의 차이에 존재하는 간극을 메우는 일은 참으로 어려운 일이겠기 때문이다. 진정한 통일을 위해서는 오십년 동안의 정치적 분리에서 연유한 이러한 언어의 차이를 극복하려는 노력이 가장 시급한 과제인 것이다. **(石宇)**

# 제사와 우리말

석영이 설날 차례를 대신하여 선친에 대한 추모 예배를 지내면서 그 형식에 대해 고민을 많이 했다고 한다. 그 결과 석영은 예배 과정의 한 자리에서 맏이인 석영이 선친 생전에 있은 일 중에서 기억에 남는 두 가지를 떠올려 이야기함으로써 가족 모두 선친을 살아 계신 양 가깝게 느끼고 추모의 정이 깊어지는 경험을 하였다고 한다. 전통적인 제사 방식을 고수하고 있는 나로서는 석영이 마련한 구체적인 조상에 대한 기억거리를 떠올려 가족 공동체 내에서 공유하는 것은 제사의 본래 의미를 충실히 따르는 일이라는 생각이 들었다.

실상 우리의 전통적인 제사 방식은 제도화되면서 진정 조상을 추모하는 자리를 벗어나 있다는 생각을 떨칠 수 없다. 강신하는 자리에서 술을 얼마만큼 따라야 하는가, 참신할 때 술잔에 술을 담아두어야 하는가 아닌가, 초헌과 아헌과 종헌은 어떤 사람이 하여야 하는가, 첨작을 한 이후에 수저를 거두는가 그 전에 거두는가 등 제사 순서로 제사를 지내면서 많은 논쟁을 벌이게 된다. 또 조율이시니 홍동백서니 어동육

서니 좌포우혜니 하여 제물을 차리는 원칙이 큰 틀로 정해져 있지만 세부적인 상황에서는 간장을 어디에 놓는가, 나물과 전이 동급인가 아닌가 등으로 어떤 자리에 어떤 제물을 놓아야 하는가로 제사를 지낼 때마다 갑론을박하기 마련이다. 이러다 보니 종갓집에서 가례집을 자세히 정리하여 나누어주고는 우리 집안에서나마 이렇게 통일하자는 시대에 걸맞지 않는 일이 생기기도 한다.

사실 우리 제사는 제도화되면서 제사 본연의 조상에 대한 추념이라는 의미가 많이 퇴색되고 있다. 현재 우리가 제사의 형식으로 사용하고 있는 것은 조선조 유학자들에 의해 만들어진 가례에 의해서이다. 그러나 크게 기호학파와 영남학파의 제사 방식이 다르고 또 작게는 집안마다 조금씩 그 방식이 다르다. 제사를 지내는 데 있어 핵심이 되는 진설과 제례 순서를 꼼꼼히 짚어보면 같은 방식으로 지내는 집안이 하나도 없다는 말이 맞을 지경이다. 오죽하면 남의 제사에 감 놔라 대추 놔라 하지 말라는 말이 나왔겠는가.

제사 형식이 고정화되고 제사를 지내는 사람들의 진정이 담기기 어렵게 된 데에는 우리의 제사 형식이 중국의 예법을 충실히 따랐고 모든 절차가 한문으로 이루어진다는 것과 무관하지 않을 것이다. 기제사를 예로 들어 생각해 보면 강신에서 초헌과 고축을 거쳐 고이성에 이르기까지 모두 살아 계신 조상을 모시듯 한다. 그런데 이러한 절차가 모두 한문에 기반을 두고 있어서 한문을 모르는 많은 사람들에게 실감을 주지 못한다. 더욱이 제사에 참가한 사람들의 조상에 대한 추모의 마음을 드러내는 축문의 경우 한문으로 되어 있다는 점이 가장 큰 문제가 아닌가 싶다.

기제사의 축문은 '유세차(維歲次)'라는 관용적인 문구로 시작하여 어느 날을 맞이하여 세월이 바뀌어 조상의 '휘일(諱日)'이 부림(復臨)'

하였다는 내용으로 시작한다. 그리고는 '추원감시(追遠感時) 호천망극(昊天罔極) 근이청작서수(謹以淸酌庶羞) 공신전헌(恭伸奠獻)'으로 이어지고 흠향하라는 의미의 축문의 관용적 문구인 '상향(尙饗)'으로 끝맺는다. 그러니 축문의 핵심 내용은 앞의 열여덟 자에 놓여 있다고 해도 과언이 아니다.

그런데 이 내용은 '추모의 마음이 하늘에 닿아 맑은 술과 여러 가지 음식으로 공손히 제사를 바치오니' 정도로 개인적인 감정은 별로 포함되어 있지 않은 그야말로 뼈다귀만 있고 살은 없는 무미건조한 내용으로 되어 있을 뿐이다. 돌아가신 조상에 대한 형식적인 인사에 지나지 않는다고나 할까. 이런 내용으로는 돌아가신 조상에 대한 자손의 진정한 애정과 추모의 마음이 드러나지 않는다. 이는 한글 축문을 만들어둔 데서도 마찬가지이다. 선친에 대한 기제사 한글 축문은 아래와 같다. (대상이 어머님으로 바뀌면 아버님을 어머님으로, 할아버님으로 바뀌면 아들을 손자로 아버님을 할아버님으로 바꾸면 된다. 참 편리하다.)

> 때는 바야흐로 ****년 *월 *일,
> 아들 ***은
> 아버님 신위 앞에 삼가 고하나이다.
> 아버님께서 별세하시던 날을 다시 맞이하오니
> 추모의 감회 더 하옵니다.
> 이에 간소한 제수를 드리오니 강림하시와 흠향하시옵소서.

앞의 한문 축문에 비해 자식으로서의 애절한 마음이 하나도 더해진 것이 없다. 이러한 축문으로 제사를 지낸다면 단순히 제사를 지내기 위해 축문 읽기라는 절차가 들어가야 하기 때문에 축을 읽는 것에 지나지 않을 수 있다. 이것이 문제이다.

기제사에서 제사를 지내는 사람들의 슬픔과 추모의 마음을 드러내야 하는 축문이 이렇게 무미건조해진 것은 우리가 한문을 사용하여 제사를 지냈다는 것과 무관하지 않다. 조선시대에 일부 한문에 조예가 깊은 유생들은 한문으로 자신들의 구구절절한 마음을 표현하여 축문이나 만사를 짓고 또 만장을 쓰고 할 수 있었을 것이다. 자신의 형제를 잃은 슬픔을 한문이나 한시로 쓴 명문들이 적지 않다는 것은 그들에게 한문이 표현에 있어 장벽이 되지 않는다는 것을 알게 한다. 그러나 한문 실력이 부족한 유생들이나 일반 평민들은 자신들의 슬픔을 글로 표현할 수가 없었다. 그들은 자신의 슬픔을 말로는 충분히 표현할 수 있었지만 제례가 한문 중심으로 이루어져야 한다는 점에서 어려움이 있었다. 그리하여 한문으로 만들어진 가례집이 나오게 되었고, 그러다 보니 위에서 본 것과 같은 형해만 남은 축문이 대중화된 것이리라.

내가 어렸을 때 할아버님께서 동네 사람들의 지방과 축문을 자주 써주셨다. 한문으로 지방을 쓰고 축문을 쓰고 축문 옆에 한글 토를 달아 읽을 수 있게 해주기도 하고 어떤 때에는 할아버지가 남의 집 제사 자리에 가서 고축을 해 주기도 하셨다. 우리말이 아닌 한문으로 제사를 지내야 한다는 예법 때문에 어쩔 수 없이 발생하는 웃지 못할 넌센스였던 것이다. 제사란 제사를 지내는 가족들이 제사를 지내는 자리에서 자연스럽게 조상을 떠올리고 조상의 행적을 생각하고 그들이 우리에게 베풀어주신 사랑을 생각하는 자리가 되는 것이 옳다. 예법이 자연스러운 추모의 자리를 망쳐서는 곤란하다.

말이 의식을 결정한다. 말이 자유롭지 못하면 자신을 표현할 수 없다. 그것이 종교이든 예법이든 운동이든 말이 달라지면 우리의 사고도 변형되고 마비된다. 조상들이 만들어둔 각종 가례의 형식들이 이제 전승의 위험에 놓이게 된 것도 말의 문제와 밀접한 관련이 있다. 한문으로 이루어지는 제사는 제사를 하나의 예법으로만 남게 한다. 이제 제사를 포함한 각종 가례에서 의미 없는 한문 표현을 걷어내고 우리의 마음을 진솔하게 드러내는 우리말을 사용하고 우리말을 적절히 사용할 수 있는 절차를 마련할 필요가 있다. 예법이 갖는 진정한 의미를 되찾기 위해서라도. (石宇)

# 비우면서 채우면서

## '아름다운 사람'을 향한 교육적 상상력: 선생님이 된 김군에게

이제는 어엿한 선생님이 되어 있을 김군, 그 동안 잘 있었는가? 월악산 근처 어디인가로 첫발령을 받아 가던 자네 모습을 떠올려 보네. 그무렵, 내 연구실을 찾아 와서, 차 한 잔으로 작별 인사를 하고……. 그렇게 헤어진 지도 몇 년이나 되었네. 유수(流水)같은 세월이라던, 옛사람들의 시간 감수성을 속절없이 내 것으로 실감하게 되네. 별 느낌 없이 스치던 이런 표현들이 새삼 살아있는 느낌으로 오곤 하는 것, 이런걸 뭐라 해야 할까. 내 경험으로 만나는 것이라면 사소한 것이라도 스스로 사랑할 만큼 나이를 먹었다는 이야기일 것이네.

그래, 자네 학창시절 온 정성을 다 해서 쓰던 시는 요즘은 어떠한가? 시인이란 명패를 얻기 위해서 쓰는 시는 아니라며, 작품을 좀 보자고하면 그렇게 수줍어하던 자네 모습이 지금도 남아 있네. 자네 그 수줍음이 내게는 한 편의 시로 늘 읽혀지곤 했었는데. 사실 그렇지. 시인의명패를 가지지 아니한 시인들이 많아지는 것이 문학교육의 보이지 않는 이상이라는 생각을 해 본적도 있지. 적어도 보통교육의 차원에서는 말일세. 자네 닮은 어린 학동들이 자네 교실에서 잘 자라나고 있다면 그것은 아름다운 일일 것일세.

아이들을 기르는 일, 그들로 하여금 '아름다운 사람'으로 자라게 하는 일이 참으로 중요한 교육의 명제가 되었네. 진정한 아름다움이 무엇인지에 대해서는 많은 논의들이 있을 법하지만, 나는 사람 냄새가 만들어 내는 '감동'이 무엇보다도 중요하다고 생각하네. 감동이 있어야 비로소 늘 궁극의 아름다움을 경험하는 것이 아닐까?

이렇게 사람 사는 일이 각박하고, 감동이 없는 시대에는 참으로 따뜻한 것들이 그리워지네. 황폐한 벌판에 서 있듯이 사람들 사이에 감동 없이 부대끼고 있는 느낌일세. 자라는 아이들은 내가 느끼는 것보다 훨씬 더 고단한 느낌인지 몰라. 사실이 그러하다면 우리의 삶이란, 우리의 사람 키우기란 모두 허망한 것이 아니겠는가? 이치가 그러함에도 불구하고 교육이 그러한 본분을 살리기는커녕 오히려 '각박한 인간'을 조장을 하고 있으니 안타까운 일이네. 교육을 논하는 장면에서 툭하면 거론되는 '창의력'이란 것도 각박함을 부추기는 한 장치에 불과하다는 생각이 들곤 한다네.

아마, 김군 자네도 여러 번 들어 보았을 것이네. 스필버그 감독의 창의적 아이디어로 만들어 낸 '주라기 공원' 영화 한 편으로 벌어들인 돈이 개발도상국의 일년 수출액보다 많다는 식의 논리 말일세. 독창성 있는 아이디어를 발휘하여 부가 가치가 높은 것을 만들어낼 수 있는, 그런 인력을 우리 교육이 길러야 한다는 것이, 창의력을 강조하는 교육의 중요한 명분이 되고 있으니 말일세. 이렇게 천박한 실용주의가 횡행해야 하는가? 감동을 주는 실용주의는 없을까? 좀더 깊고 유장한 철학을 교육이 가질 수는 없을까. 생각이 필시 여기에 이르게 된다네.

이 시대의 '감동 궁핍'을 보면서 새삼 우리 교육이 깊고 그윽한 철학을 지니지 못했음을 보네. 속된 말로 이렇게 '방방 뜨는 닦달하기 식 교육의 풍토'로 우리 현장교육이 무슨 향기 있는 철학을 가질 수나 있겠는가? 기껏해야 '조급하고 각박한 경쟁주의자'들을 양산하기밖에 더 하겠는가. 생각이 여기에 이르면, 문학이 알게 모르게 안으로 지니고 있는 교육적 힘을 새삼 다시 떠올려 보게 되네. 우리 교육 전체 속에서 문학의 아름다운 역할을 기대해 보고 싶은 것이네.

아니 그것을 꼭 '문학'이라는 이름으로 고집해야 할 필요는 없을 것 같네. 내 논에 물대기 식의 문학교육 옹호론을 펴자는 것이 아니라는 것을 알아주었으면 하네. 나는 사실 이런 이야기를 하면서 '교과 이기주의'로 오해받는 것을 제일 염려했네. 그래서 내 말을 '문학교육만이 가치 있다', '문학교육이 가장 중요하다.', 이렇게 받아들이지 않았으면 좋겠네. 그래서 나는 이를 달리 말해 보려 하네. 군이 이름을 붙이기로 말한다면, '감동을 경험하는 교육'이라고 해야할지. 아무튼 제목이 중요한 것은 아닐세. 그 실체가 중요한 것이라네.

우리가 심미(審美)의 경험을 굳이 가치 있는 것으로 인정하는 것은 무슨 이유에서이겠는가? 과학과 이성을 앞세우는 서구 중심의 근대가 '도구적 이성'으로 비판받는데, 그 대안의 자리에 심미적 경험의 교육적 중요성이 있다는 이야기를 할 수도 있을 것이네. 그러나 오늘은 아주 소박한 생각으로 '감동'과 '인간의 아름다움'을 끌어안고 싶다네.

심미적 경험을 이렇듯 교육의 마당에서 강조하는 것은 아마도 그 심미 속에 어떤 흥분을 수반하는 즐거움이 있기 때문일 걸세. 그런데 그 즐거움이란 것이 일종의 '감동'에 해당하는 것이란 말이지. 달리 말하면 감동이야말로 가장 '고급의 즐거움'에 해당한다는 것일세. 그렇다면 저급의 즐거움도 있는가 하고 묻는 사람이 있을 것일세. 즐거움에는 사실 무수히 많은 층위와 스펙트럼이 있어서, 흔히 우리가 일컫는 '말초적 즐거움[쾌락]'에서부터 '고통의 모습을 한 즐거움'에 이르기까지 있을 수 있는 것 아니겠는가? 세상에는 '감동 없는 즐거움'도 있지. 나는 이걸 '저급의 즐거움'으로 치고 싶네. 그런가 하면 '가짜 감동'이란 것도 있다네. 어찌 보면 '감동 없는 즐거움'보다 더 고약한 것이라고 할 수 있겠네. 좋은 교사는 이걸 잘 구별해 내고, 교육적으로 바르게 적용하는 사람들 아닐까 하는 생각을 하게 되네. 어쨌든 이건 다음에 다시 한번 이야기하기로 하고 원래의 감동 이야기로 돌아가세.

그 '감동'이란 것이 사람답게 살아가는 데에 중요하다는 걸세. 사람 냄새[人間味] 나게 사는 데에 엄청 중요하다는 것이지. '삶의 질'이란 말이 생겨서 이제는 제법 매력 있는 말이 되는가 했더니, 어느새 변질되어 버리는 걸 보았네. '삶의 질'을 개선해야 한다는 이야기가 이제는 상투어처럼 되었지만, 대개는 이걸 떠들어대는 맥락을 자세히 보게나. 사람들 내부의 사치 욕구를 부추기거나, 이기적 자존심을 부추겨 물건이나 팔아먹으려는 얄팍한 장사꾼 술수가 노상 개입되어 있다는 걸 자네도 아마 느꼈을 걸세. 여기서 정말 진지하게 생각해 보기로 하세. 삶의 질을 중시하는 그런 생각과 태도를 교육이 어떻게 길러줄 수 있는지를 말일세. 나는 그것을 '감동 경험'에서 찾아야만 한다고 생각한다네.

그렇다면 '감동 교육'은 교육과정이란 제도가 만들어 놓은 '문학'이라는 영역의 구획 안에서만 운위될 성질의 것은 아니지 않겠는가. 감동을 느끼고 받아들이고 생성하고 소통하는 모든 장면이 교육적으로 중요하다고 보아야 하지 않겠는가 하는 생각을 한다네. 자네가 대학을 마치고 학교로 갔을 때 가장 낯설게 다가오던 것은 무엇이었는가. 아마도 그 중의 하나가 교육과정 운영의 경직성 같은 것 아니었을지 모르겠네. 교육과정이란 것이 아주 단단한 하나의 제도처럼 우리를 규율하려는 분위기 같은 것 말일세. 교육과정만 그러한 것이 아니라, '문학' 그 자체도 하나의 제도로써 작용하고 있다는 점을 혹시 느껴보지 않았는지 모르겠네. 이미 제도로서 굳어진 문학은 사실 아이들에게는 그다지 재미있는 것이 되지 못함을 자네도 잘 알지 않는가. 제도로서 굳어진 문학, 그 자체를 교육의 내용으로 삼는 것은 아이들 삶의 살아 있는 역동성을 잘 고려한 문학교육이 되기 어렵다네. 딱딱하고 지루한 암기의 대상 그 이상을 벗어나기 힘들지 않겠는가. 제도로서의 문학은 그것이 우리의 일상 정신 문화 속에 녹아듦으로써 비로소 의미를 가지는 것 아니겠는가. 제도로서의 문학을 그대로 교육의 내용으로 가져온다면 우리가 그렇게 가치 있게 꿈꾸던 '감동'을 경험하게 하는 문학교육을 기대하기는 힘들어지는 것 아니겠는가?

문학을 왜 가르치는가 하는 물음에 '문학이 있으므로 가르친다'는 논리로 대답하는 것이 바로 그것이네. 얼핏보면 문학에 도를 깨친 훌륭한 대답 같지만, 문학을 인간 위에다 두고 절대화하는 일종의 권위주의 지식관이라 할 수 있겠네. 이미 제도로 자리잡은 문학이 있다면, 일상의 우리 삶 속에 녹아 있는 문학 티를 내지 아니하는 문학적인 것들을 주목할 필요가 있다고 생각하네. 삶 속에서 아이들이 실제로 구성하는 문학적 사고나 실천들을 눈여겨보자는 것일세. 그렇다면 아이들 말 유희 속에 나타나는 삼행시도 좋고, 만득이 시리즈도 좋고, 눈물로 쓴 반성문 같은 것도 좋고, 신기하게 들었던 자기의 태몽 이야기도 좋고, 인상 깊었던 게임 이야기도 좋고, 감동과 환희가 묻어 있는 스포츠 이벤트 관전 소감 같은 것도 좋고, 저지른 일에 대한 후회의 기록, 심하게 다툰 싸움의 전말기, 화해를 위한 노력이 오해로 받아들여져 좌절하는 일 등의 생활 서사들, 이 모두가 감동의 자질을 진술하게 담고 있는 아이들의 문학교육 자료가 된다는 말일세.

이제 발상이 좀 여유로울 필요가 있겠네. 문학은 제도화 된 장르 법칙 속에만 있는 것이 아니라, 천지에 가득 차 있다고 생각해 보자는 것일세. 테리 이글턴이던가, 그런 이야기를 했지. 런던 역 대합실에서 열차 시간표를 보고, 오가는 기차의 여정 속에 실려 가는 사람들의 분주함을 생각하며, 사람들의 진정한 마음의 행로는 어디가 되어야 하는지에 이르는 생각을 했다면 그 열차 시간표는 단순히 시간 정보를 알리는 도구가 아니라, 이미 문학이 되어 있는 것이라고.

그러니까 아무 것이나, 작은 감동의 기제라도 들어 있으면 문학교육의 질료가 될 수 있다는 개방적 시각을 가지자는 말일세. 군이 이론적 방식으로 표현하자면, '경험으로서의 문학'을 교육의 내용으로 중시하자는 이야기라 할 수 있네. 말하자면 모든 경험은 문학의 심급에서 재구성될 수 있다는 전제를 승인하자는 것일세.

요컨대 문학이 우리의 생활 이 안쪽으로 더 많이, 더 친근하게, 더 일상적으로 자리 잡도록 해야할 것이네. 우리의 모든 경험은 문학이 될 수 있다는 것일세. 영수의 경험도, 철수의 경험도, 혜경이의 경험도, 모두 문학이 될 수 있다는 것이지. 동시에 그 경험에 문학이 달라붙는다고 해야 하겠네. 이를테면 나의 경험에 홍부전이 달라붙고, 철수의 경험에 '마지막 수업'이 달라붙고, 영희의 경험에 '달려라 하니' 만화영화 텍스트가 달라붙는 상황을 염두에 두자는 것일세. 그런 맥락에서 이루어지는 문학교육이 되어야 아이들의 감동에 접근할 수 있는 여지를 가진다는 것일세. 이런 전제를 가지고 문학교육을 가슴에 와 닿는 감동교육으로 엮어가자는 것일세. 이야기 읽은 경험만이 문학은 아니라. 그 역도 가능하다는 것일세. 예를 들면 내 경험이 이야기되기, 내 경험이 노래되기, 내 경험이 극되기, 이렇게 해보자는 것일세.

그러면서 한 가지 생각이 나는 것은 우리들 자신이 도무지 감동 받지 않겠다는 쪽으로 너무 굳어져 있지 않느냐 하는 점일세. '나는 감동 있는 선생인가?' 이런 물음을 진지하게 던져보자는 것일세. 나는 가끔 그런 생각을 해 본다네. 현대인들은 감동 없는 척 하는 표정을 짓는 데에 아주 도사가 된 사람들 아닌가 하는 생각일세. 1920년대 이광수의 '무정'을 읽었던 인텔리 독자들이 감동했던 것을 상상해 보게나. '무정'의 청년 주인공들이 삼랑진 수재민을 돕는 자선 음악회 뒤에 눈물을 흘리면서 민족과 조국의 개화 발전을 다짐하는 감동의 캐릭터로 등장하지 않는가. 현대인들의 눈으로 볼 때는 무슨 신파처럼 보이겠지만, 당시의 독자들에게는 가슴 벅찬 눈물의 감동 장면이었다고 하지 않는가. 확실히 우리는 20세기 자본주의 물질 문명을 살아오면서 순수한 감동의 경험을 홀대해 왔다고 보네. 우리들 자신이 감동의 감수성을 갖추고 있지 아니하면서 아이들에게 감동의 경험으로서 문학을 맞이할 것을 요구하기는 아무래도 무리 아니겠는가?

기왕에 '감동' 이야기를 꺼낸 김에 내 생각을 더 펼쳐 보이겠네. 인간 일상사에서 감동이란 결국 언어로 승천하는 것 아니겠는가. 언어화되지 못하는 감동은 갇힌 존재이니까 말일세. 그러니까 감동의 중요한 조건(또다른 이름)은 소통이라는 것일세. "너도 울고 나도 울었다." "듣는 사람마다 가슴에 뜨거운 것을 느끼지 아니하는 사람이 없었다." 이런 표현들이 모두 감동을 나타낸 것인데, 감동이란 결국 소통의 한 현상이요 한 과정임을 알 수 있지 아니한가. 그렇다면 문학교육은 감동교육이면서 감동의 바람직한 소통을 만들어 가는 교육 활동이 되어야 함을 발견하게 되는 것 아닌가.

다시 생각을 다듬어 보겠네. 문학은 감동을 생성하고 소통하고 수용하는 통로일세. 그리고 모든 감동은 일종의 이타행(利他行)이라는 것을 깨달을 필요도 있네. 남에게로 나아가는 행위 속에 감동이 잉태되는 법이란 말일세. 감동의 경험을 중시하는 문학교육은 필연적으로 단단한 윤리성에 기반을 두는 것이 될 수밖에 없지 않겠는가. 요즘 아이들이 몰입하는 이른바 '죽여주는 흥미'만으로는 문학교육의 본령이 되기는 어렵다는 것이 내 생각일세. 필요조건은 될지언정 충분조건은 아니라는 이야기이지요. 아이들이 정신없이 몰입하는 게임 서사의 죽여주는 흥미라는 것도 마음(감동)이 소거된 사건 줄거리 중심의 이야기에 의존하는 경우가 많더라네. 캐릭터의 엽기적 외양에 치중하여 재미를 조작하는 경우도 볼 수 있네. 이 역시 소재나 행위의 엽기를 앞세움으로써 감동이 끼어들 틈이 없다는 데서 우려가 된다네.

그래서 문학교육은 일종의 체험 삶의 현장이라는 구도를 지향하는 것이 되어야 한다고 생각하네. 실재의 삶과 연결되지 못하고, 가공된 언어나 영상으로 마치 실재를 이해하고 경험한 듯한 것이 되어서는 아니 될 것일세. 그런 각성이 없이 이루어지는 문학교육은 아무래도 공염불에 가깝다는 생각을 하게 되는 것이네. 이 시대 아이들에게 필요한 문학 경험은 삶의 실재로 들어가서 그 실재와 교섭하기를 돕는 살아 있는 과정이 되어야 한다고 생각하네.

참으로 '아름다운 사람'이 필요한 시대인데, 막상 그런 사람을 우리는 길러내지 못하네. '아름다운 사람'은 이제 실제의 삶에서는 멸종되고, 마치 신화처럼 그리워할 수밖에 없는 대상으로 추상화되고 만 것일까? 안타까운 물음이지만 메아리 없이 외쳐대기는 정말 싫었네. 또 나는 원래 절규하듯 외치는 기질의 소유자는 되지 못하였다는 것을 자네는 잘 알지 않는가. 그래서 오늘 우리 교육의 내용으로 '감동'을 그 가장 앞자리에 두어야 한다는 생각을 펼쳐 보인 것이라네. 이런 생각을 내 강의실에서 이런저런 감수성을 함께 주고받은 자네가 흔연히 동의해 줄 수 있을 것 같아서 오늘 이렇게 긴 편지를 쓰게 되었네 그려.

끝으로 한 가지만 더 이야기함세. '아름답다'는 것이 어떤 의미를 가지는가 하는 것을 너무 빨리 규정할 필요는 없을 듯하네. 대체로 학자들은 그런 것을 참지 못하고 조목조목 밝히려 하지만, 교육적 이상으로서 현장의 선생님들이 가지는 '아름답다'의 개념은 이상적 교육에 대한 자기만의 상상력이라고 보면 어떨까 하는 생각이네. 그것이 무엇이다 하고 분석해 대는 것 이전에, 선생님들의 마음을 뿌듯하게 채우는 힘으로서의 의미가 더 중요하다고 생각하기 때문이지. 교사뿐 아니라, 일반 생활인들도 각자가 궁극으로 추구하는 이상은 다소 모호한 것이 좋다고 나는 생각하네. 모호함 속에 사실은 꿈과 가능성 창의성이 자라는 법 아니겠는가. 이것은 물론 순전히 내 생각이라네.

그런데 우연히 어떤 심리학자의 글을 보았더니 나와 비슷한 발상을 보여 주었더군. 아까 내가 창의성에 대한 이야기를 하면서, 세태가 창의성을 너무 실용적 도구로 생각한다는 불만을 늘어놓은 적이 있었던 걸 자네 기억할 걸세. 어쨌든 이 학자가 창의성의 자질을 유창성, 풍부성, 논리성, 집착력, 문제해결력 등등 열거하면서 맨 마지막 항목에 이런 걸 두었어요. 무어냐 하면, '애매모호함에 대한 너그러움'이라는 것이었다네. 이 항목에 대해서 나는 큰 공감을 얻었다네. '애매모호함에 대한 너그러움'이란 무엇인가. 내가 그렇게 싫어하는 '방방 뜨는 조급함'에 의연히 맞설 수 있는 개념이라는 점에서 나는 한없는 친밀감을 가지게 되었네. 나는 이것이야말로 감동을 형성하는 원천이라고 보았네. 그러니까 모든 경험을 감동적으로 이해하려는 자세라고나 할까. 동시에 두고두고 대상을 여러 면으로 이해하려는 따뜻함의 기질 같은 것과도 통하는 것으로 생각해 보고 싶기도 하네. 좀 거창하게 말하면 '도구적 이성'에 대한 진정한 각성 같은 것이 이 말 속에 숨어 있다는 생각도 하게 되네. 아무튼 내 생각은 그러하다네. 자네에게도 좋은 교육적 화두가 되기를 빌어 보네. '아름다운 사람'을 기르는 데에 소중한 실천 원리로 자리 잡을 수 있을 거라는 기대를 해 보네.

김선생! 이제 이 글을 맺으려네. 이 편지의 출발점 화두이었던 '아름다운 사람'을 자네와 논하게 한 감성적 동기는 무엇이었을까? 무슨 요란한 열정의 감동은 아니었지만 자네와 나와의 사귐의 삶이 그럭저럭 내게는 은은한 감동의 한 자락을 내 내면에서 이루고 있었기 때문 아닐까 하는 생각을 해 보게 되네.

시인의 명패를 구하려 하지 아니하고, 한 조각 삶의 감동을 스스로 은일(隱逸)한 가운데 시로 받아들이고 시로 드러내려 하던 학창시절 자네의 모습, 그것이 아름다운 사람의 한 특성이라고 나는 생각하네. 김선생, 자네가 첫발령을 받고 아이들이 있는 학교로 떠날 때의 모습이 바로 그런 모습이었네. 그것이 내게는 소박하게 감동으로 전달되어 왔었다는 말일세. 굳이 논리화하자면 그렇다는 이야기일세. 자네 닮은 아름다운 아이들을 가르치면서, 다음에는 자네가 아이들과 맺는 삶의 경험 속에서, 감동 소식 한 편을 기대해 보네.

아이들과 더불어 건강하게나. 아름다운 사람도, 아름다운 교육도, 아름다운 감동도, 아름다운 세상도, 그리하여 마침내 모든 아름다움도, 건강한 육신과 건강한 정신이 있고서야 가능한 법이라네.

밤이 깊었네. 이만 줄이네. (昔影)

# 선생님의 힘, 이야기의 힘


　선생이라는 자리가 힘(권력 · 돈)과는 거리가 멀다는 것은 일찍이 알고 있지만, 그렇다고 해서 선생님들 스스로 무력한 존재를 자청하는 것은 어딘가 허전하다. 겸손이라기에는 너무 맥 빠지고, 안분지족(安分知足)이라기에는 진정한 '안분(安分)'을 터득하지 못한 분위기이다. 자기 정체(正體)에 치열하지 못한 느낌을 주기 때문이다. '선생님의 힘'을 논하기 위해서는 '힘'을 보는 우리의 단조로운 시선을 수정해야 할 듯하다. 그 힘을 어디서 찾아야 할까.

　때마침 힘에 대한 담론이 난만하다. 지식기반 사회의 힘이란 산업화 시대의 그것과는 다를 수밖에 없다는 주장들이 줄을 잇는다. 근육질로 표상되는 물리적 힘의 시대는 지나갔다고들 말한다. 탈근대의 정신에 비추어 감성의 힘을 강조하기도 하고, 미래사회의 힘은 여성성을 바탕으로 하는 것이어야 함을 내세우기도 한다.

　크고 세고 요란해 보이는 것들에만 힘이 있는 것은 아니다. 작은 것은 작은 것대로, 부드러운 것은 부드러운 것대로 조용한 것들은 조용한 것대로 그 나름의 온당한 힘이 있는 것이다. 사람을 바꾸는 힘, 세상을 바꾸는 힘은, 겉으로는 잘 보이지 않는, 숨어 있는 힘이다. 교사의 힘 또한 숨어서 작용하는 힘이다. 힘의 작용점이 다를 뿐, 교사의 힘은 그 어떤 힘보다도 오래, 널리, 두루, 그리고 은밀히 작용하며 존재한다.

선생님의 힘이란 학생을 잘 가르칠 수 있는 힘이다. 또 선생님의 힘은 학생을 잘 가르치는 데서 생기는 힘이기도 하다. 잘 가르치다 보면, 학생을 감화시키는 힘도 생기고, 바람직한 권위로서의 힘도 생긴다. 흔히 '가르치는 맛이 난다'고 한다. 이야말로 '선생님의 힘'이 생생하게 실현되는 바로 그 장면이다.

1960년대 말, 미국의 교육고문단은 한국 교육의 미래는 수업 혁신에서 찾아야 한다는 보고서를 제출하였다. 국가재정이 극도로 궁핍하던 시절, 학급당 90명의 아동들이 3부제로 정신없이 수업을 하던 때이다. 이 마당에 수업 혁신이란 무엇이겠는가. 무계획, 비효율의 수업실상을 반성하고, 정교한 '공학적 체제(engineering system)'로서의 수업을 개발·실천하자는 것이다. 그로부터 공학적 체제로서의 정교함과 효율성을 추구하는 수업이 급속도로 발전했다. 이런 수업 문화에서는 '선생님의 힘'도 그 공학적 체제 속으로 해체되기 쉽다. 잘 조직된 수업의 체제는 보이지만 선생님의 목소리는 보이지 않을 수 있다.

그 후로 눈부신 경제성장을 거쳐 우리는 IT 선진국이 되었다. 우리가 일상으로 운영하는 수업도 이제는 IT 환경과 불가분의 관련 속에서 이루어진다. 사실 우리의 교실은 지난 10년 간 ICT 조건들을 활용·개선하면서 눈부신 발전을 해왔다. 첨단 정보 통신 테크놀로지를 활용하여 수업을 혁신시키고, 전자 도서관을 꾸미고, e-러닝과 u-러닝의 시대를 숨 가쁘게 열어가고 있다. 교사들은 기술적 운용에 익숙해지기에도 많은 공력과 연마가 필요했다.

그런데 이런 수업 체제와 IT 기술들이 수업을 더 천편일률적으로 만들어 갈 수도 있다는 것을 우려하는 목소리도 있다. '공학적 체제'와 ICT 기술 숙달이 곧 '선생님의 힘'을 보증하지는 않는다는 것이다. 그 체제와 기술의 형식에 익숙해지는 것을 넘어서서, 그것에 담을 선생님 고유의 콘텐츠를 가지고 있을 때, 진정한 '선생님의 힘'이 발현되는 것 아닐까.

그런 의미에서 '선생님의 힘'은 곧 '이야기의 힘'이라는 생각을 한다. '이야기의 힘(또는 이야기로 변용하는 힘)'을 터득한 선생님이야말로 '선생님의 힘'이 무엇인지를 아는 사람이라는 뜻이다. 아이들에게 필요한 지식과 정서와 기능을 모두 이야기로 풀어낼 수 있는 선생님은 위대하다. 어떤 교육과정 내용도 이야기로 번역되는 동안에 그것은 그 선생님의 콘텐츠로 구체화된다. '이야기'를 문학 작품으로만 생각할 필요는 없다.

이야기란 자연과 세상에 대한 지식이다. 이야기란 경험에 대한 반추이다. 이야기란 소통에 대한 노력이다. 선생님이 수업을 위해 만드는 이야기는 그 자체가 교수법이다. 그런 이야기는 금방 학생을 사랑하는 징표로 전이된다. 지식을 일깨우는 이야기로 나아가면 '선생님의 힘'은 이미 교실을 가득 채운다. 오랜 울림을 주는 이야기는 선생님과 동일한 가치의 이미지가 되어 아이들의 인생에 효소처럼 내면화된다. 이것이야말로 사람을 바꾸는 '선생님의 힘'이다. 아이들 사이에 이야기가 꾸준히 쌓이면 그것이 곧 아이들의 문화가 된다.

요컨대 '이야기의 힘'이 곧 '선생님의 힘'이 된다는 것이다. 그러면 '이야기의 힘'을 어떻게 갖춘단 말인가. 물론 많은 독서를 해야 한다. 그런데 이야기를 읽어서 이야기를 전하는 사람은 '이야기의 힘'을 부리는 경지에 들기 어렵다. 지식을 읽어서 이야기로 만드는 사람이 진정한

'이야기의 힘'을 갖출 수 있다. 무릇 가르치기 위한 독서의 진지함과 성실함이 여기에 있다. (昔影)

# 지식이 우리를 너그럽게 하리니

1.

40년 전 기억 중에 이런 것이 있다. 고등학교 1학년 때, 지리 과목 시간이었다. 선생님은 아프리카 지리를 가르치시면서 이 지역의 열대우림 기후 풍토와 자연환경을 설명하는 중이었다. 선생님의 설명에 우리가 흥미를 느낀 것은, 사람이 이것에 물리면 한없이 잠을 자게 되는, 이른바 수면병을 일으킨다는 흡혈 파리인 체체파리(tsetse fly)에 대한 이야기가 등장하면서부터이었다. 우리들의 흥미를 확인하신 선생님은 약간의 신명을 띠기 시작했다.

그때 누군가가 질문인 듯 의문인 듯 말을 했다.

"선생님, 그거 아프리카에 직접 가보시고 하시는 말씀입니까?"

순간 선생님의 낯빛이 달라졌다. 그 당시로서야 텔레비전이 없던 시절이고, 그 흔한 자연 다큐멘터리 동영상 하나 없던 시절이었으므로, 품어봄직한 의문으로 받아들일 수도 있었다. 그러나 '가 보지도 않고 아프리카를 다 아는 척 말하는 것 아니냐.' 하는 다소 불손한 태도가 묻어나는 질문이기도 했다. 그래서 그 질문은 '지식에 대한 의문'이었지만 그것은 곧 '선생님 인격에 대한 의문'으로 오해받기에 족한 것이었다. 당신의 지식이 신뢰를 받지 못한다고 생각하셨는지 이때껏 발현되던 선생님의 신명은 일시에 사그러 들었다.

선생님은 '건방진 녀석!'하고 짧게 되뇌시고는, 문제의 친구를 앞으로 불러내었다. 분기를 참지 못하신 선생님은 녀석의 뒤통수를 손바닥으로 몇 대 세게 올려붙였다. 그러고도 모자란다고 생각하셨는지, 교탁 옆자리에 꿇어앉아서 수업을 받도록 했다. 요즘 같으면 금세 체벌 시비가 분분해졌을 것이다.

만약에 선생님이 아프리카를 가 보셨던 분이라면 사태는 이렇게까지 되지는 않았을 것이다. 선생님은 직접 체험한 아프리카 지식을 더 유연하고 더 너그럽게 소개하면서, 오히려 그 학생의 호기심 많은 질문 태도를 칭찬해 주셨을 지도 모른다. 깊이 있고 든든한 지식은 그것을 전할 때 너그러움의 덕성까지 함께 베풀게 한다. 좋은 지식은 반드시 그것을 행함에 덕성을 동반한다고 나는 믿는다. 우리는 그런 지식의 모습을 두고 '지혜'라고도 한다.


2.

얼마 전 외우(畏友) W교수의 홈페이지를 우연히 들어갔다가 나는 매우 감동적인 글 하나를 발견하였다. 그것은 W교수에게 온 편지글이었는데, 나는 이 편지글을 읽고 형용할 수 없는 감동과 더불어, 나의 옹졸한 교수 철학을 되돌아보게 되었다. 편지에 나타난 W교수의 인격도 감화를 주기에 충분했고, 편지를 보낸 사람의 지혜와 덕도 무척이나 인상적이었다. 더구나 이 편지에 나타난 W교수의 언행이 20대 후반 청년 교사로서의 모습이었다고 생각하니 가벼운 선망의 감정이 일기도 했다. 편지는 이러하다.

W교수님께

어린 까까머리 소년은 교실 문밖으로 고개를 내밀고, 선생님이 나타나기를 기다리고 있었습니다. 복도 저편 끝에서 계단을 다 올라온 선생님이 소년의 교실을 향하여 성큼성큼 다가올 무렵 소년은 교실 안을 향하여 같은 반 아이들에게 크게 외치기 시작했습니다.

"늑대다~! 늑대 출현! 늑대다!"

그때까지 수선스럽던 아이들은 자기 자리를 찾아 앉고, 늑대라고 외치던 소년도 후다닥 자기 자리를 찾아 갔지만, 너무 가까운 곳에서 소릴 지른 탓인지, 늑대라고 불리게 된 것을 알아챈 선생님은 소년에게 다가왔습니다. 미소를 지으며 출석부로 머리를 톡톡 어루만지듯이 두드리며, "내가 왜 늑대냐?" 라고 말씀하셨고, 교실은 웃음바다가 되었습니다. 선생님은 칠판에다 짤막하게 세 개의 단어를 적으셨습니다.

"Homo Homini Lupus!"

"호모 호미니 루푸스! 이건 라틴어인데, '인간은 인간에게 늑대이다.'라는 말이란다. 잘 생각해 봐. 어차피 인간은 인간에게 늑대인 부분이 많아. 나를 늑대라고 부른 네놈도 늑대일 테고……." 묘하게 재미있는 표정과 웃음을 지으시며 선생님이 하신 말씀입니다.

어린 소년은 기억합니다. 선생님을 늑대라고 부른 죄를 묻지 않고 웃으며 자상하게 이런 지식을 말씀해주신 그 선생님을 평생 기억하게 되었고, 선생님이 해 주신 '호모 호미니 루푸스'라는 말도 평생 기억하게 되어 버렸습니다.

삶이 힘들고 지치고 사람에게 시달리거나 극한의 대립과 경쟁에 시달릴 때마다, 선생님이 오류중학교 국어선생님이셨을 때 하셨던, '인간은 인간에게 늑대이다'라는 말을 떠 올리며 인생의 어려운 상황을 담담하게 맞을 수 있었습니다.

저는 오류중학을 1회로 졸업한 '허00'이라는 학생(?ㅅㅅ)입니다. 선생님을 무척 좋아했던 아이였고, 지금도 종종 선생님을 생각하며 사는 사람인데, 어처구니없게도 나이 46세가 되도록 선생님을 찾아 볼 생각은 한 번도 하지 못했습니다. 가끔 오류중학교 동창 친구들과 만나 술을 마실 때면, "야 우리 옛날 선생님들 좀 찾아봐라. 언제 한번 모시고 쏘주나 한잔 하자. 난 너무 보고 싶다 그 분들! 특히 그 늑대 이야기 해 주시던 선생님 보고프니 좀 찾아봐라." 이렇게 말만 했을 뿐, '그래 그러자.' 라고 얘기만 했을 뿐, 한 번도 실행에 옮기지를 못하였습니다. 한국을 오래 떠나 살았기에 세월만 그저 흘려보내 버렸죠.

휴우! 무슨 말을 해야 할지 모르겠습니다만, 지금 제가 있는 이곳은 프랑스의 도빌 바닷가에 있는 어느 호텔방이고 새벽 2시 반입니다. 6월5일 출국하여, 제가 모시던 회장님이 세계 로타리 회장이 되시는 바람에, LA에서 그분 취임식 수행하고, 런던, 밀라노로 한 바퀴 돌며 친한 친구들 좀 만나고, 마지막으로 이곳에 들렀죠. H해운회사 프랑스 지사장이 절친한 친구라서 여기들러 며칠 머물고 주말에 귀국할 예정입니다.

이번 여행에 동행한 친구가 자꾸 이곳 노르망디에 대해 묻기에, 오늘밤에는 좀 더 정확한 지식을 파볼까 생각하고 인터넷을 뒤적이며 "노르망디"라는 검색어를 쳤는데, 기대도 안 했던 선생님의 성함을 보게 되었습니다.(선생님이 2002년 이곳 노르망디 루앙 대학에 연구교수로 와서 겪은 견문과 생각을 글로 써서 인터넷 사이트에 연재하여 남긴 '노르망디 통신'이 바로 검색되었기 때문입니다.) 순간 죄송하지만 "늑대닷!" 하고 속으로 짤막히 외치며, 정신없이 선생님의 사이트로 찾아 가 보게 되었던 거죠. 그 사이트에서 선생님이 지나온 시간, 선생님의 사진을 보고, 반가운 마음에 두서없이 지금 전자메일로 몇 자 적고 있습니다.

저는 오류중학 이후에, 중경고등학교와 부산에 있는 국립해양대학을 다녔구요. 대학을 졸업하고는 외항상선의 항해사로 4년간 수십 개 나라를 돌아다녔고, 그 후엔 주로 서울과 노르웨이를 오가다가, 노르웨이의 오슬로에서 꽤 오래 살았고, 2000년도에 다시 서울로 돌아 왔습니다. 해양대학에선 해양문학회라는 동아리에 참가하여 어쭙잖은 글들을 쓰곤 했었는데, 아마도 중학교 때 선생님에게 받은 영향이 컸던 것 같습니다.

선생님 홈피에서 선생님 삶의 궤적을 주욱 보고는, 역시 선생님은 선생님이라고 느꼈습니다. 선생님에게 어울리는 학문하는 곳에 가 계시는 것 같고, 어울리는 일과 공부를 하며 살아오신 것 같습니다. 너무나 뵙고 싶군요. 가능하면, 7월 초순 중순 사이에 꼭 한번 뵈었으면 합니다. 7월말에는 어린 아들을 제 오토바이 뒤에 태우고 일본 열도 종주를 나설 것인데, 그 길을 떠나기 전에 꼭 한 번 선생님을 뵙고 싶습니다. 선생님 시간이 허락되시어 저녁 식사에 약주까지 뫼실 수 있다면, 그야말로 '불감청고소원(不敢請固所願)'이옵니다. (선생님이 까까머리 소년에게 가르쳐 주신 유식한 문자를 평생 써먹으며 삽니다. ^ ^)

미친 듯이 일하며 정열적으로 세상을 주유하며 살아오다가, 마흔 네 살 되던 해 겨울, 오토바이 한 대 끌고 콜롬비아로 가서 남미대륙의 최남단까지 100일간의 안데스 종주를 했습니다. 서울에 돌아와 새로운 회사를 만들어 새로운 일을 시작한 지 1년이 되었구요.

선생님은 제 삶에 짧지만 불꽃처럼 반짝이며 큰 의미를 준 몇 안 되는 소중한 분 중의 한 분이십니다. 불쑥 글을 올리는 무례함을 용서해주시고, 30년 전 그 까까머리 소년을 어루만져 주시는 마음으로, 다시 한 번 늑대처럼 (?*^ ^*) 제 눈앞에 나타나 주시길 소망합니다.

늘 건강히, 열정 속에 정진하시기를 기원합니다.


3.

"Homo Homini Lupus!(인간은 인간에게 늑대이다)" 이처럼 명료하고 냉철하고 건조한 라틴어 지식 명제를 그처럼 따뜻하고 너그럽고 윤기 있는 지혜의 메시지로 변용하여 다가가게 해 주다니. 나의 감동은 오로지 그것이다. W교수는 도대체 어디서 이런 교수법의 마력을 배웠을까. 생각해 보건대 그것은 무슨 수업모형 차원의 교수 공학적 마인드로 얻을 수 있는 경지가 아닌 것 같다. 그것은 지식을 사랑하는 W교수의 사람됨이 아주 자연스럽게 빚어낸 것일진대, 그것을 굳이 교수법이라 말하기보다는 그의 의사소통 철학(방식)이라 일컬음이 더 적절할지 모르겠다.

세상의 모든 선생들에게 있어서 지식이란 무엇이겠는가. 지식은 단순한 전달 내용 그 이상의 것, 이를테면 감동의 기제로 존재할 수 있다. 나는 위의 편지를 읽으면서, 모든 지식에는 그것을 가치 있게 하는 어떤 덕성이 보이지 않게 들어 있다고 생각한다. 지식과 덕성은 분리되지 않는다는 생각을 처음으로 해 본다. 내가 지닌 지식이 어떤 덕성을 발효하게 하는지 나는 이제껏 깊이 생각해 본 적이 없었다.

내가 가르치는 지식의 덕성이 무엇인지를 알아차리는 경지로 나아갔을 때, 비로소 그 지식은 나의 참된 가르치는 힘이 되는 것 아닐까. 그것은 일종의 감화의 힘이다. 지식과 지혜는 분명히 다른 차원의 것이다. 그러나 '지식 사랑'은 '사람 사랑'과 서로 다르지 않다. 지혜로 승천하는 지식의 자리가 바로 이 지점에 있다 할 것이다. (昔影)

# 여름과 친밀해진 50대의 이 한낮

무더위가 계속되고 있다. 기상 관측 이래 최고의 무더위라고도 하고, 그래서 더위에 아까운 목숨을 잃는 경우도 언론에 보도되고 있다. 날씨 만으로 무더운 것은 아니다. 희대(稀代)의 살인마가 붙잡혀 입만 열면 살해된 숫자가 늘어나고, 티브이에서는 살인자가 가리키는 대로 시신 (屍身)이 묻혀 있는 곳을 따라잡기에 바쁘다. 마스크를 하고 모자를 눌러 쓴 범인의 모습이나 땀을 흘리며 현장을 검증하는 사람들이나, 참보는 사람을 더욱 무덥게 하고 있다. 어련히 알아서 하는 일이겠지만, 쌓인 빚도 많다는데 파업을 하여 지하철 이용 승객을 볼모로 삼는 것도 무더위를 더해주는 데는 기가 막히게 일조를 하고 있다. 다행스럽게도 파업은 끝났지만, 콩나물시루처럼 승객을 가득 채운 열차가 어쩌다 역내에 들어오면 우루루 몰려 타면서 땀을 쏟아야 했던 모습은 참 기억조차 하기 싫은 장면이다.

상생(相生)의 정치를 하겠노라 입만 열면 떠들던 사람들도 죽기 살기로 이 더위의 불씨가 사라질까 봐 조바심을 내고 있다. 그 속에 들어 있는 사람들이야 당연하다고 하여 선택한 일이겠지만, 조금 떨어져 있는 나의 생각에는 참 부질없어 보인다.(나는 나의 생각을 '나의' 것이라고 하였다. 제발 자신의 것을 '우리'나 '국민'으로 확대하고 치장하지 말았으면 좋겠다. 모든 의무 다 했다고 생각하는 나는 대한민국의 국민에서 제외된 것 같은 생각이 들 때가 많다.) 인간관계라는 것은 본래 상대에 대한 배려와 인정으로서만 이루어지는 것이다. 자신의 것만이 모든 것이라고 생각하는 사람은 그래서 건전한 인간관계를 유지할 수 없는 치유 대상이라고 할 수 있다. 하물며 정치란 이런 인간관계에서 고도의 숙련된 기술을 요구하는 장이 아닌가. 그래야 할 장소에서 이루어지는 모습은 그런데 현재와 같은 염천(炎天)의 더위 속에서는 참기 어려울만큼 헉헉거리는 상황이다. 그들은 이열치열(以熱治熱)이 무엇인지 모르는 사람이 있을까봐 온몸으로 보여주고 있는 것 같다. 그들은 자신은 물론 남까지 덥게 하면서 참 더운 여름을 보내고 있다.

이 더운 여름 나는 이틀간 부산과 울산을 다녀왔다. 아무 일 없이 평소 가보고 싶었던 곳을 찾아 나서는 홀가분함을 만끽할 수 있었다. 말만 들었고, 그냥 지나치기만 했던 자갈치시장에 들러 그 정취에 흠뻑 취하기도 했고, 새벽의 광안리 해변을 거닐기도 했다. 또 전공과 관련되면서도 가보지 못했던 울산의 처용암과 대왕암을 온전히 볼 수도 있었다. 항상 심심하지 않느냐면서 안부를 묻기만 하고 정작 서로 바빠 호젓하게 이야기 나눌 수 없었던 지우(知友)와 사적인 자리를 만들어 만나면서 더위는 어디론가 홀홀 사라져 버렸다. 더위가 정점을 이룬다는 초복(初伏)의 날인데도, 복국은 참 시원하기만 했다.

이렇게 내겐 언제부턴가 여름의 더위라는 것이 그렇게 큰 의미로 다가오지 않게 되었다. 50여년 넘게 살면서 더위에도 익숙해졌고, 또 더위를 부채질하는 갖가지 행태에도 이제는 넌덜머리 날 만큼 단련이 된

듯도 싶다. 사실 그런 망각과 적응이 있어 사람들은 오늘을 이겨내는지 모르지만, 나의 몸이 체질적으로 여름과 친밀하게 된 것은 아닌가 하는 생각이 들 때가 많다. 내 삶의 중요한 전환점이 이 여름과 관련되어 일어났기 때문이다. 태어난 것도 여름이었고, 또 참 어려웠던 군 생활도 여름에 시작했다. 훈련소와 공병학교에서 열심히 뛰면서도 여름은 썩 큰 극복의 대상이 아니었다. 그리고 결혼도 무더운 여름에 했고, 생각해 보면 중요한 직장의 이동도 새 학년이 시작되는 봄이 아니라 2학기로 일치되어 있다. 이렇게 인연이 깊다는 생각을 많이 갖게 되니, 꽤 다정한 친구처럼 내 옆에 여름은 놓여 있다. 그리고 보면 나는 그 더웠던 어린 시절의 여름이 그렇게 힘들었다는 기억이 없다.

상대적으로 겨울이 몸서리치게 추웠다는 기억은 많이 가지고 있다. 겨울마다 찾아왔던 동상, 그리고 손가락이 곱아 연필을 잡기 어려웠던 기억들. 물론 이 더위나 추위는 좀 과장된 것일 수도 있다. 참 큰 것으로 기억되는 길이 나이 들어 가보면 작은 골목길로 보이기도 하고, 굉장해 보였던 궁궐도 지금 보면 대단히 검소한 임금의 생활을 연상하게 하는 것처럼.

공자는 자신의 삶의 중요한 전기마다 핵심적인 말로 요약하였다. 학문에 뜻을 두고, 굳건히 자신의 갈 길을 확립하고, 주위의 유혹에서 벗어나고 ……. 살다보면 현재의 내 선택보다 더 나아보이는 것이 참 많기도 하다. 그래서 후회도 많고, 심하면 분노에 쌓여 씩씩거리기도 한다. 크게는 할 일이 많이 남은 것 같은데 죽음을 맞이하면서 느끼는 안타까움도 있을 것이고, 또 작게는 남이 알아주지 않아 속이 상하는 일도 있을 것이다.

주위에서 일어나는 분쟁들이 사실은 그 출발이 얼마나 사소한 것들인가! 세계대전이라도 일어날 큰일이란 우리 주위에 썩 많지 않은 것

같다. 역사상의 큰 전쟁들도 사실은 사소한 것으로부터 시작된 것들이었다. 그렇게 일이란 언제나 있는 것이고, 그래서 그 일은 잘 처리되기를 기다리는 것일 뿐이다. 그래서 숙련된 전문가에게 있어 일이란 그냥 앞에 닥치는 과정일 뿐이다.

그런데 이것이 풋내기 앞에 놓였을 때는 주체할 수 없을 만큼 큰 사단으로 변질되는 것이다. 그 풋내기의 일 처리를 보며 많은 사람들은 얼마나 분노에 쌓일 것인가? 그러나 기다리는 것이 좋다. 전문가도 그런 풋내기 시절을 겪어 이른 것이니까. 다만 풋내기는 스스로 자신의 할 일을 한정하는 지혜가 필요하다. 전문가에게 일을 맡기고 풋내기는 그것을 보며 전문가로 성숙해가는 것 ― 이것은 제갈공명이 출사표에서 주장한 것이다. 풋내기인 후주 유선이 큰일을 하겠다고 나설까봐 공명은 퍽 근심스러웠던 것 같다.

우리의 교육은 결국 이렇게 자신을 알게 하는 것으로 귀일(歸一)되는 것이리라. 공자가 다른 길에 흔들리지 않고 자신의 가는 길이 하늘이 명한 바임을 확인한 것은 이런 교육의 결과를 얘기하는 것이고, 이는 종국에는 중심을 굳게 잡고 흔들리지 않는 삶을 살았다는 것을 말하는 것이기도 하다. 공자의 세세한 삶이 모두 이 요약과 일치될 수는 없는 것이겠지만, 이렇게 자신의 삶을 되돌아볼 수 있다는 것은 커다란 행운이 아닐 수 없다. 그런 흔들리지 않는 사람에게 있어 자연의 변화와 환경의 이동은 그리 큰 의미를 갖지 못할 것이다. 그런 사람이 되고자 한다.

어떤 선인처럼 무더위에 지쳐 있으면서 "이놈의 더위, 겨울에 보자." 할 수도 있다. 극복의 대상일 때, 그런 마음가짐은 극복할 수 없는 자신을 달래는 좋은 방법일 수 있다. 그러나 그런 오길랑 버리고 자연의 흐름에 맡기는 것이 더 유용하다. 그렇게 오기를 부리면 얼굴도 굳어지고 험상궂게 변할 것이다. 여우의 신 포도처럼 어쩔 수 없는 선택일지 몰라도 그렇게 자신을 내어 맡기는 모습에 머무는 것이 좋을 것이다.

이 여름 몇 권의 좋은 책을 읽고자 한다. 그리고 또 맘에 맞는 사람과 마주 앉아 술을 기울이며 지나가는 말처럼 우리 주변을 얘기하고자 한다. 또 새 학기의 준비도 해야 하고, 그리고 가능하면 강의에 쫓겨 밀쳐두었던 논문도 마무리해야겠다. 그러고 보면 이 여름과 가을은 뭐 그리 큰 차이가 있는 것 같지 않다. 또 봄이나 겨울은 무슨 새삼스러운 것이 있을까. 참 재미없는 삶이고 사람이지만, 그것을 벗어나려고 노력하면 또 무더워질 것 같으니 이 길을 그냥 가야겠다. (**南溪**)

# 쥐와 우리의 삶

1996년 庚子年은 쥐의 해이다. 동양에서는 시간의 단위로 천간(天干)과 지지(地支)를 두되, 천간은 열, 지지는 열둘로 구분하여 이를 교체함으로써 구분된 시간을 표시하였다. 지지에는 각각 그에 해당하는 동물을 배치하였는데, 그 순서는 쥐, 소, 호랑이, 토끼, 용, 뱀, 말, 양, 원숭이, 닭, 개, 돼지이다.

인도의 설화에 의하면 각 동물들은 그 해당되는 해에 부처님을 모시도록 되어 있는데, 그 순서는 부처님의 장례식에 도착한 순서에 따라 결정된 것이라고 한다. 그 설화는 또 쥐와 고양이가 왜 앙숙이 되었는가도 같이 설명하고 있다. 본래 쥐는 이 모임의 대표로 선발되지 않았다고 한다. 그러자 쥐는 고양이에게 모이는 날짜를 속여 참석하지 못하게 하고, 대신 자신이 참석하였다. 그리고 맨 먼저 도착하고 싶어 일찍 출발한 소의 등에 앉아 편안하게 갈 수 있었다. 쥐는 식장이 가까워 오자 재빨리 뛰어내려 선두로 들어갔다고 한다. 쥐가 십이지지의 맨 처음에 놓이게 된 것, 그리고 고양이가 쥐를 만나면 달려가 잡아먹는 까닭이 이 설화에는 잘 나타나 있다. 명칭이나 의미 부여가 한 문화의 표현이라고 할 때, 이러한 동물의 배열은 동양인의 쥐에 대한 관념을 흥미롭게 보여주고 있다.

우리의 고전소설에는 쥐가 주인공으로 등장하는 서대주전, 서동지전, 서옥기 등이 있는데, 대체로 주인공인 서대주와 상대편 다람쥐 사이에서 벌어진 도둑질을 소재로 한 작품이다. 서대주는 흉년의 어려움을 타개하기 위하여 다람쥐가 모아놓은 곡식을 훔치고 이로써 기근에 처한 백성을 구하였다. 다람쥐는 서대주의 처벌을 국가에 호소하였으나, 받아들여지지 않는다.

인도의 설화나 우리의 고전소설에서 공통적인 것은 쥐가 영리하고 풍요로움을 추구한다는 점에 있다. 쥐는 그 생김새나 능력으로 볼 때, 사회에서 소외받고 억압받는 계층과 관련되어 있는 동물이다. 서민들은 우선 자신이 먹고 살 수 있는 방편의 마련이 우선이라는 점에서 쥐의 영리함을 긍정적으로 인식하였다. "약아빠지기가 생쥐같다."라는 말은 쥐의 재빠르고 약삭빠름을 비기는 말이다. 쥐를 긍정적인 존재로 인식하였던 계층들은 쥐가 어떤 수단과 방법을 가리지 않고 목적을 쟁취하는 현실적 존재로 인식하였는데, 도덕적인 주제를 내세워 풍요로움의 추구를 비판한 것은 보다 후대에 나타난 현상이다.

그러나 먹고 사는 문제에서 우선 자유로울 수 있었던 계층들은 대체로 쥐를 도둑질하는 동물, 간교한 동물로 인식하였다. 그들은 들쥐를 백성의 곡식을 수탈하는 지방 관리, 집쥐는 궁궐 내에서 국고를 탕진하는 간신배로 생각하였다. 눈치를 살피다가 강한 자에게 자신을 의탁하는 기회주의적인 존재로 인식하기도 하였다. 이는 쥐가 사람들이 애써 수확한 결실을 훔친다는 표면적 사실에서 연유하여 관련지은 것이라고 할 수 있다.

정월에 들어 첫 번째 돌아오는 쥐의 날을 상자일(上子日)이라고 한다. 지금은 정월 대보름날 밤에 횃불놀이와 함께 논과 밭의 두렁을 태우는데, 본래 두렁을 태우는 일은 '쥐불놀이'라 하여 쥐의 날인 상자일에 하였다. 이 날은 모든 일을 조심하고 근신하였는데, 이는 신라시대부터 연유한 것이라고 한다. 신라 21대 왕인 비처왕(毗處王)이 행차하는데, 까마귀와 쥐가 나타나 슬피 울고, 쥐는 사람의 말을 하면서 "까마귀가 가는 곳을 살피십시오." 하였다. 한 승려가 궁중의 여인과 사통하면서 왕을 죽일 생각을 하였는데, 이를 알려주기 위하여서라고 한다. 이로 인해 삼가고 근신하는 풍속이 나타났는데, 여기에서 쥐는 인간이 알 수 없는 일을 미리 꿰뚫어 보는 영물로 인식되고 있다.

모든 물상은 이렇게 양면적인 의미를 지니고 있다. 상황에 따라, 보는 시각에 따라 그 대상은 자신의 모습을 변모시킨다. 그들은 본연의 모습을 감추고 인간이 보고자 하는 대로 자신을 변모시키는 것이다. 그러나 사실은 그 대상의 모습은 변하지 않고 가만히 있는 것인지도 모른다. 변하는 것은 오로지 그 대상을 바라보는 주체일 뿐이다. 그래서 소동파(蘇東坡)는 적벽부(赤壁賦)에서 변하는 관점으로 보게 되면 변하지 않는 것은 아무 것도 없고, 변하지 않는 관점으로 보면 또 변하는 것은 아무 것도 없다고 말하였다. 중요한 것은 결국 대상을 바라보는 우리의 마음가짐일 것이다.

지난 해 우리는 나랏돈을 개인의 것인 양 마음대로 쓰고 치부하다가 그 자신의 명예와 온 국민의 자존심을 하루 아침에 무너뜨린 인물을 보았다. 그들이야말로 도둑질하는 부정적 의미의 쥐와 관련되는 인물일 것이다. 그들은 쥐에게서 그런 부정적 측면만을 배웠을 것이다. 쥐의 해를 맞이하여 우리는 영특함과 풍요의 모습을 배울 것인가, 아니면 야금야금 갉아먹어 공동체의 삶을 송두리째 무너뜨리는 모습을 배울 것인가에 대한 심각한 고민을 할 필요가 있다. 그리고 이는 전적으로 그 자신이 선택하여야 할 문제이다. 그러나 그 선택은 자신의 삶만이 아니라 그가 속하는 사회의 모습까지도 결정한다는 점에서 한 개인의 문제를 뛰어넘는 것이라고 할 수 있다. (南溪)

# '알토란' 같은 이야기

농사꾼의 관용어 가운데 '알토란같다'는 게 있다. 토란의 껍질을 벗기고 다듬어 놓은 것을 알토란이라 한다. 내용이 실하고 오롯한 내것이라는 실감이 절절하게 느껴지는 경우에 쓰는 말이다. 그리고 속이 들어차서 안이 충실한 사람을 두고 그렇게 이르기도 한다.

일상에서는 알토란같은 돈을 주고 산 건데 그걸 공으로 거머채려고 하다니, 하는 등의 맥락에서 쓰는 표현이다. 이는 물론 실한 토란 알맹이를 두고 하는 비유다. 그런데 토란은 알맹이뿐만 아니라 잎에서부터 줄기나 뿌리까지 한 군데 밉상인 데가 없다. 모양이 아름답고 이용가치가 높은 작물이다. 일상 보는 식물 가운데 토란(土卵)만큼 잎이 넓고 품위 있는 작물이 없을 듯하다. 그래서 토란은 작물로 밭에 심기도 하지만, 잎이 넓고 아름다워 화분에 관상식물로 키우기도 한다. 토란 잎은 아낙들이 가지고 다니는 손수건만큼은 넉히 될 정도로 넓게 자란다. 그리고 잎의 표면은 보송보송하니 감촉이 정갈하다. 그 위에 빗방울이라도 떨어져 구를라치면, 볼이 고운 아가씨의 진주 귀고리 구슬이 저렇거니 하는 생각을 하게 한다. 맑고 영롱한 구슬이 연록색 잎에 모여서 제 무게에 쪼르르 굴러 내리는 모습이 얼마나 사랑스러운지는 비오는 날 토란을 가까이서 바라본 사람이라야 안다.

토란의 잎은 모양이 커다란 하트형으로 자라기 때문에 보기도 넉넉하고 모양은 단아하다. 사실 하트 모양은 근간 젊은 사람들 사이에서 사랑을 표시하는 데 쓰는 아이콘이다. 본래 심장의 모양이 그렇게 생겼다고 해서 심장, 가슴, 사랑 그렇게 상징적인 의미를 축적한 아이콘이다. 아무튼 토란은 잎의 우아함으로 한몫을 하는 식물이다. 상징적인 의미를 몰라도 보기 아름다운 것은 사실이고, 그 아름다움 때문에 천대를 받지 않는다.

토란 잎이 돋아나는 모습은 연잎이 돋아나는 것과 비슷한 데가 있다. 외떡잎 식물이라서 마치 카라 꽃처럼 나선을 이루어 비틀려 벌어지면서 봉긋이 돋아난다. 그리고는 줄기가 좀 올라오는 듯하다가는 잎이 옆으로 퍼지기 시작한다. 그 잎을 받치고 올라오는 대궁이 실한 것은 손가락만하게 틀을 잡는다. 그것이 붉은 기를 띠기 시작하면 토란이 실하게 자랄 징표가 된다.

잘 자란 토란은 대궁이 여러 가닥으로 벌어서 잎을 무성하게 피워낸다. 토란대는 토란이 한창 자라 무성할 때 베어서 갈라 말리면, 아주 요긴한 나물 거리가 된다. 갈라 말린 것을 잘 보관했다가 음력설이나 보름 같은 때 삶아서 나물로 무쳐먹기도 한다. 혀에 감기듯 부드러운 감촉은 토란대의 매력이다. 육개장을 끓이는 데다가 고사리와 함께 넣으면 고기의 느끼한 맛을 없애 주고, 고사리와 함께 특유의 부드러운 감칠맛이 살아나 미각의 즐거움을 그야말로 만끽(滿喫)하게 된다.

알뿌리처럼 보이는 토란은 사실은 뿌리줄기이다. 토란대 밑에 뽀얀 실뿌리가 굵게 나고 그 옆으로 줄기가 뻗어 자라난 게 토란이다. 이는 영양기관이면서 동시에 내년에 다른 개체를 만드는 번식기관이기도 하다. 토란을 캘 때는 안으로 조용이 부푸는 설렘마저 느끼게 된다. 줄기를 베어내고 호미로 두둑을 파기 시작할 무렵, 그 안에 오달지게 자라 있을 토란 알맹이를 생각하면 가슴이 부풀어 오른다. 땅의 약속에 대한 기대 때문이다. 봄의 가뭄과 여름의 장마, 그리고 폭우를 이겨내고 끝내 지켜내어 토란 알맹이를 성숙시켰을 그 약속에 대한 기대가 가슴을 부풀게 한다.

두둑에 호미를 대고 흙을 파면 그 안에 조롱조롱 알이 실은 모습을 드러내며 부드러운 흙과 더불어 손에 얹히는 느낌은 존재의 실감으로 다가온다. 감자를 캘 때 다가오는 실감과는 좀 다른 것은 이게 주식이 될 수 없기 때문인지도 모른다. 그러나 손끝을 통해 전해지는 미세한 전류와 같은 감촉은 수확을 하는 손에 내리는 축복의 일종이다. 그런 축복을 누리기 위해서는 봄부터 유난을 피워야 한다.

작년에는 토란을 실패했다. 토란은 물기가 충분한 땅이라야 잘 된다는 것만 생각하고 언덕 밑을 골라 얼음이 풀리자마자 일찌감치 심었다. 토란 씨를 미리 준비해 두었던 게 아니라서, 동네 시장에 들러 노점상을 하는 아주머니에게 부탁을 해서, 전해에 팔다가 방치해 두었던 씨를 한 주먹 겨우 구했다. 그걸로는 너무 시부정치 않아 동서에게 부탁을 했더니 또 한 주먹은 되게 씨를 구해 주었다.

그렇게 궁상을 떨면서 구해다 심은 토란이 잎을 내밀 생각을 하질 않는 것이다. 토란을 심은 구덩이마다 풀을 제쳐주고 토란 싹이 나오기를 기다리다가 아예 포기하고 풀이 자라거나 말거나 방치해 두었더니 제초기로 풀을 벨 때까지도 싹이 날 기미가 없는 것이다. 아예 포기하고 제초기를 돌려 풀을 베었다. 그 속에 겨우 토란 싹이 나오고 있었는데, 어린 싹들은 이미 제초기 날에 잘려 나가고 말았다. 그 뒤 이어서 싹이 자라기를 기대하며 풀을 제치고 들여다보곤 했다. 제초기에 베어져 나간 뒤로는, 뒤엉킨 풀 속에서 겨우 싹을 내밀고 밭에 심은 토란치고는 초라하게 잎을 피웠다. 그 빈약한 잎과 줄기 밑에 달린 토란 또한 실하지를 못해 겨우 씨를 할 수 있을 정도였다.

그렇게 두어 주먹 챙겨 두었던 토란 씨를 금년에는 아예 밭에다가 한 두둑을 심었다. 실한 대궁이며 넓고 우아한 잎이 어우러지기를 바라면서 씨를 심었다. 그리고 남은 씨는 화분에 심고 물을 자주 주었다. 화분에 심은 것은 잎이 돋아 너우러지기 시작하는데 밭에 심은 것은 잡초만 무성하고, 올해도 또 실패를 하는구나 싶게 싹이 돋지를 않는 것이었다. 결국은 감자밭에 바랭이가 우거져 제초기를 대야 할 지경이 될 때까지도 소식이 없는 것이었다. 토란 잎에 빗방울 굴러가는 것을 보리란 꿈은 포기하기로 하고 두둑에 돋은 잡풀을 제초기로 밀어 버렸다.

그런데 신통하게도 제초기 칼날에 베어져 나간 풀잎 사이로 잘려나간 토란 줄기가 물방울을 눈물처럼 맺어 가지고 있었다. 눈물이라기보다는 차라리 핏방울이라고 하는 게 나을 지경이었다. 아린 가슴을 쓸어안으며 토란 줄기 옆으로 우악스럽게 흙을 덮고 있는 잡초 뿌리를 뽑아 주었다. 그리고는 틈나는 대로 풀을 잡아 주었더니 토란 잎이 어기찬 기세로 자라기 시작했다. 그러면 그렇지, 쾌재를 부르다가 몇 가지 생각을 가다듬어 보았다.

우선 토란을 너무 일찍 심은 것이다. 모든 식물이 그렇듯이, 흙에 묻힌 다음 싹이 트는 데까지 걸리는 시간이 각각이다. 그렇기 때문에 심는 시기를 맞춰 주어야 한다. 풀이 자라는 시기와 토란이 싹트는 시가가 일치한다는 것. 그대로 두면 풀 속에서 토란 잎이 햇빛을 못 받아 시들다가 녹아 버리고 만다는 것을 알게 되었다. 화분에 심은 토란이 무성하게 자란 것은 토란 잎이 나오기 시작하면서 풀을 뽑아 주어 햇빛을 충분히 받았기 때문이었다. 이런 간단한 사실을 잊고 토란 기르기 어렵다는 푸념을 늘어놓은 것은 사실 좀 부끄러운 일이다.

갈색 털이 둥글게 테를 이루어 두르고 있는 토란은 손에 쥐면 그 실감이 유다르다. 흙의 기운을 흡수해서 빚어낸 보석을 떠올리게 한다. 토란의 매력 가운데 하나는 알키한 독기가 느껴진다는 점이다. 보석이 비운을 암시하기라도 하듯. 그러나 토란을 캐서 그릇에 담는 실감은 그야말로 알토란 같은 것이다.

이번 주말에는 아내와 함께 밭에 가서 토란을 캤다. 올 농사에 고구마는 被農(피롱)이다. 그나마 토란이 가을의 기대를 충족시켜 주는 위안이다. 그래서 올에 수확한 토란은 그야말로 알토란 같다. (于空)

# 농사꾼의 선물

지난 주 안성에 왔다가 경북 경산이던가 하는 데가 고향이라는 나무 장사를 만났다. 주목 여덟 그루를 샀다. 심을 시간이 없어서 아파트 지하실에 보관을 해 달라고 맡겼다. 그리고는 수요일쯤 와서 심겠다고 한 것이, 그 날 비가 오고 바람이 불어 미루어 두었다. 주말이나 와서 심어야 하겠다는 작정이었는데, 날이 갰다. 막내를 데리고 부라부랴 달려왔다.

단지 날이 개서 서둘러 출발하기보다는 다른 연유가 있다. 아침에 택배로 귀한 선물을 받고는, 청처짐하니 충그리고 앉아있을 도리가 없었다. 그 택배가 어떤 사연을 지니기에 그렇게 길을 서둘렀는지를 설명하는 데는 좀 긴 이야기가 필요하다.

1988년 봄으로 기억된다. 그 전해부터 <문학교육론>을 준비하느라고 멤버들이 거의 주말마다 모였다. 문학교육이라는 학문의 장을 연다는 사명감과 논의의 열기에 취하듯이 모여서 열띤 토론을 하고, 원고를 써 가지고 와서는 돌려가며 읽고 상호비평을 하기도 했다. 그런데 교육학에 대한 소양이 충분하지 못한 게 늘 부담이 되었다. 문학교육의 모형론을 이야기해야 하는 지점에서 경험이 짧아 일이 잘 진척되지 않았다. 교육학을 전공하는 사람을 모셔서 이야기를 듣자는 것이 박인기 교수의 제안이었다. 당시 교육개발원에 근무하던 젊은 학자 임선하(任善河) 박사를 모셔서 이야기를 듣자고 했다. 그래서 만나 이야기를 듣고 시사받은 바가 컸다. 저녁도 함께 했던 걸로 기억된다.

얼마전 창의인성교육 관련 회의에 참여했던 적이 있다. 내 대수는 되어 보이는, 키가 작달막하고 머리가 벗겨진 양반을 만나 창의성과 나이는 반비례하는 것 아닌가 하는 우스운 생각을 했다. 그러면서 내가 잘못 온 게 아니라는 생각을 하기도 했다. 저런 양반도 오는데 하면서. 그런데 참가자들이 명찰을 차고 있었고, 그 양반의 명찰에 이름과 소속이 적혀 있었다. 반갑게 인사를 하고 이전에 만났던 이야기를 했다. 상대편에서도 나를 알겠다고 했다. 박인기 교수도 같이 참여하여 인사를 나누었다. 반가웠다.

회의가 진행되는 중에 임박사가 담당하는 영역이 '범교과'라고 해서, 범이면 호랑이인데, 그러면 생물학의 한 분야인가 하는 말장난 같은 농담을 했다. 그런 창의적인 이야기는 처음 듣는다면서 같이 웃었다. 회식자리에서 그간 어떻게 지냈는가, 지금은 어떻게 사는가 그런 이야기로 화제가 돌아갔다. 유행가 '옥경이'가 많은 사람들의 호응을 받는 것은, 오랜만에 만나 사연을 묻고 상대를 배려하는 마음자리가 잘 나타나 있기 때문인 듯하다. 아무튼 어디서 무엇을 하며 지냈는지, 사연을 주고받는 사이 25년을 격한 사이가 녹아나고 갑자기 동류의식을 회복하는 느낌이 들었다. 그 동류의식 속에 밭가꾸기가 매개가 되었다. 임박사는 경기도 광주에 창의성연구소를 운영하는 한편 농사를 짓는다는 것이었다.

나무의 생리며, 꽃을 가꾸는 재미며, 생명을 기른다는 것의 의미며 이야기가 활기를 더하는 가운데, 내 농사 이력이 짧은 것을 듣고는 농사에 관한 한 자기 앞에 무릎을 꿇어야 한다는 이야기를 했다. 내 편에서 동지를 만났다고 좋아했는데 폭군을 만난 셈이라며, 농사에 관한 한 자기 나름의 방식이 있는 것이지 누가 누구 앞에 무릎을 꿇는 그런 조폭들의 관계는 혐오의 대상이라고 들이댔다. (하긴 내가 형님이라는 말이 좀 야박한 편이다. 그리고 현지 농민들에게 손을 들어야 한다는 뜻이었다.) 그렇다 치고, 하는 식으로 농사짓는 재미 이야기로 다시 돌아가 한참 찧고 까부는 식으로 서로 자랑을 주절주절 늘어놓으며 시간이 갔다.

그리고 2주일 후, 박인기 교수와 다른 회의에 갔다가 임박사를 다시 만났다. 회의가 끝나고 커피를 한잔 하면서 또 농사 이야기를 했다. 전문적인 농업인들이야 먹고사는 문제가 걸려 있기 때문에 농사 이야기를 한가하게 할 수 없을 것이다. 이야기가 즐겁게 흘러가자면 아마추어들이 모여야 한다. 이야기가 한참 열기를 더하다가, 임박사가 당신 이런거 이런거 길러 보았는가 집요하게 물어왔다. 집요하기보다는 자랑이 앞서는 흐뭇함이 안에 도사리고 있는 어투였다, 임박사는 땅을 가꾼 경력이 나보다 한결 앞서기 때문에 가꾸는 품종이 풍부하기도 했다. 전에 자기 앞에 무릎을 꿇어야 한다는 이야기가 장난이 아니라는 생각을 하면서 이야기를 재미있게 들었다. 이따금은 나도 그런 식물 안다고 맞장구를 치면서였다. 박인기 교수는 우리 두 사람이 일하는 것이 대단하다면서 추임새를 넣기도 했다.

그날은 이야기가 길어지려고 그랬는지 전철까지 같이 타게 되었다. 전철을 타러 가면서도 식물의 번식에 대한 이야기를 계속했다. 그러면서 자신은 '종의 다양성'을 지켜나가야 한다고 주장하는 사람이라 식물

번식하는 일을 잘 한다고 자랑삼아 이야기를 했다. 내편에서 걸고 들어갔다.

"그러면 자식도 피부색과 인종별로 골고루 두시지 그러오."

"하기는 남자가 문지방만 넘을 수 있으면 남자구실 한다는 것인데."

농담 받아넘기는 품이 같은 세대를 느끼게 했다. 남자구실과 연관된 그런 이야기는 우리 세대에게 익숙하다. 좀 아슬아슬한 구석이 있기는 하지만.

종의 다양성 이야기는 식물을 길러서 나누어 주는 즐거움 쪽으로 가닥이 번졌다. 그래서 꺾꽂이며 접붙이기, 휘어묻기 그런 번식 방법을 이야기하다가 인동덩굴을 어떻게 불려 나가는가 물었다. 그건 꺾꽂이가 잘 되는데, 휘어 묻기를 하면 더 쉽게 번식이 된다고 했다. 그러면서 '붉은 인동'을 아는가 물었다. 그리고 그 꽃이 얼마나 아름다운지를 설명했다. 나도 공감을 했고, 나는 붉은 인동을 좋아해서 그 줄기를 잘라다가 물에 담가 놓았는데 뿌리가 안 난다는 이야기를 했다. 그렇게 하면 안 된다면서 아예 보내주마 하는 쪽으로 이야기가 전개되었다. 옆에서 듣고 있던 박인기 교수가 둘이 배짱이 저렇게 잘 맞을 수 있는가 감탄을 했다.

농사에 대해 묻고 대답하는 담화가 길게 이어졌다.

"창포 알아요?"

"아이리스?"

"말고, 푸른 꽃 피는 토종."

"붓꽃?"

"그렇지. 은방울 꽃 보았어요?"

"하얀 꽃이 조롱조롱 달리는 것."

"맞아, 명자나무는?"

"빨간 꽃 피고 못 먹는 열매가 모과처럼 열리는 그거."

"그렇지. 박하는?"

"그 흔해빠진 것도 화초가 되나?"

이어서 무슨 무슨 다른 꽃을 이야기했는데 하도 많이 이야기를 해서 선명한 기억이 없다. 내 속에서는 슬그머니 羨望의 분위기를 곁들인 욕심이 일기 시작했다. 자랑만 하지 말고 보내 주면 내가 심어서 잘 기르겠다는 것은 분명 욕심이었다. 거기다가 다음에 만나 막걸리 잘 대접할 테니 주섬주섬 챙겨서 보내 달라는 주문을 했다. 막걸리야 어디 대접만 하던가. 술자리에 앉으면 객보다 내가 더 즐기는 편이 아닐 것인가. 꽃욕심에 술욕심이 곁들인 셈이다.

붉은 인동 이야기에서 출발한 것이 당신이 기른 꽃을 가지가지 싸서 보내 달라는 염치없는 주문으로 치달아갔다. 꼭 부탁을 한다고 명토(明吐)를 달고, 집 주소를 확인해 주었다. 임박사는 다음날 꼭 보내주마 약속을 했고, 박교수와 나는 차를 갈아타기 위해 먼저 내렸다.

그 이야기를 집에 와서 식구들한테 했다. 아내는 그 양반이 진짜 농사꾼이라고 칭찬을 했다. 나는 서로 공부하는 이야기만 했더라면 이렇게까지 물건이 오갈 정도로 마음을 터놓고 지낼 수 있겠나 하는 생각을 했다. 그러면서 은근히 임박사가 보내준다는 꽃들에 기대를 하고 있었다. 그런데 그 소포가 아침에 전달된 것이다. 우체국 직원이 내미는 발송지에 사인을 하고는 들어오자마자 고맙다는 메일을 보냈다. 그리고는 주말까지 어떻게 기다리나 안달을 하다가, 비가 개자 주말은 이런저런 일로 바쁘니 당장 가자고 앙성으로 달려온 것이다.

내 손으로 기른 꽃이며 나무며 그런 것들을 선물하는 것은 물건의 종류, 값의 고하를 막론하고 소중한 선물이 된다. 손길이 닿았고 마음이 담기기 때문이다.

살구나무는 꽃이 이미 졌고, 자두나무는 하얀 꽃을 가득 피우고 있다. 살구가 익고 자두를 따면 우선 임박사에게 한 상자 보내야 하겠다. 내게 보내준 꽃들의 소식과 함께. (于空)

# 뚱딴지같은 소리

시속(時俗)은 변화하는 데 묘미가 있다. 이전에는 구황작물(救荒作物)이라고 하던 것들이, 요새는 다이어트에 좋으니, 성인병을 예방하느니 해서 인기를 누리고 있다. 아래것들이나 지체 낮은 가난뱅이들이 연명하기 위해 먹던 식품을, 돈있고 품위를 내세워 거들먹거리는 이들이 점거를 하고 독식을 하는 셈이다. 그 가운데 하나가 뚱단지, 돼지감자라는 것이다.

작년 늦여름 김경일 교수 내외와 대돈사지를 구경하러 갔던 적이 있었다. 경내를 돌아보는데, 잔디로 잘 정리된 길이 인상적이었다. 산자락을 잇대어 비스듬히 올라가는 길 옆 산자락 가까운 데로 해바라기를 닮은 풀이 한 길은 자라 올라가 무성했다. 저게 무엇인지 아느냐는 나의 질문에, 내외들은 내가 아는 것이 너무 많다고 비난조의 칭찬을 하면서 설명을 해 달라고 했다.

저게 초가을이 되면 멕시코 해바라기 같은 황금빛 꽃이 피는데, 장관이지요. 해바라기는 다 진 다음에 피는 꽃이라서 반갑지요. 해바라기보다 크기는 작고 씨가 달리는 것도 아니라서 별로 기대할 것이 없기는 합니다. 그런데 가을이 되면 저 줄기 밑뿌리에 돼지감자가 달립니다. 멧돼지들이 좋아한다고 해서 그런 이름이 붙었다는데, 꼭 그렇다기보다는 내가 생각하기로는 돼지한테 사료로 주기나 할 물건이라는 데서 그런 이름이 붙은 모양입니다. 이전에는 가난한 집 뒤란에 저게 나면 가을에 캐서 먹기도 하고 그랬습니다. 아삭아삭 씹히는, 달큰하고 향이 독특한 맛이 있지요. 하기는 캐 보면 뿌리모양이 가지각색이라서 이게 뭔가 싶기도 하고 그렇지요. 그래서 돼지같은 것이라고 이름이 그렇게 붙은 것인지도 모를 일입니다. 아무튼 저 꽃을 보려면 가을에 한번 다시 와야 하겠네요. 와서, 직접 캐서, 자기 입으로 먹어봐야 제맛을 압니다.

나는 이따금 성장과정에서, 그리고 일상에서도 감각체험이 매우 중요하다는 생각을 한다. 내가 그렇게 살아와서 그런지도 모를 일이지만, 어려서 나는 아무거나 입에 넣는 골치아픈 애였다. 소나무 어린 줄기를 겉껍질을 벗겨내고 속껍질을 이빨로 긁어 먹으면 달큰한 물이 입에 괴고 솔향기가 코로 스미는 '송기(松肌)'의 맛에 홀려 늙은 소나무 겉껍질은 어떤 맛인가 씹어 보았다가 입안 가득히 물리는 스치로폼 같은 느낌으로 종일 기분을 상하기도 했다. 같은 소나무 껍질인데 어린 것과 늙은 것이 이렇게 다르구나 하면서.

식당에서 먹는 더덕과 잔대와 도라지는 모양이나 맛으로 구분하기 어렵게 되었다. 속성재배를 하느라고 제 맛이 없어졌기 때문이다. 그러나 산을 가다가 풀섶에서 문득 다가오는 더덕냄새는 싱싱한 감각을 유혹한다. 그 향기를 쫓아가 보면 더덕 넝쿨이 잡목을 감고 올라가는 것을 볼 수 있고, 잎을 따서 입에 넣을라치면 짙은 향으로 자기증명을 하면서, 뽀얀 유액을 피처럼 쏟아낸다. 가을로 다가가는 산록이나 밭에서 문득 만나는 도라지꽃에는 알싸한 도라지향이 배어 있다. 초롱꽃처럼 다소곳한 남색 꽃이 달리는 잔대는 도라지보다 아린 맛이 적고, 뿌리는 더덕보다 향이 옅지만 도라지보다는 살이 부드러워 고추장에 무쳐 놓는다든지 하면 더덕과 혼동하기 십상이다. 더덕 꽃은 녹색과 보라색이 멋없이 어울려 피는데, 잔대의 초롱꽃 모양이라든지 도라지의 청남색 꽃이나 흰꽃에 비하면 후줄근하니 그렇다. 그러나 이들 꽃이 향을 부르고, 향이 기억을 재촉하는 데서는 감각이 통합된다.

어느 맥주집에서 앙징맞은 유리병에다가 흑장미를 꽂아 놓은 것을 보았다. 향이 고혹적(蠱惑的)이라서 먹어보고 싶은 충동이 올라오는 것이었다. 장미라는 게 찔레와 한가지로 가시달린 줄기가 뻗고, 여린 줄기는 찔레처럼 먹음직하게 자라 올라간다. 식욕을 재촉한다. 장미 꽃잎을 따서 일단 향기를 맡고, 그런 다음에 고추장에 찍어 입에 넣고 넘씬 깨물어 보았다. 전에 국화를 그렇게 먹었을 때, 향기롭던 기억이 새삼 돋아나는 것이었다. 그런데 웬걸, 쓰고 떫고 입에 역한 냄새가 가득 고이는 바람에 삼킬 수가 도저히 없었다. 그래서 장미는 맛과 향이 각 논다는 것을 알게 되었다.

단감이 널리 보급되기 전에 시골 아이들은 풋감을 침흘리며 올려다 보곤 했다. 칠월쯤 아직 참외도 안 나오고, 토마토도 익지 않은 때 풋감이 주전부리에 제격이었다. 그런데 풋감을 따는 게 아니라 이른 아침 이슬을 제치고 감나무 밑에 가면 밤새에 저절로 떨어진 감들이 풀섶에 다소곳이 숨어 있었다. 어떤 놈은 벌레가 먹어 때아니게 누런 빛으로 익고 물러 있는 놈은 금방 먹을 수 있었다. 그런 걸 주우면 남보다 먼저 일어나 나와 횡재를 한 게 뿌듯해지곤 했다. 그런데 풋감은 땡감이라고 하는데, 이걸 먹으려면 쉬지근한 구정물에다가 담가 우려내야만 했다. 한 맷새 우려야 하는데, 그동안 기다리는 게 진력이 나고, 또 구정물에서 건졌다는 인상과 아직도 감꼭지 같은 데서 풍기는 쉰내가 입맛을 가시게 했다.

모양이 납작한 반시를 주우면 금방 쪼개서 먹고 싶을 정도로 식욕을 자극했다. 반시는 대칭이 되게 손으로 잡고 힘을 주면 다른 감과 달리 잘 쪼개졌다. 그게 얼마나 떫다는 것을 모르는 바 아니지만, 그래도 하면서 쪼개진 표면을 혀로 핥아보면 그야말로 땡감 씹은 맛이 난다. 떫고, 아리고, 그런데 약간 단맛도 있는게 입안에 건덕지가 잔뜩 괴는 것이다. 그래서 쪼갰던 감을 얼른 다시 붙이면 언제 쪼개 보았는가 싶게 달라붙는 것이다. 내가 핥은 이 감을 누가 먹을까를 생각하면서, 내 침 핥은 놈들을 떠올려 보면서 미리 고소해하는 심정이라니. 아무튼 '감쪽같다'는 말을 나는 그렇게 감각체험으로 익혔다. 그래서 그런지 단감은 밋밋하니 별 맛을 못 느끼게 한다.

전날 앙성 밭에 왔다가, 연못가에 자라나 황홀한 꽃을 피워내더니, 이제는 꽃이 이운 돼지감가 시야를 가려서 하나를 뽑았다. 그런데 그 돌무더기에서 자란 돼지감자가 뿌리 밑에 알이 실하게 실었다. 흙을 대충 씻어서 아내와 아들에게 먹어보라고 주었더니, 들큰하고 비리고 그래서 결국 사람이 먹을 게 아니니까 돼지감자라는데 그걸 당신은 무슨 맛으로 먹고 있느냐는 핀잔이었다. 그런데 내 입에는 사각사각 씹히면서, 향긋한 향이 입에 어리면서, 어린 시절을 추억으로 불러오는데, 그걸 그대로 버릴 수는 없었다. 큼직한 놈을 하나 골라 씻어서 입에 넣고 와작와작 씹으면서 맛과 향을 나름으로 즐긴다고 하는 중에, 멧돼지가 왜 돼지감자는 안 먹고 애꿎은 고구마만 다 뒤져 먹는가 하는 생각을 하다가, 돼지감자는 주인이 먹을 걸로 미리 알고 자기는 고구마나 먹고 간다는 것은 아니었던가 하는 묘한 생각이 떠올랐다. 돼지감자를 돼지처럼 서걱서걱 씹으면서였다.

보통 돼지감자를 뚱단지라고도 한다. 일본에서는 기꾸이모라고 하는 모양이다. 돼지감자 꼴에 무슨 학명이 있겠나 싶었는데 Helianthus tuberosus 라고 한다. Helian은 그리스의 태양신 헬리오스를 연상하게 한다. 꽃으로 보면 그런 이름이 붙은 게 그럴 듯한 일이다. 한의학에서는 국우(菊芋)라 한다. 돼지감자가 한의학에서 약재로 쓰이는 데는 '이눌린'이라는 성분이 들어 있어서, 인슐린 역할을 하기 때문이라고 한다. 이눌린은 당화혈색소를 낮춰 줌으로써 당뇨병을 예방하고 치료하는 데 약효가 뛰어나다고 한다.

언덕에 나서 무성하게 자라고, 황금빛 꽃을 피우고, 그리고 이울기 시작하는 돼지감자를 수확하기로 했다. 그런데 대궁이 너무 무성해서 엄두가 안 났다. 그러나 어떤 것은 양 손을 쥐고 힘을 주어 뽑으면 잘 뽑혔다. 너무 무성하게 자라 해바라기 대보다 굵고 키가 2미터를 넘는 놈들은 버팅기고 안 뽑혔다. 간신히 대궁을 제치고 보면, 돌무더기 속에다가 정체를 알 수 없는 파충류가 알을 까놓은 것처럼, 돼지감자 알맹이가 까만 흙을 배경으로 오소소 몰려 있는 것은 수확의 기쁨마저 솟아나게 하는 것이다. 이런 알을 품느라고 그렇게 버틴 것은 아닌지 하는 생각을 하기도 했다. 아무튼 두어 말은 되는 돼지감자 수확을! 했다.

헐벗은 언덕에 돼지감자 씨를 묻으면서, 내년에 황금빛 꽃으로 우거진 언덕을 상상하는 것만으로도 돼지감자 수확은 보람이 있는 일이다. 멧돼지가 이놈들을 파먹게 하려면 내가 고구마 밭을 멧돼지보다 먼저 뒤져야 할지도 모르겠다. 뚱딴지 같은 소리지만. (于空)

# 수연기(樹緣記) ─ 나무와 맺은 인연

　내 기억에는 몇 그루 관념의 나무들이 있다. 석가모니가 그 아래서 성불했다는 보리수(菩提樹), 공자가 그 그늘에서 제자들에게 강의를 했다는 은행나무(杏木), 예수가 기도를 올리던 동산의 감람(橄欖)나무, 그리고 단군신화에 나오는 신단수(神檀樹). 그런 나무들이 내 기억에 오래도록 살아 있어 계절을 따라 모양을 달리한다. <삼국지>에 나오는 유비의 고향은 누상촌(樓桑村)인데, 뽕나무가 정자를 이루었다 해서 그런 이름이 붙었다 한다. 뽕나무는 부상(扶桑), 해를 다닥다닥 달고 있다가 하나 하나 떠올려 보내 하루가 지나면 함지(咸池)에 빠지게 하는 우주수이다. 성인의 이적과 함께 우주를 휘감는 나무의 세계에 내가 살고 있는 셈이다.

　그런데 이런 나무들을 실제로 보고 그 위용이 어떤지를 알게 되는 데는 많은 시간이 걸렸다. 뽕나무나 은행나무 그리고 박달나무처럼 주변에서 흔히 볼 수 있는 나무들도 있지만, 그 열매로 염주를 만드는 보리수는 대학생 때 소백산에 가서 처음 보았다. 감람나무는 그런 나무가 있는 모양이거니 하고 지냈는데, 그리스에 갈 기회가 있어서 올리브나무를 보고 그게 감람나무라는 것을 알게 되었다. 척박한 땅에서 모질게 자라도 아름다운 열매를 맺는 보배로운 나무였다.

아무튼, 관념의 나무들이 현실감을 가지고 내게 다가오게 된 것은 불과 사오년 이내다. 충주에 작은 밭이 하나 생겼다. 괭이로 바닥을 파도 파도 돌이 불거져 나뒹구는 돌자갈밭이어서 곡식이나 채소를 심기는 불편한 땅이다. 거기다가 이 지역은 복숭아와 사과가 특산물이다. 돌밭인데 과수는 잘 자란다는 이야기를, 돌이 오줌을 싸서 과수가 잘 된다는 고장이다. 밭을 일구어 작물을 심는 것이 너무 힘들고 소득이 별로 없어, 이 고장의 토리(土理)를 따라 나무를 심기로 했다. 그리고 삼년 전부터 손에 닿는대로 나무를 구해다가 심기 시작했다.

복숭아나무는 지천이지만, 사과는 남의 과수원에 달린 과일만 바라보고 침을 흘려야 하는 판이었다. 우리 밭에도 사과와 배를 몇 그루 심었다. 이후 감나무, 밤나무, 은행나무, 호두나무, 체리, 포도, 머루, 오갈피, 왕보리수, 석류 그런 묘목을 사다가 욕심껏 심었다. 겨우 내 허벅지나 올라올까 하는 일년생 묘목을 갖다 심으면서 이들이 자라서 과일이 주렁주렁 열리기를 꿈꾸었다.

하기는 나무를 심는 것은 꿈을 심는 일이다. 나무를 심으면서 좀 야무진 기대를 한다고 해서 누가 타박을 하랴 싶었다. 그래서 관중이 지은 <관자(管子)>에서는 십년 앞을 내다보는 일 가운데 나무를 심는 것만한 게 달리 없다고 했다. 이른바 "일년지계 막여수곡, 십년지계 막여수목, 백년지계 막여수인"이라는 것. 일년에 걸려 하는 일 가운데 가장 중요로운 것이 곡식을 심는 일이며 십년은 나무, 백년을 내다보면 사람을 길러라 하는 내용이다. 나도 나무를 심으면서 10년 뒤에, 이 나무들이 어떻게 자라 어떤 모습으로 어우러질 것인가 생각하며 '혼종과

수원'이 되려니 하는 야무진 꿈을 꾸었다.

십년을 내다보고 하는 일이라면 좀 느긋해야 하는 게 아닌가. 그런데 십년은 고사하고 나무를 심고나서부터 조바심을 하는 꼴이 스스로 생각해도 우습기까지 하다. 잎이 언제 피어나는지, 꽃은 얼마를 기다려야 하는지, 첫 열매는 언제 볼 수 있는지 영 궁금하고 안달증이 일기 시작한다. 그렇게 한 해가 갔는데도 묘목은 겨우 두어 뼘이나 자랐을까, 가망이 없어 보인다. 올 해로 삼년이 되는데 겨우 요게 뭐람, 십년을 기다려봐도 결과는 별 볼일이 없을 것만 같다.

왜 이렇게 더디 자라나, 왜 이렇게 볼품이 없나 하다가 급기야는 나무시장으로 달려가 삼년생이니 오년생이니 하는 제법 틀이 잡힌 나무를 바라보며, 아니 경탄으로 우러러보며 값을 계산해 보고, 마음먹고 몇 주를 다시 사기도 한다. 주머니사정이 여의치 않으면 내가 어찌 나무와 선연(善緣)이 있겠나 하면서, 남 몰래 한숨을 쉬면서 돌아선다. 그런 날이면 거의 어김없이 외제 고급 승용차가 광택도 찬란하게 내 앞을 가로막고 쌩쌩 질주를 한다.

나무를 사러 다니기 시작하면서부터 나무값을 계산하는 버릇이 생긴 것은 참으로 기막힌 아이러니이다. 나무와 더불어 자연 속에서, 나무처럼 욕심없이 살자고 마음먹은 것이 얼마나 현실과 아득한 공염불인가. 과수원의 나무들에는 돈꽃이 피고 돈과실이 열린다. 가로수는 돈나무들이 되어 헐가의 차창 옆으로 휙휙 지나간다. 아파트 앞 정원수들의 나무값을 어림잡아 보고 놀라기도 한다. 수목장(樹木葬)을 한다는 이들은 나무와 인연을 저승까지 이어가겠다는 알뜰한 심정일 터인데, 그들의 주머니에 현금이 없으면 그것도 헛된 꿈일 뿐이다. 그래서 나무는 점점 지폐의 이미지를 더불게 된다.

내가 심은 나무들이 숲이 되는 날, 아이들에게 이게 돈이 얼마가 들어간 것이라는 이야기는 하지 않기로 다짐을 두어 본다. 나무의 욕심없음, 그 비유가 왜 정당한지를 나무 편에 서서 증언하리라. 나무 편에서 보면, 나와 처음부터 무슨 인연이 있었을 것인가. 내가 나무와 인연을 지어 나무를 향해 짝사랑을 하다가 속물적 상상력에 빠진 것을 뿐이다.

나무와 맺은 인연을 나무답게 하기 위해서는 비유와 계산을 벗어나야 하리라. 나무를 자연으로 돌려주어야 하리라. 그런데 자연이 이미 사유화되고 이념화된 마당에 내가 나무와 맺은 인연은 이미 자연에서 아득히 먼 것이 되어버린 게 아닌가 모르겠다. (于空)

# 심야의 설전(舌戰)

구매의 원칙이랄까 철학이랄까, 그런 것을 가지고 사는 것도 과히 나쁘지는 않겠다는 생각을 이따금 하곤 한다. 그런데 이런 평범한 일일수록 실행하기가 얼마나 어려운지, 자신있는 이야기를 펼치기는 쉽지 않다.

작년부터 앙성에 냉장고를 하나 준비해 두어야 하겠다는 이야기를 했고, 그렇게 하자고 식구들도 동의를 했다. 그런데 임시 거처에 새 냉장고를 사서 둔다는 것은 어울리지 않고 가격도 무리라는 이야기도 식구들이 공감하는 편이었다. 그러다 보니 냉장고를 준비하는 일이 지지부진일 수밖에 없다. 아무튼 냉장고가 없으니 여간 불편한 게 아니고 먹고 마시는 데 제한을 받는다. 냉장고의 필요성은 점차 가중되었다.

여름에 앙성 나들이를 한번 하려면 난리를 치른다. 전에 쓰던 야외용 얼음상자(아이스박스)며 모 회사에서 홍보용으로 내놓은 보냉용 들가방까지 부식을 담아 주렁주렁 들고 나서야 하는 판이다. 그리고 김치며 장류 등은 냄새를 피워 자동차 안이 공기가 퀴퀴하니 산뜻할 날이 없다. 냉매, 아이스박스에 넣는 얼음도 문제다. 집에서 냉장고를 이용해서 얼린 얼음이라 견고하지 못해서 그런지 금방 녹아버리고 만다. 그러니 양성에 도착하자마자 수퍼에 들러 얼음을 사는 일이 일과에 빠지지 않는다.

그런데 어떤 냉장고를 골라야 하는가 하는 문제를 두고 아내와 내가 생각이 달라 실갱이를 하곤 한다. 나는 여기가 임시거처라는 점을 강조하면서 중고를 사자고 하는 편이고, 아내는 내 이야기에 긍정을 하면서도 현장엘 가서 보면 맘에 차는 물건이 없다고 되돌아오곤 한다.

전에 충주에 중고 냉장고를 사러 갔다가, 골목 하나를 들치고 다니면서 한나절을 소비한 적이 있다. 우리집의 규모를 보면 소형 냉장고가 필요한데 중고 가운데 소형은 흔치 않다. 소형이 있다고 해도 대개는 김치냄새가 배어서 냉장고 문을 여는 순간 불쾌한 기운이 밀려 나온다. 중대형의 경우는 외형은 신제품이고 겉은 후밀끈해도 김치냄새며 곰팡이 냄새 배지 않은 물건이 거의 없다. 가게를 돌아가면서 값을 물어 보고, 집의 공간의 크기를 짚어 보고, 그리고는 결정을 하지 못하고 돌아서고 하기를 계속하면서 한나절을 보냈다. 일도 못 하고 밥먹을 때도 늦고 해서 앙앙불락(怏怏不樂) 집으로 돌아온 적이 있다. 나 하루 품삯과 일 못해서 발생한 손실을 따지면 기십만원이 훌쩍 달아난 것이다.

그 후 인터넷도 찾아보고, 서울의 가전제품 전문점에는 들러서 주문을 하자고 하다가는 다른 일들에 밀려, 또 시간이 그대로 가고 하기를 몇 차례였는지 모른다. 근간에는 아내가 할머니가 되어 손주를 보느라고 주중에는 시간을 내지 못한다. 토요일 억지 시간을 내어 양성에 가서 밭일을 좀 하고는 충주로 냉장고를 보러 가자고 나섰다. 아예 처음부터 어떤 냉장고를 살 것인지 결정을 해서 가자고 몇 차례나 다짐을 두었다. 그런데 아내는 충주시내에 들어서자 마음이 흔들리기 시작하는 모양이다. 내심 중고로 사서 절약을 하고 싶은 모양이다.

전에 중고를 보았던 골목을 찾아 가자고 한다. 그런데 그 골목이 금방 찾아지지를 않는다. 이렇게 헤매다가는 밤새 찾아도 못 찾을 것이니 누구한테 확실히 물어보든지 아니면 신품을 사기로 결정을 하자고 해서, 중고 가게 골목 찾기를 포기하고 하이마튼가 하는 데로 가서 물건을 찾기로 했다. 소형의 효능과 값과 에너지 등급과 그런 것들을 살피고, 중대형과 비교하는 데 두어 시간 가까이 지나고 말았다. 아내가 몰입해서 냉장고를 '감상, 점검, 검색'하는 동안, 밭에서 일하던 작업복 그대로 머리는 부수수한 채 간이소파에 앉아 있는 내 모습은 성질 꾀까다로운 주인 따라온 머슴의 꼴 그대로였다. 거기다가 눈이 충혈되고 뻣뻣하니 아프기도 했다. 그깐놈의 냉장고가 뭐길래, 갑년이 지난 국립대학 교수요 작가인 나를 이렇게 대접해도 되는 건가 군시렁거리는데 아내가 손짓을 한다.

냉장고를 결정하고, 카드로 계산을 하고, 선물 안 주는가 묻고 그래서 전자파 차단 칩 하나 얻고 하는 사이 시간이 9시가 넘었다. 허기가 져서 찾아 들어간 식당은 설렁탕과 도가니탕을 전문으로 하는 집이었다. 호주산을 재료로 쓰는 것을 보고는 아내는 벌써부터 입맛이 당기지 않는 모양이다. 음식을 선택하는 것도 원칙이 없으면 다소간 낭비의 요소가 끼어들게 마련이다. 까짓거 유럽산 고기 먹고 한 해를 살았어도 아무 탈 없었잖아, 마음 편한 게 절약의 묘책이거니 하면서 막걸리부터 한 되 시켜 마셨다.

돌아오는 길은 내가 막걸리를 마셨기 때문에 아내가 운전을 했다. 충주 시내 전체의 방향과 내 감각으로 인지되어 있는 방향이 헛갈려 길을 잘못 접어들었다. 충주 시내 서쪽으로 달려 들어가는 바람에 전에 가 본 적이 없는 길을 돌아 나가게 되었다. 낯선 동네를 지나고 산길로 접어드는 여기부터 아내의 타박과 불평은 점점 고조된다.

"알지도 못하면서 자꾸 이쪽으로 가자고 하더니, 이게 뭐야?"

"그렇게 잘 알면 당신이 알아서 가면 되잖소."

"내가 처음부터 길을 들어설 때 그럴 줄 알았지."

"이미 알았으면 그 때 바로 잡아야지 않나."

"고개가 점점 높아지잖아, 이게 뭐람, 난 이런 밤에 이런 산길 운전하는 거 제일 싫어하는데, 아예 고생을 시키려고 작정을 했나봐……. 점점 왜 그래요, 당신?"

이쯤 되면 내 편에서 함구를 해야 한다. 그리고 속으로 배포를 진설하고 내 나름으로 소화를 해야 한다. 가정의 평화와 아내의 위신과 나의 자존감을 위해 나는 허구적 상상력을 발휘해서 새로운 세계를 구축해야 한다. 이 장면에서는 지는 게 이기는 것이란 역설과 아이러니가 성립한다.

멀리서 뒤를 쫓아오는 헤드라이트 불빛이 보인다.

"저런 차도 여기로 다니는데 뭘 걱정이요?"

"이 동네 사람 차겠지. 우리처럼 멀리서 온 외지인이 이런 길로 다니는 것 봤어요?"

또 대거리다. 그리고는 뒤차에게 길을 내주지 않고 고집스럽게 차를 몬다. 아, 그렇다 소신이 뚜렷한 당신이 나의 기둥이다, 운전이나 잘 하시라.

신경림 시인 탄생지라는 마을을 거치는 것을 보니 그 유명한 탄금대로 해서 이류면, 주덕, 노은을 거쳐 보련산을 옆에 끼고 국망봉을 왼편으로 두고 난 하남고개를 넘어가는 모양이다.

"거의 다 왔어요. 앙성온천 표지판이 금방 나올 거요."

"뭘 알고 다녀야지, 이 고생은 누가 보상하나?"

나는 뱉은 이야기를 얼른 거두어들인다. 그리고 우리 아파트 불빛이 보일 때까지 혼자 속으로 냉장고를 어떻게 써야 하나 궁리를 한다. 신선감 넘치는 김치를 먹을 수 있고, 시원하고 썬득하게 식은 맥주며, 그리고 수박을 넣었다가 화채를 해 먹는다든지…… 냉장고로 인해 흥이 돌아나기 시작한다. 막걸리는 또 어떻고……

"여보, 올해는 토마토 제대로 먹을 수 있겠지?"

"지금 토마토 타령 하게 됐어요?"

아내는 다시 날을 세운다.

아내가 운전해서 낯선 길을 갈 때는 묵종과 불평의 반복이다. 처음에는 가라는 대로 가는 걸 보면 남편에 대한 신뢰가 제법 확보된 모양이라고 마음을 놓는다. 그런데 이 길이 잘못 들어온 길이라는 생각이 들면 그때부터는 불평과 닦달을 지나 기고만장, 오만불손, 안하무인 내가 동원할 수 있는 어휘가 동이 날 지경으로 퍼붓는다. 그래서 길을 선택하는 데도 원칙이 필요한 것이다. 잘 못 든 길이면 돌아가든지, 돌아가기가 늦었으면 감수하는 게 현명하다. 큰 원칙은, 내 행동을 고치는 데 도움이 되지 않는다면, 미래를 설계하는 데 도움이 안 되는 일은, 뒷소리를 하면서 곱씹지 않는 것이다.

아내와 주말여행을 계획하려거든 선택의 원칙을 우선 수립하고, 그 원칙에 어긋나는 사태가 발생해도 투덜대지 않기로 다짐을 받아 두는 게 상책일 듯하다. 아니면 술을 참고 내가 운전을 하든지, 그도 아니면 운전사를 따로 두든지, 또는 각자 알아서 자기 길을 갈 일이다. 아무튼 길이 헷갈리면 아내는 나와 함께 울어줄 동행이 도무지 아닌 것처럼 표변한다. 깜깜한 밤중 낯선 산길을 운전하면서 벌이는 설전은 동행과는 거리가 멀다. 하기사 고향에서 대접받는 성인이 어디 있던가.

그러나 아내여, 나를 집으로 데려다 주는 아내여, 이렇게 고생하면

서 산 냉장고인데, 거기다가 꿈이라도 가득 담아 두어야 하지 않겠나이까. (于空)

# 매미 울음소리

    종일 매미 소리에 귀가 따가울 지경이다. 날이 더워 창을 열지 않을 수 없는데 매미들이 시끄럽게 울어대니 이건 완전한 소음이다. 여름날 매미 울음소리는 고향을 생각하게 하고 낭만을 느끼게 한다는데 이즈음 매미는 '제발 아니올시다'이다.

    자동차 소음 속에서도 자손을 번식하기 위해서인지 자동차 소음을 능가한다. 아파트 창을 열려면 자동차 소음에 신경이 쓰였는데 여름이 되면서 자동차 소리가 오히려 들리지 않는 지경이다. 암컷에게 자신의 위치를 알리기 위해 울음소리가 커진 탓인듯 싶다. 더욱이 요즈음 매미는 밤도 없다. 어둑살이 지면서 한여름이지만 바람이 그래도 조금 서늘해지면 매미 울음소리는 사라지게 마련이었다. 그런데 가로등이 밝아지고 아파트 단지 내에도 수없이 많은 등이 켜져 있는데다가 우리 동 바로 앞에 있는 테니스 장에서 엄청나게 밝은 조명등을 켜대니 매미들도 밤인지 낮인지 구분을 하지 못하는지 밤에도 끊임없이 울어댄다.

    밤낮을 구별하지 않고 울어대는 매미에 낮에는 그런대로 버텨 보겠지만 밤이 되면 이건 도저히 참을 수가 없다. 더위에 잠을 자려니 짜증이 나는 판에 소음까지 계속되니 짜증이 더해진다. 매미가 사랑을 받지 못하는 사회가 된 것같아 안쓰럽다.

서울의 매미는 정상이 아닌 듯하다. 며칠 전 강릉을 다녀왔는데 강릉 집은 숲으로 둘러싸여 있어도 매미울음 소리가 그렇게 지독스럽지는 않았다. 더욱이 밤이 되면 매미 울음소리가 사라져 편안한 잠을 이룰 수 있었다. 집사람과 아들과 아침에 매미 울음소리가 들리지 않은 것을 신기해 할 정도였으니.

서울에 매미 울음소리가 요란해진 것은 환경이 좋아졌다는 지표가 아님을 알 수 있다. 강릉이 서울보다 환경이 월등 좋으면서도 매미가 극성을 부리지 않는 것은 왜일까? 서울에는 매미 애벌레인 굼벵이를 잡아먹는 천적이 없어진 탓이 아닐까? 그래서 매미 개체수는 늘어나고 소음 공해로 인해 울음소리는 더욱 심해지고, 밤에도 대낮같이 밝은 가로등 탓에 계속 암컷을 불러대는 것 아닐까?

어느 연구에 따르면 서울에서는 주로 쓰르라미와 털매미 같은 종류만 발견이 된다고 한다. '매앰 맴'하고 우는 참매미는 거의 없고, '쓰을 쓸'하고 우는 쓰르라미와 '뜨을 뜰'하고 우는 털매미 종류들이 주로 서울에 서식한다는 것이다. 이는 과수의 수액에 의존하는 참매미가 서울에 살기 어려운데 비해 기타 잡목의 수액에 의존하는 쓰르라미와 털매미들이 늘어난 서울의 가로수에 집단 서식하게 된다는 것이다. 그러고 보니 여름내 집에 있으면서 '매앰 맴'하는 울음소리를 들어보지 못한 것같다. 매미의 울음소리가 환경의 파괴를 알려주는 바로메터가 된다는 것이 기이하다.

열대야와 매미 울음소리에 밤잠을 이루지 못하다 보니 매미에 대한 생각의 갈래가 뻗어 나간다. 매미는 보통 선(蟬)으로 쓴다. 이 말이 붙어 된 단어가 여럿 있다.

선각(蟬殼): 매미 허물
선련(蟬聯): 말이 그치지 않고 이어짐
선문(蟬紋): 매미 모양을 아로 새긴 무늬
선연(蟬蜎): 아름답고 품위 있는 모양
선음(蟬吟): 매미 울음소리
선조(蟬噪): 매미가 시끄럽게 움
와명선조(蛙鳴蟬噪): 개구리와 매미가 시끄럽게 움
선탈(蟬脫): 매미가 허물을 벗음

여기서 보듯이 매미 선(蟬)으로 이루어진 단어는 매미의 예쁜 모양과 관련이 되기도 하지만 대체로 그 요란한 매미 울음소리와 관련된다. 이로 보아 옛사람들도 한여름 대낮에 높은 나무 위에서 울어대는 매미에 대해서는 그 생김새가 예쁜 것과 울음소리가 시끄러운 것이 주로 기억에 남았다는 것을 충분히 나타내 준다. 옛사람들도 한여름 귀청 따갑게 울어대는 매미가 매우 신경이 쓰이기는 했을 것이다. 그래서 그런지 매미나 쓰르라미를 나타내는 글자가 선(蟬) 이외에도 적지 않다.

내가 찾은 것만 매미 면(蝒), 쓰르라미 목(蚞), 쓰르라미 찰(蚻), 쓰르라미 소(蛁), 쓰르라미 고(蛄), 쓰르라미 설(蛥), 매미 제(蝭), 말매미 조(蜩), 쓰르라미 제(蝭), 매미 진(螓), 털매미 록(螰), 쓰르라미 인(螾), 쓰르라미 장(螿), 쓰르라미 료(蟟), 쓰르라미 로(蟧), 쓰르라미 혜(蟪), 매미 절(蠽) 등 17개나 된다. 참 많기도 하다. 이렇게 한 곤충을 나타내는 글자가 많이 존재하는 경우도 별로 없을 것같다. 이는 옛 선인들도 한여름 시끄럽게 울어대는 매미 특히 쓰르라미의 울음소리가 신경이 쓰이기는 쓰였다는 것을 웅변적으로 말해 준다는 생각이 든다.

매미는 사년에서 십여 년을 땅 속에서 굼벵이로 살다가 한여름에 우화하여 지상에 나와 불과 열흘 남짓 살다 알을 낳고 죽는다. 매미가 그악스럽게 울어대는 것은 그 긴 시간을 기다려 짧은 시간 안에 종족을 퍼뜨려야 하기 때문이리라. 밤낮의 구별없고 소음이 심한 서울 바닥에서는 더욱 그러하리라. 생명에게 가장 원초적인 본능이 개체보존 본능과 종족보존 본능이니.

혜고부지춘추(蟪蛄不知春秋)라는 말대로 매미는 한여름만을 살아 봄과 가을을 모른다. 그러나 매미 뿐이겠는가. 인간도 평생을 살면서 무엇을 얼마나 알고 가겠는가. 삶의 저쪽을 모르기는 마찬가지 아닌가. 매미 울음소리에 짜증을 내는 내가 왜소하게 느껴진다. (石宇)

# 짜장면에 관한 여러 이야기

## 1. 짜장면의 문법

짜장면의 한자 표기는 炸醬麵이다. 즉 '불에 튀기다' 라는 뜻을 가진 炸(작)과, 된장과 같은 발효 식품류을 뜻하는 醬(장)과, 국수라는 뜻을 가진 麵(면)이 합쳐서 만들어진 이름으로 자장면을 한국식 한자 발음으로 읽으면 '작장면'인 것이다. 작장면을 글자 뜻 그대로 풀자면 '장을 튀겨서(또는 볶아서) 얹어 먹는 국수'정도가 된다.

이 '작장면'의 현재의 중국식으로 발음을 표기하자면 '자장미엔' 또는 '짜장미엔' 정도라고 할 수 있다. '작'의 중국어 발음은 혀를 입 안으로 깊이 말아 올리면서 한국어의 '자'를 발음하듯 한다. 그래서 듣는 사람에 따라 '자'로 들리기도 하고 '짜'로 들리기 한다. 그러니까 중국식 발음을 적절히 우리말로 표기하여 '자장면'을 표준말로 잡은 것이다.

많은 사람들은 흔히 짜장면이라고 발음하지만 표준말은 엄연히 '자장면'인 것이다. 그렇지만 우리 입에 짜장면이라는 말이 배어서 자장면이라 하면 뭔가 짜장면답지 않다는 느낌을 받는다. 그래서 그런지 이런 농담이 있다.

자장면은 왠지 누런색일 것 같고 짜장면은 검은색일 것 같다.

'자'와 '짜'의 음감을 생각한 말장난인데 많은 사람이 자장면과 짜장면이라는 말이 주는 느낌을 잘 드러내는 즉 사람들의 언어에 대한 느낌이 잘 드러나는 농담이라고 하겠다.
이런 농담도 있다.

자장면은 '마딛고(맛있고)' 짜장면은 '마싣다(맛있다)'

이 농담은 사실 조금 어려운 농담이다. '맛있다'라는 단어를 읽을 때는 소위 절음법칙이 적용되어서 '맏' + '있다'로 발음된다. 따라서 '맛있다'의 표준 발음은 '마딛다'이다. 그런데 많은 사람들은 그냥 연음법칙을 적용시켜서 '마싣다'로 발음하고 있는 것이 언어 현실이다. 그래서 짜장면이라는 말이 표준말은 아니지만 훨씬 '짜장면'스럽다는 생각을 반영하여 이런 농담을 만든 것이다. 단순한 말장난 같지만 대중들의 표준말에 대한 인상을 잘 드러내 준다.


## 2. 짜장면의 유래

짜장면의 유래는 정확하지 않다. 중국에 우리와 같은 짜장면이 없다는 점 아니 전세계적으로 우리와 같은 짜장면이 보편화되지 않았다는 점에서 중국 사람들이 우리나라에 들어와 음식점을 운영하면서 우리나라 사람들의 입맛에 맞게 개발한 것이 짜장면이라고 보는 견해가 일반적이다. 이런 관점에 선다면 짜장면의 출생지는 인천이다.

1883년에 개항한 인천에는 청국지계가 설정되고 중국 사람들이 많이 거주하게 되었는데 1920년부터 인천 항구를 통한 무역이 성행하면서 중국 무역상을 대상으로 한 중국음식점들이 생겨나기 시작했다. 중국의 대중 음식을 처음으로 접했던 우리 서민들은 신기한 맛과 싼 가격에 놀랐고, 중국인들은 그들의 청요리가 인기를 끌자 부두 근로자들을 상대로 싸고 손쉽게 먹을 수 있는 음식을 생각하게 되었는데, 이렇게 해서 만들어진 것이 볶은 춘장에 국수를 비벼먹는 짜장면이었다.

짜장면이 언제, 누구에 의해 처음 만들어졌는지를 밝혀줄 만한 자료는 거의 없지만, 정식으로 짜장면이란 이름으로 음식을 팔기 시작한 곳은 1905년 개업한 '공화춘'으로 알려져 있다. 지금은 당시 화려했던 옛 건물의 자취만 남아있지만 일제 때부터 청요리로 크게 이름을 날렸던 고급 요릿집이었다. 이렇게 '공화춘'이 성업을 이루자 화교 유지들은 인근의 대불호텔을 사들여 북경요리를 전문으로 하는 '중화루'의 문을 열었다.

이곳에는 북경에서 건너온 주(周)사부라고 불리던 일급 주방장이 있어 전통 북경요리를 맛보려고 서울을 비롯 각지의 미식가들이 자주 찾았다고 한다. 1차 세계대전에 따른 호황으로 청관 거리에 '동흥루'가 연이어 문을 열면서 인천은 청요리의 본산으로 자리잡았다. 향토 짜장면을 만들어 낸 '자금성'의 손덕춘씨는 그의 할아버지가 '중화루'의 마지막 요리사였을 만큼 대를 이은 솜씨가 가히 국보급이다.

그가 만든 짜장면이 독특하다는 평가를 받는 이유는 손수 만드는 춘장에 있다. 그것을 1년간 숙성시킨 뒤 일반 시판용 춘장과 섞어서 그만의 춘장을 만드는데 느끼하지 않고 담백하다. 또한 일반 짜장 소스는 재료를 거의 다지듯 토막내 면을 다 먹으면 소스가 남았지만 향토 짜장면은 채를 썰기 때문에 젓가락질이 쉬워서 먹고 난 뒤 그릇이 깨끗하다는 강점이 있다.


### 3. 자장면의 종류

요즘 중국음식점에 가면 짜장면도 여러 가지가 나와 있다. 주변에서 자주 눈에 뜨이는 것만 하여도 대여섯 가지는 된다. 우선 옛날 짜장, 이것은 우리가 흔히 짜장면이라고 시키는 것. 양파, 양배추, 특히 감자를 큼직큼직하게 썰어 넣고 물과 전분을 잔뜩 넣어 춘장의 맛을 연하게 만든 짜장면이다. 다음으로 간짜장, 이것은 춘장에 물과 전분을 넣지 않고 그냥 기름에 볶기만 하면 간짜장이 된다. 옛날 짜장보다 조금 더 기름지고 짜장과 면이 따로 나온다. 이외에도 메뉴에 흔히 눈에 뜨이는 것이 삼선짜장인데 이것은 새우, 갑오징어, 해삼 등의 해산물을 재료로 하여 만든 고급 짜장면으로 해물짜장이라고도 불린다. 요즈음 중국음식점 채소와 각종 재료를 면발과 같이 길쭉길쭉하게 썰어 넣어 소스를 남기지 않고 먹을 수 있는 알뜰 짜장으로 납작한 접시에 나오는 유슬짜장, 중국집마다 유니짜장, 유미짜장 등 다양한 이름으로 불리는 짜장으로 고기를 갈아넣은 것이 특징인 유모짜장 등이 있다. 그리고 최근에 개발되어 대중적인 인기를 끌고 있는 쟁반짜장은 면과 야채를 따로 놓고 짜장을 따로 주어 비벼 먹게 하는 짜장면으로 정통 요리인 냉채를 짜장면에 원용한 느낌이 든다.


### 4. 짜장면에 관한 보충

일전에 발표한 '짜장면에 관한 여러 이야기'에서 짜장면이 화교들이 우리나라에 들어오면서 우리나라 사람들의 입맛에 맞추어 개발한 면의 한 종류라 하고 이런 입지에 선다면 인천이 그 출생지라는 논지의 글을 썼다. 그런데 지난 4월 26일부터 29일까지 급하게 북경에 가서 우리 학교 중문과 홍석표 교수와 중국 사회과학원의 장몽양 교수를 만나러 갔다가 홍교수의 안내로 중국 고유의 짜장면을 먹을 기회가 있었다. 물론 그 만드는 방법이나 외양은 우리의 짜장면과는 조금 차이가 있었지만 춘장을 볶아서 면에 얹어 비벼 먹는다는 것은 동일했다. 중국 전통의 짜장면을 먹어 보고 그 짜장면이 우리나라에 들어와 우리나라 사람들의 기호에 맞게 변화했음을 알게 되었다.

중국 전통 짜장면을 한다는 음식점(음식점 이름은 생각이 나지 않는다)은 전통적인 중국 대중음식점의 모습을 유지하고 있었다. 손님이 들어오면 한 종업원(종업원은 모두 남자들이다)이 손님이 왔다고 선창을 하면 다른 종업원 모두가 답창을 한다. 그리고 또 종업원이 손님이 몇이라고 고함지르면 다른 종업원이 답창을 한다. 그리고 자리가 정해지면 음식 주문을 받고 주문받은 음식 내용을 선창을 하면 다른 종업원이 답창을 하고 여기다가 주방에서 주문 내용을 다시 답창을 한다(주방에도 남자 뿐이다). 그야 말로 남자들의 고함 소리가 여기 저기서 들려오고 또 전 종업원들이 합창을 해대니 거의 정신이 없다. 더욱이 이 고함 속에 중국말이 가진 사성이 들어가니 고함 소리가 마치 물결치는 듯하여 배멀미를 할 듯한 느낌이 들기도 한다.

우리 둘이 짜장면을 시키자 얼마 안 있어 종업원이 커다란 쟁반에 면 그릇 두 개와 작은 접시 네 개를 담아 가지고 온다. 그러더니 각자 앞에 면이 담긴 그릇을 놓고는 작은 접시에 담긴 짜장을 면 위에 빠른 속도로 탁 쏟고는 가늘게 채친 야채들이 담긴 접시를 들고 잠시 뜸을 들이다가 탁 하고 그 위에 쏟아 붙는다. 면의 양에 비해 짜장의 양은 매우 적고 야채도 그리 많지 않다. 그러나 장의 맛이 매우 짜서 비비고 난 뒤 먹어 보니 간이 그럴싸하게 맞는다. 아마 장을 볶을 때 전체 맛을 생각해 짜게 양념하고 고기를 조금 넣은 모양이고 야채는 날것을 그냥 채 썰어 내어 면과 비벼 먹게 된다.

맛은 우리의 짜장면과 같은 짙은 풍미가 없어 그냥 짠 된장에 면을 비벼 먹는 느낌이 든다. 우리 짜장면은 갖은 양념이 장과 함께 볶아져서 모든 맛이 어울려 깊은 맛을 내는 데 비해 중국 짜장면은 면에 볶은 장을 얹고 또 생야채를 얹어 비비니까 각각의 맛이 조금은 따로 노는 듯하였다. 그러나 전체적인 맛은 짜기만 하고 잘 만들지 못한 우리나라 시골 중국집 짜장면 맛과 큰 차이가 없는 듯하기도 하였다.

어쨋든 중국에서는 아주 오래 전부터 이러한 짜장면을 먹은 모양이고 현재도 전통적인 방식으로 종업원들이 선창과 답창을 하여 어수선하게 하면서 이러한 방식의 짜장면을 만들어 팔아 인기를 끄는 집이 우리가 찾아간 집(본점은 따로 있고 변두리에 새로 낸 분점이라 함) 말고도 두어 음식점이 분점까지 내면서 성업 중이라 한다. 이로 보아 짜장면은 우리나라 화교들이 만들어낸 우리나라의 독특한 면은 아닌 것이 분명하다. 우리가 찾아 간 집이 이미 백 년이 넘는 긴 전통을 가졌으며 옛날에는 북경에 이러한 집들이 적지 않았다는 점에서 더욱 이 사실은 분명해진다. (石宇)

# 풍란을 말리면서

내가 풍란을 처음 키워본 것이 벌써 이십오 년이 넘었나 보다. 형님께서 난집을 하면서 난분을 몇 개 줄 때 소엽풍란 세 촉을 이끼 위에 얹어 한 분을 주었는데 일 년 정도 잘 키우다가 어떤 일인지 모두 다 말라 죽어 버렸다. 이후로는 풍란이란 건조한 아파트 살림에 키우기 쉽지 않다는 생각을 하면서 관심을 두지 않다가 강릉에 내려가 살면서 난에 본격적인 관심을 갖게 되어 대엽 개화주 두 촉을 형님께서 얻어와 이끼에 얹어 두어 해마다 꽃을 구경하고, 소엽과 대엽 어린 놈 들을 여럿 구해서 이끼에 얹어 두기도 하고 석부작을 해두기도 했다.

풍란은 그 성격상 뿌리를 땅 속으로 묻기보다는 공기 중에 두고 산다. 즉 공중의 습기를 먹고 산다고 하여 풍란인 것이다. 그러다 보니 다른 어떤 난에 비해 여러 가지로 연출을 하여 키워볼 수 있다. 가장 일반적인 방식은 가운데가 빈 플라스틱 봉 같은 곳에 이끼를 싸고 철사나 실 등으로 묶은 뒤 풍란 뿌리를 이끼 위에 보기 좋게 얹어 두고는 실로 흔들리지 않게 간단히 묶어 두는 방법이다. 풍란의 잎은 물론 새로 나오는 투명한 듯 예쁜 뿌리까지 감상할 수 있어서 풍란을 키우는 사람 대부분이 선택한다. 이 방법은 이끼가 습기를 보관하는 힘이 강하므로 가끔 물을 주고 하루에 한두 번 정도 스프레이를 해 주면, 뿌리의 습도를 유지해 건강하게 키울 수 있다는 점에서 풍란 키우기에는 가장 손쉽고 권장할 만하다. 이전에 선비들이 뿌리에 이끼를 싸서 처마 밑에 매달아 두고 헌란(軒蘭)이라 이름하고 즐겼다는 데 이런 풍류는 풍란이 아니고는 도저히 불가능한 일이다.

풍란을 키우는 데 웬만큼 자신이 붙으면 다른 여러 가지 방법으로 풍란을 잘 생긴 돌이나 마른 나무 등에 붙여서 돌과 나무의 아름다움과 함께 풍란의 뿌리와 잎의 아름다움을 감상할 수 있다. 수석과 풍란의 아름다움을 동시에 감상하기 위해 돌에 풍란을 붙이는 것을 석부작(石付作)이라 한다. 풍란을 돌에 붙여 잘 키우면 돌 위에 뿌리가 붙어서 자라는 모습과 돌에 붙어서 꽃을 피우는 신기함과 아름다움을 느낄 수 있다. 돌에 붙이기 위해서는 적당한 크기의 돌 — 대체로 아이들 머리만 한 것이 좋다고 한다 — 을 골라서 적당한 자리에 풍란을 붙인다. 뿌리를 보기 좋게 자라나갈 방향을 고려해 배치하고는 마른 뿌리에 본드를 살짝 발라 돌에 붙이고는 잎장 밑에 이끼를 조금 넣어두면 된다. 이 때 난이 심하게 덜렁거리면 실 같은 것으로 뿌리를 돌에 묶어 두면 안정이 된다. 성장을 하면서 새로 나온 뿌리들은 스스로 돌에 붙으면서 자라기 때문에 일정 기간만 지나면 그 자체로서 안정이 되므로 실로 묶기 보다는 본드 등으로 살짝 고정시키는 것이 좋다.

석부작을 할 때 돌은 어떤 것이어도 괜찮지만 가급적 밋밋한 돌보다는 돌 자체의 아름다움이 있는 것이 더 낫다. 그래야 난의 아름다움과 돌의 아름다움이 합쳐 석부작만의 맛을 느낄 수 있게 되는 것이다. 그렇지만 석부작을 한 후 난을 키우다 보면, 난을 붙일 곳에는 약간의 홈이 있어서 이끼를 넣어 습기를 유지할 수 있는 것이 좋음을 알게 된다. 석부작의 경우 이끼를 조금씩 넣어 둔다고는 하지만 습기의 관리가 만만치 않기 때문이다. 그래서 어떤 사람들은 넓은 수반에 물을 채우고 그곳에 풍란 석부작을 세워두기도 하고 어항에 좌대를 세우고 석부작을 올려놓기도 한다. 다 효율적으로 습도 관리를 위한 방편들이다.

풍란 석부작 키우기에 실패하게 되는 대부분의 경우는 습도 관리에 실패한 탓이다. 나도 강릉에 살면서 주변의 강을 돌아다니며 잘 생긴 돌을 주워 석부작을 몇 개 만들어 보았으나 거의 다 말려 죽였다. 그래서 석부작을 하기 위해서는 일반 돌보다는 습기를 오래 유지할 수 있는 제주도의 현무암을 많이 사용한다. 이 돌은 많은 기공을 가지고 있어서 본드를 사용하지 않아도 풍란을 돌에 붙일 수 있고, 석부작을 만든 후에도 물을 가끔 주고 스프레이를 하루에 한두 번씩 하거나 하면 습도 관리가 충분하고 난이 건실하게 잘 자란다. 우리 집에 있는 제주 난석 석부작에는 소엽 네 촉이 같은 시기에 이끼 위에 올린 것은 이제 이십 년 가까이 되어 제법 큰 돌을 난잎이 뒤덮어 거의 자생의 모습을 보여준다. 봄에 일이백을 헤아리는 하얀 풍란 꽃이 붉은 색 돌 위에서 꽃을 터뜨릴 때면 그 모습이 경이로워 석부작을 하는 이유를 알게 된다.

습도 관리를 위해서 풍란을 오래된 기와장에 붙이기도 한다. 고가에 가보면 기와를 걸어내 쌓아둔 것이 있는데 이끼가 끼어 있는 이러한 기와를 구해 난을 붙이면 벽에다 걸 수도 있고 적당히 거실에 놓아 둘 수 있는데 흙을 구운 기와 자체가 습기를 잘 머금는 데다가 이끼까지 붙어 있어서 풍란을 키우는 데는 금상첨화이다. 요즘 난집에서 예쁜 초벌 구이 토분에 풍란을 붙여 안에다 물을 넣어 꽃도 꽂고 풍란 뿌리에 습도도 관리하는 아이디어 상품이 나와 있는데 이 역시 기와에 붙이는 방법과 아이디어 면에서 크게 다르지 않다. 토분에 붙은 풍란의 경우에는 너무 애기촉이 아니라면 풍란 키우기에는 괜찮은 방법이 될 듯하다.

　풍란은 대기 중의 습기로도 충분히 살 수 있으므로 이끼를 뭉쳐 거기에 풍란 뿌리를 묶어 아파트 베란다 천장에 매달아 둘 수도 있고, 코코넛 껍데기와 같이 섬유질이 많은 물건에 붙여 벽이나 천장에 매달 수도 있다. 어디에 붙여 어디에 매달든 풍란의 뿌리에 습기를 제공할 수 있는 곳이라면 적절히 풍란을 붙여 연출을 할 수 있는 것이다. 그러나 풍란 역시 식물이므로 건실하게 키우기 위해서는 생존 환경을 그 습성에 잘 맞추어 주어야 한다. 그런 점에서 풍란을 잘 키우기 위해서는 이끼로 봉을 만들어 그 위에 얹어 두는 것이 가장 안전하다.

　일월 들면서 풍란을 마루에서 베란다로 옮겨 말리기 시작했다. 꽃의 눈은 우리 눈에 보이지 않게 가을에 이미 맺어 있겠지만, 겨울 동안 한 달 정도 물을 끊어 잎이 다소 쪼글쪼글해질 때까지 말리려 물을 끊은 것이다. 그래야 새 봄에 나는 잎장이 건실하고 5월에 피는 꽃의 향도 더욱 강해진다. 고난을 헤치고 도달한 삶이 더욱 아름답듯이. 난을 건실하게 키우기 위해서는 작은 데까지 신경을 쓰는 귀찮음이 따르지만 이것이 바로 자신이 즐거워서 하는 취미 생활의 본질 아니겠는가. 추운 겨울 한 달 이상을 마른 후 새 봄에 이끼에 얹은 풍란과 풍란 석부작이 피워낼 아름다운 꽃과 향에 대한 기대가 이미 적지 않다. (石宇)

세상 속으로 걸어가는 길

# 출제 일기

**1994.10.26.수요일. 다소 쌀쌀한 늦가을 맑은 날씨**

6시 40분 경 기상.

방안에서 체조와 팔굽혀 펴기. 땀이 날 때까지. 그리고 빨래하고 샤워한다. 도고 온천물이 복되고 감사하다. 되도록 자주 목욕하기로 한다. 출제 계획서가 오늘 아침까지 제출되고, 듣기 문항 하나씩을 모두가 의무적으로 제출해야 한다.

우리 호텔 건물 앞뜰에는 벚꽃 나무 여러 그루가 이미 여러 빛깔의 모습으로 물들었다. 다시 그 앞으로는 운치 있게 잘 자란 소나무 숲이 일정한 잔디 언덕 위에 그림처럼 펼쳐 있다. 가장 한국적인 인상의 소나무 언덕이다. 저 솔숲의 언덕을 볼 때마다 나는 소년 시절 살았던 대항면 개울마(죽전 마을) 부락 내가 살던 초가집 바로 앞 한 300미터 상거로 있던 소나무 숲 언덕이 떠오른다.

그 언덕과 아주 유사하다. 지금도 경부선 열차를 타고 가다 보면 직지사역 바로 아래 오륙백 미터 쯤에 있는, 바로 그 소나무 숲 언덕! 동생들과 뛰놀던 그 언덕. 예전의 공간과 시간이 모두 지금 내 눈앞에 창밖으로 보이는 저 솔숲 언덕에 오버랩 되어 온다.

옛날의 그 솔숲 언덕 너머로는 철길이 놓여 있어서 경부선 야간 특급이 밝은 등의 행렬처럼 추풍령을 넘어 스칠 때면, 돼지 사료나, 군불거리를 장만하여 늦게 집으로 돌아오던 우리는 무슨 별세계를 꿈꾸듯 달리는 차창 안쪽을 동경했었다. 지금 이 호텔 건물의 창으로 보이는 솔숲 저 편은 시원하게 뚫린 지방도로가 뻗쳐 있다. 마침 버스 하나가 끄덕이며 지나간다. 지금 시간이면 통학하는 학생들이 탔으리라.

작문 영역의 이원목적분류는 그 자체가 표현 능력의 체계이니만큼 현재처럼 이해 기능의 행동 목표로 그냥 적용시키기에는 무리가 있지 않겠느냐는 생각에서 작문 영역의 행동 목표 체계를 재구안해 보기로 했다. 부위원장 선생의 주문이다. 이는 마땅히 필요한 일이고 바람직한 조치라고 여겨진다. 그 일을 내가 맡기로 한다. 93년 세미나에서도 작문교육 전문가의 비판이 있었다고 한다. 오전 나절에 교육부장관이 격려 방문차 다녀갔다.


다시 저녁 황혼 무렵이다. 깊은 가을 저녁 황혼은 동구 앞 유년을 가장 정겹고 다소곳하게 회상하게 한다. 벼 벤 그루터기 마른 논바닥을 놀이터 삼아 놀던 우리들, 문득 찬바람에 얼어 터진 뺨으로 늦가을 저녁 한기를 확인하던 그런 정경이 먼저 생각난다. 저만치서 젊은 어머니들이 저녁 기별하려고 아이들 이름을 길게 불러대는 장면. 그 젊은 어머니들도 이제는 늙어서 허리 구부러진 할머니들이 되어 버렸다. 이런 생각은 왜 이런 황혼 무렵에 찾아오는가.

슬프고 경건하다. 슬픔과 외경은 잡것이 없다는 점에서는 동질류이다. 내가 지금 인생을 그런 시선으로 바라보고 있는 것이다. 여린 정서와 실체 없는 관념이 잡종 교배한다. 청년에게 노인의 정신이 조금이라도 스며 있으면 미더움이 된다고 했던가. 청년도 노인도 아닌 나는 인생의 달력으로 치면 어디 9월쯤 와 있는가, 10월쯤 와 있는가. 그러는 사이, 어둠이 황혼을 거의 잡아먹고, 솔숲 너머 어딘가 마을에서 개짖는 소리 들린다.

오래 몰두하여 5개 문항의 초(草)를 거의 잡는다. 아직 기본을 갖추자면 1개가 모자라고, 탈락 분까지 고려하면 앞으로도 서너 개는 후보 문항으로 준비해 두어야 한다. 비문(非文) 자료 얻으려 김중신 교수 방에 갔다가, 윤여탁 교수까지 합석이 되어 윤교수가 비장해 두었던 국산 양주 한 모금씩을 한다. 밤 깊도록 지난 해 출제 주변의 일들, 만든 문항의 면모들 등등을 이야기하다 내 방으로 오니 벌써 새벽 1시가 가깝다. 억지로 한 문항을 구겨넣다시피 만들어 본다. 이렇게 만든 문항은 피로도만 상승시킬 뿐, 마음에 들기가 어렵다.

성구 묵상하고, 잠을 청한다. 자주 깨곤 한다.


## 1994.10.27.목요일. 안개가 바다처럼 낮게 일렁이는 아침 날씨

6시 반에, 모자라는 수면인 줄 알면서도 일어난다. 안개가 호텔 내 방 베란다 앞까지 밀려 와서 마치 호반에 있는 별장인양 착각하게 해 준다. 감수성 새롭게 가지기를 다짐하며 어떤 느낌을 미끼처럼 안개에게 던져 본다. 그랬더니 어떤 위로 비슷한 정서가 나를 감싸고, 그것은 마침내 내가 받은 축복을 나로 하여금 감사로서 깨닫게 하는 효과를 발휘하고 간다.

약 15분 방안에서 운동했다. 씻고, 좀 늦게 식당으로 내려가, 아주 소식으로 아침을 한다. 아침에 몸과 머리가 가벼워야 한다. 눈은 시원해야 한다.

아침 후에는 만약의 사태에 대비 후보 문항 2개를 만드는 데 골몰하다. 그리고는 작문 영역의 이원목적분류 체계를 새로 구안하기 위한 작업에 골몰하다. 이론적 근거와 그것에 의거하여 2개의 안을 만들어 보았다. 아침 8시 반에 시작한 작업이 꼭 12시 20분에 끝난다. 언어 영역 위원장에게 제출한다. 그나마 컴퓨터의 활용이 없었다면 생각조차 할 수 없는 일이다. 이어서 점심 식사. 잡채밥이다. 잘 먹기는 하는데 소화가 시원치 못하다.

오후 2시부터 제작된 문항에 대한 검토 작업이다. 오후 6시 반까지 계속하고, 저녁 식사 1시간 후, 다시 오후 7시 반에 검토 작업 시작하여 밤 12시가 다 되어서 억지로 마감한다. 인문, 문학 영역을 저녁 먹기 전까지 검토했다. 처음 참여한 교수들의 것이 먼저 심의 대상이 되었는데, 몇 분의 문항은 논의 초반에 좌초되어서 지문부터 재구성해야 하는 형편이 되었다. 곤혹스럽고 불편한 심정이 충분히 이해가 되었다.

내가 보기에는 문항의 발상이 지나치게 문학학 중심의 발상이고 비평 담론에 치우치는 면이 강했다. 이는 달리 표현한다면, 사고력 중심의 대수능 정신을 잘 반영하지 못하고 학력고사 스타일의 답습이라는 면을 드러내게 된다. 뒤에 영역 위원장으로부터도 이러한 우려가 제기되었다. 수정하고 다듬는 과정에서 바로잡아져야 할 문제이다. 그리고 대체로 문제가 너무 어렵다는 것을 나는 지적하고 싶었다. 어렵다는 것은 사고의 수준이 높을 것을 요구하는 것을 의미하는데, 일정한 비율 내에서 이러한 수준의 문항이 필요하겠지만 모든 문항이 다 그럴 수는 없는 것이다. 또 특별히 측정 목적이 높은 수준의 사고를 요하는 데 있지 않으면서 많은 시간을 요하게 하는 문제들이 더러더러 제시되었다. 이는 사고력 평가의 본질에서 일탈되는 경향이라 할 수 있다.

저녁 후에는 인문과 문학을 제외한 영역의 심사가 있었다. 작문 영역을 맡은 내 문항을 필두로 다섯 사람의 노작이 도마에 올랐다. 대체로 문두가 명료하지 못한 결함을 공통적으로 지니고 있었고, 언어 정보의 텍스트 해독을, 의미

12시가 가까워지자 모두들 집중하여 감식력을 모을 수 없을 만큼 기운이 떨어진다. 머리가 휴식 없이 고급의 지적 정보를 처리하다보니 일종의 무중력 상태 비슷한 모습이 된다. 좋은 문항, 독창적인 문항을 지나치게 의식하다 보면 그것 자체가 함정이 되어 객관적 눈을 잃어버리기 십상이다.

김중신 교수가 오늘 생일이라 출제 위원장이 포도주 한 병에 오징어 한 마리로 축하했다. 언어 영역 출제 위원들이 소주와 골뱅이 안주를 어렵사리 마련하고 새벽 한 시경까지 함께 환담하는 자리 마련한다. 온갖 재담과 다양한 담화가 교환된다. 아직은 서로들 서먹한 만남이어서인지 얼마간은 불연속적인 웃음과 화답들. 그러나 잠시 긴장을 피해 마음이 풀어지는 장면들이다.

합동 검토회에 제출한 내 문항은 8개 중 3개가 거부되고 4개가 수정의 과제를 짊어지게 되었다. 그러나 대체로 무난한 편으로 수검자로서는 만족하는 편이다.

파하고 온 자리인데 소주가 남았다며 김중신 교수가 또 나를 부른다. 이 글을 마치고 간다는 생각에서 우선 여기까지 기록해 두고, 잠간 들려 보기로 한다. 김중신 방에서 윤여탁 교수와 나, 이렇게 세 사람이 남은 술을 없애 버린다. 주로 윤선생이 이야기하는 장면이 된다. 검토 결과가 양호한 탓인지 윤선생 담화가 안정되면서 유창하다.

새벽 3시에 내 방으로 돌아와 3시 경에 잠들다.

### 1994.10.28.금요일. 아침 안개 뒤에 포근하고 따스한 가을 햇빛

7시에 기상. 너무 늦어 운동을 못한다. 늦게 잠자리에 들 일이 아니다. 오늘은 하루 종일 문항 수정에 골몰했다. 골몰의 정도는 깊었으나 능률적이지는 못했다. 저녁 식사 후에는 문항 검토. 어제 지적받은 것들 수정하여 다시 올렸으나 새로운 관점의 새 문제점이 끊임없이 제기된다.

밤 11시쯤 새 수정사항 안은 채, 대충 종료. 유병선교수의 사회생물학 강의가 무척 재미있다. 그 강담에 개입하는 머리 좋은 친구들의 대화도 지적 흥미를 상승시킨다. '여성은 진화되지 않았다'라는 사라의 저술을 그가 번역하여 곧 책이 나온단다. 현재의 여성운동이란 것이 감정적 차원을 벗어나지 못하고 그 판단이란 것도 인민재판식의 구조를 안고 있다는 주장이다. 내게는 상당히 설득력 있는 강론이었다.

문득 복도로 돌아 내 방으로 오면서 우리 집 공간을 생각한다. 종윤이, 혜강이는 벌써 잠들어 있을 시간이다.

### 1994.10.30.일요일. 날씨 맑다

주일 아침이다. 아침 시간 틈틈이 집에서 일어나고 있을 일요일 아침 풍경을 그려 본다. 종윤이는 어린이 예배 합주를 위해 바이올린 챙기고, 혜강이는 전도한 친구들 거느리느라 일찍 준비하여 경인 플라자 쪽으로 나가고, 아내는 주일학교 교사 준비로 아침이 온통 바쁘게 움직이는 모습. 그리고 언제나 그렇듯 5분 정도 모자라게 재촉하여 서두르는 교회 가는 길. 그런데 그때마다 시간성, 준비성 없다고 아이들은 아이들대로, 어른들은 어른들대로 얼마나 사랑 없이 서둘러 대기만 했던가.

여기 들어와 생각해 보니, 그런 주일 아침의 풍경과 심통어린 마음으로 교회 가던 길 그 자체가 하나의 위대한 평화이고 내가 누리는 복이다. 그런데 그것을 그 자리에서는 정말로 기쁘고 행복한 것으로 깨닫지 못한다. 어리석음이란 이를 두고 하는 말일 것이다. 대회의실에서 간단한 예배를 드렸다. 열두어 명의 교수들이 참석했다.

9시 10분 쯤 방으로 돌아 왔다. 할렐루야 교회에서는 1부 예배가 막 시작되었겠다. 문제 수정을 계속했다. 문제가 통과되지 못해 전체적인 출제 진행 계획을 재조정하는 가운데서 한 두 사람이 원점에서 새로 문항 제작을 해야 하는 경우가 생겼다. 위원장 선생이 내 의견을 물었다. 어쩔 수 없는 일. 출제 진행의 계획의 밑그림을 더욱 충실히 그리고 그것을 책임감 있고 균형 있게 배당하는 초동 단계의 노력이 필요하다. 그게 좀 부족했던 것 아닐까. 언어 영역 출제의 철학을 공유하고 그것이 체감되어 있는 사람들을 확보하는 일도 중요하다.

아침 신문에 난 도하 각 신문의 가정 학습난, 소위 대수능 모의 문항들을 바라보는 출제 교수들의 반응이 다양하다. 심리적 스트레스를 은근히 느끼는 유형에서부터, 무시하는 형까지 다양하다. 나도 일별해 보았다. 통어할 수 있는 자신감이 든다.

한철우 교수 지문 하나 윤문해 주고, 내 방으로 돌아오니 밤 12시 10분. 이번 출제 들어올 때, 우공이 노트북 컴퓨터를 빌려 주었다. 우공 컴퓨터에서 소설 '소금기'를 읽는다. 이전에 활자화 된 것(아니면 프린터 뽑은 것)으로 보았을 때보다 훨씬 열심히 보았다. 새삼 대화와 문체에 대한 홍미를 발견할 수 있었다. 소설에 대한 그의 사랑을 나는 알 것 같다. 그 소설을 보면서 나는 심술궂은 상상력을 즐긴다. 형상화된 인물들의 구체적 모델을 대입해 본다. 얼마간 심각하면서도 재미있을 수 있었다.

바깥 날씨가 얼마나 쌀쌀해졌는지 도무지 느낌을 가질 수 없다. 이런 날씨가 고혈압의 부모님들께는 좋지 않다. 무엇보다 감사한 것은 내가 드리는 미미한 마음을 어버이들께서 흡족해 주시는 점이다. 아내의 마음도 마찬가지이다. 염력이 짙으면 가 닿을 수 있다.


### 1994.10.31.월요일

오늘은 매우 바쁜 날이었다. 언어 영역 전체의 자체 종합검토가 공식적으로 있었다. 아침 5시 반에 일어나서 하루 종일 분주하게 움직였는데도 밤 12시가 넘어서야 잠자리에 들 수 있었다. 듣기 문제를 집중 다듬는 과정에서 내가 준비한 지문으로 두 문제를 정교화 하는 일이 많은 시간을 요하게 하는 일이었다.

창 앞 벚나무 단풍이 눈에 띄게 붉어졌다. 이곳에 온지가 이제 꼭 8일째인데 그 사이 단풍 빛깔이 저토록 달라진 것이다. 나무 잎으로야 이제 생기가 점점 고갈되는 현상이련만 사람의 감각에는 유미적 현상으로만 감지된다. 현상과 본질의 관계를 냉엄하게 파악하는 일이란 진리에 다가가기 일 터인데.

잠시 쉬는 점심시간, 손톱깎이 구하러 온 한철우 교수와 교원대학 국어교육과에서 국어교육 가르치고 연구하는 일의 현상과 어려움 등에 관해서 의견 나눈다. 국어교육도 하위 전공 분화가 필요하다는 이야기를 주로 했다.

## 1994.11.5.토요일. 구름이 낮게 드리운 날

오늘은 오랜 만에 오전의 공식 작업은 없는 일정. 김광해, 윤여탁, 이필영 세 교수의 수고가 각별하다. 어제 늦게까지 검토한 문제를 최종 입력 편집하는 작업으로 컴퓨터실을 꼬박 지키는 형국이다. 일거리를 잔뜩 가져 오기는 했지만 얼마나 이 안에서 마무리 지을지가 문제이다. 출제 완료 후의 일정을 좀 다잡아서 잘 활용할 수 있도록 해야 할 것이다.

토요일 오후로서는 유혹스럽게 좋은 날씨. 그런 풍정(風情)을 간힌 공간에서 창으로 격(隔)한다. 우공이 작년 수안보 출제 작업 시에 기록 집대성했다는 '우수마발' 문건을 오늘 접수한다. 친절하게도 민찬홍 교수가 컴퓨터에 보관했던 것을 복사하여 제공한 것이다. 우공을 매우 가깝게 떠올려 보게 한다. 부지런도 하다. 적어도 200매에 가까운 원고 분량이다.

이야기 군데군데 知的 부가 의미가 베풀어져 있어서 상스럽지 않게 하면서 이야기의 골을 형성해 가도록 하였다. 대신 오르가즘의 리듬이 결여된 듯 하다는 나의 지적은 다른 사람들의 큰 웃음으로 동의를 받았다. 구연(口演) 퍼포먼스가 소거된다는 면에서 들을 때의 감치는 재미는 기대할 수 없지만, 그 당시의 구체적 장면들이 상기되는, 이를테면 나로서는 '개별적 상관성'을 충분히 지니는 것이어서 의미 있었다. 한 달여의 출제 공간이 비공식적 장면에서 가지는 구체적인 냄새와 숨결들을 우공은 잘 포착해 내고 있었다.

### 1994.11.6.일요일. 청명한 만추의 전형

오늘은 문제지 자체를 최종적으로 확정하는 날이다. 그리하여 내일 아침에는 인쇄소로 보낸다고 한다. 벌써 수 십 번째 고치고 또 고치고 하는 과정을 거치며, 이상 유무를 보고 또 본 문제들이라 우리의 정상적 판단력을 벗어나고 있는지도 모른다.

최종적인 검토와 교정을 보았다. 나를 포함하여 모두가 어지간히 지친 얼굴들이다. 사람의 성실감 속에는 어느 정도의 자기학대 기제가 숨어 있는 것일까. 확인하고 넘어 간 부분 속에서 끊임없이 새로운 혹은 새로울 것도 없는 문제점들을 캐내고 또 캐낸다.


### 1994.11.8.화요일. 맑은 날, 추운 날

5시 반쯤 깼다. 운동하러 6시20분 경에 나간다. 오늘은 체조 교사가 나오지 못했다. 한 40여 분 탁구로 몸을 푼다. 치던 중 왼쪽 어깨를 약간 삐긋한다. 오른 팔을 약간 불균형스럽게 사용한 듯한데 왼쪽 어깨에 반응이 온다. 1990년 9월 14일, 그때 왼쪽 어깨와 경추 부분을 다쳐 크게 고생을 하고 난 뒤, 왼쪽 어깨는 늘 자유롭지 못하다. 그리고 작년 학위논문 고생을 겪으면서 한 30%는 말을 잘 듣지 아니하는 형국이 되어 버렸다, 물 파스를 양호실에서 빌려 와 바른다.

갇힌 방에도 오전 9시 경부터는 아주 밝은 햇살이 든다. 약 20도 정도의 동쪽으로 기운 남향이다. 혼자 나직히 그러나 정성을 다하여 부르는 노래들이 좋다, 어떤 경우는 한 30분씩 이런 장면을 즐긴다. 약간은 멜로디나 박자가 틀려도 좋고, 아무 것에도 구애됨이 없이 감정이 과장 변형되어도 좋다. 나다운 것으로 노래가 다가와 준다고 생각하면 되기 때문이다.

기분이 경건한 날의 찬송가는 거룩함의 정서를 고양시켜 준다. 그것은 거룩함의 상태란 소박하게 말하면 우리가 동물적이지 아니한 어떤 고매한 혼에 근접한다는 심경이고, 나를 한없이 낮추어서 零에 무한히 수렴시키는 것으로 가장 낮은 곳으로의 낮춤이 가장 높은 곳으로의 영적 상승을 의미하는 것이기도 하다.

배호류의 정서도 아주 간곡할 때가 있고, 70년대적인 노래는 나의 과거형 젊음을 그대로 육화하여 표상하는 것 같아서 좋다. 노래가 낮게낮게 웅얼거려지는 공간으로 여기 한 달 간의 내 방이 기억될 수 있을 것이다.

지루한 감금의 생활에 애교 있는 변화를 구한다는 의미일까. 젊은 교수들이 컴퓨터 화일에서 뽑아낸 미녀들 사진을 복도 벽에다 붙이고 출제 교수들 이름을 하나씩 써 넣었다. 위원장 심재기 교수의 이름이 들어 간 사진에는 배꼽 아래까지 청바지를 내린 서양 아가씨의 포즈가 이채롭다. 내 이름이 들어간 사진에도 한 모델 아가씨가 웃고 있다. 문득 아내의 얼굴을 떠올린다.

사람 사는 곳의 풍물이라 여기면서도 이차대전, 한국전, 월남전 등에서 미군 캠프나 참호에서 보던 풍경으로만 여겼는데, 여기선 그런 전투장의 절박감이 있는 것은 아니라서 그보다는 현실감이 덜 하다. 권태로운 정서가 그럴듯하게 부각된다. 아무래도 서양 풍속이라 그런지, 꼭 우리 정서에 맞게 오는 것은 아니다. 내게만 그런 것인지도 모르지만. 그러나 내게 배당된 사진을 떼어내지 않고 그냥 둔다. 모처럼 애교 있는 분위기를 연출해 보인 젊은 친구들의 기분을 이해한다.

출제 업무가 일단락되고 나자 여러가지 풍경이 보인다. 마작 강습회는 아주 늦게까지 꽤 진지하다. 1시 반경에 잠이 든다.

### 1994.11.21.월요일. 약간 높은 구름 얇게 깔린 그러나 맑은 하늘

낙관과 기대에 관한 나의 정체성.

회의(懷疑)와 비관(悲觀)이 정화(淨化)의 역할을 진정으로 하는가. 그 자체가 정화(淨化)는 아니지만 정화의 기제, 반성의 기제를 연결하는 고리가 되는 것만은 틀림없다. 그러나 '낙관'과 '잘 될 거라는 믿음'이 내게 각별히 의미 있는 덕목으로 자리 잡아야 한다. 자아(自我)를 자유롭게 하는 기술을 적극 개발할 필요가 있다.

오후에 언어 영역 탁구 시합이 있었다. 김광해·김중신 조가 우승했다. 그 밖에 지난 주에 있었던 바둑 시합의 우승자 등에게 표창이 있었다. 민찬홍 교수가 코믹하게 작성한 표창장 문안이 화제가 되었다. 상금은 위원장단이 갹출했다.

상금으로 해체식을 겸한 회식이 있었다. 언어 영역 협의실에서 전원이 모였다. 검토위원으로 들어온 나태식 선생님 방으로 가서 2차를 했다. 같이 있는 동안에 내 쪽에서 더 많은 교류를 가지도록 했어야 하는데 오히려 나 선생님 방에서 자리를 먼저 마련한 셈이 되었다. 강현재 선생, 곽태 선생, 김환길(역사, 명일여고) 선생 등이 합석했다. 이찬호 선생은 방송 해설 준비로 분주하다. 돌아오는 길 , 우리 복도에서 민찬홍, 김중신, 이필영, 이강래, 윤여탁 제씨와 세레나데조 노래들 부르다.


### 1994.11.22.화요일. 맑음

막판으로 가는 분위기가 도처에서 나타난다. 신문도 끊어지고(아마 지난 주 말까지만 배달 주문이 되어 있었던 듯하다.) 음료수 대의 녹차 봉지도 공급이 중단된 상태이다. 어제 늦게 자리에 든 탓으로 아주 늦게 일어났다. 요즘과 같은 시간 리듬을 가지고 나가면 어떻게 적응할지 좀 걱정이다.

오후 8시에 1층 로비에서 펼쳐 보인 김중신 교수의 각설이 타령과 김광해 교수의 단소 연주는 인상적인 장면을 연출했다. 윤여탁 교수의 질긴 추진력이 돋보이는 마지막 행사였다. 대충 헤아려 본 관람 인원이 120명 선이었다.

도고에서의 마지막 만찬은 뷔페식으로 나왔다.


### 1994.11.23.수요일. 추운 날, 맑은 날

오후 4시에 퇴소하기로 되어 있다. 긴 듯도 했고 짧은 듯도 했던 기간, 31일 간의 시간이었다.

대학 시절 이후로 일정기간 지속적으로 일기를 써 본 것은 참으로 유익하고 의미 있는 경험이었다. 지속시키고 싶은 좋은 습관이지만, 공연히 말만 앞세우는 결과가 될지도 모르기에 특별히 다짐을 하는 것은 참아 두기로 한다.

가족과 형제들에 대해서 애정을 가지고 생각해 볼 수 있는 기회로도 아주 좋은 시간이었다. 명상과 사색을 해 볼 수 있었던 것도 의미 있었다.

한 달 동안 내 방 거울 앞에 붙여 두었던, 종윤이와 혜강이의 편지(여기 출제 들어올 때 아이들이 내게 주었던 편지이다)를 떼어냈다. 그리고 빨간 스크랩 북 속에 자리를 찾아 정리한다. 한 달 내내 내게 평강과 사랑의 마음을 불러일으키게 했던 편지이다. 다시 돌아가면 또 야단치고 칭찬하고 그렇게 반복하면서 살아가겠지. 그러나 그 바탕에 흐르는 사랑을 자주자주 확인하면서 살아야겠다는 생각을 굳히고 굳힌다.

내게 연관된 외연적 일상이 너무 질기게 들러붙어 있음을 확인한다. 들어 와 있는 동안에 정리되지 아니한 바깥 일들의 귀추가 더러더러 불안정스럽게 나를 둘러싸고 있는 것을 보면 쉽게 확인된다. 열심히 살되, 담박하게 사는 모습을 지향하자. 그것은 할 수 있는 일과 할 수 없는 일을 분명히 하는 것이며, 흔쾌할 수 있는 일들만 수용하는 것이다.

의미있고, 유익하고, 감사할 수 있는 시간을 허락받은 제 대하여 감사할 것. (昔影)

# 심부름의 교육학

1.

내가 중학교 들어가던 무렵, 마을에서 있었던 일이다. 너나없이 가난하던 시절이었다. 중년의 농부 김씨, 종일 텃밭 일을 하는 날, 학교에서 돌아 온 열 살짜리 딸아이를 철길 뚝 건너 아랫마을 방앗간 옆 주막으로 보내서 막걸리 한 되를 받아오게 하였다. 김씨의 딸 끝분이는 마을 앞 솔뫼 언덕을 지나, 찌그러진 양은 주전자 흔들면서 주막으로 간다.

아버지의 막걸리 심부름을 해보았던 세대라면 누구나 공감하는 것이 있다. 그것은 막걸리를 받아 집으로 돌아오면서 슬슬 생겨나는 호기심이다. '이 놈의 막걸리란 놈이 도대체 무슨 맛이기에, 어른들은 이토록 이것을 즐기는가.' 처음에는 주전자 뚜껑을 열고 손가락으로 찍어서 막걸리 맛을 본다. 그것으로는 흡족치 않다. 주전자 주둥이에 입을 대고 한 모금을 넘겨본다. 특별한 맛이 있다기보다는 금지된 것을 건드려 보았다는 영웅심이 먼저 머리를 쳐든다. 친구들한테 자랑해야지!

이러기를 여러 차례, 막걸리 심부름이 거듭되면서 마침내는 겁도 없이 여러 모금을 술술 넘기게 된다. 배도 고프던 때이다. 한 주전자 가득이던 막걸리가 표 나게 줄어들면, 그때서야 '아차! 이걸 어쩌나' 하고 당황한다. 주전자가 출렁거려 술이 쏟아졌다고 둘러대기도 하지만, 매번 쏟았다고 할 수는 없다. 조심성 없다는 불호령이 더 무섭다. 끝분이도 오늘 이런 상황이다. 마신 막걸리 덕분에 오늘은 더욱 대담해진 것일까. 서슴없이 막걸리 주전자에 물을 타서, 없어진 만큼의 분량을 채워 아버지께 갖다 드린다.

요즘 들어 이상하게 싱거워진 막걸리에 아버지 김씨는 도무지 성이 차지 않는다. 막걸리 맛이 예전 같지 않다. 아무래도 물 탄 막걸리이다. 김씨는 주막 주모에게 혐의를 두고 추리한다. 어린아이에게 막걸리 심부름을 시키니 만만하게 보고 물을 타서 주는 것이라 생각한다. 주모에게 괘씸한 마음이 아니 들 수 없다. 그 길로 김씨는 주전자를 들고 주막으로 간다. 그리고는 이렇게 장사를 해도 되느냐고 고함을 질러 항의를 하고, 가져 간 막걸리를 주모에게 마셔보게 하며 소동을 피웠다.

주모는 왜 사태가 이렇게 되었는지 얼른 간파하지 못했다. 성품 좋은 주모는 김씨에게 경위야 어찌되었든 물탄 막걸리에 대해서 사과를 했다. 김씨는 주모에게 차후 그런 일이 절대로 없을 것이라는 다짐을 받고 집으로 돌아갔다. 주모는 일이 이렇게 된 정황을 여러모로 생각해 보았다. 알 수 있을 것 같았다. 마침내 그녀 나름의 해결책을 마련하였다. 이후 주모는 김씨의 딸 끝분이가 막걸리 심부름을 오면, 미리 부엌에서 막걸리 한 잔을 주었다. 그리고 주전자에 있는 술은 절대로 축내지 말고 아버지 갖다 드리라고 신신당부를 한다.

2.

　참으로 1960년대적인 분위기가 풍기는 삽화이다. 아이들의 일상에 호기심과 허기가 나란히 함께 피어오르던 시절 아니었던가. 사람들 사이에 입으로 전해진 이야기이니 그대로 다 믿기는 어렵다 해도, 옛날에는 이런 종류의 심부름이 낯설지 않았다. 심부름 정경에는 고색창연(古色蒼然)한 가부장적 권위가 드리워 있다. 심부름 시키는 농촌 어른들의 세계는 또 얼마나 질박하다 못해 무교양에 가까운가. 그 가난했던 시절 아비와 딸과 막걸리의 모습이 흐린 흑백사진과도 같은 정경으로 가슴에 박힌다.

　이 삽화를 그냥 '몹쓸 심부름'으로 치부하고 넘어갈 수도 있겠지만, 그러기에는 이 삽화에 담긴 심부름의 의미가 간단치 않다. 무엇보다도 이 이야기에는 심부름의 진면목이 유감없이 드러난다. 새삼 심부름이란 무엇인가를 생각해 보게 한다. 이 삽화에서 보듯 심부름에는 언제나 그 나름의 유혹과 위험이 도사리고 있음이 암시된다. 물론 그것을 이겨야 심부름을 제대로 인정받는다. 그런 면에서 심부름은 본질적으로 이중의 기회이다. 심부름을 하는 동안, 선택과 인정의 기회가 오기도 하고, 심부름으로 인해 배제와 소외를 겪을 수도 있다. 그래서 심부름에는 유혹과 위험이 잠재한다는 것이다. 그래서 심부름은 당사자가 원하든 안 원하든 시험(test)의 기제를 운명적으로 달고 다닌다.

　예로부터 어른들은 아이들이야말로 정녕 심부름하면서 자란다고 했다. 생각해 보니 정말 그러하다. 자라며 겪는 일 중에 심부름으로 인해 빚어지는 사단[happening]들은 얼마나 다채로웠으며, 심부름 속에서 만나고 소통한 사람들은 오죽 많았으며, 심부름에서 체득한 교과서 밖의 지식들은 얼마나 많았던가. 심부름을 못하겠다고 버티던 때는 언제였던가. 반항의 시기를 겪어내는 성장의 한 고비임을 그때는 정말 철이 없어 몰랐다. 이런 심부름의 성장 과업을 하나도 겪지 않고서 어찌 온전한 인격으로 자랄 수 있었을까.

이쯤 되면 심부름 또한 하나의 교육적 과정임을 알 수 있다. 심부름 하는 자는 심부름 시키는 자 못지않은 고민을 해야 한다. 그 고민은 언제나 현재형이다. 이렇듯 심부름 하는 자의 지식과 기능과 도덕이 작동해야 비로소 심부름이 이루어진다. 연애편지 전달 심부름을 맡은 사람이 있다. 사랑 당사자 양쪽의 애정 코드가 잘 맞지 않을 경우, 심부름하기가 만만치 않다. 잘해야 본전이고, 양쪽으로부터 모두 잘했다는 칭찬을 듣기 어려운 심부름이다. 그걸 모면하려고 꾀를 내다보면 자신도 모르는 사이에 심부름 수행 내용을 마음대로 바꾸거나 꾸며내기 쉽다. 이어찌 연애편지 쓴 사람보다 심부름꾼의 고민이 적다 할 수 있겠는가.

대한민국 출판만화대상을 받은 작품 <아홉 살 인생(이희재 지음)>에는 여민이라는 아이가 나온다. 여민은 심부름 값을 주며 연애편지를 전해 달라는 골방철학자 아저씨의 부탁에 망설임 없이 편지를 들고 윤희라는 누나를 찾아간다. 윤희 누나를 만나 편지를 전해주지만 편지를 받은 윤희는 매우 화를 낸다. 러브레터의 발신자가 누구인지를 아는 윤희는 심부름 값을 주겠으니 자신의 말도 전해 달라는 부탁을 한다. 하지만 여민은 그 부탁을 거절한다. 왜냐하면 윤희의 부탁을 들어주면 그로 인해 골방철학자 아저씨의 기분이 상하게 될 것이기 때문이었다. 단순히 수동적인 심부름꾼으로 개입했지만, 이제는 자신이 조정자 내지는 주도적 진행자처럼 변화한다. 심부름이라고 매양 수동적이기만 한 것은 아니다.

3.

심부름이란 일종 과업(task)이다. 더 정확하게 말하면 '발달 과업(development tasks)'이다. 심부름을 통하여 아이들은 창의의 마인드를 기르고 창의를 체험한다. 성공한 심부름에는 반드시 창의성의 발현이 있다. 그런 심부름은 과업 수행에서 발휘한 창의성 때문에 더 크게 칭찬 받아야 한다. 또 그렇게 칭찬해 주는 것이 심부름 시키는 어른들의 교육적 지혜이다. 또한 심부름은 '문제해결 학습'이 일어나는 리얼한 현장이다. 어떤 심부름이든지 가장 직접적인 '문제 해결'의 미션이 구체적으로 부과되어 있다. 잘 계획된 교실 학습 상황에서도 좀체 제공해 주기 어려운 문제해결학습의 살아 있는 마당(場)이 곧 심부름이다.

심부름의 도덕적 바탕은 그것이 원래 '봉사'의 일종이라는 데에 있다. 아버지를 도와드리는 일, 엄마의 일을 대신 해 드리는 일 등, 심부름은 친지나 육친의 개인적 신뢰와 정을 바탕으로 하는 것이기 때문에 대가나 보수를 받지 않는다. 심부름에 약간의 대가가 있다 하더라도 그것은 어디까지나 '기특함'에 대한 칭찬의 성격이 강하다. 그래서 도덕성이 숨어 있기도 하다. 심부름을 성공적으로 부과하기가 어려운 이유가 여기에 있다. 이는 심부름을 해내는 아이들 쪽에서도 마찬가지이다. 심부름 시키는 사람은 심부름 하는 사람을 탓하는 경우가 많지만, 모든 실패한 심부름은 심부름 시키는 사람의 잘못이 더 크다.

요컨대 심부름의 교육적 가치는 그것이 '발달 과업'이고, '봉사'라는 데에 있다. 그러면서도 심부름을 유별나게 봉사라고 인지하지 않으면서 봉사에 입문하는 데에 묘미가 있다. 요즘 아이들 중에는 사회봉사에 대해서는 적극적 인지(내가 봉사를 한다는 사실을 인지)를 가지고 다양한 활동을 하면서도, 막상 자기 집안의 심부름이나 가사 일을 돕는 데에는 손끝 하나 까딱하지 않는 아이들이 있다. 모순이라고 해야 할지,

사회화 발달 과정의 자연스러운 현상이라고 해야 할지 판정하기가 쉽지 않다.


4.

아이들에게서 심부름이 사라져 가고 있다. 공부하라고 부모들이 심부름 안 시킨다. 하나만 알고 둘은 모른다. 심부름이 얼마나 넉넉하고 종합적인 인생 공부의 공간인데. 심부름이 사라져 가는 가정의 생활문화에 나는 씁쓸하고 어두운 그림자를 읽는다.

그런가 하면 심부름센터는 성황이다. '심부름'과 '심부름센터'는 '심부름'이란 말이 들어가 있다는 것 이외에는 엄청나게 다르다. '전통적 심부름'이 따뜻한 가족애의 믿음을 바탕으로 이루어지는 것이라면, '심부름센터'는 냉정한 계약과 거래로 이루어지는, 약간은 음습한 모의와도 같다고 할 수 있다. '심부름'을 시킬 때는 아무런 의심 없이 "너를 믿고 시킨다."하는 심리가 작용하는 것이고, '심부름센터'에 일을 부탁할 때는 이중 삼중으로 단서를 붙이고 계약을 하면서도 "이 사람들을 도대체 어디까지 믿을 것인가"하면서 불안스러워 한다.

자라는 자녀들에게 '성공하는 심부름'을 일부러라도 만들어 경험하게 해주라. 그리고 칭찬하라. 이렇듯 자명한 교육적 지혜가 있는데도, 우리는 가끔 옆집 '엄친아'를 빠른 시일 내에 따라 잡으라는, '성공할 수 없는(mission impossible) 모호한 심부름'을 주저 없이 맡기고, 그걸 못 해낸다고 아프게 야단치는 경우가 많다.

물론 나쁜 심부름도 있다. 담배심부름, 술심부름 따위를 좋은 심부름이라고는 할 수 없다. 그렇다고는 해도 심부름 안에 들어 있는 '교육과정의 잠재성(latent curriculum)'을 어떻게 내면화하느냐에 따라 심부름은 그 자체로 의미 있는 학습의 과정이 될 수 있다. 심부름으로 아이들은 소통을 배운다. 심부름으로 아이들은 집밖의 사회를 와 닿게 배운다. 그리고 자신의 과업에 대해서 스스로 긍정의 강화를 한다. 심부름을 자청하는 아이들은 학습이 자기주도적임을 깨달아 나긴다. 장차는 인생에 대해서도 자기주도적인 자세를 다져 나갈 것이다. (昔影)

# 이력서

"호랑이는 죽어서 가죽을 남기고, 사람은 죽어서 이름을 남긴다."

그러니 어쩌란 말인가? 이는 이름을 잘 지어야 한다는 작명가의 말이 아니다. 그것은 무언가 인류에 기여하는 인물이 되어 후세에도 그이름이 기억되어야 한다는 의미로 되새겨진다. 즐겨 청운의 뜻을 품은젊은이에게 이 말이 강조되는 것을 보아서도 그렇다.

어떤 행사에 가보면 그 사람의 약력을 참 세세하게도 낭독하는 경우가 있다. 듣다 보면 이것이 무슨 약력(略歷)인가, 전력(全歷)이지 하고짜증을 낼 정도로 그 경력은 장황하게 이어진다. 그것은 경력의 주인공이 아니면 결코 작성할 수 없을 정도로 꼼꼼하게 이루어져 있어, 얼마나 그 경력 관리와 작성에 힘을 기울였는가를 짐작하게 한다. 그래서어이쿠 참 고생도 했네 하면서 웃음거리로 삼기도 한다.

그러나 이것 또한 다시 생각해 보면 자신의 경력을 잘 유지하기 위하여 항상 처신을 조심하였다는 증거가 되는 것이니, 생각해보면 참 가상한 일이기도 하다. 멋대로 자신의 경력을 만들어 가며 돌출적인 삶을 영위하는 사람과 비교하여 그는 다른 사람을 의식하며 살았다는 장점 하나라도 더 갖고 있기 때문이다. 이로 보면 우리 모두 자신의 경력을 꼼꼼하게 관리할 일이다. 더 나아가 그 경력이 자신에게는, 그리고 사회와 국가에는 무슨 의미가 있는가까지도 꼼꼼하게 의식하고 기록한다면 더할 수 없는 자신의 수양 거리가 되리라고 생각한다.

지나온 이력이 아무리 시시콜콜한 것까지를 망라하였다 하더라도, 그것은 결국 약력일 수밖에 없다. 전 생애를 그대로 복원하는 것은 불가능한 일이고, 그래서 결국은 그 상황에 맞는 이력으로 자신을 드러낼 수밖에 없기 때문이다. 문학사가 항상 다시 쓰여져야 하는 것처럼, 이력도 항상 달라질 수밖에 없다. 따라서 이곳에서는 이렇게 자신을 말하고, 또 다른 자리에서는 저렇게 말한다고 하여 그 사람을 비웃지 말 것이다.

상황에 맞게 자신을 드러내는 가장 전형적인 양식이 이력서이다. 이력서라는 것은 그렇게 길지 않으면서도 그것을 읽는 대상에게 효과적으로 자신을 광고하는 수단이라고 할 수 있다. 따라서 이력서를 작성할 때는 왜 이 서류를 작성하는가에 대한 성찰이 전제되어야 한다. 마치 전기문이 필요한 것은 자세하고 꼼꼼하게 기록하고[詳], 그렇지 않은 것은 과감하게 줄이거나 생략하는 것[節]처럼, 이력서도 결국은 자신을 상대방에게 효과적으로 전달하기 위하여 그 자신의 내면적인 형식을 갖는 것이라고 생각한다.

어떻게 자신을 선전할까 하는 문제는 그 작성자에게 맡기기로 하고, 여기서는 그 제목과 관련된 에피소드를 소개하기로 한다.

지금에 이르면서 나는 수없이 많은 이력서를 작성하였다. 직장을 갖거나, 옮길 때마다, 그리고 수시로 요구할 때마다 나는 꾸벅꾸벅 그것을 작성하여 제출하였다. 특히 어떤 직장에 채용을 원할 때의 이력서는 많은 공을 들여가면서 작성을 했다. 다른 때는 아예 미리 만들어 놓은 이력서를 복사해 제출하기도 하지만, 이런 경우는 그 자체가 채용에 결정적인 흠이 되지 않을까 노심초사(勞心焦思)하여 작성할 수밖에 없는 것이다.

오래 전 한국학 강의 교수로 미국의 대학을 가면서 나는 처음으로 영문 이력서를 작성해야 했다. 강의할 대학에서 나의 이력서를 요구하였기 때문이다. 국내에서 소용되는 이력서는 모두 한글로 작성되었기 때문에 별 생각 없이 작성하고 제출하였지만, 영문 이력서! 그것은 제목부터 참 나를 곤혹스럽게 했다. 결국 한영사전을 옆에 놓고, 이미 한글로 완성된 이력을 번역해야만 했다.

자, 첫머리의 '이력서'를 무엇으로 번역할까? 자그마한 한영사전에는 그것이 'Personal History'로 기록되어 있었다. 우리의 '이력서'가 모두 이력서로 통일되어 있기 때문에 아무 생각 없이 나는 그 첫머리에 Personal History라고 큼직하게 썼다. 그리고 우리의 것처럼 왼쪽에는 사진 붙일 만한 공간을 놓아두고, 성명과 주소, 생년월일을 쓰고, 그 다음에는 본격적으로 나의 학력과 경력을 정성스레 옮겨 놓았다. 그냥 보내기에는 나의 영어 번역 능력을 자신할 수 없어, 같은 학교의 영문과 교수에게 교정을 부탁하는 것이 좋겠다고 생각했다. 평소 잘 알고 있는 젊은 교수는 참 어렵게 오랫동안 작성한 나의 이력서를 쓱 한번 보더니, 당장에 몇 줄 고쳐주는 것이었다.

아아, 영어란 미국에서 생활할 도구인데, 그것을 갖지 못한 사람이란 마치 말을 사용할 줄 모르는 사람과 같은 것이었다. 내 돈 내고 내가 사는 데야 아무런 지장 없겠지만, 그곳의 생활 속에 내가 들어가기 위하여는 엄청난 장애가 있을 것이라는 생각이 강하게 든 것도 이때였다. 하여간 고맙게도 그는 나의 이력서를 고쳐 주었는데, 그때 가장 인상

깊었던 것은 'Personal History'라는 것은 촌스러운 표현이고, 보다 세련된 표현을 하기 위하여는 'Resume'를 써야 한다는 것이었다. 정말 좀 큰 사전을 찾아보니, 이 두 단어가 같이 쓰여 있었다. 이 나라는 참 별것까지 구별해서 쓰는구나 하고 생각할 수밖에.

본래 언어의 다양성은 그 언어가 가리키는 문화의 발달과 병행하기 마련이다. 선박에 대하여 관심이 많은 곳은 그 부분 부분의 명칭을 가지는 것이지만, 그렇지 않은 사람에게는 다만 배, 또는 선박일 뿐이다. 이를 군함과 구축함, 항공모함, 순양함, 어뢰정…… 하고 구별하는 것이야 그 구별하는 사람에게는 대단히 필요해서 한 것이겠지만, 일반 범인이야 그것이 무슨 의미가 있겠는가. 언어란 것이 본래 그런 것인데, 자신이 잘 알고 있는 어떤 특정한 분야의 언어 현상을 모른다고 하여 참 무식한 사람이라고 비웃는 것이 얼마나 속절없는 일인가. 하여튼 이력서를 이렇게 구별하여 쓰는 것을 보니 우리보다 더 자신의 이력을 드러내는 문화가 다양한가 보다 생각하였다.

그런데 이것은 또 고쳐져야 했다. 난생 처음 외국에서의 생활, 더구나 강의를 해야 하니 얼마나 외국어의 부담이 있겠는가? 아침마다 회화를 배우러 학원에 가고, 또 원어민인 같은 학교의 선생을 연구실에 모시느라 비싼 돈 들여야만 했다. 그래서 작성된 이력서를 최종적으로 그 원어민에게 보여주고 OK를 기다렸다. 그런데 이 사람, 맨 먼저 제목부터 시비하는 것이었다. 너는 무엇 하러 그 대학에를 가느냐? 또 이 서류는 채용을 위한 것이냐? 나는 그 대학에 서류를 내고, 그 채용 결정의 하회를 기다리는 사람이 아니었다. 이미 연구재단에서 선정은 완료되었고, 그래서 단순히 내가 어떤 사람인가를 알려 주는 양식일 뿐이었다. 그럴 경우, 그 제목은 'Resume'가 아니라고 그는 말하였다.

그것은 'Curriculum Vitae'로 고쳐져야 했다. 그리고 우리와는 달리 자신을 알리는 것이 대단히 보편화된 사회이기 때문에, 학회 활동과 논문, 그리고 경력의 직책까지를 빽빽하게 쓰라는 것이었다. 그곳은 우리와 같이 간결하고 소박한 것을 미덕으로 여기는 사회가 아닌 것 같았다. 그래서 우리가 보면 참 낯간지러울 정도의 소소한 것까지도 쓰는 것이 좋다는 것이었다. 그리고, 그것은 미국의 대학에 와서 확인된 사실이기도 했다. 나의 이력은 장황하게 관련되는 사람들에게 전달되었고, 그래서 대학 신문에 어떤 전공자가 오게 된다는 것까지도 공지되었기 때문이다.

왜 영문과 교수는 'Resume'을 생각하였을까? 아마도 외국에서 공부한 그 교수는 채용을 위해 수많은 이력서를 작성하였을 것이다. 그럴 때의 그는 당연히 'Resume'을 쓰는 것이 옳다. 그러나 그들과 대등한 위치에서 내가 이런 사람이라는 것을 알리기 위한 이력서를 작성해야 할 경우는 당연히 'Curriculum Vitae'로 써야 한다. 잘못하면 이력서 쓴 당사자를 지원자로 오해할 수도 있기 때문이다.

이런 일을 보면서, 나는 각 나라가 지니는 문화의 다양성에 대한 구체적인 시각을 갖게 되었다. 이전에도 물론 상대주의적 시각이라든가, 또는 말리노프스키를 들어 문화의 다양성에 대한 관념적 지식을 갖기는 하였다. 그러나 한 현상에 대하여 서로 다른 코드가 존재하고, 그것은 나름대로 대단히 중요한 인류의 지혜라는 생각을 갖게 된 것은 이런 구체적 생활과 접하면서부터이다.

그곳에서 생활하면서 나는 얼굴 찌푸리지 않고 다른 인종의 사람들을 접하는 사람이야말로 진정한 국제인일 것이라고 생각하게 되었다. 속으로야 별 생각 다하겠지만, 자신이 어떤 의미에서건 우위(優位)에 섰다 하여 오만하고 방자하게 상대방을 대하는 사람은 아무리 수많은 외국을 다녔다 하더라도 결코 국제인일 수 없기 때문이다. 우리는 같은 땅덩어리 속에서 볶고 지지며 살도록 운명지어져 있는 사람들이다. 무에 잘 났다고 우쭐대고 다른 사람을 무시한다면, 그 사람은 국제인까지 말할 것이 아니다. 그는 한국인으로서의 자격도 갖추지 못했기 때문이다. **(南溪)**

# 저승에서는 무슨 증명서가 필요할까

　우리는 증명서의 시대에 살고 있다. 분명히 내가 있는데도 나는 의미가 없고, 증명서를 내야만 내가 인정된다. 참 어처구니없는 현실이지만, 우리는 그것이 어쩔 수 없다는 것을 잘 알고 있다. 그래서 말없이 나는 제쳐두고 증명서를 앞에 내밀곤 한다. 언제부터 우리는 증명서라는 것을 가지고 다녔을까? 나의 기억으로 지금의 초등학교인 국민학교에서는 학생증을 발급하지 않았던 것 같다. 그리고 중학교에 들어가자 교복의 착용과 함께, 일률적으로 담 앞에 서서 증명사진을 찍어 학생증에 붙였던 기억이 난다. 그러니 중학교는 나보다 증명서를 우선하는 시대로 들어서는 첫 관문이 된 셈이다.

　왜 초등학교에서는 증명서가 없고, 중학교에 들어가니 증명서가 생겼을까? 무슨 이유 때문일까? 크게 변한 것도 없는데. 그런데 지금 생각하니, 좀 불경(不敬)스러운 얘기지만 그것은 등록금과 관련된 것이 아니었나 생각한다. 등록금을 내면 냈노라, 학생증 뒤에 철인을 찍어 주던 것으로 보아. 그래서 등록금 납입을 증명하는 도장이 찍혀 있지 않으면, 그 학생증은 증명서로서의 자격을 갖지 못하였고, 그리고 등록금을 제때 내지 않으면 집으로 돌려보내 가져 오라 하고, 그래서 어렵게 등록금 갖다 내면 학생증에 꿍 하고 도장을 찍어 주던 것으로 보아. 그것은 대학교까지 지속되었다. 매 학기 등록금 납입 영수증을 들고 가서 도장을 받아야 모든 학생으로서의 권리를 행사할 수 있었던 것이다. 이렇게 돈의 납입(納入)과 관련되는 증명서에는 학원 수강증과 같은 것도 있다. 다만 이것은 사진까지 붙이지는 않는 것이 일반적이다. 그건 또 그럴 필요가 있었을 테지만.

대학에 들어가기 전에 우리는 주민등록증이라는 것을 갖게 되었다. 기분 나쁘기는 지금도 마찬가지이지만, 새까만 색깔의 지문을 찍어 무슨 큰 벼슬 주듯이 나누어주었던 생각이 난다. 그리고 그때부터 우리는 주민등록증과 생사고락을 같이 할 수밖에 없었다. 어디에서건 주민등록증이었다. 주민등록증을 복사해 오라거나, 아니면 동사무소에 가서 주민등록 등본을 떼어 가야 했다. 우리는 소중하게 주민등록증을 모셔야 했다. 혹시나 잃어버리면 '벌금'을 내고 수모를 당하며 파출소로 동사무소로 발품을 팔아야 했다. 그것이 없으면 나는 이곳의 주민일 수 없었다. 그래서 나는 없어지고, 오직 그 증명서의 권위 속에서 숨을 쉴 수밖에 없었다.

갑자기 증명서가 나에게서 사라졌던 때가 있었다. 전혀 증명서가 필요 없는 시대가 온 것이다. 머리를 깎고, 입영하면서 우리는 모든 증명서를 집에 두고 가야 했다. 그것이 아무런 힘을 발휘하지 못하는 구역으로 들어서니까. 그래서 우리는 이 모든 증명서 대신 자신을 확인시켜 주는 인식표 하나만을 목에 걸고 지내야 했다. 그 인식표는 쇠로 되어 있어서 혹시 죽음이 오더라도 그 시신이 누구인가를 증명해 줄 것이었다. 그것으로 다 된 줄 알았지만, 거기서도 또 다른 증명서는 발급되기 시작했다. 운전병이 되니 운전 면허증을 줬고, 연락병이 되니 연락병임을 확인하는 증명서를 만들어 줬다. 어느 순간을 지나자, 그 사회 또한 전에 지내던 사회와 마찬가지로 하나하나 증명서를 더해 주었던 것이다.

군대 생활을 마치면서 우리는 그 특별한 공간에서 지급 받았던 모든 것을 반납했다. 일상적 사회와는 다른 방식으로 상대방에게 경의를 표하는 경례도 반납했다. 그리고 이상하게 잘라서 말하는 군대식 말투도 반납했다. 계급 앞에서는 그 무엇도 통용될 수 없었던 사고방식도 물론 반납했다. 아, 그리고 심지어는 너무도 강요된 규칙적인 생활 때문에 부은 것처럼 부풀어 있었던 몸무게까지 다 반납하고, 우리는 다시 그전의 사회로 돌아왔다. 또 다시 우리는 사진을 붙인 학생증과 도서관 열람증을 들고 교정을 서성여야 했고, 또 밖에서는 경찰에게 항상 '소지'해야 했던 주민등록증을 끊임없이 보여주어야 했다.

직장을 갖게 되자, 우리는 또 그 직장을 다닌다는 증명서를 갖게 되었다. 강의를 나가니 강사증도 만들어 주었다. 운전 면허증이 여기에 첨가되고, 그래서 상황에 따라 우리는 이 증명서, 저 증명서를 바꾸어 가며 제시해야 했다. 그것 없으면 큰일 나는 것처럼 우리는 만들어 주는 증명서를 넙죽넙죽 받아 챙겨야 했다. 얼마나 많은 증명서가 내 인생 속에서 스쳐 갔을까? 나를 증명하기 위하여 이 몸은 아무 필요 없고, 그 많은 증명서가 참 애를 많이 쓰기도 했다. 그러다 보니 증명서가 없으면 무언가 불안하고, 허전해지기까지 했다. 모든 과정 다 마치고, 학교의 강의까지 그만 두어 주민등록증만 하나 '달랑' 갖게 되었을 때, 그 말할 수 없는 허전함을 경험했던 사람도 많을 것이다.

난생 처음으로 외국에서 생활할 기회가 생겼다. 짧다면 짧은 1년이지만, 그러나 관광이 아니라 생활이기에 어쩔 수 없이 긴장되었던 것은 물론이다. 우선 장기 비자를 얻어야 한다는 점도 일반 관광과는 구별된다. 체재하는 대학에서 1년 이상의 기간이 소요된다는 서류를 보내와야 하고, 이를 바탕으로 대사관에 비자를 신청하게 된다. 이런 일을 가능하게 하려면 외국에서도 나를 증명할 수 있는 여권이라는 또 하나의 증명서를 갖추고 있어야 한다. 이제 다른 국가에게 내가 나임을 증명하는 '증'이 있어야 하는 것이다. 외국 여행이 보편화된 요즈음은 누구나 여권을 가지고 있다. 그러나 '해외여행 자율화'라는 것이 있기 전까지만 해도 외국의 여행은 소수의 집단에게만 있는 일이어서, 그 여권이라는 것이 마치 특수 신분임을 드러내는 증표와도 같이 인식되기도 했다.

오랜 동안 같이 연구하며 책을 쓰던 사람들(우리는 우리를 Logo 4라고 불렀다.)은 내가 떠나기에 앞서 같이 중국을 가기로 했다. 나를 오랫동안 볼 수 없다는 것도 고려하여. 아, 절친한 친우인 석우 선생은 그해 여름(2000년 여름의 일이니 그는 거의 50이 가까운 나이였다.) 처음으로 여권을 만들었다. 당시는 교수가 여권 가지고 있는 것은 너무 보편적인 일이어서 우리는 모두 그가 처음으로 여권을 만들어야 한다는 것을 믿을 수 없었다. 여권과의 직원 또한 믿을 수 없었지만 처음 만든다는 사실을 확인했고, 그래서 "정말 그렇네요."하면서 신기해했다고 한다. 그 소리가 마이크를 통하여 구청 민원실에 울려 퍼졌고, 그래서 석우는 조금은 부끄러웠다고 한다. 그 여권을 가지고 우리는 드넓은 중국을 다녔고, 독립군을 생각했고, 독립군의 후예를 생각했고, 그리고 고구려를 생각했다. 이것을 가능하게 한 것이 바로 여권이라는 증명서가 아니겠는가? 그래서 증명서는 인간보다 앞선다.

모든 수속을 마치고 미국에서의 1년을 보내기 위하여 비행기를 타게 되었을 때, 나를 증명할 수 있는 것은 오직 여권밖에 없었다. 그 하나밖에 없는 여권을 그래서 나는 소중한 신주단지 받들 듯이 모셔야 했다.

미국이라는 나라에 살기 위하여 들어가는 사람에 대한 입국 심사는 보다 까다로운 것 같았다. 유일한 '증'을 이리저리 들춰보고, 그 속에 있는 비자를 살펴보고, 그리고 말 통하지 않는 어린애처럼 서 있는 나에게 몇 마디 공포의 질문을 하고.

이제 여기서는 여권만 있으면 되나 보다 했는데, 그게 아니었다. 도착하여 집을 계약하고, 전화를 가설하고, 케이블과 전기를 신청하는 등 기본적인 생활 모습을 갖출 때, 그들은 끊임없이 내게 사회안전번호(Social Security Number)를 요구했다. 심지어는 그것이 없으니, 아파트의 예치금을 내라고까지 하였다. 아이의 학교에 가도 요구하고, 근무하게 된 대학에서도 요구하고. 아마도 그것은 국가의 공식적인 인정을 의미하는 것 같았다. 그렇게 나는 또 하나의 증명을 갖게 되었다. 그러나 그것만으로 끝나는 것은 아니었다. 대학에서는 벽에 세워 놓고 범죄인처럼 사진을 찍어 또 하나의 증명서인 DUKE ID를 만들어 주었다. 대학의 일원이라는 것을 증명해 주는 것이었다. 그리고 그것은 책이나 비디오를 빌리고, 또 교내의 행사에 무료로 들어갈 수 있는 증명서로 쓰여졌고, 할인의 혜택도 그것이 있어야만 가능했다. 다니는 곳마다 그들은 내게 ID를 만들어 주었다. 그리고 큰 물건을 사거나 공공 기관에 가면 그들은 예외 없이 운전면허증을 요구했다. 그곳으로 가기 전 국제운전면허증을 만들었긴 했지만 거주했던 노우스 캐롤라이나주는 2개월 이상의 거주자에게 자신의 주에서 발급하는 운전면허증을 갖기를 요구했다. 그래서 면허 시험장에 가서 필기시험과 주행시험을 보았다. 그 자리에서 그들은 사진을 찍고, 또 면허증을 만들어 주었다.

이제 나는 그곳에서 사는데 필요한 증명서를 대충 갖춘 것 같았다. 그래서 내 지갑 속에는 서울에서처럼 또다시 많은 증명서가 들어차게 되었다. 은행의 카드와 대학의 ID 두 개, 그리고 면허증이 항상 나를 증명하기 위하여 대비하였다. 마치 다 반납했던 열쇠를 또 다시 채워야 했던 것과 같았다. 비행기를 탈 때, 서울에서 사용하던 열쇠를 다 맡기고 나니, 나에게는 아무 열쇠도 없었다. 그러나 미국에서 살면서 내 열쇠 꾸러미에는 서울에서보다 더 많은 열쇠가 매달려 있었다. 자동차와 아파트, 그리고 우편함, 연구실의 키 등이 나를 무겁게 짓눌렀다.

어느 곳에 가건, 그곳의 관습대로 살아야 한다. 그러나 '증'에 관한 한 어느 세상이건 별로 다른 것이 없는 것 같다. 나는 어디로 사라지고, 증명서가 더 나인 것처럼 행세하는 것은 어느 곳이나 다 같기 때문이다. 나는 어디에서건 나보다 먼저 증명을 앞세운다. 그 증명이 없으면 그것이 증명하는 나는 사라지는 것 같았다. 이제 이런 정도의 여행이 아니라, 정말 미지의 여행을 떠나 저승에 도달한다면, 거기에서는 또 어떤 증명을 만들어야 하는 것일까? 어떤 '증'이 나를 증명해 줄까? 나는 거기에서도 또 여기에서처럼 각각의 상황에 맞는 증명서를 주저리주저리 나에게 만들어 줄 것으로 생각한다. 그리고 또 많은 열쇠를 몸에 걸치고 이곳저곳을 끼워 여느라 바쁠 것 같다. 세상 사는 것이 어디 이곳저곳 다를 게 있겠는가? 아니지. 그곳은 사는 [生] 곳이 아니지. 그럼 어떤 곳일까? 그러나 사는 곳이 아니라도 역시 그곳의 주민임을 증명하는 '증'은 또 필요할 것이라고 생각한다. '증' 만드는 문화가 어디 하늘에서 뚝 떨어졌겠는가? 다 저승에서, 그리고 하느님에게서, 그리고 마음속에서 배운 것이겠지. **(南溪)**

# 명품의 실상과 허상

열하일기에는 우황청심환에 관한 기록이 심심찮게 나타나고 있다. 연행의 기록 속에서 우황청심환이 여러 번 검색되는 것이 처음에는 퍽 신기한 일로 생각되었다. 그것이 중국인들의 갈구하는 물품으로 나타나 있어 더욱 그러한 마음이 들었다. 왜냐하면 수년 전 북경에 들렀을 때는 오히려 우황청심환을 사는 한국인들로 북경 시내의 중심에 위치한 약국이 북새통을 이룬 모습을 목격하였기 때문이다.

1990년 여름의 일로 기억된다. 중국과의 수교가 이루어지기 전, 학생들을 인솔하고 중국을 갈 기회가 있었다. 당시만 해도 해외에 나가는 일이 일반화 되지 않았고, 더구나 수교 이전의 중국에 가는 일이어서 같이 가는 일행들은 무엇무엇 사오라는 주위의 부탁을 많이 받았던 것 같다. 학생들도 어떻게 알았는지 모처럼의 중국 여행에서 사올 물건을 수첩에 빼곡히 적어 왔다고 한다.

만리장성 관람을 마치고, 기다리던 북경의 유명하다는 약방에 인원을 풀어 놓자, 학생들은 벌떼처럼 그 안으로 몰려 들어갔다. 사실은 그렇게 몰려 들어갈 수 없을 만큼 그 안은 한국인들로 가득 차 있었다. 당연히 우황청심환이 구입 품목 1위에 있었고, 각종의 무슨 무슨 환이 있어, 알고 사는 것인지 그냥 쓸어 담는 것인지, 마구 거둬들이는 것이었다. 안내하는 사람의 말에 의하면 한국인들이 몰려드는 아침이면 창고에 쌓아 두었던 각종의 한약들이 얼마 안 있어 바닥난다는 것이었다. 정말 그랬다. 사람들은 한 갑, 두 갑 사는 것이 아니라 아예 몇 상자씩 구입하고 있었기 때문이다.

이것 안 사가면 큰일이다 싶어 나도 몇 갑 사기는 했지만, 사실 그때까지 나는 우황청심환이 무엇인지, 그리고 어떤 용도로 사용하는 것인지 알지 못했었다. 그래서 우황청심환이 대단한 약재이고, 한국에는 없는 희귀한 물품이라고 생각을 했었다. 아이가 경련을 일으킬 때, 비장해 두었던 우황청심환을 조금 떼어 물에 개어 먹인다는 정도가 그에 대해 내가 알고 있는 내용의 전부였다고 해도 과언이 아니었다.

안내하던 분은 북경의 방송국에서 조선어 아나운서를 하고 있다고 하였는데, 방송국의 직원이 어떻게 사사로이 관광의 안내를 맡는지 그 또한 신기한 일이었다. 나중에 상해를 갔을 때는 아예 그쪽 대학의 교수가 안내를 맡고 있었다. 그쪽의 급여가 대단히 열악하다는 점, 그래서 부수적인 일을 하는 것에 대하여 전혀 거리낌이 없다는 것을 알게는 되었지만, 한쪽의 체제 속에서만 호흡하던 나로서는 그런 모든 것이 퍽 신기해 보였다.

우황청심환에 대하여 전혀 무지했던 나로서는 몇 갑이라도 산 것이 대단하여 의기양양했지만, 그 우쭐함이 오래 가지는 못하였다. 여행에서 돌아와 얼마 있지 않아 중국산 한약이나 농산품의 조악함과 위험성에 대한 보도가 잇달아 나왔고, 그래서 사왔노라 자랑도 하지 못하고 장롱 속에 두었다가 결국은 버리고 말았기 때문이다. 물론 그것을 사용할 필요가 없었던 것은 그나마 행운이라고 할 수 있다.

이때까지만 해도 나는 우황청심환이 본래 중국에 존재하고 있었고, 우리나라에서 생산되는 우황청심환은 그 방법을 본떠 만드는 것이라고 알고 있었다. 그래서 종주국인 중국의 약에 대하여 열광적인 애착을 보이는 것은 당연하다고 생각하였다. 그런데 우황청심환에 대해 더 조사를 해본 뒤에, 나는 이런 태도가 큰 나라에 대한 열등감의 표현이라는 생각에 씁쓸함을 금할 수 없었다. 우리의 선조가 마련한 소중한 자산을 다른 나라의 것으로 알고 있었으니 참 한심스러웠기 때문이다.

우황청심환은 간단히 청심환이라고 부르는데, 심경(心經)의 열을 푸는 환약으로 알려져 있다. 우황, 인삼, 산약 등 30여 가지의 약재로 만든 알약인데, 중풍으로 졸도하고 팔다리가 뻣뻣해지는 데나 간질, 경풍 등에 특효약이라고 한다. 예로부터 즉효가 있어 사후 약방문의 뜻을 가진 "죽은 다음에 청심환"과 같은 속담이 있을 정도로 그 효능을 인정받았다. 특히 우리나라의 것은 허준의 <동의보감>에서 기록한 방법대로 처리한 것이어서 중국인들에게는 만병통치약으로 인식될 만큼 대단한 인기를 누렸다고 한다. <동의보감>의 처방대로 만들어진 우황청심환의 효능이 대단하여 기약이나 묘약으로 인식되었고, <동의보감>은 중국이나 일본에서 수 차례 간행할 정도로 인정을 받았다. 조선의 청심환은 그 원방대로 만들었지만, 중국의 청심환은 처방이나 약재가 상이하여 제대로의 효능을 발휘하지 못하였다고 한다. <열하일기>에서 중국인들이 청심환 찾는 기사가 여러 번 나타나고, 중국에 가는 사신들도 청심환을 준비하고 가서 관료들에게 주어야 소기의 목적을 달성하였다고 한 것은 이러한 이유 때문이다. 그래서 어떤 사람은 우리나라의 것은 우황청심원 또는 청심원으로 불러 구별하기도 하지만, 대체로는 비슷한 뜻으로 사용하고 있다.

중국의 의서에 처음 등장하는 것은 송(宋)의 진사문(陳師文)이 신종의 명을 받아 각종 의서의 요체를 모아 편찬한 <태의국방(太醫局方)>에서라고 한다. 그는 후에 보다 많은 의서를 모아 집대성본인 <교정태평혜민화제국방(校正太平惠民和劑局方)>을 1151년에 편찬하는데, 이를 간단히 <화제국방>이라고 일컫는다. 허준의 <동의보감>은 여기에 조선의 토질과 조선인의 신체적 특성에 맞춘 새로운 처방을 하였으니, 그 약재의 구성이나 조합의 방법이 중국의 그것과는 다를 수밖에 없었다.[1]

이런 연유로 우황청심환은 마치 그 원조가 우리나라인 것으로 알려지게 되었다. 그런데도 이제 다시 중국의 것을 본래의 것인 양 생각하여 줄을 지어 사 오게 되었으니 참 세상이나 인심의 변화란 예측할 수 없는 일이다. 근래에는 중국의 농산물이나 약재에 대한 믿음이 덜해져서 무조건 하급품으로 취급하는 경향을 보이고 있다. 그래서 원산지 표시에 중국이 있으면 우선 구매 대상에서 제외하기도 하는 것이다. 그러나 중국의 것은 으레 싸구려나 품질이 조악한 것으로 치는 것도 중국의 것에 대한 맹목적 믿음과 마찬가지로 별로 올바른 자세는 아닐 것이다.

큰 나라로서의 중국에 대한 인식이 변한 것과 달리 미국에 대한 맹목적 믿음은 결코 사그러들지 않는 것 같다. 특히 미국의 식품에 대한 안전성 판별은 유달리 대단한 것으로 우리는 알고 있다. 그래서 미국 식약청[FDA]의 인가를 받은 제품이라면, 당연히 믿을 수 있다고 생각한다. 한국의 식품들이 미국에 상륙하기 위해 당하는 수모는 선진국 수준의 식품 생산을 위해 당연한 것으로 여기기도 한다. 그만큼 미국의 식

---

1) 필자는 본래 우황청심환에 대한 기록이 최초로 나타난 것은 <동의보감>으로 알고 있었다. 대부분의 참고서적들도 이러한 견해를 담고 있는데, 중국의 의서에 유사한 기록이 있다는 것은 남경한의원 박수영 원장의 자문에 의하여 알게 되었다. 물론 그 조제 방식이나 첨가하는 약재의 종류는 차이가 있다.

약청은 우리에게 굳센 신뢰의 상징으로 비쳐지고 있다.

그런데 얼마 전 미국의 쇠고기 생산과 관련된 현지의 촬영 동영상은 우리의 신뢰를 한껏 비웃고 있었다. 소를 살찌우기 위하여 전혀 운동할 수 없도록 가두어 놓고, 도살하는 장면은 취재했던 기자의 말대로 지옥을 방불하게 하는 것이었다. 미국이라면 넓은 초원에 한가로이 소를 방목하고, 청결하게 도살할 것이라는 믿음은 여지없이 깨지고 말았다. 그런 비인간적인 상황이 알려지지 않고 날마다 미국인의 주식인 햄버거의 주원료로 도살된 쇠고기가 공급되는 것은 협회의 로비 때문이라는 충격적인 사실도 보도되었다. 우리나라에서 쇠고기의 무게를 늘리겠다고 도살하기 전에 물을 먹이는 것쯤은 이런 미국의 실상과 비교할 때, 귀여운 애교처럼 보아줄 수 있을 것이다.

아마도 미국의 쇠고기 수입에 대한 부정적 여론도 많이 나타나겠지만, 그러나 미국의 물량과 명품에 대한 기호는 여전히 계속될 것이다. 한미 자유 무역 협정이 진행되면서 미국은 의약품의 개방을 거세게 요구하고 있다. 아마도 우리들의 외국산 제품에 대한 맹목적 신뢰를 미국은 잘 알고 있을 것이다. 그러노라면 우리의 김치나 인삼, 그리고 우황청심환까지도 미국의 것이라야 믿을 만한 것이라는 시대가 올까 두렵다.

과거의 것이라고 다 좋은 것은 아니지만, 시대를 뛰어넘어 이룩해 놓은 신뢰 구축은 반드시 회복되어야 할 가치라고 생각한다. 믿을 수 있는 명품 우황청심환을 통하여 얻을 수 있었던 중국인들의 확고한 신뢰를, 이제는 모든 한국산 제품으로 확대하여 믿을 수 있는 나라, 믿을 수 있는 사람들로 각인시키는 것이 반드시 이룰 수 없는 꿈은 아닐 것이다. (南溪)

# 출제장의 수험생들

## 1. 수학능력시험이란 무엇인가

해마다 대학의 입학은 있고, 이들을 선발하는 시험도 또한 연례행사처럼 있다. 참 오랫동안 갈고 닦아온 역량을 어느 한 날 전국적으로 동시에 모여 측정하고, 이를 대학의 선발에 반영하는 제도가 현재의 수학능력시험이다. 그것은 모든 것을 초월하는 위치에 있다. 그런데도 거기에 대하여 어떤 문제의 제기나 의문도 품지 않는다. 그것에 대하여 의문을 품느니 차라리 그 정열을 시험의 좋은 점수 받는 데 바치는 것이 현명하다는 것을 누구나 아는 것처럼 보이기도 한다.

우리 나라에서 대학이란 단순히 학문하는 곳 이상이다. 상아탑(象牙塔)만으로도 설명되지 않는다. 어느 대학교의 어느 학과를 나왔는가는 그 사람의 인생을 좌우한다고 해서 과언이 아니다. 이것이 옳은가 그른가는 별개의 문제이다. 이것은 분명한 현실이기 때문이다. 죽어라 공부했는데도, 그날 갑자기 복통(腹痛)이 난다면 그것은 어디 가서 만회(挽回)할 길이 없다.

어디 이런 일만 있는가? 우리 주위에는 줄 잘못 서서, 좀 미리 태어나서, 그리고 누구의 자식으로 태어나서, 더 나아가 어느 지역에서 태어났다는 이유로 얼마나 많은 피해를 천형(天刑)처럼 받고 살아야 하는가? 뇌물을 횡령하고, 부정하고, 이런 정신적 황량함이 얼마나 비일비재(非一非再)한가? 이런 일 앞에서도 우리는 그저 침묵하는 것이 예사이다.

그런데 전국적으로 동시에 실시되는 이 수험장에서만은 모든 것이 평등하다. 무서울 정도의 절대 평등이 실시되는 곳, 그러니 그까짓 배가 아파 시험을 못 봤다고 어디 가서 하소연할 수 있겠는가? 그런 사람은 한국에서 살기에는 너무 연약한 사람이라 하여 치지도외(置之度外)할지도 모른다. 여기서는 시험 당일 아프면 자기 몸 관리 하나 못한 사람이라 하여 따돌림이나 당할지 모른다.

마음대로 아프지도 못하게 하는 시험. 그것 만인가? 듣기 시험에 지장을 준다 하여 언어영역과 외국어 영역의 듣기 시간에는 비행기의 운행도 자제해야 한다. 수학능력시험이 맨 처음 실시되던 해에는 한 해에 두 번 시험을 보았다. 두 번 본 것 중에서 더 나은 것을 자기 점수로 할 수도 있고, 또 그 운명과 같은 시험일에 아차 하여 시험 보지 못한 학생에게 다시 기회를 준다는 이유였다. 대단히 합리적인 생각에서 출발한 것이었지만, 그것은 첫 해만으로 끝났다. 두 시험의 수준을 같이 한다는 것은 거의 불가능한 일이었기 때문이다.

하여튼 첫해의 1회 시험은 한 여름에 치러졌고, 그 때 출제장소에 있던 사람들은 밖의 사정을 신문으로 보면서 야, 너무 한다 싶은 기사를 보았다. 그것은 듣기 시험에 방해가 된다 하여 나무의 매미를 쫓거나, 앉지 못하도록 살충제를 뿌린다는 보도였기 때문이다. 그러나 나중에 관심을 가지고 들어보니 정말로 매미 울음소리는 듣기 시험을 치를 수 없을 정도라는 것을 알게 되었다. 매미를 위해서도 시험이 11월로 고정된 것은 참 다행한 일이었다. 그렇게 대학의 입학과 관련되는 시험은 전 국민의 초미(焦眉)의 관심사인 것이다. 누구도 거기에서 예외가 될 수 없었고, 그러니 시험을 잘 보겠다는 노력 앞에서는 누구도 입을 다물 수밖에 없는 것이다.


## 2. 출제장소의 명(明)과 암(暗)

이 엄청난 관심 속에서 치러지는 것이 수학능력시험인데, 이 시험의 핵심적인 것은 문제(問題)이다. 수험생들은 결국 출제된 문제지를 잘 풀기 위하여 고사장에 나온 것이다. 그 문제지가 미리 알려진다면, 그것은 엄청난 재앙일 것이다. 실제로 수학능력시험의 전 형태인 학력고사의 마지막 해, 문제가 유출된 일이 있었다. 시험 보러 간 수험생들은 고사장 문에서 참 황당한 공고문을 접해야 했다. 사상 초유(史上初有)로 시험 일자가 연기되었던 것이다. 엄청난 국력이 낭비되는 순간이었고, 이것은 당연히 당시의 주무 장관까지도 물러나게 했다. 따라서 누구도 시험 당일까지 이 시험지를 대할 수 없도록 철저히 봉쇄되어 있는 것이다.

그런데 이 핵폭탄같은 시험지를 항상 끼고 있고, 다듬는 사람들이 있다. 출제위원들이 바로 그들이다. 그럴 수밖에 없는 것이 그 문제지는 바로 출제위원이 제작하는 것이기 때문이다. 출제위원들은 한 달여를 출제 장소에 감금되어 있다. 정해진 영역 안에서야 마음껏 자유롭지만, 그 밖은 그저 쳐다보는 곳일 뿐이다. 그들에게 한없는 자유가 부여되는 것은 출제에 관한 사항뿐이다.

외부에서 오는 연락에 대하여 자신의 의사를 표현하는 것은 거의 봉쇄되어 있다. 사랑하는 아이의 생일에 축하한다고 전해달라는 쪽지를 몇 단계의 절차를 거쳐 전달하는 경우가 있다. 그리고 다시 몇 단계의 절차를 거쳐 전달된 것은 "전화 잘 받았다고 합니다."일 뿐이다. 친상 (親喪)일 경우만 겨우 외출이 되는데, 어찌할 것인가. 경찰관(警察官) 의 입회 아래 나가서 누구와도 말을 못하고 그냥 절만 하고 돌아서야만 한다. 간호사도 같이 들어가 있어 간단한 건강 점검은 가능하지만, 간 호사로 해결될 수 없다면 또 경찰관의 호송을 받으며 병원에 가기 마련 이다. 속 모르는 사람들은 참 중죄인(重罪人)이라고 할 것이다. 어쩌다 아는 사람을 만나 그 사람은 자꾸 묻는데 아무 대답도 못하니, 밖에 나 와 보면 엄청난 죄 저질렀는가보다고 소문이 무성하게 나는 경우도 있 다.

이 막혀 있는 장소에서의 즐거움이란 참 오랜만에 자연을 제대로 바 라볼 수 있다는 점일 것이다. 시내에서 멀리 떨어진 외곽의 한 콘도가 출제 장소로 정해지면, 출제위원들은 창 밖을 쳐다보며 10월의 산과 들, 그리고 11월의 산과 들이 변화하는 모습을 본다. 언제 자연을 그렇 게 주의깊게 바라볼 여유가 있었는가. 처음 들어갈 때는 이제 막 단풍 으로 단장을 시작하는 모습이었는데, 참 자연은 오묘한 것이어서 하루 하루 바뀌는 것이 바라보는 자에겐 참 신기할 정도로 잘 보이는 것이 다. 그러다가 나올 때는 그 무성하던 잎을 다 떨구고 앙상한 가지만 남 아 있는 산을 보게 마련이다. 심지어는 눈이 날리기도 한다. 이상하게 도 시험일은 항상 춥다. 그래서 오후의 외국어 시험이 끝나면서 출제 장소를 빠져 나오는 출제위원들은 준비해 간 두툼한 겨울옷을 입고 있 기 마련이다. 한 달여 동안의 칩거이니 오랜 기간 외국을 갔다오는 것 처럼 커다란 가방을 끌면서.

## 3. 출제위원은 누구인가

밖을 바라보되 전혀 자신의 의사를 표현할 수 없는 곳, 그 곳을 출제위원들은 스스로의 발로 걸어 들어간다. 맨 먼저 출제위원장이 위촉된다. 누구나 보았을 것이다. 시험일 아침 1교시가 시작되면서 참 어울리지 않는 헐렁한 옷을 입고 티브이에 나와 이번의 출제는 어떻게 했다고, 그리고 어디에 중점을 두었다고, 그리고 출제위원들은 그 결과에 대하여 이런 예상을 하고 있다고 말하는 사람, 그래서 각 신문마다 어김없이 사진과 함께 현장에서의 후끈후끈한 소식을 맨 먼저 전할 수 있게 하는 사람, 맨 먼저 위촉되어 출제의 전 과정을 책임지고 그 긴 기간 동고동락(同苦同樂)하며 지냈다가 시험의 모든 것을 알고서도 유일하게 외부로의 출입이 허가된 사람, 그가 출제위원장이다. 그 기자 회견에 참석하기 위해서 출제 장소를 떠나는 것은 아직 시험이 시작되기 전인 새벽이다. 출제 장소의 모든 비밀을 알고 있기에, 그는 얼마나 핵폭탄같은 존재인가. 일찍 배웅하기 위해 깨어 있던 출제위원들은 위원장이 탄 차의 앞과 뒤에서 비상등을 켜고 경호하며 가던 경찰차의 뒷모습을 물끄러미 바라보곤 했다.

출제위원장은 각 영역 부위원장을 선택하고 연락한다. 그리고 부위원장들은 본격적으로 출제를 담당할 위원들의 섭외에 들어간다. 특별한 일이 없는 한, 한번 위촉되면 참 거절하지 못하는 것이 우리들의 성격인 것 같다. 얼마나 힘든 일이라는 것을 알면서도 자신이 선택되었다는 사실, 그리고 자신의 현재를 가능하게 한 사회에 기꺼이 봉사해야 한다는 책무 때문에 참 어려운 결정을 내리곤 한다. 그 연락 앞에서 잠시 고민을 해 보지만, 그것이 얼마나 힘든 것이라는 것, 그리고 한 달 동안 이 바쁜 현실에서 증발(蒸發)해야 한다는 것 다 알지만, 그러나 국가적인 일에 참여한다는 사명감 때문에 누군들 이를 거부하겠는가? 더구나 전국의 대학 교수 중에 이에 합당한 사람으로 이미 사전 조사가 되어 있고 선택한 뒤에 연락하는 것이니, 이에서 자유롭기는 상당히 어려운 일이다. 그렇게 그들은 스스로의 결단에 의하여 지정 장소에 어김없이 도착하고, 그리고 다시는 나오지 못할 것 같은 문을 들어서는 것이다. 밖에서 무슨 일이 벌어질 것인가? 나 없이도 가정은 아무 일 없을 것인가? 얼마나 많은 일들이 있지만, 누구에게도 상의할 수 없는 고독한 결단을 내리고 그 문을 들어서는 것이다.

그러나 들어서는 것만으로 모든 것 해결되는 것은 아니다. 정작 피를 말리는 작업이 시작되는 것은 출제로부터 시작된다. 엄청난 사명감으로 현장에 도착하였지만, 그리고 일상적으로 자기 분야와 관련되는 일과 접하고 있었지만, 그리고 수없이 가르치고 논문으로 써서 마치 손에 잘 맞는 도구 같았지만, 그러나 출제는 또 다른 것이었다. 인쇄에 소요되는 기간 등을 감안하여 들어가는 순간부터 바로 배당된 분야의 문제를 출제하느라 끙끙대며 밤을 꼬박 새워야 한다. 출제에 사용할 서적들을 산더미처럼 쌓아놓고. 누구 하나 자신의 역할을 대신하여 주지 않는다.

대학에서야 자신이 낸 문제에 대하여 얼마든지 다시 설명하고, 그리고 자신의 전공에 대하여 유권 해석을 할 수 있지만, 여기서는 전혀 그것이 통하지 않는다. 각 대학에서 모인 교수들 앞에서 각각의 출제위원들은 자신이 제작한 문제를 저 스크린 위에 떠어 놓는다. 스크린에 떠 있는 자신의 문제를 놓고 난상 토론이 벌어진다. 30여 개의 눈이 불을 켜고 조금의 티라도 찾아내려고 애를 쓴다. 문장의 오류야 바로 고칠 수 있지만, 기껏 골라 만들어 놓은 지문 자체가 안되겠다 결론 지어지면 어찌할 것인가? 만들어진 문제는 검토도 하지 않고 폐기될 수밖에. 이 지옥같은 과정을 한 번쯤 거치는 것은 이 집단에 참례하는 신고식처럼 당연한 행사이다.


## 4. 바라보는 사람들

바라보는 각각의 눈은 수험생(受驗生)의 눈이기도 하고, 상이용사(傷痍勇士)의 눈이기도 하고, 그리고 장애인(障碍人)의 눈이기도 하다. 나아가 세계인의 눈이고, 여성의 눈이고, 종교인의 눈이고, 전공자의 눈이기도 하다. "이것은 수험생의 수준에 맞지 않는 글이다." "나라 위해 목숨을 바친 군인을 제대로 대접하지 않은 글이다." "장애인의 고통을 헤아리지 않았다." "국수주의적(國粹主義的)인 색채가 농후하다." "남녀 평등에 위배된다." "특정 종교에 대한 폄하(貶下)나 찬양이 드러난다." "오류인 내용이 들어 있다." 지문의 내용에 대하여 각각의 견제가 들어오면, 출제자는 "알았습니다." 하고 내릴 수밖에 없다. 거기에 대하여 더 설명하려고 하면, 당연히 튀어나오는 말, "수험장에 일일이 돌아다니면서 설명하겠습니까?" 어찌할 것인가? 분명한 것은 이 말들이 모두 출제자의 것이라는 점이다. 자신의 것도 그렇게 비판될 것을 뻔히 알면서, 참 용감하게 그들은 이리저리 문제점을 발견하느라 여념이 없다. 이런 과정을 거치기 때문에 완성된 문제는 사실 개인의 것이 아니다. 거기에 참여한 모두의 피와 땀의 결정체인 것이다.

인쇄의 기일이 잡혀 있어 마냥 출제만을 할 수는 없는데, 문제는 완성되지 않고, 참 미칠 것 같은 상황이 계속된다. 그러나 그렇게 고민할 여유도 없다. 긴 밤을 꼬박 새며 스크린을 바라보고, 완성을 향해 나가야 하는 것이다. 그래서 참여한 모든 사람의 동의가 있어야, 그것은 문장을 다듬는 다음의 단계로 넘어간다. 다 지나갔다고 생각한 문제에 대하여 누군가가 다시 문제점을 제기하면 그것은 다시 스크린 위에 올려져야 한다. 차라리 처음에 내렸더라면 좋았을 것을. 거의 막판에 안되겠다 하여 내리게 되면 누군들 차라리 어디로 사라지고 싶은 마음이 들지 않겠는가! 자신의 방에서 망연히 밖에 흐르는 강물을 바라보며 뛰어내리고 싶은 충동마저 느끼는 사람들도 있다. 다 큰 성인들이 훌쩍거리고 울 수는 없지만, 그리고 운다고 해결될 일도 아니지만, 참 답답한 일이 순간순간 계속되는 것이다. 그러니 모두는 인쇄소 넘어가기 전까지 문제를 들고 이리저리 재면서 다듬게 마련이다. 자신의 방에 가서도 잠 못 이루고, 다시 객관적인 위치에서 문제를 바라보고 또 바라본다. 그렇게 모두의 손을 거친 규정된 문제가 완성된다.

그것만으로 끝나는가? 2차에 걸쳐 직접 현장에서 수험생들을 가르치는 고등학교 선생님들이 짐을 싸고 합류하게 된다. 대학 교수들이 언제 시중에 나온 문제지, 학습서를 본 일이 있는가? 선생님들은 기존의 학습서에 출제된 문제와 유사한 것은 없는지 검토하기 시작한다. 대체로 한정된 자료를 보며 출제할 때, 비슷한 문제를 내는 것은 당연한 일이 아니겠는가? 그래서 고생하여 만든 문제가 어느 문제집의 것과 비슷하다는 지적이 제기되는 것은 어쩌면 당연한 일인지도 모른다. 문제가 제기되면 다시 전원이 둘러앉아 교체할 것인가, 아니면 약간의 수정을 할 것인가를 결정해야 한다. 그 문제를 출제했던 위원은 다시 고통의 길로 들어선다. 언어영역의 경우 지문을 바꿔야 하는 경우도 있어서, 참 어려운 결단의 시간이기도 하다. 대체로는 출제 위원 자신이 내리겠노라 하고 그 문제를 다시 들고 가는 것이 일반적이다. 이렇게 낸 문제는 다시 처음부터 재검토가 이루어진다.

각 영역에서 이루어진 문제는 이제 최종적으로 전 영역의 출제 위원이 모인 자리에서 검토를 받는다. 각 영역의 부위원장은 모든 출제위원이 모인 자리에서 각각의 문제를 스크린에 올리고, 출제위원들의 질문에 대답한다. 그리고 여기서 또 많은 문제는 교체(交替)를 요구받는다. 다른 영역의 출제위원들은 너무 익숙한 것이라서 놓쳤던 부분을 잘도 지적한다. 외국어 영역, 사회영역, 과학영역, 그리고 수학영역의 위원들까지 참 얄밉게도 문제점을 지적하여 문제를 손질하게 한다. 그것이 고마워서 지적받은 영역에서는 지적한 영역에게 사례하겠노라 약속한다. 참 이 출제 기간동안 공식적으로는 전혀 술을 마실 수 없으니, 다음을 기약할 수밖에 없다. 그렇게 해서 인쇄소에 넘길 최종본 문제지가 완성된다.


## 5. 시험없는 세상을 위하여

출제 장소에는 출제위원만 있는 것이 아니다. 출제 업무를 지원할 수많은 인원이 출제위원과 같이 감금되어 이 기간을 보내야 한다. 전산입력요원, 경비요원, 행정요원, 그리고 식사를 담당하는 분들까지 참 꼼짝없이 출제지에 운명을 걸고 영어(囹圄)의 나날을 보내는 것이다. 이들 모두의 바람은 좋은 문제가 탄생하여 아무 사고없이 진행되는 것에 있을 뿐이다. 누구 하나의 삐끗한 잘못이 있으면, 모든 것은 와르르 무너지는 것이다. 이 긴 기간 엄청난 스트레스에 휘말려 모두는 신경이 다발다발 서게 마련이다. 조금만 손을 대도 금방 터지는 풍선처럼 모두의 정신 상태는 간 곳 모르게 솟아 있는 것이다. 아침마다 뛸 수 있도록 운동 장소도 마련하고, 간단한 운동 기구도 있어 이를 해소하고자 하지만, 결국 모든 것은 스스로의 문제일 것이다. 그야말로 수도승처럼 인내심을 발휘하고, 타인의 어려움을 헤아려 주면서 공동 생활을 영위하는 것이다.

전산요원들의 입력으로 최종 원안이 만들어지면, 이제 문제지는 출제위원의 손을 떠나 인쇄소로 간다. 자식을 떠나 보내는 부모의 마음이 이럴 것이다. 휴우 한숨쉬며 홀가분하지만, 한편으로 혹 잘못이나 생기지 않을까 얼마나 걱정하겠는가? 최종적으로 인쇄소에 가서 확인하는 절차가 남아 있지만, 사실은 여기서 모든 것은 끝나기 때문이다. 그러니 보내고 나서도 잠 못 이루고 문제지를 들여다보는 것이다. 문제지를 태운 차량은 경찰의 호송을 받으며 어두운 밤길을 달릴 것이다. 누구도 거기에 따라가지 못하고, 이제 출제위원들은 출제 때문이 아니라 보안을 위하여 시험일까지 그 자리에서 꼼짝하지 않고 기다려야 하는 것이다.

시험은 누구나 치르기 싫어한다. 자신을 평가받는 것만큼 어려운 일이 없기 때문이다. 자신의 선택이 과연 올바른 것인지에 대하여 자신있게 답할 사람은 어디에도 없을 것이다. 출제자의 의도를 알고, 그에 합당한 답을 한다는 것은 그야말로 자신의 총체적 경험을 바탕으로 이루어지는 일인 것이다. 불경스러운 일이지만, 그래서 예수께서도 '시험에 들지 말게' 해달라고 기도하지 않았던가! 이 어려운 시험을 출제하는 사람들은 그래서 농담처럼 전부 지옥에 갈 것이라고 했다. 지옥에 가서 어떤 형벌을 당할 것인가? 그 답은 만들어 두었다. 아마도 계속하여 시험을 보는 형벌을 당할 것이다.

그러니 시험이 없는 세상이 오면 참 좋을 것이다. 그러나 우리 인류의 역사상 시험은 처음부터 있었고, 지금도 있고, 그리고 인류가 이 지구상에 존재하는 한 영원히 있을 것이다. 선택과 배제의 원리는 영원한 것이니까. 사정이 이렇다면 시험의 출제라는 부담을 안아야 할 출제위원도 항상 있을 수밖에 없을 것이다. 공적인 일의 중요성을 알고, 자신의 그 소중한 사생활(私生活)을 스스럼없이 포기하는 사람들, 그리고 자신에게 부과된 사명감에 불타 잠 못 이루는 사람들이 있어, 시험은 그렇게 큰 일 없이 지나가고 있다. 출제 장소 안에서 수험생보다 훨씬 더 긴 시험을 보는 출제위원들이 있어 그것은 가능한 것이었다. (南溪)

# 두 주먹 불끈 쥐고

　지난 것은 모두 아름다워 보인다. 아마도 고난의 것, 아픔의 것은 기억의 저편으로 잠기고, 아름다운 것, 가치있다고 생각하는 것만이 기억의 위편으로 부상하는 것일까. 과거의 것을 아름답게만 생각하는 이런 망각이 있기에 우리의 삶은 또 그렇게 유지되는 것이라는 생각을 하기도 한다.

　그러나 과연 그러한가? 과거의 것은 모두 그렇게 아름답게 채색되어 있는 것인가? 그것은 좀 구별되어져야 할 것 같다. 배움의 시절, 그래서 아직은 완성된 정형의 시기가 아니었을 때, 그 모든 것은 완성을 향한 과정이기에 아름다워 보이는 것이 아닐까? 이미 정형화된 시기의 것들은 이상하게도 아름다운 것만으로 점철되는 것은 아닌 것 같다. 이성과의 만남이 결혼으로 귀결되었을 때, 그 외의 숱한 만남은 왜 그렇게도 진한 보랏빛으로 치장되는 것일까? 사실은 그렇지 않은 것인데, 그렇게도 환상처럼 떠오르는 것이다. 그러나 아, 결혼 후에 그 실체와 만났을 때, 그것은 얼마나 추회의 대상으로 남는 것인가! 그러니 과거는 다만 과정으로서의 의미를 지니는 것으로 한정되어야 한다는 것이 나의 생각이다.

특히 직업에 관한 한 나의 보랏빛 과거는 상당히 일찍 끝났다. 재학 중에 군 복무를 하였다고는 하지만, 학부를 마치고 바로 고등학교의 교사로 부임하였기 때문이다. 임시교사였지만, 그 많은 시간을 학생들과 부대끼며 나의 정체성을 확인하려는 고난의 시간이 사실은 별 준비도 되어 있지 않은 나에게 밀어닥쳤다. 공식적인 경험이라곤 학부 시절의 그 고된 연속으로 기억되던 교생 실습 – 교사란 정말 도전해 볼 가치가 있는 것이라는 다짐을 하게 하였던 고된 국민학교와 중학교의 실습 – 이 전부인데. 그나마 사명감을 가지게 한 것이 그 실습 기간이긴 하였지만, 그것은 또 실제의 교사 기간은 아니지 않는가. 그러나 지금도 나는 모든 실습이란 엄하고 혹독해야 한다고 생각한다. 그러한 고통과 번민이 충분히 가치있는 일이라는 생각을 갖게 할 수만 있다면.

더구나 대학원 과정과 겹친 생활이었기에, 끊임없는 대학원의 과제로 나의 하루는 그렇게 풍족한 것이 아니었다. 지금 생각하면 더 규모 있게 살 수도 있었을 텐데, 나의 짧은 시간을 학생들에게서 보상받으려는 것은 얼마나 어리석은 일인가. 수업을 듣는 학생들에게 얼마나 많은 짜증과 부담을 주었는지, 생각하면 학생들은 나의 성숙하지 못함을 참아주었는지도 모른다. 선생으로서의 여유는 고사하고, 인간으로서 지녀야 할 덕목마저도 소홀히 하였다는 죄책감은 사실 그 기간이 끝난 뒤 계속 나를 따라다니던 업보와 같은 것이었다. 자신의 노력으로 극복될 수 있었던 것인데도 조급하여 매를 들고, 말로 몰아치고 – . 생각하면 얼마나 부끄러운 나날이었던가!

그러나 그것 또한 하나의 과정이었기에, 그런 것까지도 열정적인 삶의 한 기간으로 치부하며 자위하곤 한다. 그 치졸함을 위무할 수 있는 복판에는 한 선배 교사의 족적이 있었기에, 그마저도 가능한 것이었다. 내가 처음 그 학교의 교무실에서 인사를 드렸을 때, 그는 나를 예리한 눈빛으로 노려보고 있었다. 그의 눈빛을 따라 나는 교정에 비치는 하늘의 파란 물감 속을 헤엄쳤고, 당연히 그가 이끄는 무리에 합류할 수밖에 없었다. 일당들은 많은 시간을 학교 부근의 술집에서 토론으로 보냈고, 그리고 영어 교사였던 그의 신혼 집에서 그 때의 약한 몸으로는 견디기 어려웠던 독한 양주를 퍼마시고 곯아 떨어지는 일이 비일비재였다. 일당을 책임지며 그는 대장으로 군림하고 있었다. 나와는 10여세를 격한 선배 교사였지만, 그는 우리보다 더 젊었고, 또 젊게 행동하였다. 그는 결혼도 불혹의 나이에 가까워서야 하였으니, 실제로 젊을 수밖에 없는 상황이기도 하였다.

우리는 자연스럽게 다른 무리와 자신들을 구별시켰고, 또 그것은 무언가 관습과 타성으로만 접근하였던 학교 당국의 행정에서 볼 때는 신선한 충격이기도 하였다. 주로 교장선생님은 우리를 편들었고, 교감선생님과 학생주임선생님은 또 얼마나 우리를 못마땅해 하였는지. 밤 늦게까지 술을 마시고, 또 열띤 이야기가 오가고, 그래서 우리는 학교 주변에 있던 술집의 참 귀한 고객이었다. 또 수업없는 날 아침엔 늦기도 하고, 또 결근도 하여 규칙적인 생활로 모범을 보여야 한다고 생각했던 선생님들에겐 그야말로 천방지축 날뛰는 망아지로 보였음직하다. 나중에 들은 얘기지만, 좀 주의를 주라는 말에 교장선생님께서는 밤늦게까지 교재 공부 하다 보면 늦을 수도 있는 것 아니냐 하였다고 한다. 그래서 가끔은 결근해야 교재 준비 열심히 한 교사일 수 있겠다는 말도 퍼지게 되었다. 교장선생님은 얼마 전 돌아가셨는데, 나쁘게 보면 한없이 질책할 수 있는 우리에게 잘 울타리 되어 주셨다. 그리고 더한 것은 아, 대장과 미쓰 유의 결혼식에서 주례를 서 주셨다는 점이다. 미쓰 유는 대장이 그녀에게 부르는 호칭이어서 단순히 당신을 가리키는 말인 줄 알았지만, 그녀의 성이 또 류씨였다. 왜 독일에서도 가까운 사이에선 두(Du)라고 하지 않는가? 그렇게 상당히도 가까웠던 그녀와 대장 사이에는 벌써 대학에 다니는 아들과 딸이 있다. 그런데도 그들은 아직 유와 당신 사이를 오가며 철없는 모습을 보이고 있다.

　대장으로 군림하던 그의 모습은 나의 기억 속에 많이 남아 있다. 때로는 우리의 비판을 받으며, 또 때로는 대장의 권위를 인정받을 수 있는 당연한 모습으로. 그 중 하나는 웃기게도 그가 담임을 맡았던 고3의 한 교실에서 급훈을 보았을 때였다. 가운데 태극기가 있고, 왼쪽에는 교훈이 있고, 오른쪽에는 급훈이 있지 않은가. 그 급훈에는 '두 주먹 불끈 쥐고'라는 글이 선명하게 쓰여 있었다. 그 급훈같지도 않은 글을 보면서 처음에는 웃음이 났지만, 그것이 그 시대를 살아가야만 했던 우리의 처절한 외침이라는 점을 알고는 괜히 눈물이 글썽거렸던 기억을 잊을 수 없다. '두 주먹 불끈 쥐지' 않고서는 우리가 어떻게 그 힘든 시절을 보낼 수 있었겠는가. 지방에서 올라온 가난한 군상들 - 유일하게 미군 작업복 사다 염색하여 사철 입던 참 추웠던 시절. 누구 하나 예외없던 아픔 속에서 살아남을 수 있었던 것은 그런 독함 말고 무엇이 있었겠는가. 이런 아픔이 있었기에, 우리는 일당 중 하나의 문제가 있으면, 같이 해결하느라 깊은 밤을 보내고 그리고는 미친 듯 취하여 운동장을 포효하며 질주하곤 하였었다. 지금 생각하면 이것이 꼭 공후인설화에서 물에 빠져 들었던 머리 하얀 늙은이와 왜 그리 닮았던가. 붙잡을 수 없는 무언가에 홀린 듯 우리는 그냥 질주하곤 하였었다. 그 아픔을 '두 주먹 불끈 쥐고'는 가슴을 후비면서 환기시켜 주었던 것이다.

　일당들은 방학이면 으레 설악을 등반하였었다. 추운 겨울이거나, 아니면 더운 여름이거나, 대장은 의연히 앞장서고, 우리는 그 뒤를 줄줄 따라가면서 자신이 일당의 하나임을 확인하곤 하였다. 남교리에서 시작하여 십이선녀탕의 막탕, 그리고 대승령과 귀때기청봉, 소청을 지나 드디어는 대청의 정상에 우뚝 설 때까지 우리는 그의 지시 하나하나에 얼마나 순종하였던가. 이틀 정도 물이 없는 기간을 지나며 그의 허락 없이는 물 한 번 제대로 머금지 못했던 숨막힘. 그것은 사고를 예방해야 하는 대장의 책무이기도 했을 것이다. 어느 해 그런데, 지금은 홍익대에 있는 선배와 나는 어쩔 수 없는 반항을 했고, 그것 때문에 우리는 산행의 종착지인 화진포의 밤을 꼬박 새며 서로의 잘못을 밝히는 논쟁을 벌여야 했다. 그것은 대청에서 내려와 민가의 술집과 만나는 희운각에서의 의견 충돌 때문이었다. 오랜 동안 산속에서 지내던 우리는 사람과 맞부딪치는 이 장소에서 술로 목을 적시고 싶었고, 대장은 내려가는 길이 험하니 더 참자는 것이었다. 술을 마시는 우리를 두고 대장은 떠났고, 우리는 그들을 찾으려 허둥대야만 했었다. 그런데 그렇게 힘들게 일행을 찾았을 때, 대장은 비선대 가까운 곳에서 시원하게 물에 몸을 담그고 있었다. 아, 그 배신감이란. 사실은 소소한 문제였지만, 그것은 점점 큰 문제로 번져 갔다. 우리 사는 일에 무슨 3차대전 일어날 큰 일이 있겠는가. 작은 일이 점점 큰 일로 비화되는 것 아니겠는가. 일당을 책임지는 대장으로서의 포용력이 거론되었고, 그리고 우리는 이제 그렇게 '두 주먹 불끈 쥐고' 사는 시대를 지속해서는 안된다는 것을 분명히 확인하여야 했다. 나의 눈에는 자신을 버티게 했던 굳센 이념이 무너지는 아픔을 대장은 견디지 못하는 것 같아 보였다. 그러나 어쩌랴. 그런 각박한 인식은 사라져야 하는 것을. 그 사건 이후 나는 더 이상 나의 방식대로 강요하던 것을 멈추었다. 학생에 대한 체벌도 버려야 할 것으로 생각했고, 나는 그 이전의 나와는 많이도 달라졌다는 느낌을 지울 수가 없었다.

학생들과의 만남이 전제될 때, 나의 지난 생활과 이념이 강요되지 않아야 한다는 사실은 그렇게 나에게 각인되었다. 지금은 방송대에 있는 대장도 벌써 '두 주먹 불끈 주고' 뛰어야 했던 아픈 시절은 멀리 보냈을 것이다. 그 아픔은 우리의 것이어야 할 뿐, 후세들은 우리처럼 그렇게 살지는 말아야 하기 때문이다. 그들은 구김살없이 환한 길을 넉넉하게 나아갔으면 하는 것이 우리의 마음이고, 더 바란다면 우리는 여러 가지 이유에서 하지 못했던 것이지만 넉넉한 마음으로 자신보다 못한 사람들을 끌어안고 더불어 살 수 있는 여유를 가졌으면 - . 이제 정말 '두 주먹 불끈 쥐고' 이를 앙다무는 시절은 다시 오지 않아야 할 것이다.

　오랜 시절 지난 뒤, 우리는 우리만이 아니라 옆에 딸린 예쁜 아내, 그리고 우리의 세대를 물려주고 싶지 않은 사랑하는 아이들과 함께 만날 수 있었다. 이제 우리에게 그 험난한 설악의 능선 주행은 현재의 일이 될 수 없었다. 우리는 부부들이 모여 근교의 작으마한 야산을 오르고, 그리고는 소주 한 잔으로 과거를 회상해야 했다. 우리들 누구에게서도 두 주먹 불끈 쥔 모습은 발견되지 않았다. 그렇지만 어느 순간 대장의 눈만은 처음 교무실에서 나를 맞이했던 것처럼 하늘을 향해 시원하게 열려 있었다. (南溪)

# 쉬운 글, 어려운 글

　전에 김봉군 교수님과 작문교과서를 편찬한 적이 있다. 당시 김 교수님의 <문장기술론>은 전국 대학의 문장론 교과서의 대부 역할을 하고 있던 때였다. 그리고 나 나름으로는 소설쓰기를 통해 문장수업을 제법 했다는 어쭙잖은 자부심 같은 것을 가지고 있었다. 그래서 김 교수님의 제안을 선뜻 수락했다. 그런데 작문이라는 것이, 글쓰기 일반이 그렇듯이 범례를 보여주어야 하는 터라 남의 글을 골라 뽑는 데 시간을 꽤나 들여야 하는 형편이었다. 거기다가 고려 사항이 많기도 했다.

　일반적으로 교과서를 만들다 보면, 쉬운 글을 찾아야 한다는 고착에 시달리게 된다. 이 책을 읽을 학생들의 수준에 맞는 글을 고르는 일이 여간 힘든 게 아니다. 독자의 수준을 고려하자면, 이게 누가 읽을 것인데, 몇 학년 학생이 읽을 글이지, 하면서 글이 쉬워야 한다는 이야기를 염불 외듯 자주 해야 한다. 그런데 의외로 쉽고도 읽을 만한 가치를 지니고 있는 글을 찾기는 지극히 어려운 과제였다.

　교과서뿐만 아니라, 어떤 글이든지, 글이 쉬워야 한다는 이야기를 자주 듣는다. 그런 이야기에는 이따금 의문이 들기도 한다. 예외 없이 당위적으로 그래야 하는가? 생각을 되씹다가 결국, 소설은 재미있어야 한다는 것만큼이나, 글이 쉬워야 한다는 것은 고정관념은 아닐까 하는 데 생각이 이르게 된다.

윤동주는 "쉽게 씌어진 시"에서 이렇게 읊고 있다. "인생은 살기 어렵다는데/ 시가 이렇게 쉽게 씌어지는 것은/ 부끄러운 일이다." 살기 어려운 인생과 쉽게 씌어지는 시를 대립시켜 놓고, 자신이 하는 일을 자성하고 있다. 시가 쉽게 씌어지는 것을 정결(淨潔)한 도덕적 상상력으로 뉘우치고 있는 것이다. 쉽게 이해되는 시를 쓰는 일이 또 그렇게 쉬웠을까? 그렇지 않았으리라. 쉬운 글이라도 과정으로 보면 어렵게 씌어진다. 하물며 시에 있어서랴.

그러나 어려운 글이 모두 가치있는 것은 아니다. '모두'라는 말은 약간 혐오감이 든다. 세상의 모든 모두는 모두가 아니라 '대개'라는 전제를 생략한 것일 뿐이기 때문이다. 글이 쉬워야 한다는 것은 많은 글은, 대개의 글은 같은 한정어를 생략하고, 전칭적 속성을 감추고 있다. 모든 글은 쉬워야 한다는 것처럼 들리고, 여기서 어려운 글을 지탄하는 빌미는 생겨난다.

어려운 글은 사람을 실망하게 한다. 이 필자는 이렇게 어려운 글을 쓸 수 있는데, 나는 그 글을 이해하려고 끙끙대고 있다니 도무지 무어란 말인가? 나보다 월등한 사람 앞에서 주눅드는 게 인간의 상정(常情)이다. 어려운 글을 두고 생기는 열패감은 자신의 비루함으로 돌아온다. 이 나이 먹도록 생각도 해 본 적이 없는 일을, 이렇게 (어려운)글로 쓸 수 있다는 것은 내공이 대단하다는 뜻이 아니고 무엇인가. 그렇게 어려운 글 앞에서는 사람을 주눅들게 마련이다.

어려운 글은 교양적 분리(cultural divide)를 의식화한다. 어려운 글은 대체로 많은 자료를 동원하는데, 이 많은 전거를 어떻게 섭렵하였는가. 첫 장부터 동서고금의 내로라하는 명인 문객들의 이름이 줄줄이 열거되고, 보도 듣도 못하던 책들이 좌악 열좌(列坐)를 하면 그 앞에서 내 초라한 참고서적은 주눅이 든다. 그리고 이 어려운 논리를 어떻게 전개하는가. 논리 용어를 다량 동원하여 개념어를 중심으로 풀어 나가는 글은, 문화자본의 결핍과 문화적 소외를 경험하게 한다. 필자는 아무튼 대단한 사람이고 나로서는 도저히 따라갈 수 없는 인간이다. 나와는 문화의 층이 다른 인간, 감히 올려다보기 어려운 인간으로 부각된다.

한때 난해시(難解詩)라는 것이 있었다. 애매하고 고삽(苦澁)한 어휘를 동원하고 아리송한 논리를 전개하는 시는 가히 비의적 언어의 삼엄한 도열이 아닐 수 없었다. 이에 대한 반성은 쉽고 편하게 읽히는 '신서정시운동'으로 전개되었다. 그러나 그 지속 기간은 짧았다. 극단에서 다른 극단으로 치달아가는 것이기 때문이리라. 극복 대상이 극복할 만한 가치가 있어야 극복 결과 또한 높은 가치를 지니게 된다.

그러나 역설적이게도, 내 경험으로는 삶의 중요한 깨달음은 어려운 글에서 온다. 글이 어렵다는 것은 자세히 읽고, 요약해 보고, 뜻을 곰곰이 생각해야 이해가 되는 글들이다. 그리고 모르는 것은 찾아 보아야 하는 글들이 대부분이다. 글의 풍부함이랄까, 격이랄까 하는 것이 독자를 압도하는 것이 어려운 글의 특징이다. 그러나 어려운 글을 읽다가, 아 그렇구나 하는 깨달음이 올 때, 그것은 다른 일로 대신하기 어려운 환희를 불러온다. 이러한 깨달음은 쉬운 글에서는 냉큼 오지 않는다.

쉬운 글은 싱겁다. 때로는 속았다는 느낌이 든다. 교과서에서 배워서 다 아는 내용을, 그래서 이제는 거기서 벗어나려고 버둥치는 그 고정관념을 왜 되풀이하고 있는가. 이런 글을 안 쓴 사람이 있던가 싶은 그런 진부한 이야기를 줄줄이 늘어놓은 글들은, 길거리에서 나를 쳐다보고 공연히 싱긋 웃음을 지으며 옆을 스치는 사람만큼이나 싱겁다.

싱겁다는 것은 아무 변화가 없고 새로움이 없다는 뜻이기도 하다. 이는 글에서 타기(唾棄)해야 하는 신선함을 장애한다. 그런 글들은 대개 상투어로 장식된다. 글의 진정한 뜻은 상투어를 몰아내고 신선한 감각의 언어를 도입하는 것이다. 언어가 신선하려면 발상이 남달라야 하고, 대상을 바라보는 시각이 독자성을 띠어야 한다. 그런 글을 쓰는 데 어찌 쉬운 글이 되며, 나아가 쉽게 씌어질까.

글이 쉽고 어려움을 따질 때라도 과도한 일반화는 금물이다. 일반 신도를 위한 설법(說法)은 쉬운 말로 알아듣기 용이한 비유를 든다. 그러나 경전을 강론하는 자리에서는 그렇게 쉬운 말로만 전개할 수 없다. 여기서 누구에게 쉽다는 것인가 하는 문제가 제기된다.

글이 어렵다는 데는 필자와 독자 양편의 책임이 따른다. 필자 편에서는 설익은 구상, 불분명한 개념어, 어설픈 비유, 시효가 지난 수사법 등이 글을 어렵게 한다. 잘못 쓴 글은 읽기 어렵거나 읽을 가치가 없다. 독자 편에서는 지식의 부족, 사고의 미숙, 판단의 불명료함 등이 글을 읽기 어렵게 한다. 이런 독자가 읽는 글은 쉬운 글이 있을 턱이 없다. 그렇다면 필자와 독자 양편에서 글의 쉽고 어려움을 일괄할 수 없게 된다.

이야기를 길게 했지만, 우리는 출발점으로 다시 돌아가야 할 듯싶다. 글의 쉽고 어려움이 자명한 판별 기준이 아닌 것은 물론, 이 양분법을 벗어나야 하는 게 아닌가. 어려운 글과 쉬운 글을 구분하는 데 골몰(汨沒)할 일이 아니다. 글의 가치가 문제이다. 그런데 가치는 좋고 나쁨으로 양분되는 것이 아니라, 누구에게 왜 가치가 있는가, 그리고 그것은 공적인 의미를 띨 수 있는 것인가 하는 식으로 물어야 한다.

대개 글들은 공들여 새겨보고 다양한 맥락에서 해석해야 제 뜻이 살아난다. 이렇게 하기 위해서는 글이 쉽지만 뜻은 웅숭깊은 것이라야 한다. 표현은 평이하되 깨달음은 깊은 글이라야 한다. 이는 어쩌면 최고의 수준을 넘어선 글이라야 도달할 수 있는 경지라서, 내공이 쌓여야 넘볼 수 있는 경계이다. 독자 또한 그렇게 읽을 수 있는 독서력이 갖추어져야 한다.

남이 도달하지 못한 사유에 이르기 위해서는 도구로서의 사유가 간단하거나 뜻이 명백할 수 없다. 연원을 따지고, 계보를 확인해야 하며 기본의미를 재확인해야 한다. 기존의 사유를 깨부수고 다시 건설하는 혁명적 사유를 해야 한다. 그런 자세로 글을 읽어야 쉬운 글과 어려운 글의 경계를 벗어나 인간에게 글이란 무엇인가, 나에게 이 글은 왜 의미가 있는가 하고 따져보고 글의 가치를 새로이 획정(劃定)할 수 있게 된다.

글을 쓰는 것은 '편견과 오만'에서 벗어나 정신적 자유를 추구하는 일이다. 김 교수님의 글을 읽은 지 오래 되었다. 인간의 영성을 발굴해 내는 것이 이 시대 문학의 사명이라던 글은 쉽고도 의미깊은 울림을 주었던 것으로 기억된다. 자유를 추구하되 공감을 이끌어내는 글로 김 교수님께 답을 드리고 싶었는데 아직도 그러한 기회를 만들지 못하고 있어 아쉽기 그지없다. 언제 그런 '좋은 글'을 쓸 수 있을는지. (于空)

# 발치록(拔齒錄) - 배비장의 선물

어금니 아끼듯 한다는 말이 있다. 삭은니 아끼듯 한다고도 한다. 그런데 어금니 하나가 말썽을 부리기 시작했다. 치과의사가 진작부터 빼자고 하는 것을 요리 조리 핑계를 대고 이유를 만들어 미루어 오기를 두 해가 되었다. 잇몸이 붓고 피가 나기도 하고 해서 치과 신세를 져야 하는 일이 잦아졌다. 제발 빼지만 말자고 하면서.

치과의사 본인도 내가 왜 이 뽑기를 망설이는지 짐작을 하기는 했을 것이다. 최근에 임플란트 전문 학위를 받은 박사님이라서, 그냥 보존해도 견딜 수 있는 것을 사업상 그런 권유를 하는 것은 아닌가 하는 생각이 들기도 하였다. 그래서 다른 치과에 가서는, 이 뽑자는 이야기 하지 않기로 하고 치료를 부탁하고 몇 차례 드나들었다. 그렇게 해 보자, 다만 이의 한 쪽을 잘라내고 나머지만 살리는 방향으로 해 보자 했다. 치료를 시작해서 몇 번인가 약속대로 다니다가, 한 달을 이일 저일로 바쁘다고 결석을 했다. 그랬더니 의사가 환자의 성실의무를 안 지키기 때문인지, 돈이 안 된다는 판단인지 아무래도 방법이 없다면서 환자의 불

성실에 치료 불가의 원인을 돌렸다.

당신 아니면 치과의사 없는 줄 아느냐, 그렇게 도도한 마음으로 전에 다니던 치과를 다시 찾아갔다. 이번에는 빼라면 뺀다는 작정이었다. 그런데 과연 '처음처럼' 빼는 것이 최상의 방법이란다. 이 뽑을 시간을 잡아 놓고는 걱정이 앞선다. 걱정이라기보다는 몸의 한 부분을 덜어낸다는 것이 영 섭섭하고 허전한 것이다. 그러면서 남 생각을 하기도 했다. 다리에 골수암이 생겨서 다리를 잘라야 했던 바흐찐이며, 레판토해전에서 팔을 하나 잃는 세르반테스, 그리고 실명을 했던 밀턴이라든지 그런 인물들의 생애가 떠올랐다.

이를 빼기로 작정을 했다. 때 둔다고 살 된다더냐 하는 심정이었다. 그런데 무슨 일들이 그렇게 집중적으로 몰려오는지 무려 다섯 번이나 약속을 변경했다. 최종적으로 시간을 잡은 것은 오늘 오후 3시였다. 6시에는 회의가 잡혀 있었다. 발치를 하고 다른 회의에 참여할 생각이었다. 공교롭게 회의가 취소되었다. 당장 전화를 해서 일과 마지막 시간에 발치를 하자고 했다. 잠시 시간 짬이 생겼다. 집에 돌아와 책상에 앉았는데 졸음이 쏟아진다. 잠시 눈을 붙였는데, 어제 꾼 꿈이 되살아난다.

우리집은 가파른 산언덕 아래에 자리잡고 있었다. 담장 부근에 돌이 흩어져 있는 것들을 골라 다시 자리를 잡아 놓았다. 돌을 치우고는 산 위로 올라갔다. 집뒤의 산에 있는 돌들을 정리해 놓기 위해서였다. 산 꼭대기 부근에 하마처럼 생긴 꺼먼 돌이 볼상사납게 놓여 있었다. 그 돌을 굴려 집 근처에 정리해 놓으면 정원석으로 썩 좋은 모양이었다. 돌 한켠을 슬그머니 들어올렸다. 기지개를 하듯 온몸에 묵직한 힘이 쓰여졌다. 그 순간 돌이 언덕으로 먼지를 일으키며 굴러 내려가 집으로 닥치려는 찰나였다. 집에 있는 사람들이 일거에 압살을 당하게 되는 게 아닌가, 온몸이 조여오고 심장이 터질 것 같이 가슴이 아파왔다.

"아, 우리 집안이 이렇게 최후를 맞다니!"

어제 꾼 꿈과 똑같은 꿈이 짧은 낮잠에 반복되는 것이었다. 이를 뽑는 일이 산에 놓인 바위를 빼서 굴리는 것만큼이나 대단한 일이라는 뜻이지 싶었다.

마침 전화기를 차에 두고 올라왔던 터라 지하 주차장에 내려가 전화기를 찾아 들고 치과로 향했다. 불과 두어 시간 사이 부재중전화가 9통이나 기록이 되어 있다. 전에 학회 일을 같이 하던 친구가 연락을 해온 것 말고는 오전에 내 편에서 연락을 했던 일들에 대한 답신이다. 이렇게 복잡한 맥을 갖고 사는 것이 이를 상하게 한 원인은 아닐까 하는 생각도 들었다. 치과에 가서까지 전화질을 계속해야 하는 상황이 되었다.

"바쁘긴 정말 바쁘시군요."

"공연히 티를 내느라고 그렇지요, 무얼."

드디어 치과 치료의자에 앉았다. 간호원 아가씨가 앞치개를 해 주고는 잠시 기다리는 시간. 준비대 위에 놓인 갈고리며, 이를 갈아내는 헤드, 그리고 전선에 연결된 각종 드릴, 그리고 언제 쓴 것인지 우주선의 날개처럼 생긴 절지 원형톱날…… 그런 것들의 용도를 묻자 간호원은 기구들을 다시 정리해 놓으면서 약간 귀찮은 얼굴을 한다. 그리고 문득, 전에 소록도에서 보았던 환자 의료실이 떠올랐다. 메스 몇 개와 뼈를 자르는 톱, 그리고 낡은 주사기…… 단종수술……

어느 사이에 연결이 되었는지, 회전촬영을 한 엑스레이 사진이 모니터 화면에 떠 있다. 죽어서 육탈이 되고 아직은 해골에서 이가 빠지지 않은 상태의 내 이틀, 임플란트를 한 이는 나사에 걸려 하얗게 버티고 있고, 신경치료를 하고 금으로 씌운 이들이 어둠 속에서 형형하게 빛을 발하고 있다. 금은 금이라서 어디서든지 빛을 잃지 않는 모양이다.

조금 따끔합니다, 긴장 푸시고요, 이어서 잇몸에 마취 주사를 놓고 입이 얼얼하게 굳어오는 느낌으로 마취가 되는 동안, 의사가 옆에 앉아서 이야기를 들어 줄 시간이 되는 모양이다. 의사가 심심하면 환자 아프게 다룰지도 모른다는 잠재심리가 작용한 것인지, 의사에게 아내의 치과 치료에 대해 묻고, 새로 태어난 아이는 이를 어떻게 관리해야 하는지 상의를 하기도 하면서 잠시 시간이 간다. 남의 걱정을 할 처지인가 생각하면, 헐가의 가장(假裝)이 우습기도 하다.

이 뿌리가 부러질 수도 있습니다, 딱 소리가 나도 놀라지 마시고요…… 잇몸으로 묵직한 통증이 다가오고, 금속 기구들을 떨걱거리는 소리가 들리고, 안 아프지요? 으응! 입술로 무슨 실 같은 것이 지나가고 잇몸을 바늘로 찌르는 것 같은 약간의 통증, 그리고 입에 스폰지 같은 것을 물려 놓고는, 다 됐단다. 생각보다는 수월한 발치다. 젊은 의사의 기운과 기술인가. 치과 의사가 늙으면 이를 뽑을 힘이 없어서 경미한 손님만 받는다던데, 아무튼 걱정하던 것에 비하면 쉬운 발치다. 이런 정도라면 배비장이 애랑에게 어금니 하나 빼 주었던 것도 할 만한 일이라는 우스운 생각이 떠올랐다.

"의사 선생님, 저 배비장전 읽어 보셨는지요?"

"디테일은 생각이 안 납니다만, 그 기생이 이름이 애랑이던가요?"

"맞습니다. 우리 고전에 처음 등장하는 발치모티프지요."

"아 그렇겠네요."

옆에서 간호원이 환자의 의무를 주지시키고 있었다. 이제부터는 입에 고이는 침이니 피니 하는 것 다 삼켜야 합니다. 피가 안 멎으면 약솜을 계속 물고 있어야 하고요. 치료를 받는 동안 술은 절대 안 됩니다. 절대라니? 절대 안 빼겠다던 이도 뽑는데…… 술먹으면 죽기라도 한다던…… 그런 말을 입 밖에 내지는 않았다.

의사는 자기가 잘 뽑은 이를 핀셋으로 들고서는 두 가지로 난 이뿌리 가운데 한쪽 가지가 거멓게 죽은 것을 보라면서, 이걸 그대로 더 두면 잇몸 뼈가 삭아서 임플란트도 못 하는 것이란 설명을 했다. 그런데 내 눈에는 아직 발갛게 살아 있는 한쪽 뿌리가 더 눈에 아리게 들어오는 것이다. 그렇다면 한쪽을 잘라 살려 보자던, 다른 치과 의사가 더 정성으로 날 봐주던 게 아닌가.

"그 이를 어떻게 처리합니까?"

전에 동네 어떤 어른이 작두에 잘린 손가락을 베주머니에 싸서 대청마루 들보에 달아 놓았던 것이 떠올랐다. 몸의 일부라서 저승갈 때 본래 있던 자리에 넣어 준다는 것이었다. 그런 생각을 하면서 물었던 터였다.

"이거 가져가고 싶으세요?"

"뭐, 꼭, 그런 건 아니지만."

의사 말로는, 신체 적출물은 외부반출이 허용되지 않습니다. 전문업자가 와서 가져갑니다. 전문 업자는 저걸 어떻게 처리할까? 돈이 되나? 내 유전자가……

이를 빼는 날 나는 내 존재의 부피가 줄어드는 느낌에 빠진다. 치아, 이, 이빨 어느 것을 쓰든, 그게 내 몸의 한 부분이라는 것은 틀림이 없다. 신체의 한 부분을 덜어내야 한다는 것은 정녕 섭섭한 일이다. 내 경우, 영구치가 난 후 50년이 훌쩍 넘었으니 그 이빨로 그 동안 무얼 어떻게 씹어 먹었는가를 생각하면, 그 결별이 서운하지 않을 수 없다. 그리고 이를 빼면서 시간과 더불어 기능이 약해지는 신체의 한계를 의식하지 않을 수 없다.

내 존재의 부피를 덜어내는 데 드는 비용이 고작 6천 원, 아마 의사는 임플란트 시술 비용을 생각하고 있을지도 모른다. 그렇지, 결국 나는 포획된 고객이란 생각을 하는데, 마취가 풀리기 시작하는지 통증이 몰려온다. 돈으로 계산되거나 환급될 수 없는 통증을 어떻게 돌려놓나 하며 계단을 밟아 내려디디는 대로 가벼운 현기증이 의식을 휘감고 지나간다.

배비장은 애랑에게 어금니 빼 주고 나서 술도 못 하고, 한 동안 존재가 괴멸되는 현기증에 시달렸으리라. 그러고 보니 사랑니도 뺄 게 하나 남았다. 아무에게도 정표로 줄 수 없는 상한 사랑니. (于空)

# 밥을 먹어야 했던 이유
## - 밥을 같이 먹은 강선생에게

그 날은 제법 쌀쌀하고 바람도 불었습니다. 전날 출장을 갔다가 늦게 돌아온 터라 피곤이 덜 가셨고, 정신이 좀 산란하기도 했지요. 궁상맞은 이야기를 더 하자면 차편도 만만치 않았습니다. 내 직장에 차를 가지고 갔다가, 시간을 대기 위해 두 시간 전부터 차를 가지고 집에 돌아가 아들더러 운전을 부탁했는데, 아들은 병원에 갈 일이 있다 해서 큰 길까지 나왔던 걸 돌려보내고, 택시를 타고 전철로, 전철에서 다시 택시로 그 학교까지 찾아갔던 것입니다.

이야기 들은 대로 교무실을 찾아 올라갔더니 강선생은 자리에 없고, 다른 선생님이 친절하게 일러 주어 빈자리에서 잠시 기다리다가, 자료가 궁금해서 전화를 했던 것이지요. 학교로 배달되어 온 신문에는 포탄에 맞아 부서진 연평도의 집과 파열된 탄피가 커다란 사진으로 전면에 배치되어 있어, 학교로 들어오면서 잠시 바라보았던 도봉산의 만장봉과 대조가 되었습니다. 내가 준비하지 못한 자료 때문에 안달을 하고 있는데, 강선생은 금방 도착했고, 복사해서 편철한 자료를 받고 보니 20여 장이 넘고 내용은 너무 어렵다는 것을 다시 확인하게 되었습니다. 좀 떨떠름했지요. 내가 근무하는 대학 수학교육과를 나왔다는 교무기획부장 선생께서 자기소개를 하고, 잠시 이야기를 하다가 나는 자료를 보아 두어야 하겠어서, 뒤에 만나자고 하고는 자료를 들여다보았는데, 인용한 작품들을 청중에게 읽어달라 하고 이야기를 전개하기 괜찮겠다 싶었습니다. 김시습을 비롯해서 소개할 인물들도 꽤 있었고요. 그래서 이만하면 안심이다 하면서 강선생의 안내를 받으며 강당으로 갔지요.

나를 소개하는 장면에서는 좀 당황하게 되었는데, <독서오거서와 명사초청특강>이라는 플래카드가 단에 걸려 있고, 날짜는 전에 썼던 데다가 땜질을 한 자국이 나 있었던 거 기억하시는지요. (절약하는 정신은 좋습니다만.) 그런데 교무부장의 소개에서 대학 입학사정관제와 독서교육이던가, 그런 이야기를 할 거라 하는 통에 좀 아찔한 기분이 밀고 올라왔습니다. 대학에 가려는 학생들에게 '문학독서' 이야기를 해 달라고 했던 걸로 기억에 남아 있었기 때문이었습니다. 논제를 바꿔야 하는 판이었지요. 아무튼 아찔한 순간이 지나가고, 순발력을 발휘해야 하는 일만 남았지요.

사물을 구체적으로 관찰해야 한다는 이야기부터 시작했던 거 기억나지요? 학교 교훈, 동서남북으로 서울을 둘러싸고 있는 산들, 그리고 학교 앞으로 보이는 산의 이름, 그 주봉을 무어라 하는지? 그런 것들을 잘 아는 학생들은 별로 없었습니다. 그래서 구체적인 삶의 가닥이 중요하다는 이야기를 했지요. 대학에서는 자신이 주도적으로 공부한 학생들을 뽑으려 한다는 이야기, 머리가 좋은 것은 이차적일 수도 있다, 창의적으로 사고하고, 끈질긴 견딤성을 가지는 게 중요하다, 그런 이야기를 했습니다.

이어서 김시습 이야기로 넘어갔지요. 그게 20여 페이지 자료 가운데 유일하게 인용된 것이었습니다. 왕의 자리를 탐낸 삼촌이 조카를 내쫓고 자신이 왕이 되는 과정에서 사육신들이 처형당한 이야기, 이를 수습했던 김시습과 생육신 등을 이야기하면서, 김시습의 이름이 <논어>와 연관이 있다는 점도 곁들였지요. 그러면서 문제의식을 가지고 비판적으로 사태를 바라보아야 하는 것은 물론, 자신의 생각을 행동으로 옮기는 실천의 의지가 삶을 의미있게 한다는 점을 강조했는데 기억나세요?

그렇게 이야기를 전개하는 중에 정작 준비한 작품은 소개를 할 수 없었습니다. 자료를 복사해 두겠다고 했는데 나한테 줄 자료만 복사하고 학생들에게 나누어 줄 자료는 준비가 안 되었던 거지요. 자료가 그렇다 보니 기억에 의존하는 식으로 이야기를 전개해야 하고, 영월로 귀양가는 단종을 호송했던 왕방연의 시조도 초장과 종장만 기억나고 중장은 기억이 안 나는 바람에 긴장력이 처지고 말았지요. 이따금 조는 학생들이 보이기도 하고.

중·고등학생들은 집중이 잘 안 되어 그런 자리에 갔다 올 때마다, 다시는 안 가리라고 다짐을 두곤 했습니다. 학생들에게 간투사처럼 졸지 말아야 하는 이유를 말해 주기도 했지요. 졸리면 나가서 자라, 여기는 서로 얼굴 맞대고 이야기를 하기 위해 모인 자리다, 그런 이야기를 하는 중에 뒷자리에서는 저희들끼리 속닥거리는 학생들도 몇이 보이고. 더 시간을 끌지 말자 하고는, 간단한 질문 몇 받고나서 이야기를 마무리했을 때는 6시 반을 지나 있었습니다. 그렇게 하루가 다 갔다는 허전함이 피로와 함께 엄습해 오고. 발의 통증을 가라앉히기 위해 먹은 진통제가 빈속을 쓰리게 하는 것 같기도 하고. 느끼한 게 밀고 올라오는 불쾌한 느낌.

학생들하고 사진을 찍고, 강선생의 안내를 받아 어두운 복도로 나왔을 때(절전은 미덕이지만 위험하다는 생각도 해야 합니다. 어둠은 범죄를 조장합니다.), 창밖에 어둠이 몰려와 있고, 그 너머 가로등이 빛나는 게 보이기도 했습니다. 그 어둠 속에 잠시 기다리라고 하고 강선생이 교무실로 들어간 사이, 전에 부설학교에 근무했다는 분이 나와서 인사를 했지요. 배는 출출하고 해서, 교무부장이나 교감 같은 이들이 나와서 저녁이라도 같이 하자면, 그렇게 해야 하나 곧장 집으로 가서 쉬어야 하나 내심 결정을 못하고 어정거리는데 나를 소개한 교무부장이 강선생과 함께 나와서 수고했다는 인사를 했지요. 그냥 그렇게 헤어지자는 낌새였지요. 그럴 때 나는 오기가 발동하는 버릇이 있는 터라,

"저녁은 줍니까 안 줍니까?" 하고 강선생을 보고 들이대는 것처럼 툭 던졌지요.

"안 드리는 걸로 되어 있는데요." 강선생은 그렇게 예정되어 있으니 그렇게 수행한다는 듯이 이야기했지요.

"부장선생님이랑, 강선생 아직 식사 전이면 내가 살 테니 갑시다."

"저녁은 그렇고, 우리는 학교에 일이 남아서……." 그렇게 멈칫거리는 사이, 나는 이건 아니다, 나야 나가는 중에 먹어도 되고, 혼자 먹어도 아무 상관이 없다, 그러나 이런 분위기가 다른 연사들에게 그대로 전해진다면, 강선생을 비롯한 다른 이들이 이미지를 해친다 싶어서 강선생한테 식사를 하러 가자고 들러붙어 강요를 하다시피 했던 것입니다.

성격이 활달한 강선생은 여자대학교 캠퍼스를 가로질러 몇 군데 음식점을 이야기하다가, 식당의 격이 점점 높아져서 마침내 '좋구면'이라는 한정식집을 선택했지요. 음식값이 꽤 나올 텐데, 하면서 강선생 뒤를 따라가는 발길은 그렇게 가볍지 않았습니다. 내 고집으로 얻어먹는

밥이 그렇게 맛이 있을 턱도 없고 해서 발길을 돌릴까 하는데, 강선생은 학생들에게 전화를 하고 길을 설명하면서, 내게는, 학생들과 같이 해도 되느냐고 물었고, 나야 좋다고 할 수밖에 없었지요. 그래서 학생들과 합석을 하고 성균관대에서 온, 멘토 역할을 하기로 했다는 젊은 대학생 둘이 합류를 하고 해서 제법 큰 자리가 되었지요. 이런 일들이 겹쳤구나 이해를 하기도 하고.

강선생은 식탁 깔음종이를 챙겨서, 내게, 학생들 이름과 좋은 말씀 한 마디씩 써 달라고 했는데, 나는 그 종이를 옆으로 제쳐놓으면서 아니라고 고개를 저었지요. 그리고는 학생들에게 종이를 나누어 주고 한자로 이름을 제대로 써 오는 학생만 사인을 해 준다고 했는데, 어떤 수준인가 확인하고 싶어서였고, 세상에 공짜가 없다는 암시도 하고 싶었던 것입니다.

강선생은 자신이 하는 일을 여러 가지 이야기하면서 교직에서 느끼는 보람을 털어놓았지요. 좋았어요. 그리고 문학을 체득할 수 있게 해야 한다, 지식을 단순히 주입하고만 있다면 쓸모가 크지 못하지만, 그것마저 없으면 창의성 따위가 돋아날 수 없다는 이야기에 공감을 해 주었지요. 그리고 학교에서 학생들에게 시를 외게 하고 낭송을 하게 한다는 이야기를 해서, 거기 공감하는 입장에서 학생들의 낭송을 듣자 했더니 여학생은 윤동주의 <간>을 낭송했는데 수준이 보통이 아니었지요. 남학생은 김수영의 <폭포>를 연극적 제스처를 곁들여 낭송하는 품이 제법이었고. 어디서 배웠는가 물었더니 자기들 스스로 개발한 방법이라고 해서, 그래, 들풀은 스스로 자란다 하는 생각을 하기도 했습니다.

헌데 학생들이 이렇게 밤늦게 학교에 남아 있어도 되는가 싶어 물었지요.

"오늘 학교에서 무슨 행사가 있습니까?"

"밤샘 독서를 하기로 되어 있습니다."

"학교에서 밤을 새우며 책을 읽는다고요?" 나는 좀 의아했지요. 그래서 사람은 밤에 잘 만큼 자야 한다, 독서에 흥미를 느끼게 해 주면 밤새워 책 읽는 것은 하지 말라고 말려도 하는 애들이 생긴다, 밤을 새우면 학생들의 몸이 망가진다, 그거 잘 하는 짓 아니다, 그렇게 이야기를 했는데 학교가 '즐거운 감옥'인가 하는 생각이 들기도 했습니다.

이름이 무엇이었던지 기억은 없습니다만, 하루 내내 공부만 하나 하는 생각을 떠올리게 하는 얼굴이 깨끗하고 눈살이 꼬부장한 학생이 내 앞에 앉았는데, 날카로운 질문과 진중한 태도가 칭찬을 받을 만하다는 생각을 했습니다. 중학교 때 친구들을 널리 사귀지 못한 것이 아쉽다는 이야기를 하길래, 어른들이 말하는 대로 좋은 친구 골라서 사귈 게 아니라, 다른 친구들에게 내가 좋은 친구가 되어 주어야 한다, 그래야 남에게 의존하지 않고 내가 남에게 진정 베푸는 사람이 된다, 그런 이야기를 했더니, 교수님 말씀이 맞다고 평가를 해 주어서, 내 말에 공감하는 학생도 있구나 하는 즐거운 기분이 들기도 했지요.

그런데 강선생은 우리 애들 어때요? 그렇게 묻기를 자주 했고, 다른 친구들 앞에서 '하루내'를 두고, 전교 일등이라는 이야기를 몇 차례나 했는데, 다른 친구들은 어떻게 느낄까 하는 생각도 들었습니다. 중학교 때 내가 가장 싫어하던 담임선생님의 칭찬이었다는 이야기를 강선생에게는 하지 않았지만. 교육적 애정의 공정 분배라는 점에서.

내 불찰도 있습니다만, 얻어먹은 밥이 뱃살을 꼭꼭 찌르는 바람에 이거 소화하려면 웃어야 한다 하고, 헤어지는 자리에서 학생들에게 하이파이브 인사를 하고 택시를 잡았지요. 학생들이 금방 자리를 뜨지 않는 것을 보고는 창문을 열고 손을 흔들어 답례를 했고. 아이들이 꽃송이 같다는 느낌을 받기도 했습니다.

청바지 앞주머니에 삐주룩이 삐져나와 속을 드러낸 채 접혀 있던 예전용(禮典用) 이중봉투가 자꾸 눈에 들오던 것을 강선생은 눈치채지 못했을 겁니다. 그러기를 바랍니다. 그리고 그날 상을 받았다는 것, 다시 축하드립니다. (于空)

# 우 선생, 또 술 먹었나?

　이따금 우리말에 호칭과 지칭이 정연하지 않다는 이야기를 듣는다. 다른 편에서는 호칭이 너무 복잡해 종잡을 수 없다는 불평을 하는 경우도 있다. 그런데 내가 대학에 입학했을 때, 60년대 말에는 대학에서 교수들이 학생을 부를 때 제군, 자네, 혹은 김군, 박양 하는 식으로 아주 낮춰 부르지는 않았다. 거기 비하면 요즈음은 호칭 지칭이 너무 하향 조정되어 자연스럽지 못한 경우가 많다.

　호칭과 관련해서 문득 이용주 선생께서 '늙은 학생들'이라는 말을 자주 쓰셨던 생각이 떠올랐다. 우리 동기생들이 입학하던 해, 1968년 1월 21일 김신조 사건이 일어났고, 학생군사훈련이 시작되고 하는 사이, 군대에 다녀온 친구들이 넷이 있었다. 군대에 다녀왔다는 경험의 공통성으로 인해 서로 정이 짙어졌고, 몰려다니며 놀고 공부하고 하길 잘했다. 이용주 선생께서는 우리를 '늙은 학생'이라 불러주었다.

　문법론 시간에 조어법을 설명하는 중에 '애늙은이'라는 말이 있다는 소개를 하면서 어린애가 늙은이처럼 의뭉스럽고 구성진 경우를 두고 하는 말이라고 소개했다. 그리고 이제 막 늙은이 축에 들기 시작하는 사람을 그렇게 부를 수도 있다는 얘기도 했던 걸로 기억된다.

그리고 이용주 선생께서는 당시 새로 도입되기 시작한 '의미론'을 강의하셨다. '의미론 개설'이란 책이 서울대학교 출판부에서 나오기 전에 하야카와가 쓴 '일반의미론'을 소개하면서 '추상의 사다리(ladder of abstraction)'를 벗어나자면, 사물에 인덱스를 붙여야 한다는 이야기를 했다. 그 가운데 군대 다녀온 우리들은 '늙은 학생'으로 불러 현역과 구분하는 것은 일종의 인덱스를 그렇게 부여하는 셈이었다. 개인 인덱스란, 예컨대 우한용 07.12.19 Orim Thai 하는 식이다.(나는 이 글을 방콕 행 타이항공 비행기 안에서 쓰고 있다.) 지금 이 글을 쓰고 있는 나는 이용주 선생님의 강의를 듣던 1972년 어느날 강의실의 우한용과는 분명히 다르다. 그러나 그것이 같은 사람이라는 점에서 나는 정체성을 유지하고 있는 게 사실이다. 정체성(identité)의 혼란은 급격한 시간 변화의 경험에서 온다. 또는 공간의 전이나 공간의 단층도 정체성의 혼란을 불러온다.

당시만 해도 졸업을 하면 호칭이 바뀌었다. 우리 편에서는 그저 '아무개' 정도 이름을 불러 주는 게 편했는데, 선생님들께서는 졸업한 제자들에게는 '선생' 호칭을 붙여 불러주었다. 그래서 우선생, 박선생, 김선생 하는 식이었다. 더구나 사모님들은 당신 남편의 학생들을 끔찍이 아끼셨다.

늙은 학생 '우군'에서 '우선생'으로 호칭이 바뀐 무렵이었다. 당시 시대가 험악해서 그러지 않고는 견딜 수 없었다는 변명을 하고 싶지는 않다. 아무튼 주변에 주당들이 꽤 있었고, 어떤 때는 술이 얼큰해 가지고는 벌건 얼굴로 강의실 뒷자리에 와서 앉아있는 친구들도 이따금 눈에 띄곤 했다. 그런 버릇은 대학을 졸업하고 직장생활을 할 때까지 이어졌다. 대학을 다니는 동안 유신을 경험했고, 그 이후 민주화 과정에서 하고많은 억압과 진통 속에서 지내면서 하루 하루 열병을 앓듯 뒤채었다. 그러던 중 지금 서경대학에 근무하는 서덕현 교수가 나와 같은 학교에서 일을 하게 됐다. 당시 서덕현 교수는 대학원에서 공부하고 있는데, 이용주 선생님과 사제관계 이상의 자별한 친분을 유지하고 있어서 우리가 부러워할 정도였다.

지금 기억은 분명하지 않지만, 뭔가 마음 폭폭하고 복잡한 일이 있던 날이었다. 우리는 술자리에 어우러졌고 밤늦도록 목청을 높이며 이야기를 했다. 집에 돌아갈 시간이 되었을 때 서선생은 내일 이용주 선생님과 낚시를 가기로 했다고 이야기를 터놓았다. 선망은 오기를 불러오는 법인지도 모른다. 나는 낚시는 무슨 낚시냐고 한잔 더 하자고 붙잡았고, 서선생은 나의 만류를 못 이기고 밤을 새워 권커니 잣커니를 거듭했다. 서선생은 동녘이 번하게 밝아오는 시간 집으로 돌아갔고, 나는 일요일 여유있는 늦잠을 잤다. 그게 사단의 전부였다.

월요일 등교를 했을 때 서선생의 몰골은 완전히 주눅이 들어 어깨가 처져 있었다. 낚시 도구를 챙겨가지고 나가 이용주 선생님을 만났을 때, 누구하고 술을 마셨느냐며 지각한 낚시꾼을 책망했다는 이야기를 했다. 나는 아차싶어 그제서야 잘못을 실토했다. 얼마 후 학교에 갔다가 이용주 선생님을 만났다. "우선생, 서선생하고 술먹었다면서?" 하면서 전날 낚시 일정이 엉망이 된 것은 오로지 자네들 술 때문이라고 질책을 했다.

그렇지 않아도 나의 지도교수인 구인환 선생님과 이용주 선생님은 보기 좋은 라이벌 관계인데, 구사단의 우한용이 이용주 사단의 서선생과 술을 퍼마시고, 낚시 시간 약속도 못 지키는 사태를 야기한 것은 사단간의 대결로 치달아갈 소지를 지닌 중대사라는 짐작이 된다. 구선생님께서 술이 좀 과한 눈치면, 이용주 선생님께서는, "구선생 그렇게 술 먹다 죽으면 어떡할려고 그래?"하는 자별한 염려를 하던 때라서 나는 가슴이 뜨끔할 수밖에 없었다.

당시 11동 학과 사무실은 은행 창구의 접수대 모양으로 카운터가 설치되었기 때문에 손님이 오면 그 접수대를 사이에 두고 이야기를 하게 되어 있었다. 이용주 선생님께서는 학생들이 지나다가 인사라도 할라치면, 그 접수대 테이블에 한 팔을 기대고 시간 가는 줄 모르고 이야기를 하곤 했다. 국어학, 언어학, 음운론, 조어론, 국어교육…… 그런 이야기를 강의실보다 더 진지하게 했던 기억이 난다. 그러면서 구선생님을 향해서는 늘 그렇게 이야기하곤 했다.

"나도 맘만 먹으면 장편소설 쓴다구. 구름 잡는 것 같은 문학 이야기가 학문이 되나?"

그런 이야길 들으면서 우리는 두 분의 우정도 좋기는 하지만, 우리 지도교수 흉보는 게 못마땅하다는 말은 못하고 앙앙하니 지냈다. 그러는 중, 서선생과 우리 친구들 몇이 어울린 낌새를 눈치채기만 하면 이용주 선생님의 상투어가 튀어나오곤 했다.

"우선생, 또 술먹었나?"

그런 이야길 들을 때마다 나는 전날 서선생과 낚시 약속을 깨게 한 죄가 무거워 아무 말도 못하고 고개를 떨구곤 했다. 지금 생각해보면 짧은 인생에 술마시고 흥청대며 지내지 말란 권고로 생각된다. 지금도 그 낭랑하고 칼칼한 목소리로 "우선생, 또 술먹었나?"하는 맑고 투명한 목소리가 귓가에 들리는 듯하다.

태국으로 가는 비행기 안에서 술을 마신다. 점심에 곁들여 주는 와인을 마시고는 목이 마르다고 다시 맥주를 시켜 마시고 있다. 주력과 주량은 자랑할 게 못된다. 그러나 험한 시대, 갈증으로 뒤눕던 시대, 술 한 잔 하면서 푸념이라도 하지 못했다면 어찌 오늘의 내 인덱스가 내 정체성을 보장해 주었을 것인가 하는 생각을 해본다.

곁에 드러내 놓고 술마시는 축들 앞에서, "나도 하루 저녁에 양주 반병은 비워요."하시던 이용주 선생님은, 어쩌면 혼자 드시는 술과 낚시로 시대에 대한 분노와 절망을 삭이고 있었던지도 모른다. 그러나 어찌 속이 편했을까.

서당 훈장이 그런다고 한다. "나는 바담풍 하지만 자네들은 바담풍 하게." 구강구조가 본래 잘못되어서 '바담풍'밖에 발음을 못하는 선생이 제자에게는 '바람풍'을 제대로 발음하기 바라는 그 안타까운 심정, 그 심정 그대로가 아니었을까. 내가 지금 쓰고 있는 논문의 논리가 안 풀려 밤늦게 술을 마시며 원고지 앞에서 고민과 고민을 거듭한다. 그리고 이 험한 세상 하고많은 난제 때문에 나는 술을 마신다. 그렇다만서도, 젊은 자네들까지 술을 마시고 일을 그르쳐서야 쓰겠는가. 그런 심정으로 술먹는 제자들 걱정을 하는 중에 '우선생, 또 술먹었나?' 그런 질책을 했던 게 아닌가 싶다.

희고 깨끗한 얼굴, 안경 너머 맑게 빛을 발하던 눈동자, 작고 직전까지 정갈하던 음성, 그런 모습으로, "우교수, 또 술먹었나?"하며 다감하게 어깨라도 칠 것 같은 선생님의 모습을 떠올린다. 잔에 어리는 선생님의 모습, 그리고 하늘로 멀리 퍼져가는 음성. (于空)

# 매체의 변화와 인간의 삶

큰아들 녀석이 배낭여행을 다녀오더니 며칠 째 자신의 싸이에다 사진과 감상을 올리느라 정신이 하나도 없다. 찍어온 사진도 사진이려니와 사진과 관련한 정보와 자신의 여행 소감 등을 올리는데 그 정성이 보통이 아니다. 여행에서 느낀 소회를 잊지 않으려는 마음과 또 자신을 표현하고 남에게 드러내려는 욕구가 싸이라는 공간을 만나 더위를 잊고 인터넷에 몰두하게 하는 모양이다.

아들 녀석이 인터넷이라는 공간에 자신의 여행 흔적을 공개하는 데에는 몇 가지 매체의 발전이 맞물려 있다. 디지털 카메라로 사진을 찍은 것과 메모판에서 작성한 글을 인터넷에 올린다. 컴퓨터와 디지털 카메라 그리고 인터넷이라는 현대 문명의 총아들이 모여 자신이 사는 모습과 자신의 생각을 다른 사람들에게 자유롭게 알릴 수 있게 된 것이다. 디지털 매체가 보편화되기 이전에 보통 사람이 자신의 생각을 남에게 알리거나 자신의 글을 하나의 책으로 묶는다는 것은 쉽지 않은 일이었다. 우선 남들에게 공인을 받아야 책을 발간할 수 있기 때문에 전문가에게 공인을 받는 절차를 거쳐야 했고, 그것이 그리 만만한 일은 아니었던 것이다.

인터넷이 보편화되어 누구나 개인 홈페이지를 만들 수 있게 되면서, 자신을 알리고 싶은 사람은 누구나 자신의 글이나 그림이나 사진 등을 홈페이지에 올려 남에게 보여줄 수 있게 되었다. 그러나 홈페이지를 만드는 데에는 여러 가지 제약이 있었다. 제대로 된 홈페이지를 관리하기 위해서는 도메인이나 서버 사용료 등이 만만치 않았고, 홈페이지를 제대로 구축하기 위해서는 HTML이나 JAVA 등 소프트웨어를 장악하기 위해 적지 않은 능력이 필요하기도 했다. 이러한 제약은 인터넷의 보편화를 막는 장벽으로 작용하고 있었다.

그러나 어느 순간 포털 사이트들이 무료로 아주 쉽게 미니 홈페이지 즉 카페나 블로그나 싸이 등을 개설할 수 있도록 해주면서 인터넷 사용자들이 폭발적으로 늘어나기 시작했다. 너도나도 자신의 글이나 사진을 인터넷에 올리기 시작했고 보다 나은 미니 홈페이지를 만들기 위해 여기저기 인터넷을 서핑하기 시작한 것이다. 그러다 보니 싸이질하는 재미로 이 세상을 산다는 사람이 등장하는가 하면 회사에서 개인 싸이나 블로그를 막아서 삶의 즐거움을 잃어버렸다고 투덜대는 사람도 등장한다.

이제 사람들은 모여서 즐거움을 나누기보다는 혼자 컴퓨터 앞에 앉아 자신의 홈페이지를 가꾸고 인터넷 여기저기를 서핑하고 게임을 하는 것으로 시간을 보낸다. 사진을 찍어도 사진을 뽑아 앨범에 정리하기보다는 디지털 카메라로 찍어 컴퓨터에 저장하고 인터넷에 올린다. 나만의 기억을 간직하고 가까운 사람과 나누기 위한 장치였던 사진이 나의 기억을 수많은 사람과 공유하고 또 자신을 알리기 위한 도구가 되고 있다. 더욱이 해상도가 높은 카메라폰이 등장하면서 사진 찍기는 더욱 잦아지고 인터넷 공간에 사진은 더더욱 범람하고, 미니 홈페이지에서 사진은 자신을 알리는 좋은 수단이 된다.

디지털과 인터넷 혁명이 현실 공간에서의 만남은 단절시키면서 사이버 공간에서의 만남은 더욱 활성화되는 기현상을 초래한다. 사이버 공간에서의 만남이 이렇듯 활성화될 수 있는 근저에는 이미지의 대중화가 자리하고 있다. 디지털 사진기로 찍은 정지 화상이나 디지털 캠코더로 찍은 동영상들이 인터넷을 통해 쉽게 유통되면서 사람들은 직접 만나지 않아도 늘상 만나는 것 같은 착각에 빠지기도 한다. 사람들은 직접 만나 정보를 나누거나 즐거움을 나누기보다는 인터넷을 통해 그러한 일을 처리하게 된다.

인터넷 이전의 사회가 글 즉 책으로 정보를 교환하는 사회였다면 인터넷 이후의 사회는 이미지가 지배하는 사회가 되고 있다. 이같은 매체의 변화는 인간의 삶을 변화시킨다. 인간이 말을 사용하다가 글을 사용하고 또 책을 만들면서 삶의 많은 부분이 변화했고, 영화나 텔레비전이나 비디오 등이 인간의 삶의 외양을 바꾸었다. 이제 인터넷 매체가 보편화되면서 인간의 삶은 이전과는 너무나 다르게 변화하고 있다. 문자보다는 이미지가 인간의 사고를 지배하기 시작했고, 인간의 만남의 형태를 바꾸어 버렸고, 나아가 인간의 사유 방식마저 변화시키려 하고 있다.

삶의 공간을 바꾸어 가는 인터넷 세상이 앞으로 어디까지 어떻게 변화해 갈지는 아무도 모른다. 이러한 변화의 와중에서 우리가 주목해야 할 것은 매체 환경의 급격한 변화의 속도에 맞추어가면서도 삶의 원초적인 모습을 잃지 않는 일일 것이다. 물론 인간성이라는 것의 개념이 조금씩 바뀌어 갈 수밖에 없겠지만 말이다. (石宇)

# 텔레비전 드라마의 재미와 작품성

텔레비전 드라마를 어떻게 하면 재미있게 만들 것인가는 모든 드라마 제작자들이 공통적으로 갖게 되는 고민거리일 것이다. 연극이나 영화도 재미를 생각지 않을 수 없지만 공중파 방송인 텔레비전의 드라마는 재미에 목을 맬 수밖에 없다 해도 과언이 아니다. 시청률이 프로그램을 죽이고 살리는 상황에서 시청자를 붙잡아 두는 것 이외에는 다른 의미를 찾을 방안이 없기도 하다.

연극을 보러 가는 사람들은 적어도 자신이 고급문화를 향유하는 층이라는 의식을 배 밑 어디엔가 깔고 있다. 그래서 그들은 남들이 보려 하지 않는 연극을 보러가며 연극이 주는 예술적 매력에 빠지려 든다. 영화 관객은 고급 예술 작품을 감상한다는 자부심이 연극 관객만큼은 아니라 하더라도, 적어도 그들은 영화를 보기 위해 돈을 들고 극장까지 가서 줄을 서고 또 몇 시간 동안 어두움 속에서 앉아 있을 각오를 한 사람들이다. 따라서 그들은 일단 영화가 시작되면 그 작품이 예술성을 담보하기 위해 어느 정도 재미를 포기하더라도 마지막까지 앉아 있게 마런이다. 물론 재미도 없고 볼 것도 없다는 소문이 나는 날이면 관객의 수가 줄어들기는 하겠지만 말이다.

그렇지만 텔레비전 드라마의 경우에는 이렇게 한가한 마음으로 제작에 임할 수가 없다. 시청자들은 언제나 채널을 바꾸어 버릴 준비를 하고 텔레비전을 바라본다. 잠깐만 재미없는 장면이 지속된다면 시청자들은 무자비하게 채널을 바꾼다. 채널 전환에 시간은 로타리 식에서 리모콘 식으로 바뀌면서 더욱 짧아졌다. 소파에서 텔레비전이 있는 곳까지 걸어야 하는 귀찮음마저 사라졌기 때문에. 게다가 유선 방송이 등장하면서 채널의 수가 외우기 어려울 만큼 많아지면서 이제는 어떤 프로그램이든 재미가 없으면 시청자가 일순간 사라지는 각박한 상황에 내몰린 것이다. 그래서 텔레비전에서는 시청자의 채널을 고정시키기 위해서 어쩔 수 없이 재미를 강조하게 마련이며, 순간순간마다 선정적이든 폭력적이든 아니면 스타의 초상에 기대든 시청자를 붙잡아두기에 총력을 기울이게 된다.

그렇다면 재미는 어디에서 탄생하겠는가. 스토리의 아기자기한 전개, 극도의 인물 갈등, 간계와 폭로 등을 통해 극적인 재미를 만든다는 것은 극작법의 기본 공식에 해당한다. 그러나 이러한 원론적 방식이 통하지 않을 때에는 영상의 아름다움, 주인공의 대중적 인기, 선정적인 장면, 폭력과 스피드 등이 동원되기도 한다. 어쨌든 드라마에서 사용하는 많은 극적 장치들은 재미를 위해, 시청자의 관심을 끌고 시선을 고정시키기 위해 동원된 것이다.

이야기를 지닌 예술, 그것이 소설이든, 연극이든, 영상 예술이든 이야기 구조의 재미가 그 기본이 된다. 이야기 자체가 재미가 없을 때 독자 또는 관객은 그 작품에 관심을 보여주지 않는다. 아무리 의미심장한 내용을 담고 있더라도 그것은 독자 또는 관객에게 전달될 통로를 잃게 마련이다. 이광수도 소설을 쓰기 시작하면서 이러한 재미의 문제를 크게 고민했고, 자신의 고민의 결과를 <재미론>이라는 글로 남겨 둔 바 있기도 하다. 이광수는 소설의 재미를 위해서는 선남선녀의 삼각관계를 이야기의 기본 구조로 사용하는 것이 효과적이라 했다. 이런 지적은 동서고금을 막론하고 사랑 이야기 그것도 재자가인의 사랑 이야기, 또는 혼사장애담이 이야기 문학의 주를 이룬다는 것을 생각할 때, 적절한 지적이라는 생각이 든다.

그러나 이렇게 시청률과 재미만을 추구한 결과 많은 드라마는 '보아도 그만 보지 않아도 그만'이라는 드라마 제작자로서는 듣기 민망한 지적을 받기도 한다. 얼마 전 인기리에 방영이 끝난 <내조의 여왕>이라는 드라마나 요즈음 주가를 올리고 있는 <역전의 여왕>이나 그 인물 설정이나 내용의 전개가 너무나 닮아있어서, 또 이런 유형의 애정 드라마들이 거의 유사한 포맷을 사용하고 있기 때문에 작품을 보는 긴장감이 떨어지고 만다. 한두 번 안 보아도 줄거리 이해나 인물 갈등 상황 파악에 하등 어려움이 없으니 구태여 시간을 지켜 텔레비전 앞에 앉아 본방사수를 외칠 이유가 없다. 그러다 보니 인기가 있지만 그 인기는 그 시간대에 텔레비전을 바라보고 있는 사람들의 채널을 조금 더 확보했을 뿐이라는 지적이 가능해진다.

텔레비전 드라마에서 완벽한 서사성이나 극도로 아름다운 화면을 통한 예술성을 요구하는 것은 현재 우리나라 드라마 제작 여건을 보아 무리일 것이다. 매주 2회, 회당 50분 정도 방영되는 드라마를 주마다 대본을 만들고 촬영을 하고 편집을 하는 일련의 과정을 거쳐 제작한다는 것은 거의 초인적인 노력을 요구하는 일이다. 이러한 열악한 상황에 시청률까지 제작자를 옥죄고 있으니 조금 인기가 있으면 조금 더 밀고 나가려 하는 것은 당연한 일이다. 그러다 보면 그나마 작품성을 인정받은 드라마마저 망가져 버리는 결과를 가져오게 된다.

　텔레비전이 재미를 확보하면서 일정한 작품성을 확보하기 위해서는 보다 나은 원작을 확보해야 한다. 일정한 원작을 가지고 있는 작품들의 경우에는 어느 정도까지는 드라마의 작품성을 확보할 수 있다. <임꺽정>이나 <허준> 같은 작품들이 선풍적인 인기를 끌 수 있는 데에는 여러 이유와 함께 탄탄한 원작이 있었음을 무시할 수 없다. 물론 전문적인 드라마 작가들이 없는 것은 아니지만 그들에게 일주일에 수십 편씩 쏟아지는 드라마와 시트콤 그리고 각종 프로그램 전체의 대본을 요구하는 것은 무리이다. 대중적인 인기를 끈 문학 작품이나 문예 작품, 나아가 만화 등에서 드라마로 전환할 때 재미가 확보될 수 있는 작품들을 선정하는 노력이 필요하다. 이러한 작품들을 드라마 대본으로 각색하는 일도 드라마 작가들의 능력을 요구하는 소중한 영역이 될 것이다.

　그리고 전체적인 얼개만 가지고 드라마를 제작해 나가는 악습을 버려야 한다. 전체 작품이 나아갈 방향을 정하고, 줄거리를 어느 정도까지는 확정해 두고 드라마 제작에 임해야 할 것이다. 물론 전작을 미리 만들었던 <여명의 눈동자>나 <모래시계>나 <임꺽정>등이 올바른 제작의 방향을 보여준 것이기는 하나 텔레비전 드라마 제작 여건이 그렇지 못하므로 현실과 타협이 필연적이다. 그렇지만 전작을 만들 수 없는 여건이 주어졌을 때라도 튼튼한 줄거리를 바탕으로 드라마를 제작해 나가는 것이 필수적이며, 드라마를 진행해 가는 도중에 애초에 정해진 방향에서 이탈하는 우를 범하지 않아야 한다. 작품의 완결성을 깨뜨리고 작품의 전체 구조가 엉망이 되어버릴 것은 필지의 사실이기 때문이다. <첫사랑>이라는 드라마가 가졌던 구조적 탄탄함과 대중적인 인기가 시청자들의 의견 반영으로 말미암아 이야기가 지리멸렬해진 것은 그 좋은 예이다.

텔레비전 드라마가 재미를 추구해야 한다는 것은 당연한 일이다. 그러나 대중들이 편안해 하고 즐거워하는 재미와 함께 어느 정도는 작품성을 확보해야 할 필요가 있다. 대중문화가 대중의 소비를 전제하는 문화이기는 하지만, 그것이 갖는 감화력으로 인해 대중들의 문화적 취향을 선도하게 된다는 점을 생각해야 한다는 것이다. 대중들에게 재미와 함께 영상 문화의 예술성을 일정하게 제시함으로써 대중문화의 수준을 한 단계 올리는 일이 중요하다. 이런 노력이 결실을 맺을 때 비로소 텔레비전은 자신의 역할을 하고 있다는 평가를 받을 수 있게 될 것이다. 물론 텔레비전 드라마 종사자들이 처한 상황이 이러한 요구를 모두 수용할 수 있는 여건이 못 된다는 점은 충분히 인정하지만. (石宇)

# 돌아오는 길에서 만나는 생각

# 내 마음의 커리큘럼

  교직에서의 방학은 타 직종의 사람들에게는 부러움의 대상이다. 실상을 들여다보면 꼭 그렇지만도 않지만, 어쨌든 가르치는 본업에서 잠시 놓여나는 시간인 것만큼은 틀림없는 사실이다. 방학은 무수히 의욕적인 계획으로부터 시작하여, 안타까운 미수(未遂)의 허망함으로 끝나기 일쑤이지만, 그래도 속아 사는 것이 인생이라고, 이번 방학도 이런저런 계획에 마음들을 설레곤 한다. 그러나 나를 질적으로 변환시킬 수 있는 연마와 단련을 위해서는 방학이 유용하다는 사실도 부정할 수 없다. 고생 그 자체가 문제이라기보다는 '진정성'이 문제가 될 뿐이다. 진정성이 살아나는 것이라면 삼복염천의 고생이라도 달고 흔쾌할 수 있다.

  대학 1학년 시절, 여름방학과 더불어 고향으로 내려가게 되었다. 내가 존경하며 따랐던 기숙사 선배들은 내게 방학 동안에 읽을 책을 미리 정하여 독한 마음으로 반드시 독파하도록 하라고 했다. 막연하기는 했지만 읽고 싶은 책들이 많았다. 턱없는 지적 허영으로 무조건 고답한 책들을 잔뜩 챙겨 넣고 싶었다. 무언가 목마름 같은 것이 내 안에 있다는 것을 느꼈다. 그것을 어떻게 구체적으로 해소해 갈 수 있을 것인지에 대해서는 여전히 막막했다.

학문에 대한 낭만적 동경과 지적 소망을 품고 들어 온 대학은 실망스러웠다. 무엇보다도 내가 꿈꾸고 동경하던 그런 학문의 향연은 먼 신기루 같이 보였다. 내 수준이 대단해서라기보다는 지식과 학문을 그리고 인생을 대단히 피상적으로 알고 있는 나의 한계가 엄정한 현실 앞에 시련을 겪는 대목이라 할 수 있다. 기대했던 강의들은 나의 지적 기질들과 자주 충돌했고, 따분하고도 지겨운 숙제 나부랭이와 일상의 다툼을 면치 못하는 대학생활을 하였다. 내가 진정으로 하고 싶은 것들, 내가 탐닉하여 몰두하고 싶은 공부들은 대학의 현실 커리큘럼과는 한참 비켜서 있었다.

부끄러운 고백이지만 나는 대학생활을 마칠 때까지 확실하게 무엇이 되겠다는 현실적 목표를 제대로 가지고 있지 못했다. 그러나 어떤 지적 이끌림을 가지고 싶다는 점은 비교적 명료했던 것 같다. 문학과 철학에 대한 관심, 인간의 생각과 상상력에 대한 경이, 그것으로부터 경험하는 새로운 정신세계의 발견, 독서에서 얻는 새로운 감수성, 이때까지 진부하기만 했던 대상으로부터 얻는 미묘한 의미의 울림, 이런 것들로 인해서 문득 각성되는 나를 바라보는 또 다른 나의 정신 등등이 내 지적 이끌림의 내용들이었던 셈이다. 그러나 그러한 소망을 현실의 구체적인 직업과 연관하여 성취동기를 강화하지는 못했던 것 같다. 현실의식이 없었던 셈이다. 그러나 그것이 나를 계발하는 가장 순정한 에너지가 되었는지도 모른다.

대학 1학년 여름 방학에 나는 모두 다섯 권의 책을 가지고 고향에 내려갔다. 그것은 그즈음 새롭게 각광을 받던 신비평 연구서인 르네 웰렉의 <문학의 이론>과 송욱 교수의 <시학평전>, 동양고전인 <고문진보>, 헤르만 헤세의 <유리알 유희> 그리고 토스토에프스키의 <카라마조프가의 형제들> 등이었다. 이들을 어떤 지적 네트워킹으로 읽어냈는지는 확실치 않다.

대학 일 학년짜리인 내가 학교 도서관에서 수많은 책을 만지작거리는 긴 과정이 있은 뒤에 고른 책들이었다. 누군가의 권장 도서 목록에 영향을 받기도 했을 것이다. 그러나 무엇보다도 내가 나의 독서를 스스로 자랑하고 싶은 책들이었다. 허영심의 일종이었겠지만 내 나름의 지적 당위를 보장해 줄 것 같은 책들이었다. 나는 이들 독서경험을 밑천으로 내 '지식의 눈사람 만들기'를 비로소 시작한 셈이었다. 눈사람 만들기에서 첫 눈덩이를 뭉치는 것이 중요하듯이 무엇이든 첫 밑천이 중요한 것이다. 그것이 비단 물리적 법칙에 그치는 것일까. 정신의 영역 또한 마찬가지이다.

이들 책을 읽어낼 무렵, 위태롭게 지적 자존심을 펄럭거려 보기도 하고, 강적을 만나 불쌍하게 추락하기도 하였다. 요컨대 이들 책은 '내 마음의 커리큘럼'으로 선택되고 작동한 원천이었다. 물론 학교가 제공하는 커리큘럼과 알게 모르게 상호성을 만들어 갔을 것이다. 지식 정보의 베이스가 빈곤하기 그지없었던 시절인지라, 나는 내가 만든 '내 마음의 커리큘럼'이 대견스러웠다.

커리큘럼(curriculum)이란 말은 1918년에 보비트(Bobbitt)가 처음으로 사용한 말이다. 지금이야 이 말이 널리 쓰여서 평범하고 흔한 말이 되었지만, 당시로서는 참으로 신통방통한 느낌을 주는 대단히 모던(modern)한 용어이었다. 사람이 태어나 자라면서 그저 의욕 가지고 배우고 경험하면, 그것이 곧 교육인 것으로 생각했는데, 커리큘럼이란 것이 있어야 한다는 것이다. 이 신조어가 얼마나 생명력이 있을까 하는 시선도 있었지만, 커리큘럼이란 말은 20세기 내내 막강한 힘을 자랑하면서 그 세력을 키워 왔다. 마침내는 학문의 한 분야가 될 정도로 확장을 계속해 온 것이다. 커리큘럼이 무엇인가. 교육의 내용과 방법에 대한 온갖 정합성을 살피고, 그것을 바탕으로 보다 전략적이고 합목적적인 교육 내용의 실체를 만들고 실현하는 것이 바로 커리큘럼이다.

커리큘럼(curriculum)이란 말이 이렇게 세력을 갖추게 된 것은 교육이 특히 학교가 근대적 제도로서 필수불가결의 기능과 역할을 해 나가는 시대를 맞이하게 되었다는 것을 의미한다. 학교의 기능을 이토록 극대화하도록 한 시대는 어떤 시대이었는가. 그 시대를 한 마디로 재단하기는 어렵겠지만 아마도 다음 몇 가지 특징을 담은 시대가 아닐까 한다. 그것은 기술 자본주의가 팽창해 온 급격한 산업화 근대화의 시대이다. 동시에 민주화와 인권의 신장이 전 지구촌에서 추구되었던 시대이기도 하다. 학교는 그런 시대를 실제로 추동시켰던 원천이었던 것이다. 엄격히 말하면 학교가 그러했다기보다 학교의 커리큘럼이 20세기의 역동성을 생성하고 견인하던 실질의 콘텐츠이었던 셈이다. 그러니까 커리큘럼은 20세기라는 시대와는 떼려야 뗄 수 없는 것이었는지 모른다. 이들 양자는 운명적으로 궁합이 맞을 수밖에 없는 필연의 관계를 유지하고 있었던 셈이다.

주지하다시피 커리큘럼(curriculum)이란 말은 경주하는 말이 달리는 말의 경주로인 currie에서 온 말이다. 학교는 커리큘럼으로 굴러가는 학습의 마차이다. 우리는 그 마차가 제공하는 경주로에 내 존재를 맡긴다. 우리는 그 마차에 미완성인 현존의 나를 맡기고, 내가 되고 싶어 하는 나의 미래를 맡긴다. 자동화 된 시스템처럼 커리큘럼이 어디에서나 대기하고 있는 사회가 된 것이다. 후기산업사회의 기능인을 계발하는 커리큘럼의 모습은 여기까지인지도 모른다.

문제는 이제 커리큘럼도 다양한 개별화가 필요하게 되었다는 것이다. 어떤 믿을만한 커리큘럼에 자신의 계발을 의탁하는, 시스템화 된 커리큘럼도 물론 중요하지만, 내가 나를 주체화 하는 커리큘럼, 스스로를 위해 스스로 만든, 스스로의 커리큘럼이 창조적 지식인들에게는 필요한 것이다. 내가 나를 계발하기 위해서 달려가야 할 나의 경주로는 어디인가. 그 경주로는 내가 주인이 되는 다양하고 역동적이고 네트워킹의 모습으로 구현되는 지식의 경주로이어야 할 것이다.

1968년 그해 여름, 내가 만든 '내 마음의 커리큘럼'은 나에게는 지독하게 난해한 것이었다. 읽고 읽어도 무슨 말인지를 알 수 없었다. '난해함'에 대한 미지의 매력과 짝사랑이 나의 지적 정체성이었으므로 나는 난해하다는 그 사실에만 우월감을 느끼려 들었다. 그러므로 그 정체성은 일종의 허영에 가까운 것이었다. 궤변 같지만 모든 진정한 마음은 일종의 낭만적 허영을 속성으로 하는 것이어서 나는 그 허영에 스스로 높은 점수를 주고 있었다. 그러니까 '내 마음의 커리큘럼'은 내용 실체는 엉망으로 운영되고 있었지만, 커리큘럼의 형식은 고답하게 빛났다고나 할까.

그러나 실상 나는 책읽기의 이름으로 나 자신을 속여가고 있는 것인지도 몰랐다. 읽을수록 더욱 깜깜해지는 내용을 두고 몇 번인가 포기를 생각했었다. 배반의 생각이 서로의 꼬리를 물었다. 이런 독서는 의미 없다. 아니다, 내가 택한 '내 마음의 커리큘럼'이므로 오기로 뚫어내어야 한다. 모르는 것을 아는 듯이 말하기란 모든 지식 훈련의 필요과정임을, 그리고 그 과정은 끝없는 추락을 경험하는 데에 이르러 마침내 무언가를 이룬다는 것도 그때 알았다.

나는 오늘의 나를 형성시킨 원천의 커리큘럼으로써 대학 1학년 여름 내가 만들었던 다섯 권의 책으로 된 '내 마음의 커리큘럼'을 소중하게 회상한다. 그것이 나의 출발이었다. 오늘 우리들 개개인의 마음에는 어떤 '커리큘럼'들이 그 경주로를 펼쳐 놓고 있는가. 현 단계에서 우리들 각자는 어떤 이상적 자아를 꿈꾸고 있는가. 아니면 어떤 현실적 성취를 강하게 추구하려고 하는가. 꿈과 동기가 강할수록 그것을 추동하는 '내 안의 커리큘럼'이 필요하다. (昔影)

# 목포는 한국의 나폴리이다

로고4는 유럽의 해외 발표에 참석하기로 하였다. 나폴리대학교의 산탄젤로 교수와 친분을 맺고 있었던 우공은 그 거칠 것 없이 밀어대는 성격으로 우리의 이탈리아 행을 이미 확정하고 있었다. 각각의 논문 발표 준비를 하고, 그리고 인천공항에서 만났다. 프랑스에서 공부하던 아내를 만나기 위해 프랑스에서 한 달 정도 머물렀던 것은 1987년의 일이니, 20여년이 지나서야 나는 다시 유럽의 땅을 밟게 된다는 설렘도 가지고 있었다. 특히 이번에는 유럽 문화의 한 축을 이루고 있는 이탈리아를 자세히 들여다보자는 계획도 있으니, 어찌 설레지 않겠는가. 괴테는 아니지만, 이탈리아의 햇볕 아래서 우리는 더 많은 세뇌를 당할 것이라고 기약하고 있었다. 경유지인 프랑크푸르트 공항에는 역시 이탈리아 여행의 폼으로 앉아 있는 괴테의 조각상이 맥주집에 장식되어 있었고, 그래서 우리는 그 집에서 다시 괴테가 되고자 했다. 그곳에 도착하기 전에 우리는 벌써 남국의 정취에 취하고 있었던 것이다.

로마에서 머물기로 한 민박집의 안내자는 어김없이 레오나르도 공항의 출구에서 기다리고 있었다. 조금의 순간도 아쉬워 우리는 새벽에 일어나자마자 로마의 모습을 담기 위하여 시내로 나갔다. 이미 50을 훌쩍 넘어버린 사람들이라서 아침 일찍 일어나는 것쯤이야 문제될 것이 없었다. 오벨리스크와 지오바니 성당은 아침 식사 전에 이렇게 볼 수 있었다. 콜로세움과 아우구스투스의 개선문은 광장과 동상의 도시인 로마를 더욱 빛나게 하고 있었다. 인파를 따라 흘러가듯 보아야만 했던 바티칸의 유물은 그 양이나 규모가 잠깐의 관람을 허용하는 것은 아니었다. 나중에 다시 와서 차분히 보리라 했지만, 그런 기회는 다시 오지 않을 것이다. 오래 전 루브르에서도 그런 생각을 했지만, 그런 생각은 실제로 이루어지지 않았으니까. 인생이란 그런 것이다. 중요한 것은 뒤로 미루고, 그러면서 하찮은 일로 시간을 메우다가 그렇게 이 세상을 떠나는 것이다. 그래서 오히려 하찮은 것이야말로 우리의 진정한 동반자인지 모른다. 그렇게 우리는 로마를 일별하였다. 로마는 우리를 참 한심한 사람들이라고 하였을 것이다.

학회가 열리는 나폴리는 기차로 갔다. 기차에 오르면서 절약하겠노라 준비했던 맥주는 턱없이 부족했다. 더구나 병따개를 준비하지 않아 잠시 망설였지만, 이런 정도를 해결하지 못할까. 몇 가지의 방법을 동원하면서 맥주병을 따는 모습이 그들에게는 신기했던 모양이다. 호기심 어린 눈으로 우리의 행동을 지켜보는 것이었다. 준비했던 여덟 병은 순식간에 바닥났고, 우리는 승무원이 밀고 다니면서 파는 캔 맥주로 욕구를 충족할 수 있었다. 아마도 그들은 횡재라고 생각했을 것이다. 그들이야 맥주 한 병을 놓고 야금야금 감질나게 마시는데, 우리는 꿀떡꿀떡 퍼부었으니 말이다. 결국 그들이 가지고 있는 맥주를 바닥내고서야 우리의 술 욕심은 머물 수 있었다.

나폴리의 밤을 즐기기 위하여 우리는 도보로 바닷가로 나갔다. 길을 물어물어 베테렐로 항에서 우리가 아는 대로의 이탈리아 가곡을 불렀는데, 노래야 석영의 솜씨를 따라갈 사람이 어디 있겠는가. 그 맛깔스러운 태와 윤기 나는 성음에 우리 모두는 그저 감탄만 할 뿐이었다. 우리는 나폴리에 대한 사랑과 호의를 담아 <돌아오라 소렌토로>와 <산타 루치아>를 훗훗한 밤 공기에 실어 떠나보냈다. 그리고 또다시 아침, 우리는 나폴리의 밤을 과도하게 즐겼지만, 이를 노인성으로 극복하고 새벽처럼 일어났다. 언젠가 현대를 창업한 정주영씨가 자신은 하루 세 시간 정도씩만 잔다고 하여 그럴 리가 있느냐고 했는데, 충분히 그럴 수 있는 일이라고 생각하였다. 다만 낮에 꾸벅꾸벅 조는 일이야 어쩔 수 있겠는가. 우리는 그렇게 아침 식사 전에 가리발디 광장을 돌아보고, 나폴리의 역사를 담고 있는 박물관은 학회가 끝난 뒤에 들러보자고 하였다.

학회가 열리는 곳은 나폴리 항 곁에 있는 작고 예쁜 렉스 호텔이었다. 다른 참가자들은 어제 그곳에 도착하여 하루 숙박을 하였지만, 우리는 이곳에서의 공식적인 행사에 참석하고, 발표회가 열리는 비코 에쿠언스에 가기로 하였다. 공식적인 행사가 열리고 있는 나폴리의 동양학 대학은 아침부터 상당히 소란스러웠다. 마침 대통령이 이곳을 방문한다 하여 예포를 쏘는 등 축제 분위기가 고조되고 있었기 때문이다. 나만 가면 이렇게 소란을 떨면서 환영을 한단 말이야, 이러지 말라고 했는데. 우리는 이런 농담을 하면서 행사장에서 사람들과 인사를 나누었다. 나폴리대학교의 산탄젤로 교수와 볼로냐 대학의 로베르토 카테리나 교수의 주제 발표가 끝난 다음 우리는 비코 에쿠언스의 절벽 위에 있는 비코 오리엔테 호텔로 자리를 옮겼다. 나폴리 만을 돌아 폼페이를 지나고, 소렌토 조금 못 미쳐 있는 이곳은 천혜의 관광지였다. 바라보는 모습도 그러하였지만, 그 안에 들어가서 본 모습은 더욱 우리를 황홀하게 하였다. 이곳에서 우리는 꿈같은 이틀을 보내게 되어 있는 것이다.

비코 에쿠언스의 학회는 그야말로 환상적이었다. 카프리 섬과 소렌토가 보이는 해변의 호텔에 앉아 학자들의 열띤 발표를 듣는 것은 그 자체가 하나의 신선한 충격이었다. 영국과 독일, 프랑스, 중국, 필리핀과 인도네시아에서 온 각국의 학자들은 문학 속에 내재된 정서의 보편성과 특수성을 체계화하고 있었다. 우리의 발표도 고전문학과 현대문학에 걸쳐 순조롭게 이루어졌고, 이탈리아 본토에서 맛보는 맛의 향연도 우리를 매혹하게 했다. 그리고 학회가 끝나는 날, 고별을 겸하여 이루어진 만찬장에서 우리는 한국인의 풍류적인 모습을 마음껏 그들에게 보여줄 수 있었다. 우공은 어느새 모임을 이끄는 사회자가 되어 이탈리아 교수의 칸초네, 독일 교수의 슈베르트, 인도네시아 교수의 민요, 미국 교수의 민요와 남계의 사랑가를 들추어내고 있었다. 만찬장에 불려온 악사는 아코디언의 선율 속에 이탈리아 가곡을 멋들어지게 선사하였는데, 여기에서도 석영의 노래 솜씨가 더욱 빛을 발하였다. 악사의 이탈리아어와 석영의 한국어가 같은 멜로디에 얹혀 동서의 감미로운 화합을 이루었던 것이다.

나폴리는 세계의 삼대 미항이라고 알고 있었다. 그러나 태양 아래 드러나 있는 나폴리는 그렇게 아름다운 것은 아니었다. 새똥과 먼지로 덮여 있었고, 거리는 전체적으로 어수선한 느낌을 주었다. 그러나 그곳이 왜 미항인가는 나폴리를 멀리 하면서 알 수 있었다. 자질구레한 것들은 다 감추어지고, 점점 그 황홀한 자태를 드러내는 항구의 조망은 과연 이곳이 왜 <산타 루치아>의 고장인가를 여실히 느끼게 해주고 있었다. 산 마르티노 성당은 자그마한 산 위에 있었는데, 이곳에서 나폴리 시내를 전체적으로 내려다볼 수 있었다. 바다와 산과 사람들이 조화를 이루며 가꾸어 놓은 정원과 같다는 생각을 한 것도 여기에서 내려다 본 느낌이었다. 나중에 다시 안 것이지만, 항구를 떠나 시칠리아를 향하면서 바라본 나폴리와 또다시 나폴리로 들어오는 배에서 바라본 나폴리는 이곳이 왜 삼대 미항의 하나인지를 뚜렷하게 각인시키고 있었다. 항구를 빠져나갈 때의 부드러운 활강과 항구를 들어갈 때의 그 환영하는 듯한 손짓을 우리는 볼 수 있었다.

언젠가 나는 <목포와 나폴리>라는 제목의 글을 쓴 일이 있었다. 한 지방 신문의 기자가 목포를 설명하면서 "목포는 한국의 나폴리이다."라는 문장을 썼었고, 그래서 나는 이것이야말로 그 사람이 가지고 있는 서구 지향적 사고를 무의식적으로 표출한 것이라고 하였다. 우리는 이런 식의 문장을 아무렇지 않게 쓰는 일이 많다. 신재효(申在孝)를 가리켜, 어떤 연구자는 '한국의 셰익스피어'라고 했고, 이상(李箱)은 '럭비풋볼 같은 호박'이라고 했다. 여기에서 나폴리나 셰익스피어, 그리고 럭비풋볼은 목포와 신재효, 호박과 같은 '추상적이고 알려져 있지 않은' 원관념을 설명하기 위하여 선택된 '구체적이고 잘 알려진' 보조관념이라고 할 수 있다. 그러나 목포에 거주하고 있는 기자에게 있어 목포는 그런 원관념이 아니고, 또 나폴리는 그런 보조관념이 아니다. 이상에게 있어서도 호박은 지천으로 가까이 널려 있는 식물이지만, 그러나 나폴리나 셰익스피어, 그리고 럭비풋볼이 없으면 인식되지 않는 가공의 존재일 뿐인 것이다. 그래서 이상은 항상 자신을 지부에 근무하는 상사원으로 인식할 수밖에 없었고, 그래서 본부에 거주하고 싶은 욕망이 그의 문학적 표현에 가득할 수밖에 없었다.

그런 우리의 의식체계와 언어표현에 대한 사고의 편린을 쓴 일이 있었는데, 나 또한 나폴리라고는 가본 일이 없으면서 그 글을 썼음은 물론이다. 그러나 이제 나폴리에서 숙박하고 학자들과 교유를 하였다 하여 이런 나의 행동이 정당성을 획득하는 것은 아니다. 나는 나폴리에서 영원한 이방인이고, 나아가 어디에서건 잠깐 왔다 가는 여행객일 뿐인 것이다. 이태백이 <춘야연도리원서(春夜宴桃李園序)>에서 "부천지자(夫天地者) 만물지역여(萬物之逆旅) 광음자(光陰者) 백대지과객(百代之過客): 대저 이 세계란 만물이 잠깐 쉬었다 가는 여관이요, 시간이란 백대를 가야 하는 나그네와 같은 것이다"라 하였음이 실감나지 않을 수 없다. 그렇게 우리는 이 땅을 스쳐 지나가는 방랑자로서의 모습을 지니고 있을 뿐이다. 그토록 열망하였던 나폴리는 나에게 이런 깨달음을 주었고, 아직도 나의 가슴을 울렁이게 하는 그 '무엇'으로 남아 있다. (南溪)

# 환상의 드라이브 코스

미국 동남부의 명승지로 즐겨 찾는 곳에 그레이트 스모키 산맥 (Great Smoky Mountains)이 있다. 나는 이 절경을 안고 있는 북 캐롤라이나(North Carolina)에서 1년을 보낼 수 있는 행운을 가진 일이 있었다. 그들은 온갖 수사를 동원하여 그 자태를 찬미하고, 또 회원제를 운영하면서 엄청난 관광자원인 양 호들갑을 떨기도 한다. 우리 시각으로 보면 별 것 아니겠지 하는데도, 워낙 평지에 조성된 삼림만 보던 미국인들로서는 그야말로 산으로 이루어져 있는 삼림에 대하여 독특한 느낌을 갖는 것 같았다. 그리고 또 예의 과장이겠지 하는 생각도 가지고 있었다. 그런데 실제로 가보니 너무 광대한 숲과 잘 닦여진 인공이 얄미운 느낌이 들 정도로 잘 조화되어 있었다. 설악산과 내장산의 단풍을 많이 얘기하지만, 단풍 시절에 가본 애쉬빌(Asheville)의 산록은 너무도 장관이었다. 온 산이 붉게 타오르고, 코발트빛 하늘은 왜 그리도 넓게만 보이는지. 우리의 것이 아기자기한 맛을 준다면, 이곳의 느낌은 하여튼 크다는 것 외에 다른 생각을 갖게 하지 않았다. 이 망연함이라니.

또 저 속 깊이까지 너무도 정연하게 잘 가꾸어진 모습이 참 부럽기만 했다. 깊숙한 곳에 놓인 쓰레기통이 어김없이 정돈된 것을 보면서, 그들의 직업의식이나 책임감도 또한 얘기할 수밖에 없었다. 언젠가 도쿄(東京)의 호텔에 비치된 전등에는 어김없이 바테리가 잘 충전되어 있었다. 공교롭게도 마침 그 호텔에서 보는 TV에서 우리 나라의 고속도로에 놓여 있는 비상 전화가 사실은 거의 고장이었다는 뉴스를 보았을 때의 그 씁쓸함을 나는 잊지 못하고 있다. 그런 마음은 여기서 다시 모락모락 피어오르고 있었다. 그래서 너무도 잘 관리되어 있는 그런 곳에서 우리는 함부로 침도 뱉을 수 없었다. 곳곳에서 만나는 관리자들의 친절한 설명도 자꾸 우리의 모습과 비교되었다.

우리의 도로 중에는 아름다운 자연과 잘 어울려 만들어진 곳이 많이 있다. 나는 그런 곳을 '환상의 드라이브 코스'라 명명하고, 주위 사람들에게도 그 아름다움을 느낄 수 있도록 권하곤 하였다. 맨 먼저 꼽는 것은 설악산에서 경주로 내려가는 동해안의 도로이다. 이 도로는 올라가도 좋고, 내려가도 좋다. 아무리 보아도 싫증이 나지 않는 아기자기한 산과 바다를 양쪽에 끼고 달리는 맛이란, 정말 현장이 아니면 느끼지 못하는 맛이다. 삼국유사에는 아름다운 수로부인과 그 남편인 순정공이 임지인 강릉에 올라가다 겪게 되는 몇 가지 일이 기록되어 있는데, 그들이 지나간 곳이 바로 이 도로이니 아주 유서가 깊은 곳이라 할 수 있다. 산 위에 피어 있는 철쭉꽃을 보면서 아름다운 수로부인은 그 꽃을 '가져올' 자 있느냐고 하였다. 이때 그것은 폭력을 수반하는 꺾는 행위가 아니다. 나는 수로부인의 행위가 자연으로부터의 약탈이 아니라, 자연에의 몰입이기 때문에 부정적 의미로의 번역은 옳지 않다고 생각한다. '꺾어올 자' 있느냐고 번역하는 것은 자연과 마주하는 조심스러운 이 상황에서는 너무 돌출된 행동으로 읽히는 것이다. 수로부인의 말에 따라 한 노인이 그 꽃을 바치며 '수줍게' 헌화가를 불렀다. 이로 인하여 그 꽃은 지금의 우리에게까지 아름다움의 표상으로 각인되어 있다. 아름다움은 아름다운 자에게만 인식되는 현상이다. 아름다움을 바라보며 감탄할 줄 아는 수로부인이야말로 얼마나 아름다운 존재인가. 어떤 국문학자가 역사상 가장 아름다운 여인으로 수로부인을 꼽았는데, 아주 적절한 지적이라고 생각한다. 그 이름이 '물 길[水路]'임도 같이 고려하면, 그 인간적 뇌쇄와 예술적 향훈은 더해진다. 이곳을, 사랑하는 가족이나 연인, 우인과 달린다면, 그 즐거움은 더욱 금상첨화가 될 것이다.

대학을 다니던 시절, 어디 우리가 한가로운 여유를 즐겼겠는가? 그러나 가끔 우리는 먼지 풀풀 나는 교외로 나가 지쳤던 심신을 달래곤 했다. 그때 버스를 타고 가면서 가장 기억에 남았던 곳이 경춘가도이다. 기차를 타고 가면서 느꼈던 금속성의 빤지르르함과는 달리 흙과 자갈이 주는 기묘한 충격을 우리는 은근히 즐기곤 했다. 우리의 눈으로 아슴프레하게 들어오던 젖줄같은 계곡의 물줄기와 산자락은 오랜만에 우리를 도시라는 분위기에서 멀리 떨어져 나가게 하였다. 교행하기 위하여 위에서 내려오는 차를 기다리는 모습도 퍽 정겨웠고, 한가로웠다. 지금은 잘 닦여진 포장도로로 바뀌었지만, 그 정취는 여전하다. 가다가 반드시 강촌의 휴게소에 들르는 것이 좋다. 구운 감자를 먹어도 좋고, 또는 커피 한 잔을 마셔도 참 좋다. 그러나 예술적으로 잘 가꾸어진 그 건물의 모퉁이에 서서 앞의 물과 산을 바라보는 것은 또 하나의 즐거움이다. 춘천에 가면 막국수를 먹을 수 있다는 기쁨도 이 도로를 부산하게 하는 이유의 하나이다. 그래서 막국수 생각이 나면 갑자기 집을 나서 이 경춘가도를 달려야 했다. 소양강 입구의 샘밭에 가면 아주 허름한 집이지만, 참 너무 나이 들어 호호할머니가 된 주인의 맛갈스런 내음이 긴 피로를 덜게 하기도 한다. 그 할머니는 지금도 또한 막국수 국물의 간을 보고 있는지.

아주 짧은 코스이지만, 광주에서는 즐겨 광주호에서 무등산을 돌아가는 길을 환상의 도로로 꼽았었다. 그래서 외지에서 온 사람에게는 망월동의 가슴 아리게 하던 사진의 충격보다도 먼저 이곳을 데려가곤 했었다. 나는 말없이 저 무등산이 바로 광주라고 설명하는 것이었다. 그 길은 소쇄원과 식영정과 환벽당으로부터 시작하여 충장공 사당을 지나고, 그리고는 드디어 무등산을 내려다 보는 산 중턱으로 이어졌다. 다시 돌아서면 삿갓 모양의 비석이 서 있는데, 그건 또 유명한 삿갓시인 김병연을 기념하기 위한 것이었다. 김삿갓은 그 한많은 생을 이곳에서 마감했으니, 그를 기념하는 비가 이곳에 세워진 것은 당연한 일이라고 생각한다. 하나하나 우리를 쉽게 지나치게 할 수 없는 자연이 지나가는 사람을 붙잡는 곳이었다. 이곳은 그래서 결코 빨리 다녀서는 안 되는 곳이었다. 아, 그리고 특히 나를 더 머뭇거리게 한 것은 새색시처럼 숨어 나를 빠끔히 쳐다보던 춘란이었다. 그는 매끄러운 자태로 하늘하늘 손짓하고, 때로는 하얀 망울을 금세 터뜨리며, '이래도' 하며 나를 붙드는 것이었다. 춘란의 꽃은 시도 때도 없이 그윽한 자태와 향기로 사람을 끌어들이고 있었다. 난 가꾸기를 고상한 취미로 삼는 사람이 많지만, 나는 모든 것은 자연 속에 그대로 있어야 한다는 주장을 지금도 버리지 않고 있다. 뒤틀렸으면 뒤틀린 대로 또는 건강한 모습이면 또 그대로 모두가 아름답기만 하기 때문이다. 더구나 이를 보기 위해 나는 찾아가지 않는가? 그 찾아감은 모든 대상에 대한 겸허함과 통할 것이라는 생각이 든다. 부르면 언제나 '예'하고 대령하는 대상이란 그렇게 야생적인 아름다움을 갖출 수 없을 것이다. 언제 부를 지 몰라 항상 단장을 하고 있어야 하기 때문이다. 이런 생각을 굳힌 것도 바로 무등산

산록의 자생 춘란이 일깨워준 것이었다. 혹시 훼손될까 두려워 나는 난을 취미로 삼는 사람에게는 이 장소를 알려주지 않았었는데, 지금도 나는 이를 잘한 결정으로 생각하고 있다.

미국인들에게 있어 유명한 환상의 코스가 바로 그레이트 스모키 산맥(Great Smoky Mountains)에 있는 브루 리지 공원길(Blue Ridge Parkway)이다. 이 도로는 버지니아(Verginia)의 쉐난도(Shenandoah) 국립 공원으로부터 발원하여 북 캐롤라이나(North Carolina)의 북벽을 지나 북 캐롤라이나(North Carolina)와 테네시(Tennessee)의 경계에 있는 인디언 정착촌에서 그 여정을 마치고 있다. 남부 애팔래치아 산맥(Appalachian Mountains)이 이 길을 인도하고 있으니 그 아름다움은 이미 보장된 것이나 다름없다고 한다. 장장 469.1마일(약 750.6Km). 경부선 철도의 길이가 444.3Km이니 그 길이가 얼마나 되는지 짐작할 수 있을 것이다. 이 도로는 1935년부터 닦여지기 시작하여, 그 최후의 노정인 그랜드파더 산맥(Grandfather Mountains)부분은 1987년에야 완성되었는데, 지나가는 곳마다 아름다운 자연을 바라볼 수 있도록 전망대와 휴게소가 잘 조성되어 있다. 내가 갔던 늦가을에는 블루베리가 탐스럽게 익어 있어서 그 맛도 즐길 수 있었고, 블루베리 따는 사람들과 정겨운 인사도 나눌 수 있어 더욱 좋았다. 산정에서 내려다보면 저 아래로는 맑은 물이 흐르고 있어, 한가하게 그 물에 발을 담그고 따온 블루베리를 먹을 수 있다. 곳곳에 휴식을 취할 수 있는 공간은 항상 깨끗하게 닦여 있어 너무 인상적이었다. 그리고 다시 단풍이 들어 그곳에 갔을 때, 그곳은 온 산이 붉게 타오르고 있었다. 내장산의 그 다정하고 감미로운 단풍과는 무언지 분위기가 다른 모습이 눈앞에 펼쳐져 있었다. 그리고 왜 그렇게 하늘은 넓어 보이는지. 우리는 미국의 하늘은 더 넓은가 보다면서 웃기도 했다. 이곳이 너무 좋아 한 영문학자는 틈만 나면 애쉬빌(Asheville)로 달려갔다고 하였는데, 충분히 그럴 만하다는 생각이 들었다. 워낙 북 캐롤라이나(North Carolina)는 기후나 풍토가 우리의 자연과 상당한 정도 흡사하다. 그래서 북서부의 워싱턴(Washington)에서 공부하던 환경학도는 박사 과정을 이곳 듀크(DUKE)로 바꾸었다고 했다. 그는 낙엽이 지기 전에 자기의 공부를 마쳐야 한다면서 열심히 듀크의 숲(DUKE FOREST)을 누비고 있다. (南溪)

# 개와 사람

　개의 동상이 세워져 있는 곳이 있다. 우리의 명견(名犬)인 진돗개나 풍산개의 고향에 세워진 것이 아니다. 전라북도 임실군 오수에는 원동산(圓東山)이라는 작은 공원이 있는데, 이 곳을 들어가는 입구에 잘 생긴 개의 동상이 있고, 그리고 그 공원 안에 또 똑같은 개의 동상이 세워 있다. 이곳의 이름은 오수(獒樹)이다. 그 오(獒)는 '큰 개, 길이 잘 든 개'이고, 수(樹)는 '나무'이다. 올해는 갑술년(甲戌年) – 개의 해이다. 개의 이야기를 우리는 개의 동상이 세워진 오수의 이야기부터 시작하기로 한다.

　옛날 오수에 사는 김개인(金蓋仁)은 개 한 마리를 기르고 있었다. 하루는 이웃 마을 잔치집에 갔다 돌아오는 길에 술이 취하여 들에서 잠을 잤다. 그런데 마침 불이 나서 김개인이 자고 있는 곳까지 불길이 번져왔다. 개는 주인을 흔들고 깨웠지만, 주인은 인사불성이었다. 불길이 계속 번지자, 개는 물에 뛰어 들어 온 몸을 적시고 나와 주인이 자고 있는 주변에 뿌리기를 계속하였다. 개인이 깨어보니 자신이 자고 있던 주위를 제외하고는 모두 불에 타 있었다. 그리고 옆에는 개가 물에 적셔진 채 지쳐 쓰러져 있었다. 개의 충정에 감동한 개인은 개의 무덤을 만들고, 거기에 지팡이를 꽂아 두었다. 그런데 이 나무에 뿌리가 돋고 가지가 뻗어 큰 나무로 자라났다. 지금 동산에 서 있는 큰 나무는 바로 지팡이가 자라 된 나무라고 하며, 마을 이름도 '오수'라고 하였다.

여기에서의 개는 주인을 위하여 자신의 몸을 희생하는 충성스러운 존재로 그려져 있다. 그리고 불은 물로 끈다는 효과적 진화(鎭火) 방법을 알고 있는 지혜로운 존재이며, 또한 자신의 몸을 희생할 줄 아는 용감한 존재이기도 하다. 우리는 개를 충직하게 주인을 보좌하는 영물로 인식하고 있다. 나아가 인간과 거의 동일시 하기도 하였다. '개는 사흘을 기르면 주인을 알아본다'는 속담이나, 자기 자식을 '우리 강아지'라고 부르는 것도 이러한 발상에서 비롯된 것이라고 할 수 있다.

일식(日蝕)과 월식(月蝕) 유래담의 개는 충성심, 용맹과 관련된 관념의 소산이다. 해도 달도 없어 어둡기만 한 나라의 임금님은 가장 억센 불개를 보내어 인간 세상의 해와 달을 가져오게 하였다. 명령을 받은 불개는 하늘로 달려가 해를 물었지만, 너무 뜨거워 얼른 뱉고 돌아왔다. 임금님은 다시 달을 물어 오라고 하였다. 가서 막상 달을 무니 이번에는 너무 차가와 또 뱉고 말았다. 기회만 있으면 임금님은 '해를 물어와라' '달을 물어 와라' 하고, 그 때마다 불개는 분주하게 해로 갔다 달로 갔다 한다는 것이다. 불개가 해나 달을 물었다 뱉는 모습이 일식이고, 월식이라는 것이다

이렇게 개는 충직스러운 모습으로 우리의 옆에 존재할 뿐만 아니라, 최후로는 자신의 몸을 인간에게 식용으로 제공하기도 하였다. 신에게 바치는 제물로 개를 이용하거나, 또 이를 식용으로 하였다는 기록은 고대의 중국 자료에서 많이 발견되고 있다. 우리나라에서도 복중(伏中)

의 허약해진 기력을 되살리는 요긴한 식품으로 인식하였다. 동의보감 (東醫寶鑑)에서는 개고기가 허약한 몸을 보하고, 위장을 튼튼히 하며, 허리와 무릎을 따뜻하게 한다고 기록하고 있다.

그런데 개가 반드시 충직스러운 모습만으로 인식된 것은 아니다. 개가 일상적으로 인간과 맞붙어 지내기 때문에 부정적으로 드러낸 경우도 많다. 너무 인간의 속마음을 속속들이 알아서 오히려 개가 보기싫어지는 경우도 있을 수 있는 것이다. 또 인간과 비교할 때, 비천한 모습으로 보여지기도 하였다. 이러한 우리의 인식은 다음과 같은 속담에서 잘 표현되고 있다.

> 서당개 삼년에 풍월 읊는다.
> 개도 사나운 개를 돌아본다.
> 개 못된 것은 들에 가 짖는다.
> 개 꼬락서니 미워서 낙지 사 먹는다.
> 개꼬리 삼년 두어도 황모(黃毛) 안된다.
> 개 보름 쇠듯 한다.
> 개같이 벌어서 정승같이 쓴다.

이처럼 비천하고 격이 낮은 것의 통칭으로 사용되었기 때문에, '개-'라는 접두사는 대체로 열등한 것을 드러내거나 욕설에 사용되었던 것이다.

동양이나 서양을 막론하고 개는 인간의 역사와 함께 늘 인간의 주위에서 존재해 왔다. 때로는 구박과 멸시와 버림을 받고, 자신의 몸을 희생하기도 한다. 인간이 개를 버려도 개는 사람을 배신하지 않는다. 더러는 인간의 주위를 맴돌면서 사랑을 받기도 하였다. 근래 우리는 개를 살아 있는 장난감으로 생각하여 안거나 데리고 다니는 경우를 많이 본다. 또 연쇄점에는 개를 먹이기 위하여 외국에서 수입된 통조림이 진열

되어 있는 것도 볼 수 있다. 자그마한 개가 결코 배신하지 않을 충직성으로 인간의 주위에서 맴도는 것은 어찌 보면 지극히 아름다운 모습이기도 하다. 이런 개를 잘 보살피고 우대하는 것은 그러니 당연한 일일 수 있다.

그러나 우리의 전통 사회에서 개는 항상 인간과 어느 정도 거리를 유지하면서 자신의 위치를 지키도록 하였다. 결코 개가 동물 이상의 위치로 올라서는 것은 옳지 않은 것으로 보아 왔던 것이다. 그것은 대상을 너무 멀거나, 또는 너무 가깝게 하지 않는 것, 그리고 일정한 거리를 유지하는 것이 바람직하다는 우리 선인들의 오랜 지혜의 결과 때문으로 생각된다. 영물스러운 존재로 보아 너무 가까이 할 경우 오히려 인간에게 해를 끼친다고 생각하였던 것이다. 요즘처럼 개가 애완 동물의 표본이 되어 인간과 밀착하여 붙어 다니는 것은 아무래도 서양의 습속을 따른 이후부터의 일이라고 할 수 있다.

대상이란 이렇게 양면성을 지니고 있다. 모든 물상(物象)은 긍정적인 측면과 부정적인 측면을 항상 공유(共有)하는 것이다. 사실은 대상이 부정적이고 긍정적인 것이 아니라, 그것을 바라보는 인간의 인식이 그러한 것인지도 모른다. 필요할 때면 긍정적 측면이 부각되는 것이고, 불필요하면 부정적인 측면이 부각될 것이기 때문이다. 이러한 속성을 바로 인식한다면 아마도 작은 일에 연연하거나 구애되지 않고, 인생을 보다 풍부한 여유 속에 살아갈 수 있지 않을까 생각한다. 인간과는 뗄래야 뗄 수 없는 관계인 개를 바라보는 것은, 또 그러한 이유에서 인간을 객관화 시켜 바라보는 것이 될 것이다. 개를 보면서 우리는 우리 자신을 성찰하는 귀한 계기를 가질 수 있는 것이다. (南溪)

# 우리 문화를 바라보는 시각

쑥대머리 귀신 형용 적막 옥방의 찬 자리에
생각난 것이 임 뿐이라
보고지고 보고지고 한양 낭군을 보고지고
오리정 정별 후로 일장서를 내가 못 봤으니
부모 봉양 글 공부에 겨를이 없어서 이러는가
연이신혼(宴爾新婚) 금슬우지(琴瑟友之) 나를 잊고 이러는가
계궁(桂宮) 항아(姮娥) 추월같이 번뜻이 솟아서 비치고저
막왕막래(莫往莫來) 막혔으니 앵무서(鸚鵡書)를 내 어이 보며
전전반측(輾轉反側) 잠 못 이루니 호접몽(胡蝶夢)을 내가 꿀 수 있나
손가락의 피를 내어 사정으로 편지할까
간장의 썩은 눈물로 임의 화상을 그려볼까
이화 일지(梨花一枝) 춘대 후(春帶後)에 내 눈물 뿌렸으니
야우 문령(夜雨聞鈴) 단장성(斷腸聲)에 비만 많이 와도 임의 생각
녹수 부용(綠水芙蓉)에 연 캐는 채련이와
제롱(提籠) 망태기에 뽕 따는 여인들도
낭군 생각 일반이나 날보다는 좋은 팔자
옥문 밖을 못 나가니 뽕을 따고 연 캐겄나
내가 만일에 이 옥문(獄門)을 못 나가고 옥중 원귀(寃鬼)가 되거드면
무덤 근처 섰는 남기는 상사목(相思木)이 될 것이요

무덤 앞에 있는 돌은 망부석(望夫石)이 될 것이니
생전사후(生前死後) 이 원통을 알아줄 이가 뉘 있드란 말이냐
퍼버리고 앉아 설리 운다

　어디엔 듯 숨어 있다 홀연 피어나, 우리 시대의 명창 임방울(林芳蔚)을 일반 대중에게 선보이고, 이후 사지(死地)에 놓인 임방울의 생명을 구했던 '쑥대머리' — 서울 관광을 온 스물 세살의 임방울은 외숙인 김창환(金昌煥)의 권유로 공개적인 자리에서 이 대목을 불러 일약(一躍) 당대의 명창으로 떠올랐다. 6·25가 일어나 서울에 있던 그는 고향인 전남 송정리(현재는 광주시 광산구 송정동)를 가려 하였지만, 이미 모든 길목을 인민군들이 점령하였다. 그는 검문소를 지날 때마다 이 쑥대머리를 불러 자신을 드러냈고, 그리고 향리로 돌아올 수 있었다. 그가 특장(特長)으로 하는 부분은 수궁가 중 '토끼 배 가르는 대목'이다. 그는 자신이 토끼가 되어 사지를 헤엄쳐 나왔던 것이다.

　임방울을 세상에 내 보내고 또 사지에서 구해냈던 쑥대머리는 춘향의 말이 아니다. 또 이도령을 그리는 춘향의 애타는 몸짓이 아니다. 그것은 춘향을 바라보고, 춘향과 같은 공감대(共感帶)에 선 방관자(傍觀者)의 애끓는 자기 인식의 소리인 것이다. 춘향 앞에서 춘향을 객관적 대상으로 놓지 않고, 그 감정을 자신의 것으로 온전히 수습할 때만 이러한 공감은 가능하다. 그러나 이것으로 끝나는가? 예인(藝人)은 다시 멀찍이 서서 춘향을 그리고 있다. 이 좁힘과 떼어 놓음 사이에 쑥대머리는 위치한다. 그것은 우리에게 들어오기를 요구하고, 다시 우리에게 떨어지기를 요구하는 것이다.

　그러니 연창자(演唱者)는 춘향이 되는 것이 아니다. 전달되는 것은 우리가 놓여야 하는 감정의 자리이다. 그것을 우리는 설명하기 지난(至難)한 '한(恨)'으로 이해한다. 그것은 어떤 정의(定義)로 우리 앞에

놓이기를 거부하는 뭉텅이일지도 모른다. 정제(整齊)되고 질서화(秩序化)된 우리의 세련된 감정이 드러나기 이전의 복합된 모습이라고도 할 수 있다. 그러나 그것은 달걀의 액체 속에 발이 되고, 부리가 되고, 눈이 될 부분이 이미 정해져 있듯이, 각각의 지점은 명확히 지정되어 있다. 다만 우리에게는 그것이 보여지지 않고 숨겨져 있을 뿐, 예인은 그 천부(天賦)와 각고(刻苦)의 노력으로 그것을 찾아내고 우리에게 표현한다. 그러니 그것은 전혀 새로움이었지만, 사실은 새로움이 아니다. 그것이 우리의 가슴 깊이 다가와 몸서리치도록 우리를 흔드는 까닭은 바로 우리가 지나치고 있었던 우리 자신과의 벌거벗은 대면(對面) 때문이라고 할 수 있다.

그러니 판소리가 어디에서 시작한 것인가를 밝히는 작업은 사실은 허망한 것일 수 있다. 그것은 우리 산천(山川)의 소리였고, 정다산(丁茶山)의 애절양(哀折陽)이었고, 왜적이나 오랑캐가 쳐들어오는 소리였다. 아니 그것 만인가? 가뭄에 콩 나듯, 장마의 계절에 언뜻 파란 하늘이 보이듯, 그렇게 환희(歡喜)일 수 있는 부분도 그것은 놓치지 않는다. 그러니 그것은 인간에게 해석하기를 강요하는 자연의 소리로서만 존재한다. 이미 해석하여 제시되는 노래가 아닌 것이다. 판소리가 판의 '노래'가 아니라, 판의 '소리'인 까닭이 여기에 있다.

그러니 판소리는 단선적(單線的) 인식(認識)을 처음부터 거부하는 형태이다. 그것이 고정되는 순간, 그것은 다시 먼 발치로 달아난다. 춘향은 계층의 대립을 드러내고, 따라서 춘향과 이도령, 그리고 변사또는 서로 적대적인 위치에 놓인 것처럼 보이기도 한다. 그러나 그 적대적인 위치의 변사또는 청산되거나 뿌리 뽑히지 않는다. 다만 강자(強者)의 약자(弱者) 될 수 있음과 약자의 강자 될 수 있음을 보여 줌으로써 화해(和解)의 잔치를 지향한다. 이러한 화해와 의식(意識)의 개안(開眼)은 심청가의 황성 잔치에서도 분명하게 드러나고 있다. 불구적인 존재는 영원히 불구적인 존재가 아니라는 것, 이것만큼 강한 메시지가 어디에 있는가! 이러한 구도(構圖)가 직설적으로 드러나 있는 것이 흥보가이다. 약자의 강자이고자 하는 꿈과, 그러한 능력의 성숙을 보여 줌으로써 흥보는 더 이상 운명에 안주하지 않는 것이다.

그러니 놀보를, 골계적인 심봉사를, 그리고 변사또를 비웃을 수 있는가? 그렇다면 그것은 대단히 표면적인 인식에 머무른 것이다. 그것은 청산되어야 하지만, 어쩔 수 없는 혹처럼 우리를 따라 다니는 우리의 또다른 모습이다. 토끼의 간(肝)을 구하는 용왕을 혐오하거나, 허망한 용왕에게 충성을 바치는 자라를 비웃을 것인가? 자신을 세계에 대하여 재단(裁斷)하는 위치에 놓여 있다고 생각하는 사람은 능히 그럴 수 있을 것이다. 그러나 그것은 우리의 중요한 한 부분에 눈 감고자 하는 행위와 다를 바 없다. 이것을 방지하기 위하여 우리의 친한 벗인 춘향이나 심청, 토끼는 결코 긍정적으로만 그려지지 않았다. 그들의 행위가 끊임없이 우리 자신의 성찰(省察)을 강요하는 이유가 여기에 있다.

우리의 판소리에는 영원히 존경(尊敬)을 받거나, 또 영원히 폄하(貶下)를 받는 인간이 등장하지 않는다. 춘향이거나 심청이거나 토끼 또는 흥보라 할지라도 상황에 따라서는 얼마든지 조롱을 받을 수 있고 비웃음을 받기도 한다. 마찬가지로 변사또나 뺑덕어미, 놀보 등은 언제나 부정적인 인물로서만 존재하지 않는다. 국면(局面)에 따라서는 그들의 행위가 긍정적이며 바람직한 것으로 나타나기도 하는 것이다. 판소리에 이르러 우리는 한 인물이 긍정적인 것만으로 이루어지거나, 그와 반대로 부정적인 것만으로 이루어지지 않았다는 독특한 세계 인식을 만나게 되었던 것이다. 이러한 원리 앞에서는 누구도 교만할 수 없으며, 또 비탄과 실의에 빠질 필요가 없을 것이다. 근대 사회에서 진정한 의미의 개인 존중은 강자의 약자에 대한 시혜(施惠)에서 비롯되는 것이 아니다. 그것은 시혜의 차원이 아니라 대립적이고, 경쟁적인 관계에서 대등한 인격체로서의 존중을 의미한다. 판소리의 인물이 갖는 근대적 성격을 운위(云謂)할 수 있는 이유가 여기에 있다.

문화(文化)는 왜 향유(享有)하는가? 그것은 우리의 삶을 다양하고 폭넓게 이해하게 한다. 그만큼 우리의 삶은 풍요로워지고, 질적(質的)인 상승(上昇)이 이루어진다. 어떤 의미에서건 우리는 잘 살기 위하여 문화를 향유하는 것이다. 우리의 앞에는 다양한 문화의 코드가 거미줄처럼 놓여 있다. 그것들은 각각 나름의 의미를 가지고 우리의 앞에서 우리의 선택을 기다리고 있다. 우리에게 앙금처럼, 또는 고분(古墳)을 발굴(發掘)하는 순간 환상(幻像)처럼 사라지던 우리의 그 아픈 모습으로 다가왔던 판소리도 그 대열 속에 파리하게 자리잡고 있다. 그러나 모든 문화는 결코 우리에게 자신의 선택을 구걸하지 않는다. 판소리 또한 모든 문화처럼 자신의 세계를 우리에게 끌고 오지 않는다. 그 접근의 어려움 때문에 자꾸 멀어져도 결코 자신을 굽히며 손짓하지 않는 것이다.

우리는 우리 문화의 정체성(IDENTITY)을 주장하는 것으로 학문을 시작하여야 했다. 우리의 문학은 중국의 것이 아니라, 우리의 전통 위에서 자생(自生)한 것이라는 주장을 얼마나 하여야 했던가. 또 우리의 음악은 반드시 송(宋)에서 수입한 대성악만이 아니라, 우리 고유의 것이 그 밑바탕에 존재하고 있다는 것을 얼마나 증명하여야 했던가. 나아가 우리의 신문학이 서구 문학의 이식(移植)이 아니라는 주장은 또 얼마나 하여야 할 것인가.

그러나 문제의 심각성은 그 정체성의 확인이 대상국이 되는 중국이나 일본 그리고 서구의 사람들을 향한 것이 아니라는 데에 있다. 우리의 한문학(漢文學)이, 우리의 국악이, 그리고 우리의 신문학이 외국의 영향을 받아 이루어진 것이라고 주장하여 우리를 한없이 왜소하고 주눅들게 한 사람들은 중국이나 일본 그리고 서구의 학자가 아니라, 바로 우리의 토양 위에서 우리의 것을 받으며 자란 우리의 외국학 학자들이었던 것이다. 다른 나라 학자들이 언제 여유가 있어 우리의 것과 자신의 것을 비교하는 데 시간을 할애하겠는가. 그 나라가 마치 모국인 양 발벗고 나선 우리 학자들의 편향적인 사고를 바탕으로 하여 이러한 일은 벌어졌던 것이다. 그러니 중국인들이 판소리를 중국의 강창(講唱)에서 연유한 것이고, 나아가 우리의 무속(巫俗)마저도 중국의 노장 문화(老莊文化)에 의하여 이루어졌다고 생각하는 것은 전혀 외국의 것을 우월시하는 대단한 학자들의 주장에 근거한 것이다.

왜 우리의 것을 이렇게 비하하고, 힘들게 하는가. 문화란 앞에서 말한 바와 같이 대상에 접근하는 사고의 틀을 의미한다. 각양각색의 사람들이 존재하듯, 또 각각의 문화가 존재할 수 있다. 어떤 문화건 다른 문화를 빙자하여 파괴하거나 폄하한다면, 이는 반문화적(反文化的)인 야만(野蠻)일 수밖에 없다. 우리의 의식 속에 깊이 각인(刻印)되어 있는 장승을 우상(偶像)이라 하여 짜르는 것과 같은 야만의 폭거 앞에 우리는 놓여 있다. 우리의 것은 현대적인 해석의 대상이 아니라, 그 원시의 모습으로만 존재하여야 한다고 생각하는 모양이다. 이러한 방자한 태도는 어떤 문화 앞에서도 할 수 없는 일인데, 그것이 버젓이 이루어지고 있는 것이다. 앞에 놓여 사라지기를 강요당하는 대상이 우리 자신의 것이며, 그것은 또 하나의 훌륭한 문화인데, 그것을 아직 알아채지 못하고 있다는 겸손한 마음을 회복하는 것만이 문화 파괴의 야만적 상태를 벗어나는 일임을 알아야 한다.

이러한 시각 위에서 우리의 것을 바라보고, 그리고 비판하거나 상찬하여야 할 일이다. 어떤 사람은 그래도 역시 우리의 것은 한없이 부끄러운 것이라고 할 지도 모른다. 그러나 세상 어디에고 그렇게 부끄러운 문화를 지니고 있는 족속이란 존재하지 않는 것이다. 그리고 분명한 것은 어떤 시기의 어떤 사람도 그 본질에 들어갈 만큼의 노력을 기울인 일이 없었다는 점이다. 쇼팽을 감상하기 위하여, 베토벤을 이해하기 위하여 우리는 유치원에서부터 그 음악적 관습에 익숙하도록 길들여 왔다. 그러한 노력 없이 쇼팽과 베토벤이 이해될 수 있었다고 믿는가. 우리의 국악에, 우리의 문화에 바친 사회적 노력은 외국의 것에 익숙해지려는 노력의 얼마에 해당한다고 할 수 있겠는가.

좋으나 싫으나 우리의 선조들이 향유하던 것들이었다. 서구인이, 또 이스라엘인이 못되어 아무리 속이 상해도, 지구상 한 곳을 지키며 거머잡아 온 문화의 흔적은 좀 지켜볼 필요가 있지 않은가. 이것은 세계 문화를 위하여도 반드시 필요한 일이다. 다른 나라에는 없는 문화이고, 그것을 보존하고 키우는 것은 세계 문화를 보다 풍요롭게 하는 것이니까. 우리 문화의 본질에 접근하고자 하는 사람들이 가장 두렵고, 또 힘이 빠지는 것은 우리의 문화를 왜곡하고 그것에 만족하는 우리의 학자들의 태도이다.

판소리와 같이 어떤 문화건 자신을 이해해 달라고 구걸하는 문화는 없는 법이다. 이해하기 위하여 우리가 달려가야 하는 것이고, 그럴 때 그 본질의 어떤 부분을 수줍게 내보이는 것이 문화인 것이다. 달려가지 않고도 쉽게 접근할 수 있는 것이라면, 그것은 본능이거나 대단히 상식적인 것에 불과할 것이다. 들어가도 들어가도 그 깊이를 알 수 없는 것이야말로 진정 탐구해볼 만한 가치있는 존재가 아니겠는가.

그런 대상에 대하여 사대적(事大的) 발상에 기초하고 있는 사람들은 제발 자신의 자[尺]로 섣불리 판정하고 재단하지 말아야 한다. 그리고 그러한 태도로 접근하는 것이 자신을 대단한 사람으로 만드는 것이 아니라, 오히려 문화를 이해하지 못하는 야만인으로, 더구나 그 대상이 우리 자신의 것이라는 점에서 반민족적 행위라는 것을 인식하여야 한다. 잘 모르는 외국의 것에 대하여 우리가 침묵하거나, 또는 알게 될 때까지는 참고 기다리는 것이 예의이듯이, 우리의 것에 대하여도 마찬가지의 태도를 취하여야 하는 것이다. 더구나 외국의 것을 이상적(理想的)인 위치로 놓고 우리의 것을 현실로 놓고 바라보는 태도는 대화나 학문의 기본을 몰각(沒覺)한 것이기도 하다. 대비(對比)는 동일한 수준의 것으로 하여야 하는 것이다. 저쪽의 최고 수준과 우리의 최저 수준을 대비하며, 우리의 것을 비하(卑下)하는 것은 논리의 기본마저 이해하지 못한 태도이다.

우리의 문화에 접근하고자 하는 사람들, 그리고 애정과 신뢰로 대상에 접근하는 사람들은 이러한 이유에서 더 긍지와 자부심을 가질 필요가 있다. 자신이 알지 못하여 떠드는 말, 그리고 왜곡하고자 하는 불순한 의도에서 출발한 주위의 발언에 하나하나 대꾸할 여유가 없기도 하다. 그 깊이를 알 수 없는 문화의 심연에 도달하기 위하여는 더 이상 말도 되지 않는 주위의 훼방에 눈 돌릴 시간도 없기 때문이다. 만약 주위의 반문화적인 태도가 더 기승을 부리고, 그것이 대세를 이룬다면 그것은 우리 민족이기를 스스로 포기하는 일이다. 그렇다면 우리 문화를 지키는 파수꾼으로서의 사명까지도 지녀야 하는 것이니, 얼마나 자랑스러운 일에 종사하는 것인가. 항상 생각할 것은 자신이 그 자랑스러운 일을 하는 사람으로 걸맞는가를 반성하는 일일 것이다. **(南溪)**

# 우리의 큰 명절, 설

설날은 음력으로 정월 초하루다. 새해의 첫날이므로 세수(歲首) 또는 연수(年首)라고도 하지만, 설 또는 설날이라고 부르는 것이 일반적이다. 이 말의 형성을 확인할 수는 없지만, '삼가다', '섧다'라고 해석하는 지방이 있는 것을 보면, 한자로 신일(愼日)이라고 하는 것에서 유래한 것이 아닌가 추측된다.

설을 위시한 세시풍속은 철과 절기에 따라 행해진다. 우리의 세시풍속은 달(月)을 중심으로 하여 만들어진 음력을 기준으로 하고 있다. 그러나 이는 세시풍속이 달력이 만들어진 뒤에 이루어졌다는 것을 의미하지는 않는다. 달력이 만들어지기 전에도 사람들은 자연의 운행 질서에 따라 찾아오는 철을 기준으로 하여 생활하였을 것이기 때문이다. 이를 우리는 자연력(自然曆)이라고 부른다.

봄이 가면 여름이 오고, 가을이 지나면 겨울이 온다. 사람도 태어나서 활동하고, 기력이 쇠해지면 죽는다. 이 엄연한 자연의 진행을 사람들은 관념적으로 구별한다. 이것이 4계절이고, 소년기 청년기 등이다.

이렇게 명확한 구분 없이 이어지는 자연의 진행을 인위적으로 구분하고, 그 구분한 것에 의미를 부여하는 것이 인간의 문화 양태이다.

설날은 첫날이다. 첫날은 시작을 의미한다. 농경을 위주로 하였던 우리 선인들은 농사와 관련되는 시작과 중간, 끝의 행사를 성대하게 치렀다. 시작은 풍요의 기원이며, 중간은 생산 증식의 독려이며, 끝은 수확에 대한 감사이다. 감사의 의식은 축제적 성격을 띠지만, 기원의 의식은 근신과 경건으로 요약된다. 내일을 위한 기원을 조상과 함께 하고, 그 결집된 힘을 미래에 대한 분출력으로 변화시키고자 하기 때문이다.

우리는 밤을 새우면서 새날을 맞이했고, 깨끗한 몸가짐으로 조상에게 차례(茶禮)를 올렸으며, 웃어른에게 세배를 했다. 이 차례와 세배는 현재의 '나'를 있게 한 과거에의 확인 작업이며, 그 확인을 통하여 강한 공동체적 결속이 이루어지고 있다. 따라서 그 실천은 자의적인 것이지만, 그것이 이루어지지 않았을 때는 계속하여 마음이 놓이지 않는 자기 구속적인 성격을 갖기도 한다. 이는 공동체로부터의 일탈(逸脫)이라는 두려움 때문에 나타나는 현상이라고 할 수 있다.

이러한 이유에서 설날의 차례와 세배를 위하여 우리는 '민족의 대이동'이라는 표현에 합당한 설날의 대장정을 매년 되풀이해 왔다. 연하장을 보내고, 전화를 하고, 편지를 하고서도 직접 역사와 대면하는 차례와 세배를 치르지 않고서는 마음을 놓지 못하는 이 끈질긴 집착은 바로 자신의 정체성을 확인하고자 함에서 연유한다. 선사 농경사회로부터 시작된 이 고향, 원천(源泉)에의 회귀는 그러므로 우리 민족의 영원히 반복되는 신화 의식이요, 종교이기도 하다.

달을 기준으로 하는 해의 계산이, 해(日)를 기준으로 하는 양력으로 바뀌게 된 것은 1896년의 일이었다. 이는 조선의 국운이 쇠퇴하고 일본의 세력이 우리나라에서 점증(漸增)하게 되는 시기와 일치한다. 이것이 민족주의와 결부되어 양력의 첫날인 신정(新正)을 '일본설'이라고 매도하고 거부하였던 이유가 되기도 하였다. 양력을 공식화하고 백성에게 강요하는 것은 상층의 문화 또는 표층 의식(表層意識)의 산물이라고 할 수 있다. 이에 대하여 음력의 설에 집착하는 것은 이를테면 심층의 문화, 기층 의식(基層意識)의 표현이다.

우리는 '신정 단일 과세'라는 정책 속에서 움츠리며 기층 의식의 공존을 은밀하게 나눌 수밖에 없었다. 이것이 90여 년 동안 계속되었다. 1989년 1월 26일, 정부는 국무회의를 열고 '설날과 추석을 각각 3일 연휴로 늘이고, 신정 연휴는 3일에서 2일로 단축하는' 관공서 공휴일에 관한 규정령 중 개정령안을 의결하였다.

이는 신정과 구정의 오랜 대결에서 볼 때, 심층 의식의 존재에 대한 표층 문화의 공식적인 인정을 의미한다. 저층에 자리잡은 의식은 억누르기만 할 때, 오히려 파행적인 돌파구를 찾기 마련이다. 따라서 그 통로를 공식화 시킬 때, 건전한 방향으로의 유도는 가능한 것이다.

은밀한 관계 속에서 유지되었던 의식이 건전하고 밝은 세계 속에서 어떻게 자리잡고, 생산적인 에너지로 작용하게 될 것인가? 이는 우리 민족의 저력에서 찾을 수밖에 없는 우리 시대의 물음이 될 것이다. (南溪)

# 춘향의 생각과 선택

춘향은 우리에게 매서운 열녀(烈女)로 인식되어 있다. 일생을 같이 하기로 되어 있는 사람이 있는데, 그 사람에게 향하는 마음을 바꾸라는 요구를 받고 춘향은 죽음으로 항거하였다. 그러나 춘향이 죽음을 무릅 쓰고 사랑의 약속을 지키려고 했던 것은 너무도 당연한 일이었다. 당시의 그 사회에서 충성이나 절개는 선택의 사항이 아니었다. 충성할 만하니 충성하고, 또 일생을 의탁할 만하니 남편을 위해 절개를 지키는 것은 더구나 아니었다. 겨우 열 살 먹은 철부지가 왕이 되어도 지존으로 모시었고, 남편이 죽었어도 그를 위해 개가(改嫁)하지 않는 것이 당시의 요구되는 덕목이었다. 그래서 사랑하는 남편을 위해 죽음을 마다하지 않는 여성은 춘향 말고도 어디에서나 발견할 수 있는 일이었다.

대부분의 이야기에서 춘향은 만나자마자 당일로 이도령과 잠자리를 같이 한다. 그리고 이후 춘향과의 관계 속에서 이몽룡은 정신을 잃고 춘향에게 흠뻑 빠져든다. 그래서 공부하다가도 생각나 달려가고 싶은 여성, 그저 곁에만 있으면 세상이 모두 내 것인 양 뿌듯하게 만드는 여인. 춘향은 그렇게 요염한 여성으로 우리에게 인식되어 있다. 한없이 나긋나긋하고 깊어 푹 안기고 싶은 여자가 춘향인 것이다. 그러나 사랑하는 연인 앞에서 이런 정도의 애교를 부리고, 또 정인(情人)의 가슴을 설레게 하는 여인이 어디 춘향이만 있겠는가? 오히려 사랑하는 사람을 앞에 두고도 멀쑥하게 만들어 정 떨어지게 하는 여인이 있다면, 그야말로 참 한심한 사람이 아니겠는가.

더구나 이몽룡이 어떤 사람인가. 이몽룡은 춘향을 만나면서 춘향의 현실과 이상을 이해하고, 춘향의 성취를 위해 자신의 모든 것을 바칠 수 있는 사람으로 변했다. 진정한 사랑이란 이렇게 서로를 변하게 만든다. 사랑 앞에서 고민하지 않고, 스쳐가는 숱한 군중의 하나처럼 아무런 변화가 일어나지 않는다면, 그것이 무슨 사랑이겠는가. 이몽룡은 그런 변화를 겪고, 한낱 천기(賤妓)인 춘향과의 약속을 지키고자 했던 사람이다. 이몽룡은 그런 사람이다. 어찌 이몽룡 앞에서 사랑스런 여성이 되지 않겠는가. 어찌 아양과 교태를 떨지 않겠는가. 죽고 못 사는, 사랑하는 사람을 위해서라면, 그보다 더한 것도 얼마든지 할 수 있는 것이 우리들이다. 아양과 교태를 떨 수 있는 그런 사람이 없는 것이 안타까울 일이다.

따라서 이 정도의 사실로 춘향의 아름다움을 말할 수는 없다. 그런 정도의 선택이야 우리 주위에 지천으로 널려 있다. 자신의 성취를 도와줄 수 있는 능력을 지니고 있고, 그리고 또 헌헌장부(軒軒丈夫)인 사람이라면, 그런 사람을 위해 무슨 짓인들 못하겠는가. 우리 모두 그런 사람 만나기만 하면, 춘향보다 더 자신을 낮출 만반의 준비를 갖추고 있다.

따라서 이런 것만으로 춘향이 이루어져 있다면, 그를 형상화한 춘향전이 우리가 가장 애독하는 고전이 될 수는 없다. 기껏해야 한 가문(家

門)을 일으킨 열녀 춘향, 그리고 미모를 지닌 춘향을 위하여 매년 춘향제가 열리는 남원(南原)으로 사람들이 몰려드는 것은, 그래서 참 부질없는 일이 될 것이다. 따라서 춘향전이 고전인 까닭은 춘향의 이러한 외면적인 현상에서 찾을 것도 아니고, 춘향이 신데렐라처럼 개인적 영달을 이루었다는 점에서 찾을 것은 더구나 아니다. 춘향전이 고전인 까닭은 이 작품에서 형상화한 춘향이 위대한 선택을 하였고, 그 선택을 위해 자신의 온 생명을 걸었다는 데서 찾아야 한다. 그래야 우리의 선택은 그나마 가치를 지니게 된다.

춘향은 기생 월매의 딸이다. 퇴기(退妓)의 딸이건, 또는 대비 속신(代婢贖身)하였건, 이것이 춘향의 신분을 변화시키는 것은 아니다. 한번 기생은 영원한 기생이었다. 그래서 다른 종을 대신 넣고 기적(妓籍)에서 이름을 지우는 것은 위법(違法)이었다. 관장으로서는 돌봐주고 싶은 애틋한 여인도 있었을 것이다. 그래서 이런 편법을 동원하여, 자유를 누리게 했던 일도 있었다. 그러나 이것은 법을 위반하는 것이었고, 그래서 언제든지 다시 기생으로 붙들려가는 것이 당시의 현실이었다. 그것은 기생도 인간으로 보고자 하는 고매한 품성을 가진 소수의 지배층도 되돌릴 수 없는 일이었다. 하물며 기생 당사자로서는 상상도 할 수 없는 일인 것이다. 그래서 운명처럼 자신에게 부여된 굴레를 받아들였던 것이다.

그런데 춘향은 그 엄청난 절망 앞에서 분연히 일어섰다. 죽음으로써 자신에게 주어진 운명에 항거하였다. 춘향이처럼 이몽룡을 위하여 절개를 지키거나 요염한 모습으로 대하는 것은 누구나 할 수 있는 일이지만, 그러나 이러한 춘향의 순수한 열정과 항거는 아무나 흉내낼 수 있는 것이 아니다. 그런 상황이 자신 앞에 놓여진다면, 차라리 순종하고 기생으로서의 개인적인 안락을 추구하였을 것이다. 누구나 그런 것이다. 그래서 일제하의 친일 행위는 우리에게 끊임없는 반면 교사(反面敎師)로서의 성격을 갖는 것이다.

춘향의 선택이 이몽룡이고, 변학도가 아니라는 정도의 인식에 머문다면, 그런 사람은 인류 생긴 이래 소중하게 가꾸어온 문화로서의 문학을 문학으로 이해하지 못하는 사람이다. 춘향전의 겉만을 보고 '절개'나 '순종'만을 찾아낸다면, 그런 독서는 글자 아는 정도의 능력으로서도 충분하다. 우리가 사람을 대할 때, 호적등본이나 성적표만이 아니라, 기록으로서는 볼 수 없었던 사람됨에 집착하는 것처럼, 춘향전을 진실로 이해하고자 한다면 글로 다 기술할 수 없었던 춘향의 위대성을 찾아야 할 것이다. 그것이 춘향전을 만들어 우리에게 건네준 우리 선인들의 문화적 역량에 보답하는 길이다. (南溪)

# '춘향'의 매력을 찾아서

창극 공연이 있을 때마다 기대에 설렌다. 첫 브렌드 작품이 <십오세 나 십육세 처녀>였는데 '심청'과 '춘향'을 엮어 보여주더니, 제2탄에서 는 <청>을 멋진 연출로 승화시켜냈다. 그리고 이어서 '우리시대의 창 극III'으로 <춘향>을 무대에 올렸다. 차범석의 <산불>을 창극으로 꾸며 공연에 성공할 정도의 역량이 있는 작가들이고 소리꾼들이라 <춘향>에 대한 기대 또한 크지 않을 수 없었다.

춘향의 매력은 경계인이라는 데 있다. 경계인이기 때문에 동일 계층 은 물론 위, 아래 어느 쪽과도 사랑을 구가할 수 있다. 혹은 어느 쪽에 도 사랑의 고리를 걸어 볼 만하다. 아울러 계층이동의 기본적인 욕망을 실현할 수 있는 대상으로 부각된다. 그만큼 갈등도 많다. 이러한 다면 성이 '춘향'의 생산성이다. 전통장르로서 판소리의 고전성과 창극의 현 대성을 동시에 수용하거나 소화할 수 있는 것 또한 춘향의 성격적 다면 성 혹은 미결정성에서 말미암는다.

'춘향'은 봄꽃의 꽃내음처럼 향그러운가 하면 독초처럼 맵차다. 사또와 대결할 수 있을 정도로 당차기도 하고 방자와 향단의 농을 능란하게 받아넘기기도 한다. 글을 꽤나 읽은 이도령과 문자로 겨룰 수 있는가 하면, 농부들이 칭찬해 마지않는 사랑스런 정절의 여인이다. 성격의 부조화가 아니라 다면성이요 가변성이다. 전형이 아니라 퍼지 스타일의 인간형상을 보여준다. 그렇기 때문에 '춘향'은 달콤한 사랑을 이야기하는 중에 불타는 사회변혁의 의지를 드러내기도 한다.

'사랑'을 빼고는 <춘향>을 이야기할 수 없다. '춘향'은 어쩔 수 없는 사랑이야기이다. 문학사회학의 관점에서 '춘향전'을 읽는 이들은 춘향의 계층변화 욕구가 실현되는 모습에서 당시 세계를 지배하는 체제에 귀속되고 만다는 점을 들어 그 한계를 지적하곤 한다. 과감하게 혁명을 도모하지 못한 결과 이도령은 당시 체제의 수행 기구인 암행어사가 되고, 춘향은 '정절부인'으로 승격되는 것을 두고 하는 비판이다. 그러나 문학으로, 예술로 바라보는 춘향의 생애가 어떤 결말을 가져와야 한다고 규정하는 것은 무리이다. 작품마다 자생력을 가지고 사랑을 실천하는 것이 춘향의 진면모이기 때문이다.

창극 <춘향>에서 전개되는 사랑은 다층적이라 매력이 있다. 춘향과 이도령의 사랑은 어른스러움과 젊은이의 치기가 함께 어울린 매력이 있다. 방자와 향단의 행동으로 구체화되는 사랑은 계층성과 함께 희극성을 보여주는 매력이 있다. 농부들이 춘향을 아끼는 방식은 이념적이라 할 정도로 도덕적 상상력으로 장식되어 있다. 거기다가 민속적 연희의 민중성이 추가된다. 이러한 다양한 사랑이 당시의 부조리와 모순을 혁파하고 승리하는 데로 귀결됨으로써 '인간승리'의 결말을 지향한다.

<춘향>의 사랑이 포괄적이고 많은 사람들에게 공감을 불러오는 것은 정념의 합리적 조정이 이루어졌기 때문이다. 사랑의 실천과 결행이

라기보다는 사랑의 깊이있는 소통이 <춘향>속에서 노래되고 있는 것이다. 에디트 피아프가 부르는 <사랑의 찬가>에서는 사랑하는 당신이 원하신다면 '친구도 배반할 수 있고, 조국 또한 버리겠다'고 한다. 사랑은 그렇게 절대화된다. 베토벤의 곡으로 널리 알려는 '이히 리베 디히 -나는 당신을 사랑해'는 무명시인 K.F. 헤로세의 시에다가 베토벤이 곡을 붙인 것으로 되어 있는데, 두 연인이 밤낮으로 사랑했고 즐거움과 괴로움에 함께 했는데, 오래 오래 그렇게 둘이 함께 있게 해 달라는 기도 형식으로 되어 있다. <춘향>에 비하면 이들 노래는 다분히 일방적이고 폐쇄적이다.

중국 상해 오페라하우스에서 경극을 볼 기회가 있었다. <대당귀비 (大唐貴妃)>라는 제목이었는데 장르를 '대형경극'으로 소개하고 있었다. 잘 알듯이 당나라 현종과 양귀비의 사랑을 경극으로 만들어 무대에 올린 것이었다. 백낙천의 <장한가(長恨歌)>가 스토리의 주요 골격이었다. '경국지색(傾國之色)'이라는 숙어를 만들어낼 만한 절세미인과 중국의 제왕 당 현종 사이의 사랑이야기는 시로, 소설로, 희곡으로 형상화되고, 그야말로 인구에 회자되는 로맨스가 되었다. 그러나 그것은 왜곡된 사랑이 아닌가 하는 의문이 여전히 남아 있다.

당현종은 '무혜비(武惠妃)'와 사별하고 시름을 달래지 못해 뒤를 이을 비를 구하고 있었다. 수많은 여인이 천거되었지만 현종의 눈에 차는 인물이 없었다. 그러다가 현종의 아들 '수왕(壽王)'의 비 양옥환(楊玉環)을 발탁하여 자신의 비로 삼는다. 당시 현종은 나이 60을 넘긴 시점이었고, 양옥환은 20대 중반이었다. 양귀비에게 미혹된 당현종은 정사를 게을리하여 백성은 도탄에 빠지고 국가는 피폐해져 '안록산의 난'이 일어난다. 난리 중에 양귀비의 오빠 양충국은 처형되고 양귀비는 비단으로 목을 매어 죽게 했다고 전한다. 그 사랑과 한을 서사적 담시로 노래한 것이 <장한가>이고 경극 <대당귀비>의 줄거리를 형성하고 있다. 단순비교는 늘 주관적 판단의 오류 위험을 지닌다. 그러나 <춘향>에서 다층적으로 소통이 이루어지는 사랑에 비하면 <대당귀비>는 얼마나 맹목으로 치달아가는 사랑인가.

균형과 소통으로 무대 위에서 형상화되는 사랑을 바라보는 관객의 기억에 '사랑가' 한 구절이 메아리를 끌고 오래 맴돌지 않겠는가. 사랑가에 하였으되 "사람이 생겨날 제 제 각각 짝이 있어 언젠가는 반드시 만난다 허였더니 오늘에야 찾았으니 먼길 돌아오신 손님 꽃향기에 쉬어가소."

무대 장치니, 음악이니, 연기력이니 하는 것들에 대한 평가는 '꽃향기에 쉬어가'는 손님들의 감식안에 달려 있다. 전체적으로 휘모리로 돌아가는 진행은 젊은 창극의 면모를 과시한다. 헌데, 손님덜이 추임새 넣을 틈을 좀 주어야제. 그래야 '춘향'의 매력이 앙큼하고 매섭고 곰살궂고 달콤한 사랑으로 피어지니 않겠는가. (于空)

# 화답 사이를 오가는 상념

같은 화제를 가진 이들이 만나서 이야기하는 것만큼 즐거운 일이 어디 또 있을 것인가. 술꾼들의 무용담, 남자들 군대에 갔다온 이야기, 골프하는 이들의 골프 이야기 그런 패들이 모이면 시간 가는 줄을 모른다. 하다못해 차를 가지고 다니는 사람들은 자동차로 해서 겪은 일들을 주절주절 늘어놓는 데 시간이 모자랄 지경이다.

3.1절이었다. 영화 보러 갈 시간 짬이 없다는 내외에게 아들이 표를 사다 주어서 독립영화 <워낭소리>를 보러 갔다. 아침 일찍 집을 나서기가 좀 귀찮아 어정거리고 있는데, 아이들이 등을 밀어냈다. 그래서 오랜만에 영화관에 가서 제대로 영화를 보았다. 평생 일만 하다가 생을 마감하는 주인공과, 주인공과 생을 같이하는 늙은 소의 생애가, 일에서 일로 몰려 사는 내 생애와 너무 흡사해서 눈물이 절로 났다.

오후에는 묘목 농원에 가서 나무를 몇 그루 샀다. 아마 <워낭소리>의 영감처럼 몸을 혹사하면서 나무를 심어야 하리라. 그래야 여름에 햇살 아롱지는 고운 잎을 보고, 가을에 붉은 열매를 기대할 터이다.

집에 돌아와서는 아들과 메밀전을 부쳐서 내놓았다. 이전에 별로 없었던 일이다. 막걸리를 곁들인 전이 맛이 제법이다. 메밀전쯤이야 나도 할 수 있다, 정년 후에는 요리를 배워 내가 한상 그득히 준비하고 너희들 초대하마, 그런 이야길 하는 중에 날이 기울었다.

아, 하루 잘 지냈다 하면서 메일을 확인했는데, 석영이 이런 글을 보내왔다.

아내가 길게 외출한 일요일 오후
텅 빈 집에서 원고 업보(두 달째 시달리고 있는) 로 짓눌리다가
에라 다 밀쳐 두고
찬장 구석에 넣어 둔 술들을 모두 찾아
혼자 술을 마십니다.

아내가 집에 없으니
이미 몸은 독거노인(獨居老人)이고
정신의 독야(獨也)는 술로 더불어 청할 일

술[酒]은 봄[春]으로도 환생하고
술[酒]은 불[火]로도 재림한다는데
오늘은 봄으로 그대 술을 불러 볼거나

낙일(落日)마저도 흔들리는
오늘 나의 서재 창에는
고단한 활자들이야 진작에 물리치고
카렌다 속 이월 매화와 더불어
독거독작(獨居獨酌)하니
은근히 붉게 취합니다.

비견할 도리가 조금도 아니지만
홀로 술 마셨던
李白의 풍류를 닮아 볼거나 하는 생각.

보직을 놓는다고 생각하니
이 무슨 묘하기도 한 모순일까
물정에 어둡던 선비
애물단지 첩 헤어지는 기분이
이럴까

매화 지는 삼월 초하루
이순(耳順)이 독거독작(獨居獨酌)하다.
조금은 쓸쓸한 이 감회를
뭐랄까

우공과 함께 갔던
늦가을 노르망디 어느 마을
그 폐허의 11세기 수도원에서 보았지.

만추(晚秋) 해질 무렵
스코틀랜드 시골에서 왔다던
허리 구부러진 고단하고 가난한
팔순 노부부의 느릿한 관광 행렬들

탄식 같기도 하고
해탈 같기도 한
지친 감탄사들에

아득하기도 하고
아련하기도 한
그 폐허와
늦가을 落日과
노령의 백발로 빚어지던
삼중주 황혼의 풍경이

마치 고고학 碑銘처럼 각인되어

무슨 말로도 전달이 아니 되는
그 신묘한 감회를

지금의 내 술이 포로로 삼아서
구금해도
이 술이 깨면
그 신묘한 감수(感受)는
어디론가 훌쩍 증발할 것입니다.

현존과 증발의 숨바꼭질
이 대목에서 술 취한 나는
있는 것들의 무상함이 속절없이 절실하여
가끔씩 눈물을 찔끔거리기도 하지요.
여기까지는 아무렴 아름답습니다.

　시 가운데 내 이야기가 있고, 이백의 이야기도 나오는 터라 이게 글 쓰는 사람의 진한 정성 깃든 선물 아닌가 해서 다시 읽어 보았다. 빈 집에서 혼자 앉아 친구 없이 술잔을 기울인다는 '독거독작(獨居獨酌)'이 나보다 더 민감하게 나이를 감지하는 것 같은 생각이 든다.

　두어 자 오타가 있길래 고쳤다. 글을 읽는 것인지 교정을 보는 것인지, 늘 그렇게 오타에 신경이 쓰이는 것은 아마 직업병이리라. 아무튼 이런 글을 읽고 그저 청처짐하니 있기가 그래서 화답을 한답시고 몇 자를 적었다. 늘 그렇게 느끼지만, 이게 글이 되는지는 잘 모르겠다, 더구나 시가 되는지 안 되는지는 말해 무엇하리, 그런 심정이었다.

春日答昔影

여보게, 혼자서 술을 들었나?
나는 인간의 그늘 아래 취한다네.

아들 졸업하여 학위 받는 날
사돈들 불러 건배하며 기울인 술잔
호시절 따로 있나 웃음이 꽃처럼 터지면
그게 시간의 물길이라 은발을 실어가지.

철 놓친 농사꾼은 하늘도 돌보지 않아
해토 소식에, 단잠든 아내 깨워 차를 몰고
밭으로 달려가 돌 고르고 대를 심는 동안
씨앗의 꽃 기약으로 눈시울은 아파오데.

내 생애 비껴간 '워낭소리'에 가슴이 달아
핏줌이나 집힐 때 식목 채비를 해 두어야지,
매실, 체리 그리고 메타세콰이어 보듬은 시간
잎과 꽃은 정념으로 넘실대고 감이 붉게 익데나.

그대, 혼자 술을 들었나?
아들과 지진 메밀전이 상기도 따끈하이.

이백의 술 이야기가 전에 읽은 기억을 환기한다. 두보가 이백을 만난
뒤 어느 봄날 이백을 생각하고 쓴 시가 '춘일억이백(春日憶李白)'이
다. 이백의 시는 당할 자가 없고, 표연(飄然)한 시상이 남달라 청신하고
준일(俊逸)한 기품을 지니고 있음을 평한 후, 풍경으로 눈을 돌린다. 자
신이 있는 곳은 봄이라 나무가 아름답고, 이백이 거하는 강동은 해질녘
구름이 고울 터이다. 헌데, "어느 때에 술 한 동이 갖다 놓고, 다시 더불
어 글을 차근히 이야기해 볼거나(何時一樽酒 重與細論文)" 하는 데
서는 술 잘하는 이백에 대한 배려가 보이기도 한다. 아니면 자기 글에
대한 이백의 평을 듣고 싶었던 것일까.
　우리가 멀리 떨어져 있는 것도 아니고, 만나서 하는 일이 글이 어쩌
니 하면서 이야기를 나누는 터라서, 우정을 나누기에 그리 아쉬울 것

없는 형편이다. 허나 같은 하늘 아래, 같은 풍경을 바라보아도 우정을 이어주는 매개가 없으면 심정적 소통과 공감이 잘 안 이루어지는 법이다.

하여, 시 한 편을 주고받는 것이 유다른 감회를 자아내게 한다. 조지훈의 <완화삼-목월에게>가 그야말로 인구에 회자하는 박목월의 <나그네>가 되어 돌아온 것은 문학적 교감이 문화생산의 에너지라는 생각을 하게 한다. 그렇다면 우리가 할 일은 분명해진다. 자주 글을 주고받으면서 거듭 의논을 하는 중에 글이 향기 그윽한 술처럼 익어가게 하는 것이 아니던가. 그리하여 우리 시대 문화생산의 담당자로서 생산력을 높이는…… 그렇게 나가면 멋은 사라진다. 아무 일 없이라도 자주 만났으면 싶을 뿐이다. (于空)

# 라오서(老舍)의 삶과 청도

청도에 와서 가장 자주 찾은 곳이 황현로 12호에 자리한 라오서의 고거이다. 처음 청도에 와서 학교 근처 황현로에 라오서의 고거가 있는 것을 알고는 기쁜 마음에 더운 날씨를 무릅쓰고 황현로를 찾았으나 찾을 수가 없었다. 자료를 뒤져 황현로 12호라는 것을 알고 두 번째 찾았을 때 황현로에 들어서니 어느 거리나 마찬가지로 오른쪽은 홀수 호가 왼쪽으로는 짝수 호가 이어지는데, 호수가 일정한 순서로 붙어있지 않아 조금 헤매다가 대학로로 이어지는 골목 안 중간쯤에 자리한 12호를 간신히 찾았다. 라오서의 고거는 매우 낡은 2층집인데 고거로서의 자태를 되찾기 위해서인지 그때부터 지금까지 무려 넉 달 동안 공사가 이어진다. 대대적인 공사 끝에 이제 건물의 외양은 깔끔하게 다듬어지고 마당에 돌을 깔고 건물 내부 공사를 진행하고 있다. 건물 입구에 부속 건물을 하나 짓는 것이 건물 수리가 끝나고 입장료를 받고자 하는 것 같다. 라오서 고거 앞의 벽에는 '라오서 고거(老舍故居)'라는 안내 표지석이 두 개 씩이나 박혀 있고, 벽에 라오서의 사진들을 전시하고 그의 문학 작품을 기록한 안내판, 청도에서의 생활을 정리한 안내판 등 네 개의 거창한 설명이 붙어 있다.

라오서가 누구인가. 북경에 있는 중국현대문학관 안에 자리한 중국 현대문학을 대표하는 아홉 명의 작가의 기념 코너 중 하나를 차지한 그가 아닌가. 북경에서 이름만 남은 가난한 기인의 집안에서 태어나 어렸을 때 부친을 잃어 도시빈민으로 살다가 후견인을 만나 교육을 받고 1920년대 중반에 영국 유학까지 하게 된 인재(이 점 이광수와 많이 닮았다). 그는 제남의 제동대학 교수로 근무하다가 1934년 산동대학의 교수로 발령을 받고 이곳 청도에 3년 정도 머물렀다. 다른 교수들에 비해 특별대우를 받아 이곳 이층집에서 아내와 자식들과 함께 풍요롭고 편안한 생활을 즐기며 많은 작품들을 발표하였던 것이다. 더욱이 라오서는 1936년 이곳 청도에서 대학교수직을 버리고 전업작가로 나섰고, 그의 대표작으로 세계적인 명성을 얻은 소설 <낙타상자>를 이곳에서 집필하였다. 이렇게 보면 그의 생애 중에서 가장 행복했던 시기를 보낸 곳이 이곳 청도의 황현로 고거이다.

라오서가 <낙타상자>를 이곳에서 집필하였다는 것만으로도 청도시 황현로 12번지 건물을 그의 고거로 지정하는 것은 의미가 있는 일이다. 그러나 루쉰의 고거가 북경, 상해, 소흥, 하문, 광동 등에 자리하고 있고 잘 다듬어져 있는 것에 비해 라오서의 고거는 북경과 이곳 청도에 있을 뿐이다. 그것도 북경의 라오서 고거는 아직 가 보지는 못했지만 고거이기보다는 기념품 가게 비슷하다는 많은 사람들의 글과 사진을 본 바이고, 이곳 청도의 고거도 이제야 제 모습을 찾아 고거다운 모양새를 갖추게 되는 것 같다. 내 예상대로 이곳을 라오서의 고거이자 기념관으로 만들어 그와 관련된 많은 자료들을 모으게 된다면 중국 최초의 제대로 된 라오서 고거가 탄생되는 것이다.

사실 라오서는 중국 현대사에서 이념의 피해를 본 대표적인 작가 중 하나이다. 이념적으로 자유주의자이자 중간파에 해당했던 그는 중일전쟁 시기에는 작가로서 일제와의 항전에 적극적으로 참여하기도 했다. 일제가 항복한 후인 1946년 미국무성의 초청을 받아 미국으로 건너가 연구 생활을 하던 라오서는 1949년 말 주은래 총리의 부름을 받아 귀국하여 문교원문교위원회위원, 전국정협상위, 중국문련부주석, 중국작가협회부주석 및 서기처 서기, 중국민간문예연구회부주석, 중국극협이사, 중국곡협이사, 북경시문련주석 등 문화예술계의 지도자로 활동하며 해방 후 중국의 문예정책을 수립하는데 많은 노력을 기울였다. 이 시기 라오서는 열렬히 신중국을 찬양하는 시가 작품들을 발표하였고, 또 1950년대 초 섭성도, 라상배, 여숙상, 여금희, 후보림 등과 함께 한어규범화 사업에 참여하여 현재의 중국어를 만드는 일에 적극적으로 참여하여 신중국의 언어문화의 초석을 만드는 작업에도 헌신하였다.

　이렇듯 해방 후에도 중국의 대표적인 지성, 문인으로 활동했으나 문화혁명기에 이르러 그는 비극적인 최후를 맞이하게 된다. 1966년 문화혁명이 시작되자 그는 비판의 대상이 되기 시작하였고, 8월 23일 판공실에 학습차 참가했다가 군중들에게 붙들려 국자감원에 갇혀 경극에 사용하는 막대기로 구타를 당해 피투성이가 되어 북경시문련에 되돌아온 후, 무지한 소년들에게 붙들려 가서 뭇매를 맞고 늦은 밤에 집으로 돌아왔다. 6월 24일 새벽 라오서는 지팡이를 짚고 어린 손녀에게 이별을 고하고 집을 나섰고, 다음날 저녁에 태평호 서쪽에서 시체로 발견되었다. 흔히 그의 죽음에 대해 당대 최고의 문인이자 지식인으로서 어린 소년들의 비인간적인 비판과 폭력을 참지 못하고, 새벽에 집을 나가 그가 평생을 벗했던 술 한 병을 마시고 태평호로 걸어 들어가 일생을 마감한 것으로 알려져 있다. 그의 죽음은 김학철의 20년 영어 생활과 함께 정치적 혼란기에 중국 지성인들이 경험한 비극적 삶의 행로를 극적으로 보여준다.

라오서를 만났던 많은 사람들은 그가 북경에 대해 너무나 잘 알았고 주변 사람들에게 무한한 관심과 사랑을 베푼 인물로 기억한다. 그가 한어규범화 사업에 참여했을 때 동료들을 데리고 나가 북경 특색의 음식과 술을 즐기면서 북경의 인민들의 삶에 대해 자세한 이야기를 하였을 때 많은 동료들이 놀라마지 않았다는 이야기는 전설처럼 전해져 온다고 한다. 또 그는 술집의 술을 나르는 종업원이나 이발소의 머리 깎는 사람들에게도 인간적으로 대접하여 그를 기억하는 많은 사람들이 그러한 그의 모습에 대해 경탄하고 있기도 하다. 또 문학에 대해 이야기하러 오는 젊은이들에게 깍듯이 동료로서 대하는 그의 모습은 그의 후배들이 그를 존경하는 한 이유가 되기도 한다.

존경을 받는 높은 자리에 있으면서도 주위의 약자들에게 끊임없는 애정을 보인 것은 그의 성장 과정과 일정한 관련이 있을 것이라는 생각이 들기도 한다. 가난하나 자존심이 드높은 기인의 자식으로 태어나 타인의 도움으로 학업을 지속하고 영국 유학까지 하게 된 그의 이력은 그가 비범한 능력을 가진 인물이었음을 알게 하고 또 그가 이웃에 대해 관심과 애정을 갖게 되는 한 이유로 지적할 수 있을 것이다. 더욱이 젊은 날 영국에서의 체험은 그가 평생 멋진 신사로 살아가게 하는 밑바탕이 되었을 것으로 생각된다. 그의 이러한 삶의 궤적은 그가 아랫사람들과 소년들에게서 비인간적인 모멸을 받았을 때 죽음으로 나아가는 한 이유이기도 하였으리라는 생각을 하게 된다.

라오서의 <낙타상자>는 중국에서 뿐만 아니라 미국을 비롯한 많은 나라에서 베스트셀러의 반열에 올랐으며 그를 세계적인 작가로 나아가 노벨문학상 후보로까지 나아가게 한 작품이다. 다산의 작가였던 라오서가 쓴 작품은 무수히 많지만 그를 세계적인 작가로 이름나게 한 것은 바로 <낙타상자>이다. 라오서가 청도의 산동대학 교수로 재직하다가 오랜 기간 동안의 교사와 교수의 직을 사직하고, 즉 안정된 수입을 포기하고 전업작가로 나선 후 한 일 년 동안 청도에 머물면서 <낙타상자>를 집필하고, 발표가 끝난 후 청도를 떠난 것이다. 즉 청도에서의 안정된 삶이 라오서에게 <낙타상자>와 같은 작품을 창작하게 해 준 것인지도 모른다.

청도에서 살았던 중국현대문학을 대표하는 문인은 문일다, 홍심, 심종문, 양실추, 왕통희, 소홍, 소군 등 적지 않다. 그 중에서 라오서는 청도의 문예적 역사를 대표하는 작가라 할 수 있다. 이 모든 작가들이 청도에서 살았다는 점에 큰 의의가 있지만, 라오서와 같이 작가로서의 삶의 전환기를 이곳 청도에서 맞이하고 세계적인 작품을 청도에서 쓴 작가는 라오서뿐이기 때문이다. 청도시 한 복판에 노사공원을 만들고, 청도 중산공원 뒤에 자리한 백화원에 다른 청도의 문인들과 함께 라오서의 석상을 세운 것이나, 그의 고거를 새롭게 단장하여 그를 기리는 일은 청도를 찾아오는 관광객들에게 그를 기억하게 하는 기회를 제공하는 일이라는 점에서 큰 의의가 있다. 그러나 다른 작가들과 달리 라오서는 세계의 문학애호가들이 잘 알려진 작가라는 점에서 노사공원을 노사를 기리는 공원으로 단장하는 것과 같이 여타의 작가에 비해 더 많은 관광객이 찾을 수 있는 볼거리들을 만들어 내는 노력이 필요할 것 같다.

긴 기간 묻혀 있던 라오서의 작품이 2009년 1월 상해에 있는 문회출판사에서 <노사소설정회(老舍小說精匯)>라는 이름으로 21권짜리 소설선집으로 발간하여 그의 문학세계를 새롭게 조명할 수 있게 되었다. 자유주의자로서 또 문화혁명의 피해자로서 세인들에게 크게 알려져 있지 않았던 라오서의 문학이 새롭게 빛을 발할 수 있는 길이 열리게 된 것 같아 반가울 따름이다. 이런 시대의 변화에 맞추어 황현로 12호의 라오서 고거를 새롭게 단장하여 그의 삶과 문학을 기리는 것은 청도의 문화적 수준을 보여주는 것 같아 반갑기도 하다. (石宇)

# 목적지 여행과 과정 여행

올 여름방학에는 여행 운이 있는지 벌써 두 차례나 외국을 다녀올 기회가 있었다. 방학이 시작되자마자 한중인문학회 국제학술대회 참석차 중국 낙양외대에 갔다가 중국 고도를 답사할 기회가 있었고, 낙양에 다녀오자마자 가족과 함께 몇 년 전부터 기획하였던 유럽여행을 떠나서 열하루 동안 서유럽의 몇 도시를 관광하게 된 것이다. 중국에서의 답사나 서유럽에서의 관광이나 모두 관광회사를 이용한 여행을 하게 되어서 어느 한 장소를 자세히 보기보다는 각 도시의 유명 관광지를 섭렵하는 방식으로 진행되었다. 그 결과 짧은 시간에 사진으로만 보았던 여러 곳을 직접 눈으로 보고 사진을 찍어올 기회를 만들 수 있어서 보람을 느낄 수 있었다. 이런 식의 여행이 아니라면 불과 며칠 사이에 서안과 낙양과 정주와 개봉의 유명한 유적들을 답사한다거나, 열흘이 되지 않는 시간에 알프스와 인스부르크와 이태리의 여러 도시 그리고 파리와 런던을 본다는 것은 거의 불가능한 일이기 때문이다.

여행이라는 것이 시간과 돈을 들여 내가 가보지 못한 곳을 직접 가서 보고 느껴 보는 데 의의가 있다는 점에서 이번 여행은 두 번 모두 나에게 커다란 보람으로 다가왔다. 그러나 두 번에 걸친 여행을 통해서 과연 이러한 주마간산 식의 여행이 어떤 의미를 갖는 것인지에 대해 생각을 해 보지 않을 수 없었다.

중국 여행은 학술대회가 끝난 이후 2박3일의 일정을 이용한 짧은 여행이었음에도 불구하고 낙양의 관림과 용문석굴과 백마사를, 정주로 향하다가 등봉의 숭산에 있는 소림사와 탑림을, 정주의 하남성 박물관을, 개봉의 포청천 사당과 철탑을 그리고 서안의 용마갱, 화청지, 비림, 고성을 답사하는 일정이어서 개봉에서 정주로 돌아올 때 무려 일곱 시간에 가까운 시간을 버스를 타는 고역을 치르기도 하였다. 이러한 무리한 일정은 유럽에 가서도 마찬가지였다. 좀더 많은 곳을 보여주는 상품이어야 손님을 끌 수 있기는 하겠지만 인터라켄에서 퓌센을 거쳐 인스부르크로 가는 일정은 일곱 시간 반에 이르는 시간을 차안에 앉아 있어야 했고, 베네치아에서 로마로 가는 긴 시간을 이용하여 피렌체를 잠시 관광하고, 로마에서 밀라노로 가는 긴 이동시간을 이용하여 피사의 성당과 사탑을 관람하고, 밀라노에서 로마로 이동하는 도중에 제네바에서 밥 먹고 잠시 관광하는 형식을 취한 것이다.

일정이 이렇게 진행되다 보니 관광객들의 불만이 없지 아니하다. 여러 곳을 구경할 수 있다는 점 때문에 선택한 상품이지만 실상 여행을 하다 보면 한 장소에서 일이십 분도 안 되는 시간을 주면서 사진을 찍고 오래기 일쑤이고, 또 손님들의 요구가 있기는 하지만 불과 반나절밖에 시간이 주어지지 않은 도시에서 쇼핑을 하느라 상가에서 시간을 보내고 나면 실제로 그 도시의 분위기와 맛을 알기에는 시간이 턱없이 부족해진다. 그리고 일정에 쫓기어 다니다 보면 한가하게 길거리를 어슬렁거려 보거나 지하철을 이용해 보거나 카페에 앉아 시간을 보내거나 밤거리를 다녀보거나 할 수 있는 시간이 결코 주어지지 않는다. 새벽부터 밤까지 이어지는 너무 무리한 일정에 몸은 몸대로 피곤해지고 무어 하나 제대로 보지 못하는 듯하다. 결국은 자신이 기대한 관광이 아니라는 점에서 불만을 터뜨리는 관광객들이 나타나기도 하는 것이다.

빡빡한 일정으로 진행되는 이러한 여행을 하다보면 대부분의 사람들이 보통 서너 시간의 이동시간 동안은 잠을 자는 참으로 재미있는 장면을 보게 된다. 많은 돈을 지불하고 관광을 온 사람들이지만 처음 하루가 지나면 차창을 스치는 이국 풍경을 바라보기보다는 이동시간 내내 잠을 자는 것이다. 아침 일찍 식사를 하고 눈을 부비며 버스에 오르자마자 자리잡고 잠을 자다가 휴게소에 도착하면 잠시 눈을 떠서 일을 보고 쇼핑을 하고 또 차에 오르면 잔다. 그러다가 목적지인 어느 지점에 도착하면 가이드를 따라다니면서 설명을 듣고, 두리번거리고 일행들과 사진을 찍는다. 그리고 몇 십분 간의 관광이 끝난 이후 다시 차에 올라 이동을 시작하면 또 잠이 든다. 로마나 파리와 같은 도시를 종일 관광하는 경우에는 이러한 현상이 벌어지는 경우가 적지만 도시간을 이동하는 일정인 경우 이러한 상황은 거의 절대적이다. 차안에서 관광할 도시에 대한 이런저런 정보를 이야기해 주던 가이드들도 점차 잠자는 사람을 위하여 말을 삼가고 오히려 조용한 음악을 틀어주기에 이른다.

일본 사람들이 경제적인 호황을 누리기 시작하여 해외 여행을 다니기 시작했을 때 관광회사의 상품을 따라와서 떼로 몰려다니면서 제대로 관광하기보다는 사진을 찍기에 열중한다고 클리키라는 경멸적인 별명을 얻은 바 있는데, 우리 역시 그러한 모습을 답습하고 있지 않나 싶다. 물론 누구나 자신이 살던 나라를 벗어나 외국 여행을 하고자 할 때 그냥 길을 나설 수는 없는 노릇이다. 교통편과 숙박지와 식사 문제를 해결하는 일도 쉽지 아니하고, 말도 다르고 문화적인 풍토가 전혀 다른 나라를 혼자 여행한다는 것은 어려운 일이기 때문이다. 그래서 전문적인 관광회사의 패키지 프로그램에 의존하게 되고 그 프로그램에 동참하는 이상 여행의 포맷은 거의 동일해질 수밖에 없는 것도 사실이다.

상품으로 제시되는 여행은 고객들이 자신의 상품을 선택하게 할 수 있는 매력을 가지고 있어야 한다. 그래서 여행사들이 내어놓는 상품들은 천편일률적으로 보통 사람들의 머릿속에 깊이 인식되어 있고 또 누구나 가보고 싶어하는 장소를 제시하게 되고 그 결과 여행사들이 내놓은 거의 모든 상품에는 세계적으로 유명한 관광지가 포함되고 만다. 이러한 상품을 선택한 관광객들은 유명 관광지 사이의 공간적인 거리 때문에 위에서 이야기한 대로 이동에 거의 모든 시간을 빼앗기게 되고, 목적지로 선택된 광장이나 성당 하나를 보는 것으로 만족해야만 한다. 즉 여행은 목적한 대상지 하나 보는 것이 여행의 전부가 되는 목적지 여행이 되고 마는 것이다.

하나의 건물을 보고 왔다 하여, 또 한 도시의 유명 건축물이나 기념물 한두 군데를 보고 왔다 하여 그곳을 제대로 관광했다고 할 수는 없는 일이다. 런던에서 웨스트민스터 사원과 국회의사당과 버킹검 궁과 대영 박물관과 런던 브릿지를 보고 왔다 하여 런던을 보고 왔다 말하기 어렵고, 서안의 몇 군데 유명 유적을 보았다고 해서 서안에 대해 안다고 하는 것은 지나치다는 말이다. 런던이나 서안을 제대로 알기 위해서는 그곳의 명소를 보는 것과 함께 그곳을 느끼는 것이 중요하다. 목적지에 도착하여 사진을 찍고 돌아다니고 자세한 설명을 듣거나 읽는 것도 중요하지만, 그곳을 그 도시를 그곳에 사는 사람들의 삶을 주체적으로 느끼는 것이 더욱 중요하다는 말이다. 목적지 여행밖에 할 수 없는 것이 우리의 현실이라면 그곳을 가서 구경하고 간단한 설명을 듣고 사진을 찍는 일과 함께 그곳을 느끼는 일이 필요한 것이다. 파리 시내를 어슬렁거리며 돌아다니고 서안에서 사람 사는 모습을 보면서 두리번거리며 그곳을 느끼는 것이 진정한 여행이 될 수 있다는 말이다.

목적지를 올바로 이해하기 위해서는 그곳에 가서 일정 기간 살아보는 것이 가장 좋은 방법일 것이다. 그러나 우리들의 현실은 불과 며칠의 여가도 만만치 않아서 우리가 계획하는 여행은 목적지 여행의 형태로 이루어질 수밖에 없는 것이 보통이다. 이런 상황에서 우리는 여행의 방식을 목적지 여행에서 과정 여행으로 바꾸는 방법을 생각해 보아야 할 것이다. 애초 여행 계획을 수립할 때부터 목적지의 수를 줄여 이동의 공간을 최대한 줄이고 몇 군데만이라도 오랜 시간 바라보고 어슬렁거리며 제대로 느껴보는 것도 좋은 한 방법이다. 그렇지 않다면 현재와 같은 목적지 여행에서 이동 중에 창 밖으로 스치는 정경을 바라보면서 또 목적지를 걷는 순간 순간마다 여행지의 냄새와 색깔과 소리와 그곳에서 살아가는 사람들의 삶을 최대한 느껴보려 노력하는 것도 좋은 한 방법이 될 수 있을 것이다. 인간이 만든 구조물을 보고 사진으로 남기는 것과 함께 그것을 온몸으로 느끼는 것 역시 좋은 관광의 방법인 것이다. 이렇게 목적지 여행을 최대한 과정 여행으로 바꾸려는 노력을 통해서 여행은 보다 값진 의미를 지니게 될 것이다.

여행을 다녀와 사진을 정리하다 보니, 남는 것은 사진뿐이라는 말이 있기는 하지만 사진도 역시 인간의 기억과 함께 존재할 때에만 진정한 사진으로서의 의미를 갖는 것이라는 생각과 함께, 내가 앞으로 할 수 있는 조금이라도 나은 여행의 방법이 무엇일까 생각해 보게 된다.

(石宇)

# 몸과 마음을 생각하다

<삼국유사> 피은 편 제8에는 포천산의 다섯 비구(布川山五比丘)에 관한 이야기가 실려 있는데 그 내용은 다음과 같다.

경남 양산 부근에 포천산이 있는데 석굴이 기이하다. 이곳에 이름이 밝혀지지 않은 다섯 비구가 머물면서 염불을 외운 지 십 년만에 서방에서 보살들이 와서 그들을 맞이하였다. 그들이 연화대에 앉아 공중으로 올라가더니, 통도사 문 밖에 이르자 하늘에서 음악을 연주하는 소리가 들렸다. 절의 승려가 나가 보니 다섯 비구가 인생이 무상하고 괴롭고 허무하다는 이치를 설명하고, 육신을 벗어버리고 빛을 발하며 서쪽으로 갔다. 승려들이 육신을 버린 곳에 정자를 세우고 치루(置樓)라 이름하였다.

참 기이한 이야기이다. 깊은 산 석굴에 숨어살던 다섯 명의 비구가 열심히 정진하여 도를 통하고 부처님이 사시는 서방으로 갔다는 것이 이 설화의 요지이다. 다섯 명의 비구가 뜻을 함께 하여 불도를 닦고 서방정토로 갔다는 것은 불교를 국교로 하던 신라 시대에도 드문 일이었던 모양이다. 더욱이 그들이 몸이 하늘로 솟아 통도사에 이르고 하늘에서는 신성한 음악이 들렸고, 다섯 명의 비구는 인생이 무상하다는 삶의 이치를 천명하고는 육신을 벗어버리고 만다. 다섯 명의 비구가 자신의 뜻으로 육신을 벗어버리고 서방으로 갔다는 사실이 매우 특이하고 충격적인 사건이었을 것이다. 그래서 승려들이 그들이 육신을 두고 간 곳이라 하여 치루를 세웠고, 일연은 육신을 벗어버렸다는 비범한 사실을 중시하여 다섯 명의 비구의 이야기를 기록으로 남긴 것이리라.

인간이 마음과 몸의 결합에 의해 이루어진다고 생각한 것은 매우 오래 된 인간 이해 방법이다. 인간은 몸에 의해 자신과 상대를 인식하고 몸이 있음으로 하여 인간으로 존재한다. 그러나 인간은 몸으로만 존재하기보다는 세상을 인식함으로써 즉 사유함으로써 자신이 존재한다는 것을 확인하게 된다. 인간의 존재 자체는 회의해 볼 수 있지만 회의하는 주체인 자신의 존재만은 부정할 수 없다는 인식 그것이 데카르트가 오랜 사유의 결과 도달한 '코기토'임은 두루 아는 바이다. 다섯 비구가 살던 시기에도 인간의 마음과 몸에 대한 고민이 없을 수 없었을 것이다.

인간은 육체로 인해 존재하며 육체 없이는 그 존재 자체가 의문스러울 수밖에 없다. 더욱이 인간은 육체적인 고통 속에서 끊임없이 고뇌하며 살아간다. 즉 인간에게 육체는 자신의 존재를 확인할 수 있게 해주는 것이면서 또한 인간의 한계 속에 머물게 하는 것이기도 하다. 인간은 사유한다는 점에서 동물과 구분된다. 인간만이 사유하고 말을 하고 문화를 향유할 수 있는 것이다. 이러한 것을 가능하게 해 주는 것이 정신이며 사유한다는 것 때문에 인간은 동물과는 다른 훌륭한 존재라는 위안을 받는다. 그러나 인간은 육체가 주는 고통을 벗어나지 못하며 육신이 스러지는 죽음으로부터 자유롭지 못하다. 육체가 있음으로 하여 인간은 동물과 마찬가지의 한계 속에 살아가는 존재일 수밖에 없다는 한계 속에 갇히게 되는 것이다. 이것이 육체를 가진 몸 속에 갇힌 인간의 숙명적인 한계이다.

유한한 존재인 육체가 인간의 마음을 허무하게 한다. 인간은 나고 늙고 병들고 결국은 죽음에 이른다. 이러한 허무한 종말을 극복하는 방법이 없는가를 생각하게 되는 것은 마음을 가진 인간으로서 당연히 이르게 되는 과정이다. 그리하여 인간은 무병 장수하는 방안을 모색하는 바, 선가에서 추구해 간 단약이 바로 그것이며 아라비아인들이 비밀스레 연구한 연금술 역시 이와 그리 멀지 아니하다. 그러나 이러한 인간의 노력이 허망한 것으로 판명될 때 인간이 나아갈 수 있는 방법은 몸에 대해 마음을 우위에 두는 것으로 삶과 죽음의 문제를 일거에 초월해 버리는 것이다.

불가는 이러한 마음에 의한 초월의 대표적인 방식을 보여준다. <마하반야바라밀다심경>에서 그 유명한 반야의 경지로 '존재하는 것은 곧 존재하지 않는 것이고 존재하지 않는 것이 존재하는 것(色卽是空 空卽是色)'이라는 인식을 보여준다. 이 경지에 이르면 인간의 인식이라든가 오감이라든가 하는 것이 다 그러해지며, 삶과 죽음의 경계가 사라지며, 사라짐과 존재함의 경계가 사라지며, 늙고 죽음 역시 그러한 것이 되고 만다는 것이다. <반야심경>에서 말하고자 하는 것은 몸과 마음의 문제에서 마음이 어느 경지에 이르면 몸이란 존재하는 것도 존재하지 않는 것도 아닌 것이 되며 인간은 몸의 구속으로부터 진정 자유로와질 수 있다는 것이다.

마음과 몸을 분리해 생각하면서 마음으로 몸의 한계를 극복하고자 하는 이러한 사고 방식은 종교라는 사유의 일반적인 원리이다. 인간은 어떠한 지표에 따라 행함으로써 몸의 구속으로부터 벗어나 진정한 행복을 얻을 수 있다는 것은 그 지표를 무엇으로 두는가의 차이만 있을 뿐 종교적 사유에서 보편적으로 작동하고 있다. 인간이 몸의 한계에서 좌절하게 될 때 사회는 혼란스러워지며, 인간이 몸의 욕망에 전적으로 따라갈 때 사회는 타락할 수밖에 없게 된다. 이러한 몸의 준동을 막는 것은 몸에 대한 마음의 우위를 설정하고 마음이 나아갈 방향을 정해 그 것에 따름으로써 몸을 억압하는 것이다. 존재하고 있는 인간의 실재보다는 존재해야 하는 인간의 실존을 중시하는 이러한 인간의 사유 태도는 누천년 이어져 왔으며 어떤 의미에서 인간의 진솔한 성정을 억압하는 기제로 작용하기도 하였다.

이러한 몸을 억압하는 사유 방식은 20세기 초반까지 지배적으로 작용하고 있었다. 20세기 초에 소쉬르가 언어를 연구함에 있어 파롤(parole)에 대한 랑그(langue)의 우위를 강조한 것은 구체적 현상보다 이론화된 이념을 중시한다는 점에서 몸의 억압이라는 설명이 가능해진다. 그러나 니이체와 프로이트를 거치면서 인간에게 있어 역동성을 지닌 몸과 억압되지 않는 마음이 중요성을 획득하게 되고 차차 구체적 현실로서 인간의 삶에 관심을 가지고 몸의 본질과 그 중요성에 착안하게 된다. 구체적 현상으로서 발화체를 중요시하는 언어학의 등장은 이러한 몸 중심의 사유의 중요한 측면을 보여준다 하겠다.

20세기 후반에 이르러 몸의 중시는 전사회적인 현상으로 나타난다. 이념태에 대한 연구의 중요성이 약화되면서 인문학의 위기가 이야기되고 인간의 실제적인 삶에 영향을 미칠 수 있는 즉 몸의 활동에 영향을 미칠 수 있는 이론들이 속속 등장하고 사회적인 중심에 들어서게 된다. 건강학이라든가 미용학이라든가 하는 밀교에서나 존재했을 법한 이론들이 엄청난 힘을 얻게 되고 인간에게 조금이라도 더 큰 즐거움을 줄 수 있는 구체적인 방법들이 개발되기에 이른다. 고뇌보다는 즐거움이 사유보다는 놀이가 삶의 중심축으로 들어오게 된 것이다. 이제 인간은 이성과 이념에 의해 억압되기보다는 감성과 쾌락이 자신의 행동을 지배하는 불안한 상황에 이르렀다.

그러나 몸은 늙고 병들고 사라질 수밖에 없는 유한한 존재이다. 게놈 프로젝트나 신약품의 발전 등으로 아무리 의학이 발전하여도 인간은 일정한 수명 이상 살 수는 없다. 바로 이러한 몸의 유한성 때문에 인간은 좌절하고, 과학 문명의 시대에도 종교는 지속적으로 위력을 발휘할 수밖에 없다. 인간은 이념의 절대성을 믿지 않으면서 그것에 의지한다. 그들은 몸의 절대적 우위를 믿으면서 불안을 피하기 위해 종교에 의지하는 것이다. 몸이 변화하면서 마음도 변화한다. 인간은 늙으면서 마음도 변화한다. 마찬가지로 세상이 변화하면서 그 절대적 진리도 변화할 수밖에 없다. 변화하는 현실에 따라 이념도 변화하고 인간은 그러한 변화된 진리에 따라간다. 변화하는 현실을 인정하지 않으면 그는 낙오자가 되고 만다. 그것이 몸일 때에는 우스꽝스러움으로 끝나지만 마음일 경우에는 위험한 상황으로 발전할 수도 있다.

다섯 비구는 불교가 지배하던 사회에서 그 이념에 충실하여 인간의 존재적 한계인 육체를 벗어버림으로써 서방정토로 나아갈 수 있었다. 즉 그들은 인생이 무상하고 괴롭고 허무하다는 이치를 깨달아 <반야심경>에서 말하는 해탈의 경지로 나아갈 수 있었던 것이다. 인간이 자신의 삶과 사유를 한정짓는 육체의 한계를 벗어날 수 있었다는 것은 후세 사람들이 치루를 세워 기념할 만한 일이고 또한 일연이 기록으로 남길 만한 일이기도 하다. 그때나 지금이나 대부분의 사람들의 삶이란 거기가 거기여서 홍진 속에서 치받히며 사는 것이기 마련이기 때문이다. 만약 그러하지 않고 신라의 모든 사람들이 그런 삶을 살았다면 다섯 비구의 이야기는 사람들의 기억 속에서 희미해지고 말았을 터이니까.

사람들 모두 삶의 일상성과 강렬한 쾌락 속에 허우적거리는 우리 시대에 자신이 옳다고 믿는 일을 끝까지 추구하는 사람들을 존경하고 정의를 위해 몸을 버린 사람을 기리는 것은 다섯 비구를 기리는 것과 다름없는 행위이리라. 그렇다면 정의롭지 못한 전쟁을 막기 위해 인간 방패를 자청하고, 정부와 국회가 그 전쟁에 파병하기로 결정하자 그런 나라에 살 수 없다며 국적을 반납하려는 사람들을 우리는 어떻게 기억하고 기록해야 할까? 일제 강점기와 독재 치하에서 머리 숙이고 말못하며 살았던 일반 대중들과는 달리 외롭게 의로운 투쟁을 지속하다 죽거나 몸이 구속된 수많은 의사와 열사들의 삶과 유사한 무게로 기억해야 할 것인가? 아니면 한낱 변화한 현실을 모르는 어리석은 자의 해프닝으로 보아야 할 것인가?

다섯 비구가 마음으로써 몸을 극복한 일을 읽으며, 척박한 현실을 살아가는 우리 시대 사람들의 삶과 그것으로부터 벗어나려는 의인들의 모습을 다시금 떠올리게 된다. (石宇)

거기 누구 없소

# 동대문 D빌딩 유감

지난 12월 2일, 우리는 국제적인 상권으로의 비약을 노리고 월드컵 특수에 한껏 꿈을 부풀리는 동대문 D빌딩에 갔다가 황당한 일을 당했다. 우리 네 사람은 휴일을 무릅쓰고 이 빌딩의 주인인 D사를 위해 종일 일을 하고 나오다가 이 빌딩 10층에 있는 이태리 음식점에 들렀다. 우리가 들어간 시간은 오후 10시였고, 영업은 11시까지 한다기에 간단히 맥주를 한두 잔씩 하고 열한시 정각에 음식점을 나와 엘리베이터를 타려고 하니 모든 엘리베이터가 작동 불능이었다. 이것이 어떻게 된 일인가 황당하기도 하고 놀랍기도 해서 우왕좌왕하다보니 그 건물에 근무하는 여자 한 분이 걸어내려 가야 한단다. 아니 건물 안에 우리들만이 아니고 음식점 종업원도 있고 사람이 적지 않은데 엘리베이터를 정지시킨다는 것이 말이 되는가.

우리는 10층에서 1층까지 걸어내려 가야 했고, 1층 로비에 있는 직원에게 항의를 했다. 그들은 매우 미안하다는 말을 연발하면서 자신들은 건물의 보안만을 담당하고 있고 엘리베이터 관리는 딴 부서에서 담당하는데(동현 엔지니어링이든가, D사 계열 회사인 듯하다) 건물이 상가와 업무용이 연결되어 있어 건물의 보안을 위하여 일정한 시간이 되면 엘리베이터를 정지시킨다는 것이다. 그래 엘리베이터 담당 부서에 연결하여 항의를 했더니 미안하다는 말 한마디 없었다. 보안과 관계없는 엘리베이터가 다른 곳에 있으니 그것을 타야 한다는 것이었다. 그러나 확언하건대, 그 엘리베이터가 어느 곳에 있다는 안내 표지를 우리네 사람은, 또 같이 걸어 내려오던 다른 고객까지도 보지 못했다. 그랬더니 그것도 보지 못했느냐, 그리고 엘리베이터를 정지하기까지 왜 건물 안에 있었느냐, 그런 점에서 전적으로 고객의 책임이라고 하였다. 세상에, 영업은 11시까지 하는데 엘리베이터는 10시 50분에 정지시키면서 자신들은 규정대로 했다는 것이 말이 되는가. 안내 방송 한 번 해주지 않고, 내려가는 방법에 대한 안내도 없이 건물 속에 고객을 가두어 두는 법이 있는가.

건물에 들어갈 때 엘리베이터의 안내 방송에서는 D사의 친절한 손님맞이를 강조하고 있었다. 세계적인 상권으로 발전하려는 D사로서는 당연한 주장일 것이다. 그러나 그들이 말하는 친절은 자기들만의 편리라는 말의 다른 표현에 지나지 않았다. 세상에 어느 고층 건물에서 건물 안에 손님이 있는데 안내 방송도 없이 엘리베이터를 정지시키는가? 만약 외국인이라도 있었다면 그들의 당혹감은 어떻게 할 것인가? 온 나라는 한국 방문의 해를 정하고, 외국인을 맞이하는 대 홍보를 벌이고, 또 내년까지 연장하겠다는 안쓰러운 발상까지 하고 있지만, 이런 일을 당한다면 누가 이 D빌딩을 아니 이 나라를 찾을 것이라고 생각하는가?

우리는 어떤 형식으로든 빌딩 측 아니 건물주인 D사 측에서 사과를 받자, 그들의 오만한 건물 운영 방식을 뜯어 고치자고 다짐했다. 그것은 이 빌딩을 통하여 온 나라의 이미지가 훼손될 것이고, 그 피해는 그들에게가 아니라 고스란히 우리에게 돌아올 것이기 때문이었다. 자신의 회사에 이익을 주기 위해 하루 종일 일을 해 주고 나오다가 맥주 한 잔 마시고 보니 이렇게 되었다고 신분을 밝힌 사람들에게까지도, 바보 같은 인간들 시간 전에 나와야 하는 것 아니냐는 듯이 뻣뻣하게 대답하고, 로비에 전화를 걸어 보안 담당자에게 불만을 터뜨리고, 건물 안에 갇히게 되는 일은 모두 다 본인들 책임이라고 강변하며 마음대로 해보라고 고함지르는 당직 직원(그의 이름이 누구냐고 우리는 물었고, 그는 마음대로 하라는 듯 자신의 이름을 떳떳하게 밝혔다)의 뻔뻔한 얼굴을 보고 싶다. 일반 고객에게는 얼마나 더 뻣뻣하게 대하는지 알고 싶다. 아니, 여기서 D사의 오만한 기업 경영 방식을 보는 것같아 씁쓸하다. 이건 이 글을 올리는 이 홈페이지의 운영에서도 드러나고 있다. 나는 이 글을 HELP DESK에 쓰고 있는데, 이것이 HELP인가. 자신들에 대한 충고나 항의를 HELP란에 쓸 수밖에 없도록 홈페이지를 만드는 것은 또 얼마나 오만한 발상인가?

동초 김연수 명창은 그런 말을 했다. "저 자식 꼭 욕을 해주고 싶은데, 혹시 사람 될까 싶어 하지 못했다." 우리는 그래도 같이 더불어 살아야 할 동반자로 D사를 인식하고 있다. 그래서 이런 말을 해서라도 바꾸어지기를 바라면서 이 글을 올린다. (南溪)

# 독서의 몰락

독서가 몰락하고 있다. 부정하고 싶지만 그러하다. 지식 정보가 가속적으로 팽창하고, 출판 도서도 늘어난다고 하는데, 독서 열기의 침체를 굳이 '몰락'이라고까지 할 것이 있겠는가. 그러나 독서 현상을 조금만 들여다보면 '독서 몰락'의 전조(前兆)들을 발견할 수 있다.

통계청이 발표한 한국사회지표에 따르면 우리나라 가구당 월별 도서 구입비가 1만원이 채 안 되는 것으로 나타났다. 이에 비하면 월별 외식비는 24만원 정도를 지출한 것으로 되어 있다. 또 다른 설문조사(비티에듀)에 따르면, 19세 청소년들이 생각하는, '19세를 가장 행복하게 하는 것'으로, 독서(만화 읽기 포함)를 선택한 사람이 1%도 안 되었다고 한다. 잠자기를 선택한 사람이 35%, 게임하기를 선택한 사람도 3%나 되었다는 것과 대비해 보면, 청소년 독서 문화의 부재를 실감한다.

독서의 몰락이란 우리 사회가 의미 있게 공유해야 할 독서의 가치론(진정성)이 사라지고 있음을 의미한다. 겉보기에 독서가 제법 있는 것 같아도, 진정성이 없는 독서는 거품과도 같은 독서이다. 진정성이 없는

데 의도적인 지속성을 가지고 책을 읽는 독자의 층이 두터울 리 없다. 독서의 몰락을 부르는 내적 징후라 아니할 수 없다.

독서에 관한 고전적 명제이지만, '독서는 일용할 정신의 양식이다.'라는 말이 있다. 독서가 상시 진행형의 윤리임을 드러내는 말이다. 꾸준한 독서로 앎을 구성하여 마침내 사람됨을 갖추라는 뜻이다. 나아가서 사회와 문화를 기르는 정신의 기제로 독서의 작용을 인식하는 말이다. 그런데도 우리는 독서를 '먹어도 그만 안 먹어도 그만인 군것질' 정도로 다룬다. 오늘날 독서는 심심풀이 땅콩만도 못한 자리를 차지할 때가 있다.

인지심리학자들은 독서를 '독자가 의미를 재구성하는 과정'으로 정의한다. '의미 재구성'이야말로 독서가 정신적 성장을 돕는 중요한 경험 과정임을 보여 준다. 독서는 지식과 지식, 지식과 경험, 지식과 사고, 자아와 타자를 끊임없이 통합한다. 이처럼 독서는 세계와 인간과 앎을 재구성함으로써 관계적 사고를 추구한다. 이익 처세를 앞세우는 세태에서는 소위 올인의 외골수 사고를 '전략적 사고'라 부르기도 하지만, 진정한 전략적 사고는 관계적 사고이어야 한다. 독서가 많을수록 인격적 연마가 깊어지는 것은 당연한 이치이다.

독서의 몰락은 정신의 황폐로 이어지며, 문화의 속물화를 재촉한다. 정치의 모습이 그토록 불신에 쌓여 있고, 정치의 언어가 그토록 거칠고 무감동한 것도 앎과 정신의 궁핍과 무관하지 않은 것이라면, 정치 문화를 이끄는 사람들의 독서 빈곤과 독서 행위의 진정성을 되돌아보지 않을 수 없다. 이 시대 사회 각층의 갈등의 언어가 독선과 배타로 인해 삭막하기 그지없는 것 역시 독서의 몰락과 무관하지 않으리라 본다. 교육의 현장이 그토록 감동이 없고, 배움의 기쁨이 살아나지 않는 것은 혹시라도 교사와 학생 모두 진정한 독서로부터 소외되어 있기 때문은 아닐까.

독서를 문화의 자리에 두었을 때, 그 대척되는 자리에 있는 문화적 풍경은 무엇일까? 문화 가치론의 입장에서 본다면 그것은 포르노 문화라고 보는 것이 적절하다. 사고 맥락을 풍부하게 거느리는 것이 독서라면, 단세포적 사고를 자청하는 것은 포르노적인 것이다. 전자가 앎과 세계의 관계적 사고에 몰입하는 과정이라면, 후자는 감각적 자극에 고립적으로 함몰된다. 전자가 '주체의 자기 결정성'이라는 가치를 지닌다면, 후자는 충동의 대상으로만 주체가 존재한다. 무엇보다도 전자는 정신의 생산에 기여하는 데 비해, 후자는 정신의 황폐를 불러온다. 독서의 몰락은 포르노 문화가 가진 몰이성의 경박함과 거칠음과 참을성 없음의 양태를 우리의 일상에 알게 모르게 이식하게 될 것이다.

물신주의가 지배하는 욕구들에 눌려 우리 사회는 독서를 '문화의 자리'에서 '기능의 자리'로 내어 쫓고 있다. 독서가 정보 검색의 기능 정도로 평가 절하되는 것이다. 그런 풍토 속에서 우리는 독서를 소외시키고, 스스로 독서로부터 소외되고 있는 것이다. 독서하기 위해서 독서하는 것, 또는 독서 자체를 아예 무시해 버리는 것 등이 모두 그러하다. 어느 쪽이나 천박함을 면하기 어렵다. 유감스럽게도 우리는 그런 왜곡된 독서 문화의 한복판에 있다. (昔影)

# 시험(試驗)에 들지 말게 하시고

1.

초등학교 2학년 때다. 교회 주일학교에서 <여름 어린이 성경학교>가 열렸었다. 초등학교 교장선생이었던 내 조부는 신앙심이 독실하여, 나를 여름 성경학교에 하루도 빠지지 않고 다니게 하였다. 그 프로그램 중의 하나로, 오늘은 '성경 퀴즈 대회'가 열리고 있다.

> "나는 누구일까요? 나는 예수의 열두 제자 중 한 사람입니다. 예수의 제자가 되기 전에는 세금을 거두는 관리이었습니다. 나는 예수님의 말씀과 행적을 기록한 사람입니다. 내가 기록한 것들은 오늘날 우리가 읽고 있는 신약성서의 맨 처음 순서에 실려 있습니다. 나는 누구일까요? 아는 어린이 손을 들고 답을 말해 주세요."

퀴즈 진행자는 문제를 다시 한 번 읽어 준다. 나는 답을 헤아려 본다. '베드로인가? 아냐. 신약성서의 맨 앞에는 마태복음이 있는데. 그렇다면 마태복음을 쓴 마태? 그래 마태 맞다.' 그러나 선뜻 손을 들지는 못

했다. 누군가가 '베드로'라고 말했다. 다시 누군가 '바울'이라고 말하기도 한다. 진행자는 은근히 경쟁심을 부추기었다. 맞춘 어린이 개인은 물론이지만 가장 많이 맞춘 반은 단체상을 줄 것이라 했다. 아이들이 긴장하기 시작했다.

주일학교 우리 반 담당 반사 선생님이 내 곁으로 당겨 앉으셨다. 밝고 활기찬 처녀 선생님이었다. 교회에 가기 싫어도 선생님이 좋아서 가기도 했었다. 선생님이 내 귀에다 소곤거렸다. "마태!, 인기야 마태라고 해!" 나는 선생님을 쳐다보았다. 선생님은 손으로 단상의 진행자를 가리키면서, 눈빛으로는 내게 빨리 말하라고 하는 듯했다. 상을 타고 싶은 내 욕구도 살아났다. 나는 빠르게 일어나서 나도 모르는 사이에 외쳤다.

"마태입니다."

정답임을 큰 목소리로 확인해 주는 진행자의 목소리, 사람들의 박수 소리, 부러워하는 다른 아이들의 눈초리, 빙그레 미소를 머금는 우리 반 선생님의 표정, 흥분된 시간이 짧고 빠르게 지나갔다. 상품으로 받은 노트 두 권을 들고 집으로 돌아온다. 그런데 이상하다. 기쁘다는 생각이 들지 않는다. 자랑스럽다는 생각은 더더구나 안 든다. 마음이 무겁고, 무언가 불유쾌한 것이 묵직하게 드리워져 있는 것 같다.

다음날은 토요일, 어린이 성경학교가 끝나는 날이다. 수고한 주일학교 선생님들에게 점심 식사를 우리 집에서 대접해 드리기로 했단다. 할머니가 국수를 삶고 전을 부치고 반찬을 준비한다고 부산하시다. 점심때 주일학교 반사 선생님들이 모두 우리 집으로 오셨다. 나를 보는 선생님들마다 칭찬을 한 아름씩 안겨 주신다.

"어쩌면 이렇게 총명한 손주를 두셨어요."

"쪼그만 녀석이 어떻게 그런 문제를 다 맞히었지. 참 대단해요."

"얘가 누굴 닮아서 이렇게 재주가 있답니까?"

칭찬의 말씀이 던져질 때마다 맞장구의 감탄사들이 번진다. 볼을 잡고 귀엽게 흔들어 주고 가는 선생님들도 있었다. 국수를 말아내시는 우리 할머니 얼굴에 웃음이 번진다. 나는 가만히 우리 반 처녀 선생님을 쳐다보았다. 선생님은 아무 말이 없었다. 다른 분이 무어라 할 때도 어떤 맞장구도 치지 않으셨다. 나 또한 그 누구의 칭찬도 하나 반갑지 않았다. 불편하고 힘들었다. 어쩌다 선생님과 눈길이 마주 친 적이 있었는데 선생님은 얼른 다른 곳을 쳐다보았다. 나도 마찬가지이었다. 돌이켜 생각하건대, 선생님과 나는 일종의 '불륜의 모드' 속으로 침잠해 가고 있는 것 같았다. 나는 빨리 여기를 빠져나가고 싶었다.


2.

육군보병학교에서 훈련받던 군대 시절 이야기이다. 총 16주 훈련 가운데 4주차이었던가. <군인복무규율>시험을 본다는 공지사항이 하달되었다. 군인으로 지켜야 할 자세와 규범들을 한 권의 소책자로 만들어 놓은 것이 군인복무규율이다. 시험이 공고는 되었지만 밤낮 없는 훈련들로 군인복무규율을 외울 시간이 없었다. 야전 훈련에서의 필기시험이란 것이 일종의 요식 행위로 처리되는 경우를 더러 보아 왔기 때문에 그러려니 했다. 어쨌든 날짜는 다가왔다. 여기저기 훔쳐보면서 답을 적절히 채워 낸 친구들도 있었다. 준비 없이 시험에 임하였으므로 나는 시험을 잘 볼 수 없었다.

문제는 그 다음에 불거졌다. 일요일 오후 우리 1중대 전 병력은 연병장에 집결하라는 지시가 내려 왔다. 일요일에 연대장이 집결을 시키다니, 그것도 전체 연대 병력이 아닌 우리 중대만 모이라고 한다. 집합의 사유는 간명했다. 연대 예하 10개 중대 가운데 우리 1중대가 군인복무규율 시험에서 꼴찌를 한 것이다. 연대장은 언성을 높였다. 이렇게 군인으로서의 복무에 대한 자각이 없어서야, 어디에 쓰겠느냐는 것이었다. 이런 군대라면 설령 다른 훈련을 받은들 무슨 소용이 있겠느냐고 했다. 우리 중대장 강대위는 중대원이 보는 앞에서 혹독한 질책을 받았다. 아니, 그것은 질책이라기보다는 수모(受侮)에 가까운 것이었다.

싸워 이기는것이 군인의 책무이다. 무슨 종류의 경쟁이든지 절대로 져서는 안 되는 것이 군대이다. '군인복무규율' 시험은 어느새 10개 중대 간의 경쟁이었던 것이다. 뒷이야기도 무성했다. 시험 중에 공공연하게 책을 들추어 가며 컨닝을 한 중대도 있단다. 어떤 중대는 중대의 성적을 높이기 위해서 답을 암시하는 힌트를 주었다고도 했다. 우리 중대는 그런 준비 자체가 없었던 것 같았다. 그런 점에서 나는 중대장 강대위를 존경했다.

연대장의 질책을 받은 중대장이 취한 조치는 명료하고 단호했다. 군인복무규율 시험에서 평균 60점 미만인 훈련생들을 따로 집합시켰다. 중대원 180명 가운데 대략 30 명가량이 해당되었다. 나 역시 이 30명에 속하였다. 중대장은 이렇게 말했다.

> "귀관들은 군인의 복무 자세에 대한 인식이 심각하게 부족하다. 결과적으로 중대의 명예를 떨어뜨렸다. 귀관들은 매일 일석점호 후, 22시 정각에 완전 군장으로 연병장에 집결하여 매일 밤 4㎞씩 구보한다. 구보가 끝나면 중대 외곽의 야간 경계 동초(動哨: 움직이면서 보초를 서는 것)근무를 귀관들이 전담한다. 어떤 과오도 용납되지 않는다. 별도의 지시가 없는 한, 무한정 실시한다. 이상!"

친구들이 장남삼아 우리 모두를 통칭하여 '60점미만'이라고 불렀지만, 그게 그다지 나쁘게 들리지는 않았다. 그러나 남들은 잠자리에 드는 시간, 완전군장 구보를 하고, 매일 밤 경계 동초근무를 수행하는 것은 고역이었다. 수면부족을 달고 지냈다. 연일 계속되는 야전훈련에서는 엉덩이가 땅에 닿기만 해도 졸음이 쏟아졌다. 몸은 고단했지만, 기분이 그렇게 썩 나쁜 것은 아니었다. 내무반에 들어가면 동료들이 위로했다. 자기네들 대신 십자가를 진 셈 치라고. 그런 점이 아주 없지도 않았기에 정신은 자유롭고 고매해지기까지 했다.

벌칙은 한 달 가까이 계속되었다. 벌칙의 일과를 공유한 우리들 삼십 명은 정서적으로 잘 단결되었다. 고되기는 했지만 우리들 행위가 달리 불명예스럽다는 생각은 들지 않았다. 오히려 부정행위의 유혹을 거뜬히 물리친 것에 대한 은근한 자부심 같은 것이 있었다. 우리들은 기꺼이 우리 스스로를 '60동지회'라는 이름의 친목회로 묶어 내었다. '60동지회' 이야기는 지금도 그 해 보병학교 1중대 동기생들을 만나면 빠짐없이 등장한다.


3.

시험(試驗)에는 두 가지 함의가 있는 것 같다. 하나는 능력이나 성질을 검사하여 짚어보는 그야말로 시험 본래의 의미가 있고, 다른 하나는 나쁜 유혹을 견디어 내는 과정으로서의 시험이 있다. 앞의 시험은 '시험을 보는 것'이고, 뒤의 시험은 '시험을 이기는 것'이다. 예수도 죽음을 앞두고 '시험에 들지 말게 해 달라.'고 기도한다. 예수에게 다가오는 죽음 자체가 예수에게는 시험인 셈이다. 그리고 보면 모든 시험에는 '유혹에 빠지기 쉬운 함정으로서의 시험'이 들어 있다. 시험이 진정으로 두려운 것은 바로 이 때문이다.

시험을 피할 수는 없을까. 어느 특정의 시험을 기술적으로 피할 수는 있겠지만, 인생 전체에서 겪어야 하는 시험의 절대량은 누구에게나 일정한 것이 아닐까. 사람은 시험을 통하여 성숙하고 단련되어 간다. 부정할 수 없는 일이다. 학교 안에도 시험은 많고, 학교 밖에도 시험은 많다. 인생사 시험의 연속이다. 겪고 보니 좋은 시험이었다고 할 수도 있고, 그렇지 못했다고 할 수도 있다. 결과 지표가 높고도 교육적 효과는 미미할 수 있고, 결과 지표가 쉽사리 보이지 아니하는 시험도 있을 수 있다.

국가수준의 학업성취도 검사를 두고 이런저런 이야기들이 많다. 자칫 이 시험 때문에 학교가 시험에 들 수도 있겠다는 생각이 든다. 교육의 문제에 정치나 이념이 과도하게 개입하면 교육은 시험에 들 수밖에 없다. 교육의 원리와 발달의 원리로 다시 겸허하게 되돌아가서 시험을 보다 평명하게 대할 수 있었으면 좋겠다. (昔影)

# 교육과정 살리기

"과거 경영에서의 키워드는 '관리(management)'라는 말이었습니다. 그런데 현대 경영에서의 키워드는 '소통(communication)'이라는 말로 변했습니다. 중요한 것은 미래 경영의 키워드 또한 '소통(communica-tion)'이라는 것입니다."

세계적 경영학자 피터 드레커의 말이다. 그의 통찰이 경영학의 울타리를 넘어, 인간 사회와 삶의 생태를 총체적으로 들여다보는 경지로 나아갔다는 것을 고려한다면, 긴 의미의 울림으로 남는 말이 바로 이 말이다. 오늘날 경영의 영역이 단순히 이윤 만들기 기술에 머물지 않고, 인간의 활동 전반에 복합적으로 영향을 미치고, 그렇게 구성된 가치와 인식을 현대인의 삶에 매개하여, 새로운 형태의 의식과 문화를 부단히 생성해 가게 하는 영역이라는 점에서 드레커의 통찰은 주목할 만하다.

미래 사회의 환경과 관련해서 교육과정 또한 소통의 현상으로 보는 안목이 필요하다. 교육과정은 지식 사회의 소산 가운데 그 어느 것보다도 직접적으로 중요한 '사회 자본'의 기능을 수행하기 때문이다. 교육과정은 어떤 미디어보다도 중요한 소통체[media]로서의 역할을 한다. 사실 여기서 '미래 사회'라고 일컫는 미래는 먼 미래가 아니라 현재 사회와 바로 연속된 시간 개념이라고 해야 할 것이다.

교육과정이 소통의 산물이라는 것은 종전에도 선언적으로 언급되었다. 그러나 이제는 실감할 수 있게 그 실효성이 다가올 것이다. 교육을 둘러싼 발신처와 수신처가 무수히 다중화(多重化)되는 사회를 살아 갈 것이기 때문이다. 교육을 둘러싼 내적 외적 소통 코드가 다양해질수록 교육과정의 소통성은 지금의 수준과는 차원을 달리하는 질적 변환을 요청받게 될 것이다.

소통 작용이 없는 교육과정은 죽은 교육과정이 되기 십상이다. 그런 점에서 앞으로의 교육과정은 그 자체가 '살아 있는 유기체'로서의 성격을 지니면서, 자신을 둘러싼 생태 환경과 왕성하게 소통하는 것이 되어야 한다. 교육과정은 교육 내부의 여러 요소와 내적 소통은 물론이고, 교육 바깥의 현상들과 수많은 소통 코드를 가짐으로써 그 살아 있음을 증명한다. 시름시름 앓거나 죽어가는 교육과정을 소통의 사회가 용납하지 않을 것이다.

교육과정의 유용성에 대한 논의 관점들이 다양해질수록 교육과정을 소통 현상의 바탕에서 보아야 한다는 인식은 더욱 강화될 것으로 보인다. 특정의 교육과정이 얼마나 유용한 것인지를 논하는 담론들이 더 다양해지고, 이러한 담론 주체가 종전에는 교육계 내부의 사람들이었다면, 앞으로는 일반 사람들이 왕성하게 참여할 것이다. 과거 우리의 현실 교육과정은 국가 권력에 의해서 그 유용성을 담보 받아 왔다. 앞으로는 시민 사회의 민간 전문 영역들에 의해서 더 많은 유용성 검증을 받는 풍토로 변화되어 갈 것이다. 이는 모두 교육과정의 소통성이 얼마나 중요한 것인지를 보여 주는 것이라 할 수 있다.

이렇게 이야기하면 교육과정의 소통성을 갖춘다는 것이 현실 교육과정 개발 과정에서의 다양한 의견 수렴 정도로 생각할지 모르겠다. 우리는 흔히 교육과정의 소통성을 교육과정 개정의 절차적 합리성을 추구할 때 강조해 왔기 때문이다. 교육과정 관여 주체들 간의 충분한 대화와 상호이해를 바탕으로 현실 교육과정을 만들어야 한다는 원리를 잘 알고 있기 때문이다. 이는 물론 교육과정의 외적 소통성을 높이는 국면이라 할 수 있다. 그러나 앞으로 요청되는 교육과정의 소통성은 이러한 범주를 훨씬 뛰어넘는 것이다. 교육과정 자체가 '힘 있는 미디어'가 되는, 그런 경지의 소통성을 확보하는 수준이 되어야 한다. 그러기 위해서는 교육과정의 내적 소통성을 높이는 노력이 당연히 상응되어야 할 것이다.

교육과정의 내적 소통성이란 학생들이 학습한 지식의 쓸모 있음이 극대화 되는 성향을 말한다. 교육과정의 내적 소통성이란 곧 교육과정을 통해서 길러주고 발달시키려는 지식이나 기능이 학생의 학습 인지 공간 속에서 서로 잘 소통될 수 있도록 하는 교육과정의 자질을 말한다. 아무리 많은 지식을 가르치면 무슨 소용이 있겠는가. 아무리 첨단의 기술을 가르치면 무슨 소용이 있겠는가. 그 지식과 기술이 스스로 특정의 교과나 영역의 감옥에 갇혀서 다른 영역에 있는 지식들과 소통할 수 없다면 그 지식과 그 기술을 어디에 유용하게 변용하고 재창출할 수 있겠는가.

김소월의 시를 <국어교과 - 문학영역 - 시 단원 - 현대시 이해 - 전통적 정조>라는 지식의 감옥 체계 속에서만 겹겹이 가두어 기억해 두도록 가르치지는 않았는가. 이렇듯 지식을 가두어 둔 감옥들의 이름('국어', '문학', '시', '현대시', '전통 정조')을 부를 때에만 겨우 소월의 시를 환기할 수 있다면, 그렇게 교육과정이 작동한다면, 이는 소통성이 죽은 교육과정이라 할 수 있다. 소월의 시가 생물 교과의 지식과도 만나고, 김소월의 시가 미술 교과의 이중섭 그림과도 만나고, 또 지리 교과의 지도와도 만나고, 사회과의 정치와도 만나고 경제와도 만나 소통하도록 해 주는 교육과정을 기대하는 것이다. 이러한 교육과정의 내적 소통성은 교육과정 자체의 내적 건강성과 역동성을 담보한다. 미래 사회의 학습 생태 속에서는 특별히 그러하다.

통합논술이 대두되면서 학교에서의 지도가 어렵다는 문제들이 제기된다. 사교육 영역에서는 마치 통합 논술이 기존의 교과와는 다른 새로운 교과목이라도 되는 양, 상업적 마케팅을 한다. 이 또한 안타까운 오도이다. 학교에서 학습한 지식·기능이 서로 소통하지 못하고 기억의 분실에서 고립되어 스스로 자폐되는 교육과정 전통 하에서는 이러한 딜레마는 이미 예상된 것인지도 모른다. 우리 교육이 지금부터라도 극복해 가야 하는 과제임에 틀림없다. 교육과정의 내적 소통성을 획기적으로 확장해야 하는 이유가 여기에 있다.

중요한 사실이 또 하나 있다. 교육과정이 내부의 내용 요소들 간의 소통을 넓히면 넓힐수록, 교육과정이 교육 바깥의 현상들과 소통하는 외적 소통성도 보다 견실하게 확장된다는 점이다. 일종의 선순환이 일어나는 셈이다. (昔影)

# 단호(斷乎)함에 관하여

### 1.

'단호함!' 사전에서 풀이한 이 말의 뜻은 참 좋다. '꼭 단정하여 흔들림 없이 엄격함' 이렇게 풀이되어 있다. 사전의 말들도 세상에 내려오면 세상 먼지를 다 덮어 쓴다. 말이란 항상 어떤 맥락 속에 있다고 할 수 있는데, 사전에 있는 어떤 말이 세상에 내려와 속진(俗塵)을 다 덮어 쓴다는 것은, 곧 그 말이 우리 인생살이의 어떤 맥락 속으로 들어와 구체적으로 쓰인다는 것을 의미한다. 예를 들어 보자.

직장에서 언제나 단호하고, 그래서 아랫사람들에게 무섭게 화를 잘 내는 상사들은 어떤 심리 기제를 가진 사람일까. 학술지 '심리과학(Psychological Science)' 2009년 11월호는 이 점에 대해서 재미있는 연구 결과를 보여 주고 있다. 미국 남가주 대학의 패스트 교수와 버클리 캘리포니아 대학의 첸 교수의 공동연구에 따르면, 부하들을 단호한 어조로 못살게 괴롭히는 상사는 자신의 열등감 때문에 그렇게 하는 면이 있다는 것이다. 이렇게 공격적이고 단호하기만 한 상사는 부하들의 아첨에는 금방 부드러워진다. 열등감의 순간적 해소에는 아부를 받는 것보다 나은 약이 없다는 것일까.

실험 결과는 이렇다. 누군가에게 벌을 줄 때, 권력은 있지만 스스로 무능하다고 생각하는 사람은 가장 큰소리로 벌을 주었다. 반면 권력이 있고 스스로 유능하다고 생각하는 사람은 조용한 소리로 벌을 주었다. 권력도 없고 능력도 없는 사람들도 조용한 소리로 벌을 주었다. 단호함을 가져오게 하는 원천에는 두려움이 있다. 이 경우에는 내가 무능하다는 것에 대한 두려움이다. 단호함은 두려움을 가까스로 피해가려는 심리 기제의 일종이다. 단호함의 근원을 용기나 용감함이라고 생각하는 것은 피상적 관찰이다. 조금만 주의해서 보면 대부분의 단호함은 두려움에서 온다. 물론 진정한 단호함은 문제적 상황을 온몸으로 감당하겠다는 의연함에서 오는 것이라 할 수 있다. 그러나 이것 역시 두려움을 두려워하지 않으려는 강력한 자기최면의 일종일 수 있다.

단호함은 두려움과 더불어 조급함과도 손을 잡고 있다. 구태여 유보하지 않으려는 의지라고 할 수 있겠는데, 물러서지 않겠다는 의지와 결부하여 조급함을 정당화한다. 그 조급함을 따라가다 보면, 단호함에는 타자를 인정하지 않으려는 무의식이 개재되어 있음도 알 수 있다. 단호함은 상대에 대한 극단의 거부처럼 보이지만, 사실은 내가 나를 향해서 다그치는 행위로도 볼 수 있다. 그렇게 단순화 시켜서 보면 단호함은 내가 나 자신을 걸고넘어지는 것, 즉 나 자신에 대한 반응 그 이상도 그 이하도 아니다.

강력한 단호함일수록 그 주인공은 옆도 뒤도 돌아보지 않고 오로지 단호하기 위해서 앞으로만 나아간다. 내가 나 자신을 걸고넘어지는 정신적 기제가 드러나는 대목이다. 그래서 도에 넘치는 단호함은 일종의 자폐처럼 자기 자신을 가두어 놓는다. 단호함은 주변에서 만류를 받을 때 더 의기양양해진다. 반면에 아무도 관심 가져주지 않는 단호함은 사무친 외로움 속에서 스스로 소멸되는 경우가 대부분이다.


2.

단호함은 한번 행동으로 드러내고 나면, 이후 달리 뾰족한 대책을 가지기가 어렵다. '단호하게' 천명한 그대로 나아가서 옥쇄를 하는 방법밖에는 없다고 해야 할 것이다. 그런 점에서 자주 단호함을 취하는 사람에게서 지혜롭기를 기대하기는 지극히 어렵다. 단호한 것 이외에는 어떤 다른 대안도 준비하지 않기 때문에 그렇다. 만약 오래 지속할 수 있는 단호함이 있다면, 그 단호함은 가치 있고 품격 있는 단호함이 될 가능성이 많다.

'단호함'이 매력 있어 보인다고 단호함을 모방하여 연출하는 사람들도 있다. 단호함을 가지고 멋쟁이 스타일리스트를 만드는 기술로 삼겠다는 것이다. 워낙 기표(記標)와 외식(外飾)의 디자인들이 사람들 정신줄을 빼앗아 가는 시대에 살고 있으니 말이다. 이런 '단호함의 기술'을 그럴듯하게 발휘하여 매력 있는 캐릭터를 연출하겠다는 속빈 멋쟁이들이 많다. 텔레비전 대중 드라마에서도 심심찮게 보인다. 아예 주인공 캐릭터를 단호함의 전형(흔히들 'concept'이라 말하는)으로 설정해 놓고 시작을 한다. 드라마는 드라마일 뿐이라고 무시할 일이 아니다. 실제로 이런 위인들이 매력 있는 인간상인양 대중 사회에 받아들여진다는 점이다. 아니, 그런 단호함을 장식처럼 연출하며 사는 사람들을 괜찮은 매력의 대상으로 바라보고 모방하려는 사람도 많다.

요즘의 단호함은 아무래도 보여주기 위해서 연출되는 경우가 더 많은 것 같다. 단호함이 그런 식으로 연출되다보면, 단호함에 개입되는 언어들이 마침내 왜곡된다. 단호함을 표명하는 언어 가운데 가장 최상급의 단호함은 아마도 '죽음을 결심하고' 취하는 단호함일 것이다. '결사반대(決死反對)'라는 구호가 바로 그것일진대, 정녕 우리는 얼마나 진정으로 목숨을 걸고 '결사반대'의 단호함을 드러내는가.

  길거리 고층건물 공사판을 가다보면 인근 아파트촌에 내걸린 현수막에서 '일조권 침해하는 고층빌딩 결사반대' 구호를 심심치 않게 발견한다. 구호에서 숨 막히는 결단의 긴장이 정말로 느껴지는가. 단호해 보이려는 노력은 읽을 수 있으나 단호함이 확연하게 와 닿지는 않는다. 저렇게라도 해야 건물주 측으로부터 보상금을 받을 수 있다는 설명을 듣노라면, 이해타산에 빠듯해지고, 노골노골해진 단호함에 연민이 간다. 단호함은 극한의 심리 상황인데 협상의 천박한 수단쯤으로 추락해버린 것이다. 그래서 일찍이 단호함은 선전선동 전략의 단골 메뉴로 동원되었고, 탄원서나 선언서의 수사학적 용도로 그 지위를 부여받아 오기도 했다. 이렇듯 단호함의 언어가 상투화 되면, 대체로 단호함은 자기 속임의 나락으로 떨어지기 십상이다. 그렇다면 정작 진짜 단호함은 어디에 가서 얼굴을 내밀어야 하는가.


  3.

  단호함의 천적은 무엇일까. 단호함의 킬러(killer)는 누구일까. 나는 그것을 시간이라고 생각한다. 모든 단호함은 시간 앞에서 속절없이 방전(放電)되고 만다. 이 세상에 시간을 이기는 단호함은 없다. 굳이 있다고 강변한다면, 아마도 그것은 '죽음'이리라. 사실 단호함은 여기(죽음)에 이르러서야 그 말의 값을 하는 셈이 된다. 그러나 단호함이든 단호함의 말이든 다 살자고 하는 일이다. 세상의 영역에서 '단호함'을 논하는데 이 세상 너머 저 세상을 먼저 상정하는 것은 적절치 않다.

어쨌든 단호함은 시간 앞에 무력하다. 시간이 흐르면서 단호함의 에너지는 방전되고 만다. 방전된 단호함을 일으켜 세우려고 또 다른 단호함으로 충전하는 일은 엄청 힘들기도 하거니와 위태롭기도 하다. 그러고 보면 세상 삼라만상 가운데 시간을 대적하여 이기는 자가 누가 있으랴. 그런 중에도 유독 '단호함'은 시간 앞에 약하다. 그런데도 사람들은 단호함을 시간으로 감당하려는 지혜를 발휘하지 못하고, 단호함을 단호함으로 대처하려 한다. 단호함을 단호함으로 대응하는 것은 가장 저급한 방책이라 아니할 수 없다. 그것은 대체로 참극을 불러 오기에 꼭 맞다. 그래서 단호함이 가장 잘 어울려 지내는 말은 '용감'도 아니고, '결단'도 아니고, '씩씩함'도 아니다. '단호함'과 가장 잘 어울려 지내는 말은 '보복'이란 말이다.

이웃 간에 주차 공간을 놓고 말다툼을 하다가 마침내 칼부림까지 하여 살인에 이르는 뉴스를 보면서, 단호함이 얼마나 어리석은 오기인가를 깨닫게 된다. 아마도 그러했으리라. "너 자동차 여기에 대었다간 죽는 줄 알어!" 얼마나 단호했을까. 그 단호함의 언어를 배설하는 순간 얼마나 짜릿했을까. 상대가 차를 다시 대어 놓은 것을 발견한 순간, 흉기를 들고 나가면서 이렇게 말했겠지. "나는 같은 말 두 번 하지 않아. 너는 죽음이야." 이렇게 말하는 동안 그의 단호함은 깃발을 펄럭이듯 오연(傲然)하고 심지어는 정의롭다고도 느껴졌겠지. 그렇게 흥분과 충동에 지배되는 단호함은 저급한 말초적 쾌락과 같은 반열에 있다. 그리고 눈 깜짝할 사이에 흉기가 내려쳐지고 살인이 초래되었을 것이다. 그 때 시간의 신은 어디로 잠적하고 있었단 말인가. 시간이 곧 지혜임을 왜 그렇게 몰랐단 말인가.

4.

그런데 세상의 단호함이 모두 이런 종류의 것만 있겠는가. 우러러 찬 상할 만한 가치와 인간적 멋이 넘치는 단호함은 정녕 없단 말인가.

문제는 '단호함' 그 자체를 추구해서는 단호함의 매력을 살릴 수 없 다는 것, 삶의 부조리함에 깊이 고뇌하고, 마침내 결연해지는 모습이 어느 한 순간 단호함으로 피어나는 경우는 왜 없겠는가. 사랑과 의리의 간곡함에 깊이 갈등하고 마침내 혼신의 힘으로 나를 던져 버리는 순간 의 단호한 언어와 표정, 그것이 빚어내는 행위를 일러 '단호함의 미학' 이라 불러 좋을 것이다. 그러하니 '단호함'을 기술적으로 연출하는 쇼 맨십(showmanship) 정도로 치부하는 사람들이야말로 단호함이 처세술 이면 어떻고 설사 그것이 미학이라 한들 무슨 상관이겠는가.

단호함이 극명하게 표출되는 가장 자연스러운 모습은 운동선수들이 '기합(氣合)'을 넣는 장면에서 찾아볼 수 있다. 태권도 선수가 집중된 기(氣)와 힘으로 여러 장의 벽돌을 격파할 때의 기합은 단호함의 외적 표상으로 일품이다. 짧은 그 한 순간의 단호한 격파를 위해 무수히 긴 시간의 내공과 되돌아봄이 점철되었음을 것이다. 이것을 아는 사람이 라면, 그 기합의 소리에 갈채를 보낼 수 있으리라.

유도 선수의 기합 소리는 또 어떠한가. 찰나에 상대의 무게 중심을 간파하여, 순간의 힘과 오랜 내공을 순간의 힘으로 결집하여, 전광석화 와도 같이 업어치기 일격을 가한다. 이럴 때 내지르는 유도 선수의 기 합 또한 '단호함의 미학'이라 일컬어도 좋으리라. 그 단호함이란 결국 자기 자신과의 반성적 내공을 오래 닦아 온 사람만이 보여 줄 수 있는 것, 그렇게 오래 쌓아 온 내공을 섬광보다도 짧고 강한 양태로 발하는 데서 전해지는 아름다움일진대, 그 역시 사람의 아름다움이라는 점에 서 흐뭇해진다. (昔影)

# 우유부단(優柔不斷)함에 대하여

바야흐로 경영의 시대, 그리고 성공의 시대다. 남다른 용기, 과감한 도전, 단호한 실행 등이 행동의 미덕으로 칭송된다. 그러다 보니 미적지근해서 개갈안나는 충청도 기질은 맥을 못 춘다. 우유부단함은 아예 악덕으로 치부되기도 한다. 내둥 잘 살고 있는 내 삶이 과연 성공한 삶인가 아닌가 의아스러워 가치판단에서 우유부단한 회의에 휩싸이기도 한다.

우유부단함은 예로부터 칭송보다는 혐오와 타기의 대상이 되어 왔다. 이런 말이 있다. 속스러운 말을 용서하시라. 왈 "뜨물에 뭣 담근 놈 같다."는 것. 요분질에 이골이 난 도색녀를 만나 화끈하게 한판 하면서 등골이 노골노골하고 정신이 아득아득하게 일을 치루는 게 아니고, 일을 하는지 마는지 지지부진 흐리멍덩한 남자를 두고 하는 말이다. 이런 작자의 행동은 궁리가 많은 것도 아니고 지혜를 모으느라고 내공을 쌓는 데 시간이 걸리는 것도 아닐 터이다. 일에 대한 열정과 결단력 나아가서 책임감이 모자라는 인간의 행동이 그렇게 비칠 만도 하다.

한편, 우유부단함은 게으름과 자기만족의 안일함으로 연계된다. 다시금 말의 천박함을 양해하시라. 가로되 "문둥이 뭣 주무르듯 한다."는 말이 있거니. 노름방에서 화투장을 죄면서 어떤 패를 내놓을지 몰라 망설망설 하는 작자에게 억패기로 하는 소리가 그렇다. 궁리는 많은데 여건이 불비해서 일을 금방 처결할 수 없을 때 머리를 긁적거리면서 시간을 충그리는 경우에도 쓰는 말이다. 안된 이야기지만, 천형을 앓는 사람이 마지막 남은 감각기관을 혼자서 안타깝게 주무르는 우유부단한 정황은 처연하기까지 하다.

아무튼 우유부단한 성격이 칭송과 상찬의 대상이 되기는 애초에 그른 일인지도 모른다. 사람의 판단이 정확하고 빨라야 한다는 데에 이의를 달 겨를은 없다. 말은 삼가서 좀 느리더라도 행동은 민첩해야 한다는 것이 옛 사람들의 가르침이기도 하다. 그런데, 이러한 부지런함과 결연함은 근대화의 맥락에서 이데올로기화된 관념이 아닌가 싶기도 하다. 일정한 시간에 일정한 의식을 가지고 일사분란하게 통일된 행동을 보여 생산성을 높이고 국가 경영의 효율성을 높여야 하는데 좌고우면(左顧右眄)하면서 국가의 사상을 삐딱하게 바라본다든지, 남들 아무 의문 없이 충용한 신민처럼 일하는데, 이 노릇을 해야 하나 말아야 하나 꿍싯대고 있는 자는 국익에 혹은 공익에 아무 쓸모가 없다. 따라서 한다면 한다는 식으로, 당의 명령이면 무조건 봉행한다는 식으로 나가야 하는 법이렸다.

그런데 시대는 달라졌다. 이제는 성찰(省察 reflection)을 강조하는 시대가 되었다. 자신을 향해서는 성찰을, 남에 대해서는 배려를 해야 하는 것이 이 시대의 과제다. 그래서 자아철학에서 타자철학으로 전환을 해야 한다는 것이 레비나스를 위시한 철학자들의 새로운 제안이다. 타인의 고통을 내 고통으로 끌어안고 존재의 한계를 극복하는 노력이 시대의 윤리가 되어야 한다는 주장이다. 개구리가 아직 주저앉아 있다면 그 뜻을 헤아려려야 한다. 멀리 뛰려고 하는 것인지, 죽을 결심을 하고 있는 것인지, 아니면 다른 어떤 문제가 있어서 그런지 생각해 보고, 알아보고 해서 개구리의 사정을 이해하는 데서 개구리는 의미있는 타자로 격이 상승한다.

흔히 사유 없는 행동은 무모하고 행동 없는 사유는 공허하다는 이야기를 한다. 행동하는 지성이니 행동하는 양심이니 하는 행동주의적 격언은 널리 퍼져 있다. 거슬러 올라가면 행동주이 철학이라는 것이 일세를 풍미(風靡)한 적도 있다. 그런데 생각해 보면 사유니 성찰이니 하는 것 또한 행동이 아니던가. 사유와 행동을 갈라보던 방식으로는 인간의 통합적인 실천을 포괄적으로 설명하기 어렵다. 사유와 실천이 그렇게 엄격하게 구분되는 것은 아니다. 그리고 그 선후관계가 명확한 것도 아니다. 우유부단한 사유와 좌고우면하는 망설임 끝에 행동을 해야 하는 경우, 결연한 자세로 나타날 수도 있다. 행동을 결단하는 데 지적인 사유가 전적인 역할을 하는 것도 아니다. 인간이 합리적 결정만 한다는 생각은 억측이다.

우유부단함은 내면적 속성을 동반한다. 우유분단한 인간의 내적인 고뇌를 단호하고 과단성이 있는 자들이 어찌 알랴. 성찰에 성찰을 거듭하는 가운데 결론에 이르지 못한 작가의 고뇌를 어떻게 표현할 수 있을 것인가? 내면적 속성이란 사물과 사물의 연결 고리를 가능하면 최대한으로 수를 늘리고 경우를 검토하고 하는 배려의 일종이다.

동양화 가운데 문인화는 붓질 한 번 하는 것이 무사들의 칼질을 하는 행동과 같은 긴장감을 동반한다. 객칠이나 개칠이라는 것을 허용하지 않는다. 회자수(劊子手)에게 적절히 베는 일은 허용되지 않는다. 자르거나 잘림이 있을 뿐이다. 마찬가지로 한 획의 붓질이 그림을 완성하거나 망치는 것이지 그런대로 되었다는 어중간한 붓질은 용납되지 않는다. 중국 근대화가 가운데 임풍면(林風眠)의 <나부(裸婦)> 연작은 마티스적 단순성을 연상하게 한다. 붓으로 그려내는 선이 한 번에 모든 것을 결정하는 것이라서 내용과 형식의 괴리를 발견할 수 없는 예술적 특질을 고스란히 성취한다. (반면 부포석(傅抱石)은 어지럽게 흩어진 마른 풀 같은 선 속에서 형상을 구성해 낸다.) 아무튼 감각과 운동과 사유가 화가의 몸으로 통합되는 이 긴장된 순간에 예술적 경지에 이르게 된다. 그러한 경지에 이르기까지 얼마나 많은 망설임이 동반된 고뇌가 축적되어 왔던 것인가.

우유부단은 결정을 못 내림(indecision)을 뜻한다. 아울러 결과를, 결론을 도출하지 못하는 것(irresolution)을 말한다. 결말에 이르지 못하는 것(indetermination)이라는 의미도 있다.(고종황제의 불가불가 또한 우유부단의 고뇌가 아니던가) 길게 보면 인생이 어디 모두 과감한 도전과 결연한 의지와 명징한 논리로 행동을 밀고나간 결과이기만 할 것인가. 망설이고, 판단 이전에 행동하고, 행동 다음에는 괴로우니 잊자 하는 식으로 전개되는 것이 인간사 아니던가.

할아버지는 내 굼뜬 행동을 두고 늘 그렇게 꾸짖었다. "그렇게 꾸물럭거리다가는 황새 촉새 다 울고 말겠다." 그래서, 어떤 일을 두고 모색을 거듭하다가 정작 밖에 나왔을 때는 '원님 행차 다 지나가고만' 뒤였다. 그런데, 행차 다 지나가고 나니 멍하니 건너산 봉우리를 바라볼 수 있었고, 그 위에 흰구름이 유유히 흐르는 게 얼마나 현란한 광휘로 휩싸인 것인지를 볼 수 있었다. 행차는 못 보았지만 청산백운을 보았던 것은 꾸물턱댐의 덕이 아닌가.

우유부단하고 처세에 민활하지 못한 내가 우유부단에도 미덕이 있다고 할 처지는 아니다. 그러나 중요한 일들일수록 숙고를 거듭하는 사려가 필요하고, 그것이 우유부단으로 비치더라도 그럴 이유가 있으면 정당히 수용하는 자세가 필요하다. 우유부단으로 비치는 성찰 뒤에 오는 결단은 겉으로 단호함을 내세우는 자들의 포악함을 녹여낼 수 있는 포용력을 지닐 수 있다.

여기서 <노자(老子)>의 한 구절이 생각난다. 유약승강강(柔弱勝剛强)이라고 했다.(36장) 부드럽고 약함이 강함을 이긴다는 역설의 논리인데, 부드럽고 약함이 우유부단과 통하는 것인지는 내 우유부단 때문에 단호하게 잘라 말하기 저어되는 바다. (于空)

# 나만의 거시기

바야흐로 개성과 창의성의 시대로 돌입했다. 대학 입시에서도 스펙 쌓기에 몰두한다. 보통 인간, 평범한 인간이 살기 어렵다는 얘기다.

그런데 이처럼 개성과 창의성을 강조하는 이면에는 개성도 없고 창의성도 없는 평범한 인간들의 따분한 행동으로 일상이 운영된다는 현실이 자리잡고 있다. 효자동에 효자 없다는 우스개가 떠오른다. 효자 나기를 염원하는 소망이 그러한 동네 이름을 만들어냈다는 역설이 도사리고 있는 것이다.

사실여부와 관계없이, 인간이 언표로 내세우는 어떤 지표든지 결핍을 드러낸다는 것은 부정하기 어렵다. 지금 행복한 사람은 행복을 이야기하지 않는다. 민주화가 시대적 과제일 때라야 민주화 담론이 왕성하지, 민주화가 어느 정도 성수(成邃)되면 민주화 이야기는 잦아든다. 개성과 창의성을 부르짖는 것은 우리가 개성과 창의성의 결핍을 겪으면서 살고 있다는 증거인 셈이다.

개성과 창의성이 강조되는 시대에서, 언어적 창의성과 독자성을 드

러내고자 하는 데서 개인의 유일하고 독특한 면을 유별나게 강조하게
된다. 그러한 맥락에 부응하다 보니 말 또한 그러한 방향을 잡아간다.
거기서 나오는 것이 '나만의 거시기'라는 절대격 한정어이다. 물론 국
어학 용어는 아니다. 남다른 특이성을 강조하고자 하는 심리야 모를 턱
이 없다. 그러나 그런 자기만의 것이 세상에 존재하는가 하는 의문은
떨칠 수가 없다.

나만의 경험, 나만의 비법, 나만의 아이디어 하는 식으로 유일성을
강조하는 수사법이 유행하는 것을 보면서, 과연 그러한 것이 있기나 할
까 하는 의문에 빠지게 된다. '나만의 경험'이라는 것을 두고 생각해 보
기로 하자.

어느 날 산길을 가고 있었다. 눈앞에 형체를 정확히 알 수 없는 존재
가 나타났다. 사람도 아니고 짐승도 아니고 도깨비도 아님은 물론,
형태가 수시로 변하는 것이 종잡을 수 없다. 안개도, 물도, 얼음도 돌도
아닌 것으로 자유자재로 물질의 기본형태를 오가는 그런 존재였다.

"너 무엇이냐?"하고 소리쳐 물었다.

"후시마고 가라 밍조파."라는 메아리가 울렸다. 그리고는 가뭇없이
사라졌다. 아직까지 본 적이 없는 존재이고, 들은 적이 없는 음성이었
다. 그야말로 유일한, 나만의 경험이었다. 뒷날 그 경험을 친구에게 이
야기했는데 친구는 알아듣지 못했다.

경험이 경험일 수 있는 것은 그 경험을 남과 나누고 소통할 수 있을
때라야 가능하다. 남과 소통할 수 있다는 것은 공통의 언어적 코드를
공유하는 뜻이다. 인간의 인식기관의 동질성과 의미론적 정합성을 기
반으로 해서만 소통이 이루어진다. 그렇기 때문에 위에 예를 든 경험은
소통이 되질 않는다.

그러냐고 고개를 주억거리면서 알았다고 할 경우를 생각해 볼 수 있

다. 이는 나만의 경험을 인정할 수 없는 반증이 된다. 알았다는 것은 소통이 되었다는 뜻이다. 이는 사물을 보는 눈의 기능과 소리를 듣는 눈의 기능을 공유하고 있기 때문에 알았다는 이야기가 된다는 뜻이다. 그런 점에서는 소통이 이루어졌다고 할 수 있다. 그러나 이것만으로는 충분한 소통이 이루어졌다고 하기 어렵다. 소통은 의미의 소통을 기반으로 하기 때문이다. 결국 나만의 경험은 소통되지 않는다.

나만의 비법은 남에게 전이할 수 있는 전이치가 없다. 유명상품으로 되어 있는 것들 가운데 그 비법을 외부에 공개하지 않는 것은 물론, 특허로 보호한다. 코카콜라가 그러한 예 가운데 하나다. 그러나 인간의 입맛과 청량감에 대한 기대라는 공통성을 바탕으로 하지 않는 한 그 비법이라는 게 무슨 소용이 있을 것인가. 그러니까 나만의 공부 비법이라든지 하는 것은 남과 공유하는 부분이 90%가 되고 나머지가 남과 조금 다를 뿐이다.

성실하게 일해서 성공하는 사람들의 성취는 자기만의 독자성보다는 남다른 아이디어를 가지고 남달리 노력을 한 결과이다. 그런데 그 아이디어의 남다름과 노력의 남다름은 자기만의 것이라기보다는 약간의 차별성일 뿐이다.

이렇게 생각하면 '나만의 거시기'를 요령자루 흔들듯 외쳐대는 이들의 언사가 그다지 달갑지 않다는 것은 이해가 되리라. 제 잘난 멋에 산다지만, 과도하게 자기만을 내세우는 것이 멋이 될 수 없다. 오히려 자기만을 내세우는 것은 촐랑거리는 모습으로 비칠 수도 있다.

자기만의 무엇인가를 가지라고 하는 조언에는 허영 섞인 기대를 부추기는 꼴이 되기 십상이다. 그런 것의 존재 가능성이 희박한데 그런 것을 추구하라고 하는 것은 허영의 마중물을 들이붓는 것과 다를 바가 없다. 자기만의 거시기를 추구하라는 조언을 하는 대신, 차라리 남과 무엇이 같은지를 이야기함으로써 남과 동질성을 학인하게 해 주는 게 낫다. 그래서 나도 남처럼 할 수 있다는 신념을 가질 수 있게 해 주는 것이 한결 교육적 가치가 있다.

나만의 거시기를 강조하는 것은 집단사고의 추수주의(追隨主義)에 해당한다. 남들이 그렇게 이야기하니까 자신의 판단을 가지기 이전에 그것을 말로 앞세우는 것이기 때문이다. 창의성과 개성을 강조하는 시대 조류에 편승해서 창의성과 개성을 어떻게 기를 것인가를 모색하기 이전에 그런 따위가 기성품으로 나돌아다니는 것처럼 이야기하는 것은 책임감이 느껴지기 어렵다.

인간은 누구나 똑같이 비슷하게 태어나고, 비슷하게 생각하고, 거의 똑같이 행동한다. 오관이 갖추어지고 생김생김이 인간으로 비슷하고 그리고 약간의 크고 작고 민감하고 둔함이 있을 뿐이다. 남과 더불어 기뻐하고 슬퍼하며 옳고 그름을 분별하는 것 또한 서로 비슷하여 소통이 이루어진다. 신체조건이 비슷하기 때문에, 사고방식이 비슷하기 때문에 행동양식 또한 비슷하여 어울려 살 수 있다. 결국 인간은 아무리 다름을 강조해도 약간의 차이가 있을 뿐이다. 그 약간의 차이가 인생의 성패를 좌우한다.

그렇다고 그 약간의 차이를 과장하는 것은 금물이다. 최상급의 언어는 전칭판단의 변형이다. 나만의 거시기는 모든 인간의 거시기와 다를 바가 없다. 그래서 이 둘은 모순이면서 합동이다.

나만의 거시기는 없다. (于空)

# 과외금지조치의 위헌 판결에 대한 소회

　헌법재판소에서 과외 금지조치가 위헌이라는 판결이 나온 이후 고액 과외 문제가 사회의 중요한 이슈로 등장하고 있다. 과외가 법적으로 금지되어 있는 시절에도 연간 사교육비가 10조원이 넘는다는 기사가 연일 신문에 보도된 바 있는데, 이제 그 고삐마저 풀리고 말았으니 격정의 소리가 드높을 밖에 없다. 실상 우리 나라의 과도한 교육열이 사회적 문제가 된 것이 어제오늘 일이 아니지만, 사교육에 들어가는 돈을 수치화하고 보면 정말 이래도 되는 것인가 걱정이다. 정상적인 월급쟁이가 한 달 일하고 받은 돈 보다 더 비싼 고액 과외는 망국병이라는 지적이 나올 법하기도 하다.

　과외 열풍은 과도한 사교육비로 인해 가계의 큰 부담이 될 뿐 아니라, 계속되는 학습에 지쳐 학생들이 꿈과 희망을 키우지 못하게 되어 국가의 미래를 어둡게 하며, 국가적으로 보아도 지하 경제가 필요 이상으로 커지는 위험을 드러낸다. 그보다 사교육의 확대로 인해 대학을 졸업한 인재들이 생산적인 일에 매달리기보다는 과외 시장에 뛰어들어 국가 발전 전혀 기여하지 못한다는 것이 더 큰 문제이다. 길게 보아 국가적으로는 노동력의 부족을 야기하게 될 것이기 때문이다. 이런 점에서 어떤 형식으로든 사교육을 억제하는 방안이 강구되어야 하리라 생각된다.

교육부에서는 헌재의 판결이 나오자 부랴부랴 교사와 교수의 과외 금지, 인터넷을 이용한 과외 지도 강화, 고액 과외자 명단 발표, 세무조사, 대학생을 제외한 과외교사의 신고제, 학습지진아에 대한 국가에서의 책임론 등 다양한 대안들이 제시되고 있다. 사교육을 근절하려는 노력은 군사정권 시대에 엄청난 물리력을 바탕으로 시도된 바 있다. 그러나 강제적인 과외 금지 조치와 그에 따른 문제를 극복하기 위한 여러 시도는 소수 기득권 층만 몰래 과외를 해 오히려 이득을 볼 수 있은 점, 학교 수업이 자율학습이라는 이름 아래 11시까지 진행되는 파행을 겪은 점, 교육방송을 통한 과외 시행으로 인한 교육방송의 본래 취지를 해친 점, 학습지진아에 대한 대안 마련이 되지 못한 점 등, 문제점이 적지 않음을 경험한 바 있다. 물리적인 억제는 그 자체가 정당성을 확보하지 못하며, 방송을 통한 과외 교육은 문제의 본질을 외면한 것임이 밝혀진 것이다. 어느 방법을 동원하든 보다 나은 성적을 받으려는 욕심을 가진 학생들과 학부모들이 존재하는 한 과외는 지속될 것이 명약관화한 일이므로 물리력을 동원한 금지 조치는 온존한 해결책이 되지 못한다.

사교육 문제를 해결하기 위해서는 제도적인 변화가 선행되어야 하고 그 중에서도 입시 제도의 개혁이 가장 중요하다. 이미 교육부를 통해 다양한 입시제도의 변화들이 제시되고 있지만, 보다 본질적인 점에서 입시 제도를 다양화할 필요가 있다. 교육부에서는 현재와 같이 일률적으로 수능 성적과 내신 성적만으로 입시를 치르는 제도는 단순히 학력만을 평가함으로 해서 모든 학생들을 한 방향으로 몰아가게 된다는 논리를 가지고 입시 제도를 다양화하려 하고 있다. 현재의 수능 성적 공개가 한 문항이라도 더 맞으려는 양상으로 나타나므로 수능시험을 등급제로 변환하겠다는 골자의 입시제도 개정안을 마련하고 있는데, 이는 선발 평가의 기본을 흔드는 행위이다. 학교에서 수업을 진행하는 동안 이루어지는 다양한 평가들은 이러한 등급에 의한 평가가 가능하다. 그러나 선발 평가에서 이러한 평가제도를 운영하면 선발의 기준이 없어져버리게 된다. 즉 입시 자체가 무의미해지는 결과를 낳는다. 예컨대 상위권 대학에는 수능 1등급, 내신 1등급만 모여든다면 무엇으로 선발하라는 말인가.

이러한 문제점을 해결하는 방안으로 학부별, 학과별로 필요한 몇 개의 분야만을 평가 기준으로 삼는다거나, 면접을 강화하고, 학교장이나 지역 인사의 추천을 적극적으로 활용하는 방안 그리고 각종 경시대회 입상에 부가점을 주는 방안 등을 생각해 볼 수 있다. 또 인성이나 특기를 선발의 기준으로 마련하는 방법과 사회 활동이나 기업체에서의 근무 경력 등을 기준으로 고려되고 있다. 그러나 이러한 평가 자료는 부수적인 것이 될 수밖에 없다. 어떤 추천인이 피추천인에 대해 부정적인 내용을 추천서에 실을 것이며, 또 어느 누가 자격이 비슷한 학생이 추천서를 써달라는데 안 써주겠는가. 또 누가 각종 자격증, 토플 점수, 그리고 기업체 근무 경력 등이 대학에서 수학을 할 수 있는 능력을 가지고 있는가 여부를 판별하는 객관적인 자료가 될 수 있다고 단언할 수 있겠는가.

대학에서는 대학에서 필요한 학문을 할 수 있는 학생을 뽑아야 한다. 한 가지 능력이 뛰어난 학생이 대학에 들어와 다양한 교양과목과 전공과목을 수강하지 못해 대학을 중도 포기하는 경우가 발생하고 있다. 이것은 대학을 다닐 수 있는 실력을 갖추지 못한 학생을 선발한 대학에 일차적인 책임이 있고 그렇게 밖에 학생들을 선발할 수밖에 없도록 제도를 마련한 교육부에 비슷한 정도의 책임이 있다. 대학에서는 그 무엇보다도 대학에 들어와 수학을 할 수 있는 능력이 있는가를 선발의 기준으로 삼아야 한다. 교육부에서 현행 입시제도를 개발하면서 붙인 '대학수학능력시험'이라는 말의 뜻 그대로 대학에서 수학할 능력이 있는가를 평가하는 것이 대학입시여야 한다.

앞에서 언급한 대로, 사회적 이슈가 되고 있는 사교육 문제는 과외교사의 신고제와 고액 과외에 대한 중과세 그리고 고액 과외를 시킨 부모에 대한 세무조사와 같은 강제적인 방법으로 해결할 수 없을 것이다. 정부에서는 세무조사를 전가의 보도처럼 사용하고 있지만 세무조사 때문에 기업의 탈세가 없어지고 경영 합리화가 이루어지는 경우를 보았는가. 오히려 세무조사라는 물리적인 방법은 미운 기업을 억압하기 위한 장치로 사용되어 온 예가 더 많지 않은가. 더욱이 변호사나 의사와 같은 개인 사업자에 대해 세금을 합리적으로 매기지 못하는 국세청에서 어떻게 그들보다 더 비밀스럽게 소득이 발생하는 과외에 대해 세무조사를 하겠다는 것인지 의문이다.

교육 문제는 순리대로 풀어야 한다. 모든 국민 개개인의 이익이 걸려 있는 첨예한 부분일수록 더욱 그러하다. 사교육 문제는 많은 부분 대학입시제도에 의해 발생한다. 그런데 대학입시제도를 이렇게 왜곡시키고 선발평가로서의 기능마저도 상실하게 한 것은 문제가 발생할 때마다 미봉책으로 일관한 교육부의 책임이다. 따라서 현재 사교육 문제에 대한 큰 책임은 교육부에 있다는 결론에 이른다. 그런데 이번 헌재의 판결 이후 나오는 교육부의 대안 역시 졸속이다. 그것은 위헌 판정이 난 직후 아무런 대안이 없던 교육부에서 불과 며칠마다 한 건씩 대안을 내놓는 것은 실제 적용 시 발생할 수 있는 여러 문제에 대한 심사숙고가 없었음을 그대로 보여주고 있기 때문이다. 한 대학에서 교양과정 제도 개선을 위해서만도 몇 달을 연구하고 그 실행 시 발생할 수 있는 문제들을 최소화하기 위해 또 몇 달을 모의 테스트를 해보고 제도로 확정하여도 수없이 많은 문제가 발생하는 터에 국가 전체의 교육 문제가 걸린 중차대한 대안들이 불과 며칠 사이에 쏟아져 나온다는 것이 이를 웅변해 준다. 교육부가 우리 나라 교육의 모든 문제를 해결하려고 노력하는 것은 좋으나, 그 모든 것을 혼자 해결하려 하지 말고 보다 폭넓게 많은 사람들의 의견을 수렴해야 한다. 공청회와 같이 교육부 안을 추인받으려는 것과 같은 형식적인 절차가 아닌 보다 실질적인 의견 수렴의 과정이 필요하다.

아니, 교육부는 우리 나라 교육의 모든 책임을 혼자 지려는 생각을 버려야 한다. 교육의 정상화를 위한 학습지진아에 대한 보충 교육도 교육부가 담당하고, 초등학교에서 고등학교까지의 컴퓨터 교육과 영어 교육도 모두 교육부가 도맡아 해야 된다는 생각을 버려야 할 것이다. 교사들에 대한 교육도 이루어지지 않은 상태에서 제도를 확정하고 교사 연수를 시작하고 그러다 보면 시대 상황이 바뀌어 또 다른 내용이 교육과정에 편입되고 또 계획을 수립하고 연수를 시작하고 이렇게 악순환이 계속된다. 따라서 교육부는 이러한 부분에 대해서는 일정한 정도 사회교육 프로그램이나 사교육 기관을 활용할 수 있는 유연성을 지녀야 할 것이다. 즉 교육부에서는 전 학생들에게 일정한 수준을 정해 놓고, 학생들이 자율적인 노력을 통해 능력을 확보하면 학력을 인증해 주는 방법을 사용할 수 있을 것이다. 이럴 경우 학교에서는 교사들이 학교 시설을 이용해 감당할 수 있는 교육을 진행함으로써 교사들의 권위를 높여줄 수 있고, 또 현재와 같은 엄청난 예산을 들여 설치한 수많은 교육 장비들이 놀게 되는 우를 범하지 않을 수 있게 될 것이다.

마찬가지 논리로 사교육 문제와 교육 정상화를 위해 교육부는 대학 입학 선발제도에 대한 모든 권한을 자신들이 가져야 한다는 집착을 버려야 한다. 교육부에서는 입시제도를 대학에 넘겨주면 엄청난 혼란이 발생하고 과외가 급증하는 상황이 벌어질 것을 우려하고 있으나, 적절한 원칙만 정하면 이것은 기우에 지나지 않는다. 예컨대 현행 수능시험과 내신성적을 그대로 두고, 대학에서 본고사를 치르든 논술시험을 보든 적절한 평가도구를 사용할 수 있도록 하여 몇 가지 평가 결과를 선발 주체가 마음대로 선택하여 평가 기준으로 활용하도록 하는 것이다. 보다 다양한 평가 자료를 마련할 길을 열어두고 그 중에서 대학이 학부가 또는 학과가 어떤 자료로 어떻게 평가에 활용하든 교육부에서는 관여하지 말아야 할 것이다. 지금처럼 수능 몇 퍼센트 내신 몇 퍼센트 하는 식의 가이드 라인을 제시하여 대학의 자율권을 침해하지 말라는 것이다.

대학의 본고사가 과외 열풍을 만드는 것이 아니라 획일적인 평가 제도가 과외에 대한 유혹을 불러일으킨다. 대학에서 진정 자신의 대학에 필요한 학생들을 선발할 수 있는 방법이 무엇인지 자체적인 연구에 의해 찾을 수 있도록 놓아두어야 한다. 교육부에서 일정한 지침을 내리는 것은 결국 동일한 기준을 낳게 되어 곤란하다. 대학에 완전한 자율권을 주면 수능 성적을 중심으로 뽑는 경우가 있을 수 있고, 내신 성적을 중시하는 경우도 있고, 한 두 과목을 본고사로 보는 경우도 있고, 전과목을 보는 경우도 있고, 논술고사와 면접고사도 평가 자료로 활용하는 경우도 있을 것이다. 이렇게 하여 진정 다양한 평가 제도가 등장하게 되면 학생들은 자신이 선택하는 대학에 맞추어 공부를 해나갈 것이고, 동일한 평가 방법에 의해 대입을 치르는 학생의 수가 최소화됨에 따라 소

수 정에 과외라는 고액과외가 발을 붙이기 어렵게 될 것이다. 그리고 이러한 대학의 자율권 부여에 의해 교육부에서는 입시제도 전체를 책임지고 전전긍긍하는 대신 입시 결과에 대한 감사를 강화함으로써 국민들의 불만을 해소하는데 보다 노력을 기울일 수 있을 것이다.

사교육이 성행하는 것은 자신의 자녀들을 남보다 더 잘 키우려는 부모들의 욕심에서 비롯된 것이다. 그리고 이러한 부모들의 욕심은 쉽게 비난해 버릴 수도 없는 인간 본능에 해당한다. 해방 이후 우리 사회는 농업 사회에서 산업 사회로 급격히 변화해 왔고 그 과정에서 농촌에서 태어난 많은 기성 세대들이 교육을 통해 신분 상승이 가능해졌다. 따라서 이를 자녀 세대에 이행하기 위한 가장 좋은 방법이 교육을 통해 명문 대학을 나와 좋은 직장을 갖는 것이라 생각하는 것은 당연한 일이다. 따라서 현금 사회 문제가 되고 있는 사교육의 폐해는 단순히 물리적인 억제로는 해결 방안을 찾을 수 없을 것이다. 또 입시제도의 획일화는 과외를 더욱 부축일 수밖에 없으므로 대학에 입시에 대한 자율권을 주어 보다 자유롭고 다양한 평가 방법을 개발해 교육의 정상화를 이루어 나아가야 한다. 그 보다는 학벌을 중시하는 사회 구조에 변화가 있어야 하고, 국민 각자의 의식의 개혁이 수반되어야 할 일이지만.

(石宇)

# 구미에서

경상북도 지역 국어과 교사 모임에서 자율연수에 와서 강연을 해달라는 부탁이 있어 구미에 가게 되었다. 1973년에 시 쓰는 김진경과 함께 경포대로 여행을 갔다가 배탈이 나서 일정이 빠듯했던 일행은 다 가버리고 나만 혼자 해수욕장에 남아 하루 종일 백사장에 쳐둔 텐트에 누워 있게 되었다. 옆 텐트에 있던 대한산악회 이사 분께서 가져오신 약과 쑤어주신 죽을 먹고 저녁 늦은 시간에 몸을 추스려 야간 열차를 타고 영주를 거쳐 용궁 우체국에 근무하던 작은 아버지 댁으로 찾아가 며칠 요양을 하였다. 며칠 동안의 작은 어머님의 간호로 건강을 되찾은 나는 다시 황악산 직지사에서 일박을 하고, 구미 금오산을 찾아 명금폭포를 넘어 정상을 지나 칠곡으로 건너간 이후 실로 30여년 만에 구미에 내렸다.

고속버스나 기차를 타고 지나다가 본 구미의 모습은 예전 같지 않았고, 또 세월이 이렇게 많이 흘렀으니 구미의 모습이 내 기억 속의 그것과 같지 않으리라는 생각은 하고 갔지만 역에서부터 연수가 있는 구미

1대학까지 가면서 본 구미는 너무나 많이 달라져 있었다. 그리고 강연이 끝나고 나와 여기저기 돌아다니며 유심히 살펴 본 구미 시내는 전국 어디에 가나 만나게 되는 다 똑같은 그렇고 그런 도시 풍경이었다. 그래도 도시와는 달리 금오산에서는 옛 기억을 더듬어 볼 수 있지 않을까 하는 일말의 기대를 가지고 금오산에 가 보았다. 출발할 때부터 내리 퍼붓던 비에 금오산 정경은 제대로 보지 못하고 입장권을 내고 들어간 금오산 초입에서 예전에도 커다란 저수지가 있었다는 기억을 되살리고 산으로 진입하는 계곡의 모습에서 어렴풋한 기억을 확인할 수 있을 뿐이었다. 그러나 저수지 일대 여기저기 산책로를 만들고 정자를 만들고 하여 어디가 어딘지 전혀 구분할 수가 없었다.

삼십 년이란 세월이 나의 기억을 흐리게 하기도 했겠지만 구미 시내에서나 금오산 입구에서나 실로 너무나 심한 변화를 느낄 수 있었다. 비가 멎은 후 다시 돌아본 시내 여기저기는 기존의 건물들을 부수고 새 건물을 짓느라 어수선했다. 이전에 내가 보았던 오래된 예쁘장한 역사는 근대적인 모습으로 바뀌어 있었고 역 주위의 정취 있는 건물들은 어느 도시의 역 앞 풍경과 마찬가지로 고층빌딩으로 바뀌어 레스토랑과 까페와 게임방과 패션 가게들로 변해 있었다.

구미 시내를 돌아다니며 도시 전체가 십여 년 전에 지은 듯한 건물을 부수고 다시 높다랗게 철근을 올리는 모습을 보며 이러한 파괴와 건설만이 근대화인가 하는 생각을 지울 수 없었다. 우리가 하나의 도시를 기억하고 또 한 곳의 명소가 명소로서 명성을 지니게 되는 것은 변화하지 않는다는 것이 전제되는 것 아닐까. 우리가 유럽의 도시들을 기억하고 몇 번이고 여행하고 싶어지는 것은 몇 년이 된 구시가를 그대로 보존하고 신시가지를 개발함으로써 그 도시의 옛 모습을 기억하게 해 주기 때문일 것이다. 오래된 도시의 역사가 만들어내는 무게가 바로 도시의 가치를 만들어내는 것이고 그리하여 인류문화유산으로 인정받게 되는 것 아니겠는가 말이다.

이전 사람들이 살던 모습을 간직하지 않은 도시는 역사를 담보할 수 없게 된다. 역사가 전해지지 않는 도시는 그냥 사람이 살아가는 공간일 뿐이다. 각각의 도시가 자신만의 특징적인 아름다움을 보여줄 것이 없다면 그 도시는 이미 도시로서의 의미를 상실하고 마는 것 아니겠는가. 구미 시내를 걸으며 느낀 것은 이 도시가 이미 자신의 역사를 잃어버린 공간으로 변모하고 있다는 것이었다.

서울에서 부산에서 인천에서 또 강릉에서 이러한 무자비한 파괴를 너무나 많이 보았다. 아니 내가 가 본 상해와 북경과 청도와 중경 등 거의 모든 도시가 이러한 파괴와 건설로 몸살을 앓고 있었다. 한국과 중국 양측에서 모두 멋진 그리고 근대적인 외양을 갖춘 도시를 건설하기 위하여 철저한 파괴를 자행하고 있다. 선조들이 이루어 놓은 모든 것들이 서구화, 근대화라는 미명 아래 철저하게 파괴되고, 몇 개의 오래된 보존 가치가 있는 건물만이 문화재 또는 기념물이라는 이름으로 남을 뿐이다. 이러한 파괴와 건설의 결과로 한 도시에 사는 사람들이 자신보다 앞서 이 도시에 산 사람들의 삶의 공간과 삶의 모습을 상상조차 할 수 없게 만들어버린다면 그것은 삶의 편의를 아니 경제적 논리를 내세운 도시 문화에 대한 폭력에 해당한다.

한 도시의 역사와 삶의 숨결을 간직하지 않은 새로 만들어진 도시가 어떤 의미를 갖는 것일까. 도시의 기능도 중요하고, 서구화되고 근대화된 외형도 중요하다. 그러나 한 도시가 도시로서의 의미를 지니기 위해서는 보존되어야 할 많은 것들이 보존되어야 하지 않겠는가. 그 속에서 살다 간 사람들의 체취를 느낄 수 있어야 하지 않겠는가. 기억 속의 모든 것이 사라져 버린 구미를 이리 저리 돌아다니면서 심한 상실감을 느끼면서, 내 기억 속의 아름답던 구미의 옛 모습을 아스라히 떠올렸다. 옛것과 새것의 공존의 아름다움을 다시 한 번 생각하면서. (石宇)

# 사전에 관하여

인터넷에서 신문을 읽다가 민주당 윤철상 의원이 10월 4일 있은 국회 문화관광위의 문화관광부 종합감사에서 <표준국어대사전>에 대해 비판을 했다는 기사를 읽으며 한 나라의 문화를 감사한다는 국회의원의 자질이 이 정도밖에 안 되나 하는 생각에 답답함을 금치 못하였다. (아니 우리나라 국회의원의 수준이야 뻔한 것이지만……) 그는 거창하게 "50만 단어 중 우리말은 변용되거나 없어지고 반면 중국 한자어와 일본어 등이 다수 수록되었다"고 지적하고 "국어사전의 수정이 대대적으로 이루어져야 한다"고 주장했다는 것이다. 우선 내놓은 말은 그럴듯해 보인다. 그러나 윤 의원이 제시한 <표준국어대사전>의 문제점 세 가지를 보면 기가 찬다.

1) 우리말은 소홀히 다루고 한자 중심으로 사전을 만들면서 쓰이지 않는 한자말을 다수 첨가하여 단어수를 늘렸다.
2) 외래어와 파생된 외국어를 올려놓았다.

3) 일본에서도 잘 쓰이지 않는 일본말까지 표준말로 올려놓았다.

이 세 가지 지적이 사전에 대해 무지함이 극에 달한 사람이 아니라면 할 수 없는 말이라는 것은 초등학교만 제대로 다닌 사람이면 충분히 알 만한 일이다. 국어사전이란 무엇인가. 이는 어휘 사전이다. 우리나라 역사상 사용된 모든 단어를 다 모으고 그 뜻을 설명해 둠으로써 필요한 경우 누구나 그 의미와 용례를 찾아볼 수 있도록 하는 것이 국어사전 아닌가. 그러니 국어사전에는 한자어가 들어가고 일본어가 포함되고 외래어가 포함될 수밖에 없는 것이다. 일본어든 외국어든 우리나라 문헌에서 사용되었거나 언중이 사용하여 하나의 낱말로 인정해야 한다면 사전에 포함시켜야 하는 것이다.

윤 의원은 한 발 더 나아가서 <표준국어대사전>에 나타난 문제점을 잘 보여준 예로 '푸른 하늘'을 뜻하는 한자말이 21개나 수록된 점을 들었다고 한다. 즉 '푸른 하늘'이란 우리말은 찾아볼 수 없고, 궁창(穹蒼), 벽공(碧空), 벽락(碧落), 벽소(碧霄), 벽우(碧宇), 벽천(碧天), 소천(霄天), 창공(蒼空), 창천(蒼天), 청명(靑冥), 청천(靑天), 청허(晴虛) 등만 올려져 있는데, 윤 의원은 "이중 일상 생활용어로 쓰이고 있는 창공과 청천 외에는 모두 배제해야 할 한자말"이라고 주장한 것이다.

국어사랑과 애국심의 발로에서 나온 말인지 모르겠지만 참으로 한심하기 그지없는 지적이다. 우선 '푸른 하늘'이란 단어가 들어있지 않았다는 지적은 사전의 등재 원칙을 모르고 한 말 아닌가. 이것은 '푸르다'와 '하늘'을 찾아 연결해야 한다는 것은 국어를 배운 사람이면 누구나 아는 국어사전에 관한 상식 중의 상식이다. 다음 수많은 한자어는 모두 배제하고 우리가 많이 쓰는 창공과 청천만 남기자고 했다는데 이는 그럴싸 해 보이기는 하지만 말도 안 되는 소리다. 국립국어연구원에서 일반인이 사용하는 <국어소사전>을 만들었다면 어휘 사용 빈도를 고려하여 일상 생활용어로 쓰이고 있는 단어만을 모아 정리했을 것이다. 그러나 <표준국어대사전>은 그야말로 국어의 전모를 밝히기 위한 사전이다. 그래서 수많은 단어를 모으고, 의미와 용법을 분명히 하고, 나아가 용례를 달아 둔 것이다. 물론 모든 단어에 용례를 달지는 못했고 이것이 이 사전의 한계이기는 하지만.

도대체 국어사전에 대해 질문하는 국회의원이 대사전과 소사전의 의미도 구분하지 못하는가? 도대체 대학을 다니면서 옥스포드 사전이나 웹스터 사전을 보지도 못했는가. 그들은 몇 세기 전에 사용되다가 사라진 어휘들의 의미를 정리하고 용례를 달아두고 언제까지 사용되다가 사라졌는지도 밝혀 놓았다. 외국인들이 자신의 나라에 와서 자기들끼리 사용했던 단어들도 다 정리해 두었고, 희랍어 라틴어에서 온 희한한 단어들도 철저하게 정리해 두었다. 윤 의원이 말하듯이 국어사전을 만들었다면 어떻게 옥스포드 사전이나 웹스터 사전이 어휘사전이면서 무려 8권 20,000페이지에 가까울 수 있겠는가 말이다.

이러한 무식하기 이를 데 없는 문제점 지적 이후에 윤 의원이 내놓은 다섯 가지 <표준국어대사전>의 개선 방향은 더욱 가관이다.

1) '국어사전'이란 말을 '한글말사전'으로 바꾸어야 한다.
2) 우리말을 중심으로 낱말을 정리하는 기준을 세워야 한다.
3) <표준국어대사전>과 북한의 <조선말대사전>의 우리말 쓰임새는 2 대 8정도로 차이가 나고 있어 우리말을 찾아야 한다.
4) 우리말을 한자어로 변용시켜 한자어가 주(主)고 우리말이 종(從)으로 전락했는데 그것을 되찾아 우리말로 표기해야 한다.
5) 일본말뿐만 아니라 일본에서 쓰지않는 말도 사전에 수록되어 있

는데 모두 배제해야 한다.

　우선 '국어사전'이라는 말을 '한글말사전'이라 바꾸자는 지적은 참으로 기가 차는 발상이다. '국어'라는 말이 한자어라는 생각에서 '한글말사전'이라 하자는 모양인데, '한글사전'이면 몰라도 '한글말사전'은 무엇인가. 한글말이라는 단어가 성립할 수 없다는 단순한 사실도 모르는 모양이다. 또 국어가 한자어라 사용하지 않는다면 '사전'은 왜 사용하는가. '말틀'이라 하든지 '말뜻 모음'이라 하든지 해야 하는 것 아닌가. 윤 의원이 '한글말사전'이라는 이상한 용어를 사용하고 있는 것만으로도 우리말에 한자어의 영향이 어느 정도인지 짐작할 수 있는 일 아닌가. 이것만으로 2) - 4) 역시 논의의 가치가 없음을 알 수 있다. 우리말이 천년 이상을 한자어와 교섭하면서 논리적인 글들은 수없이 많이 한자의 영향을 받았다. 그런데 그 사실을 무시하고 북한처럼 새로운 단어를 만들라는 말인가. 또 설사 새로운 우리말을 만들었다고 하더라고 그것은 일상적인 언어 생활에서의 문제이지 사전편찬에서의 원칙이 될 수는 없는 일이다. 우리가 사전에서 찾아야 하는 말은 쉬운 말이 아니라 누구에게 물어도 잘 알지 못하는 그런 단어들일 때가 많기 때문이다.

　일본어에서 유입된 말은 모두 배제해야 한다는 논리는 잘못된 언어 국수주의의 발로이다. 물론 일본어에서 유입된 것이 분명한 어휘들은 국어순화의 차원에서 우리말로 고쳐져야 한다. 그러나 일제시대의 자료를 읽다보면 그런 말들이 나올 수밖에 없고 만약 <표준국어대사전>에서도 이 말들을 배제해 버린다면 후세 사람들은 그 책을 읽지 말라는 말인가 윤 의원에게 묻고 싶다.

　사전은 한 나라의 문화 수준을 보여주는 준거가 된다. 한 민족이 사용한 어휘 모두를 모아 그 용법과 의미와 용례를 분명히 정리해 둔 어휘사전을 만들 수 있는 문화적 힘, 완벽한 방언 사전, 한 작가의 독특한 문학어들을 정리한 사전, 제대로 된 상징 사전, 완벽한 역사 사전 등등 우리에게 필요한 사전은 너무도 많다. 그러나 그러한 사전을 만들기에는 너무나 많은 돈이 들어간다. 또 그러한 사전을 만들 수 있는 문화적 능력을 갖춘 나라도 많지 않다. 그런데 그런 사전을 하나 만들려 500명 이상의 학자들이 모여 노력한 결과물 - 아직은 많이 미흡하지만 - 에 대해 100억이 넘는 국고를 낭비했다고 비판하는 멍청한 인간을 나라를 대표하는 국회의원으로 뽑은 우리 국민이 한심하다. 아니 그에 부화뇌동하는 사람들이 있는 우리나라의 문화적 수준이 한심하다. **(石宇)**

# 수능 시험과 대학 평준화

올해도 어김 없이 수능이라는 전쟁을 치렀고, 몇 명의 학생들이 자살을 선택하였다. 대한민국 교육이 얼마나 비정상적인가를 수능시험을 치를 때마다 느낀다. 비행기 이착륙이 금지되고 수험장 부근에서의 소음도 규제되고 경찰과 헌병을 동원하여 학생들을 나르고 하는 온갖 일들이 수능시험이 우리 사회에서 얼마나 중요한 일로 치부되고 있는지를 알게 해준다. 그리고 시험이 끝나면 언론은 난이도가 어떠했다, 점수대가 어떨 것이다 등 다양한 예상 기사를 날린다. 전국민이 수능 시험에 온갖 촉각을 곤두세우고 수험생 집안은 초주검이 되는 분위기를 맞이한다. 이런 비정상적인 열기 속에서 이를 견디지 못한 몇몇 학생들이 죽음을 선택한다. 표면적인 이유는 여러 가지이겠지만 결국은 점수 위주의 입시 제도가 어린 학생들을 벼랑으로 내몬 것이 사실이다.

이러한 문제를 해결하기 위하여 입시 제도를 고쳐야 한다는 주장이 여기저기서 들려온다. 입시 제도의 문제점에 대해 관심을 갖는 많은 사람들은 수능이라는 줄세우기 방식에 모든 책임을 들씌우고, 대학의 차별화를 없애 완전히 평준화함으로써 이러한 사회적인 병폐를 없애야 한다는 주장을 하기도 한다. 사실 명문대학과 비명문대학이 구분되고, 서울 지역의 대학과 수도권 대학과 지방 대학으로 구분되고, 또 학과별로 선호도가 구분되어 성적 순서대로 입학을 하게 되는 현 입시 제도가 많은 문제점을 갖고 있음은 사실이다. 그러나 현 입시 제도의 문제를 일거에 해결하기 위해 일부 사람들이 내세우고 있는 대학 평준화란 주장은 좀더 깊이 생각하고 주장하여야 할 문제이다.

대학 평준화 주장자들의 말대로 현행 대입 제도가 50년간의 모색 끝에 도달한 것이지만 역시 줄세우기를 벗어나지 못하는 것은 소위 명문대학 때문일 것이다. 서울대학교와 연세대학교 그리고 고려대학교로 대표되는 명문대학이 존재하는 한, 또 그 대학에 가고픈 사람들이 존재하는 한 어떠한 입시 제도도 빛을 잃기 마련이다. 그리고 의대와 한의대를 가려는 사람들이 존재하는 한 역시 입시 제도는 왜곡될 수밖에 없다. 그렇다고 서울대학교를 비롯한 명문대학 몇 개를 없애고 의대와 한의대를 없앨 수는 없는 노릇이다. 또 강제적으로 명문 대학을 없앤다 하더라도 역시 학생들이 선호하는 대학과 학과는 존재하기 마련이고 그 결과 새로운 줄세우기가 등장할 수밖에 없는 노릇 아니겠는가.

인간은 누구나 명예와 돈을 얻을 수 있는 편안한 삶을 희구한다. 인간이 이러한 삶을 동경하고 추구하는 것은 인간의 원초적인 욕망에서 비롯된 당연한 일이다. 지방대학을 나와 중소기업에서 월급쟁이로 살 것인지 명문대학을 나와 전문직에 종사하며 편안한 삶을 이루고 살 것인지는 누구에게 물어보아도 동일한 답이 나올 수밖에 없다. 이런 상황에서 명문대 공과대학을 자퇴하고 의과대학에 가려고 재수를 하는 학생들을 누가 비판할 수 있겠는가. 그들은 자신의 삶을 보다 윤택하게 하기 위하여 젊은 날의 어떤 시간을 소비하고 있는 것이다. 그런데 이러한 사람들이 존재하는 한 대학의 서열화는 사라질 수 없다. 그렇다면 어떠한 방법으로 대학의 서열을 없애고 대학 평준화를 이룰 것인가, 이에 대한 진정한 해결 방안을 마련하지 못한 채 대학 평준화를 외치는 사람은 사실 허울만 그럴 듯한 주장을 펴는 엉터리없는 사람이라 비판하여도 할 말이 없게 된다.

더더욱 대학 평준화라는 선정적인 주장은 대학의 존재 이유가 무엇인가에 대한 반성이 필요한 부분이다. 대학은 왜 존재하는가? 대학이 존재하는 이유는 여러 가지로 설명할 수 있겠지만 사회에서 필요한 인재의 양성, 학문의 계승과 발전, 사회에 필요한 이론 개발 등으로 요약할 수 있을 것이다. 이는 인재 양성과 연구와 연찬이라는 말로 요약이 가능할 것인 바, 대학이 이 중 어느 쪽에 치중하여야 하는가는 우리 사회와 대학을 바라보는 관점에 따라 사뭇 달라질 수 있을 것이다. 그러나 이 중에서 연구는 대학이 담당하여야 할 가장 중요한 한 부분이다. 학문을 할 수 있는 뛰어난 인재들을 발굴하여 학문 후속 세대로 키우는 일은 미래의 국가 경쟁력을 위하여 반드시 필요한 일이다. 이를 위하여 대학은 보다 학문적인 분위기 속에서 학문적 경쟁을 시키는 수월한 교육의 장을 만들 필요가 있다. 학문을 할 수 있는 사람과 그렇지 않은 사람을 한 군데 모아 놓고는 이러한 학문적 수월성을 보장할 수 없게 되고 결국 국가의 학문적 능력은 약화되고 그 결과 국가의 미래는 암담할 뿐이다. 이는 중고등학교가 평준화된 이후 교육 현장에서 강의에 어려움을 겪는 일을 생각해 보면 쉽게 이해가 되는 부분이기도 하다.

우리나라의 현행 과열된 입시 제도는 크게 변화하여야 한다. 그 정책의 방향이 어떠해야 하는지는 단언할 수 없지만 변화가 필요한 시점에 와 있다는 점에는 공감한다. 그러나 그 문제를 지적하는 것은 쉽지만 대안을 제시하는 것은 쉽지 않은 일이다. 비판을 위한 비판에서 벗어나는 것이 수능 시험날 촛불 추모를 하는 사람들에게 가장 필요한 일이다. 더욱이 그 대안으로 대학의 존립 이유를 부정하고 국가의 미래를 어둡게 하는 대학 평준화와 같은 논리를 내세우는 것은 자신들의 무지의 끝을 드러내 보이는 일이라는 점을 생각하자. 많은 사람들이 우리나라의 문제를 해결하고자 할 때 그 예로 드는 또 평준화 교육의 모델로 제시되기도 하는 미국에서도 대학은 서열화되어 있음을 명심하여야 할 일이다. 대학의 질적 차이가 문제가 아니라 대학을 바라보는 국민들의 의식이 문제라는 점을 정확히 인식할 수 있어야 할 것이다. (石宇)

# 음모론에 관하여

참 우리나라에는 음모라는 말이 너무도 많이 떠돈다. 여기저기서 음모라는 단어가 시시때때로 사용되고, 신문마다 연일 음모라는 단어가 도배를 한다. 그런데 이 말을 가장 많이 사용하는 집단은 아무래도 정치가들이 아닌가 싶다. 부정과 연루되어 신문에 자주 오르내리고 음모론을 들고 나오는 정치가들은 대체로 유사한 행동 양태를 보인다. 일단 금전 수수 문제가 떠오르면 절대로 그런 일이 없다고 주장하다가 증거가 드러나기 시작하면 기억이 나지 않는다, 사실과 다르다고 발뺌을 하다가, 대가성이 없는 정치 자금이었다고 강력하게 주장한다. 그러다가 누가 보아도 대가성 있는 돈이었음이 밝혀질 때 쯤 되면 정치적 음해라며 음모설을 흘린다. 정치가가 선명하지 않은 돈을 받아서 기록도 남기지 않고 사용하였다면 분명히 범죄 행위인데 그것이 밝혀진 것이 음모라고 주장한다면 그 사람들의 국어 사용 능력을 의심하지 않을 수 없다.

음모란 사전에 보면 나쁜 목적으로 몰래 흉악한 일을 꾸미는 일로 정의되어 있다. 그러니까 정치가들은 자신의 범죄 행위 또는 거기에는 미치지 않더라도 준범죄 행위가 밝혀지는 것을 누군가가 나쁜 목적으로 꾸민 일이라 주장하고 있는 것이다. 그런데 우리가 일상적으로 생각하는 음모란 잘못이 없는 사람이 다른 사람의 나쁜 계략에 걸려 애먼 일로 고생하는 경우를 말한다. 조선 시대의 많은 벽서 사건이나 무고와 같이 본인은 전혀 관련이 없는 일로 치도곤을 당할 때 우리는 음모라는 말을 사용할 수 있는 것이다. 우리나라 정치가들은 자신이 이상에 저지른 잘못이 밝혀지는 일을 두고 누군가의 나쁜 의도에 의해 밝혀지는 것이라 주장하는 것이다. 존재하는 범죄사실을 인지하고 난 뒤 그것을 밝히는 일은 시민이라면 당연히 해야 할 일일 터인데 사실이 보도되고 수사가 진행된다고 하여 음모라 하는 것은 두 손으로 하늘을 가리는 짓거리다.

그런데도 우리나라 정치가들은 자신에게 조금만 불리하다 싶으면 음모론을 내세운다. 음모라는 말의 실체에 가당치 않은 음모론을 수시로 펼치는 것이다. 그렇지만 정치가들이 음모론을 계속적으로 주장하고 검찰에 들락거리라면 많은 사람들은 그럴 수도 있을 것이라는 생각을 하게 되고, 시간이 지나면서 그것은 점차 사실로 변해버리고 음모론을 들고 나온 정치가에게는 억압받는 투사의 이미지가 덧씌워지곤 한다. 사실 이러한 이상한 음모론은 우리 나라가 일제 강점기를 거치고 또 말도 되지 않는 자유당 독재와 역사의 유례를 찾기 어려운 군부 독재를 경험하는 동안 거의 한 세기가 지나갔고 그 사이에 식민 통치와 독재 억압 체제를 유지하고 국민들을 우민화하여 저항을 말살하려는 의도에서 수많은 정치적 음모를 만들어내었고, 시간이 지나면서 그 사실을 알게 된 우리 나라 국민들이 정치적인 모든 일에는 음모가 존재한다는 의식을 암묵적으로 갖게 된 결과이다. 비극적인 근현대사가 비정상적인 민족 의식을 탄생시킨 것이다.

최근 내가 인터넷에 떠도는 글들을 읽으면서 발견한 음모론은 궁지에 몰린 정치가들의 마지막 선택이 아니라 우리 주변의 모든 사건들이 모종의 음모로 이루어진다는 식이어서 시대적 상황에서 비롯된 음모론적 시각이든 정치가의 아전인수적인 음모론의 영향이든 음모론적 시각이 사회의 커다란 병적 현상이 되고 있다는 생각을 지울 수 없었다. 내가 최근 읽은 음모론 중에서 특히 비논리적이고 우리 사회에 나쁜 영향을 미칠 걱정스러운 한 가지만을 예로 들어 보겠다.

며칠 전 자살한 정몽헌 현대 아산 회장의 죽음이 자살이 아니고 그 이면에는 커다란 음모가 도사리고 있다는 주장은 참으로 황당했다. 정 회장은 자살할 이유가 하나도 없었으며, 죽음의 상황, 유서 내용, 시신의 모습 등으로 보아 그는 누군가에 의해 살해되어 자살로 위장되었다는 것이다. 이러한 정황적 근거는 미국의 어느 신문에서 발표되었다며 신빙성을 더한다. 그리고는 그 살인의 배후로 반통일주의자들과 한국의 통일을 원치않는 미국을 지목하고 있는 것이다. 누가 보아도 억지스러운 주장이지만 정치적 음모로 희생된 수많은 민주 투사를 경험한 사람들은 의문을 갖고 그것이 사실이라 믿을 수 있을 것이다.

이런 음모론을 만드는 일은 인터넷이 가지고 있는 익명성을 이용하여 악성 루머를 퍼뜨리고 사회를 혼란스럽게 하려는 존재들의 짓이겠지만 미국의 어떤 신문(존재하는지 않는지도 알 수 없는)을 증거로 내세워서 많은 사람들이 사실이라 믿게 하는 것은 어느 경우에나 마찬가지이다. 여러 가지 정치적 사건에 대해 이런 방법으로 음모론을 퍼뜨렸다가 인터넷 수사대에 체포된 일이 적지 않는데도 커다란 사건이 터질 때마다 지속적으로 이러한 음모론은 나돈다. 우리의 왜곡되었던 역사가 낳은 비극이다.

인간이 살아가면서 말하는 많은 말과 행동 뒤에는 겉으로 드러나지 않는 의도가 있기 마련이다. 우리는 일기를 쓰면서도 이러저런 이유로 자신의 진심을 완전히 드러내지는 않는 법이니까. 하물며 인간과 인간 사이에 일어나는 많은 일들에는 겉으로 드러나지 않는 많은 의도들이 존재할 수밖에 없다. 더욱이 돈이 움직이거나 권력이 움직이는 곳에는 그러할 개연성은 더욱 높다. 그렇다고 우리 사회의 정치 현장의 모든 일을 음모로 이루어진다는 식으로 몰아가는 것은 큰 문제이다. 우리 사회를 불신 사회로 만드는 큰 요인이 될 수 있으니 말이다.

더구나 남들이야 어떻게 생각하든 자기 스스로는 국가와 민족을 이끌어 나간다고 생각하는 정치가들은 음모론으로부터 벗어나야 할 것이다. 아니 음모라는 말을 사용하지 말아야 하고 사용해서도 안 되는 것이다. 그것은 자신이 권력을 갖지 않았을 때는 음모의 희생자가 되는 것이겠지만 자신이 권력을 잡는 순간 가해자가 되기 때문이다. 자신의 어떠한 정치적 의도와 사회를 위한 행위도 음모로 해석되어 버리기 때문이다. 그리고 그들의 그러한 행동은 국민들이 정치를 불신하는 근본 원인이 되기 때문이다. 그리고 정치 불신의 상황에서는 그들 누구도 아무런 일을 할 수 없어질 것이기 때문이다.

자신이 이미 범한 치부나 약점 그리고 범죄적 사실을 사회에 알리는 것은 어떤 경우에도 음모가 아니다. 존재하지 않는 일을 존재하는 것을 만들 때 그것이 바로 음모인 것이다. 자신이 공인으로서 머리를 들 수 없을 일을 미리 하지 않는 것, 그것이 이즈음 정치가들이 말하는 음모론으로부터 벗어나는 유일한 길이다. 음모를 말하는 사람이 음모를 획책한 바로 그 사람임을 알아야 할 일이다. (石宇)

**\*필자 약력**

우한용 禹漢鎔

　　서울대 국어교육과 교수. 문학박사. 소설가. 국어국문학회 대표이
　　사, 한국현대소설학회 회장 역임.『한국 근대문학교육사 연구』,
　　장편소설『생명의 노래』등.

박인기 朴寅基

　　경인교대 국어교육과 교수. 교육학박사. 한국독서학회 회장 역임.
　　『문학교육과정의 구조와 이론』,『문학교육론』(공저),『문학을 통
　　한 교육』(공저) 등.

정병헌 鄭炳憲

　　숙명여대 국어국문학과 교수. 문학박사. 판소리학회 및 한국공연
　　문화학회장 역임.『한국고전문학의 비평적 이해』,『판소리와 한
　　국문화』등.

최병우 崔炳宇

　　강릉원주대 국어국문학과 교수. 문학박사. 현 한중인문학회 회장.
　　『한국현대소설의 미적 구조』,『다매체 시대의 한국문학 연구』,
　　『리근전 소설 연구』등.

# 사계의 전설

| | |
|---|---|
| **초판 1쇄 인쇄일** | 2011년 1월 26일 |
| **초판 1쇄 발행일** | 2011년 1월 28일 |
| **지은이** | 우한용 · 박인기 · 정병헌 · 최병우 |
| **펴낸이** | 정구형 |
| **총괄** | 박지연 |
| **편집 · 디자인** | 이솔잎 김현경 나영미 |
| **마케팅** | 정찬용 |
| **관리** | 한미애 김민주 |
| **인쇄처** | 월드문화사 |
| **펴낸곳** | **국학자료원** |

등록일 2006 11 02 제2007-12호
서울시 강동구 성내동 447-11 현영빌딩 2층
Tel 442-4623 Fax 442-4625
www.kookhak.co.kr
kookhak2001@hanmail.net

| | |
|---|---|
| **ISBN** | 978-89-279-0111-2 *03800 |
| **가격** | 24,000원 |